# Los tres nombres de Ludka



Novela Histórica

**Gisela Pou**

# Los tres nombres de Ludka

Traducción de Anna Carreras Aubets

Planeta

PEFC Certificado

Este libro procede de bosques gestionados de forma sostenible

PEFC

PEFC/14-38-00305 www.pefc.es



Título original: *Els tres noms de la Ludka*



Adaptación de la cubierta: Booket / Área Editorial Grupo Planeta
Imagen de la cubierta: © Agustín Escudero
Primera edición en Colección Booket: marzo de 2024

Depósito legal: B. 1.895-2024
ISBN: 978-84-08-28510-6
Impresión y encuadernación: Liberdúplex, S. L.
*Printed in Spain* - Impreso en España

**Biografía**

Gisela Pou i Valls (Castellar del Vallès, 1959) es licenciada en Ciencias Biológicas, máster en Guion Televisivo y directora del II Laboratorio de Guion de la Fundación SGAE. Ha sido guionista de televisión durante veintiocho años. Actualmente, se dedica a la literatura de forma exclusiva. Ha escrito las novelas *Soroll de fons*, *Sense la Mare*, *El silencio de las viñas*, *La voz invisible*, *Tot menys la pluja* y también novelas infantiles y juveniles, entre las cuales destacan *La joven de la medianoche* (Premio Crítica y finalista del Premio Mandarache) y *Palmira y el efecto crisálida* (Premio Atrapallibres).

ÍNDICE

*A todos los niños a quienes la guerra les roba la infancia*

El porvenir era un pasillo completamente negro, con una puerta cerrada al fondo.

*Madame Bovary*, GUSTAVE FLAUBERT

# EMMA

*Recordar a Ludka es volver a ser una niña. Sus ojos claros, llenos de preguntas, me increpan. Ha llegado hace poco y aún tiene pesadillas. Sale al jardín de madrugada; corre de un lado a otro, como si alguien la persiguiera. En su interior, el miedo se desboca. Corre sin dirección y se esconde entre los matorrales cercanos al muro que separa el jardín de la calle. Acurrucada, como un animal amedrentado. Inmóvil, porque no quiere que la encuentren. Tiembla, porque el mundo es un lugar inhóspito. Se sabe vulnerable porque todavía no le ha crecido la coraza que la va a proteger de la vida. Desde lejos, desde hace sesenta y dos años, ella me observa con el semblante triste de una criatura que lo ha perdido todo.*

*En una de las estanterías de mi estudio hay una fotografía en blanco y negro gastada por el paso del tiempo. Tiene los márgenes roídos y una mancha oscura en el centro.*

*Una palmera. Una carretilla de madera. Dos niñas.*

*Las niñas no miran a la cámara, ni sonríen, ni siquiera saben que alguien las observa. Se pelean como dos fierecillas. Se tiran del pelo, se muerden, se arañan, se golpean. Caen al suelo. Gritan. La sangre se mezcla con el barro de una noche de lluvia. La palmera se dobla ligeramente para decirles que paren. No la escuchan. Luchan por una carretilla de madera. Luchan y los celos desatan la lengua, las palabras se escapan, se clavan y lastiman.*

*Una profesora sale al patio.* Przestań! Przestań!,[1] *grita alarmada mientras corre hacia ellas. No la escuchan.*

*Dos niñas.*

*Ella, Ludka.*

*Yo, Emma.*

1. En polaco, «¡Basta ya!».

# 1

## Barcelona, abril de 1946

Tener nueve años significaba ser mayor para muchas cosas; tanto si me apetecía como si no, tanto si quería como si no, tanto si ponía cara larga como si la sonrisa me llegaba de oreja a oreja, tenía que ayudar a hacer las cuarenta camas de los niños que venían del centro de Europa.

—¡Quiero ir al taller del abuelo! —repliqué con ganas de ir a mi aire.

—¡Tú te vienes conmigo! —Mamá tenía voz de trueno y la mirada oscura. Rebuscaba en el costurero. La contrariedad de haber discutido con mi abuela le había encogido los pulmones, las aletas nasales se le habían hinchado y la rabia se le escapaba por las yemas de los dedos.

—Pero el abuelo me espera —insistí.

—¡La señora Wanda necesita manos, y tú ya eres mayor, Emma!

En la caja de los hilos había hilo blanco e hilo negro, los cogió ambos bruscamente y los puso en una bolsa de ropa.

La primera vez que oí hablar de los niños huérfanos, mamá sobrehilaba el dobladillo de un vestido de color piedra de la señora Wanda y yo, a su lado, enhebraba agujas. Vendrán un montón de niños que no tienen padre ni madre a pasar unos meses a Barcelona. ¡Pobrecitos!, añadió, y cogió la aguja que yo sostenía entre el pulgar y el índice como una espada en miniatura. Entonces no podía imaginar que la llegada de aquellos niños primero me robaría a mi madre y después me cambiaría la vida.

Mamá contribuía a la parca economía familiar cosiendo por las casas. Cada tarde, una casa diferente. Cada tarde, una nueva familia. Cada tarde, durante tres o cuatro horas, zurcía calcetines, estrechaba faldas, cambiaba cuellos de camisas, remendaba sábanas, soltaba dobladillos de las batas de los chiquillos. Cada tarde, sentada en un rincón de la cocina o en el cuarto de la plancha, era testigo de peleas y secretos. Algunas de las señoras la trataban con distancia y frialdad; otras le exigían más de lo que le pagaban; luego estaban las que desprendían una profunda fetidez de soledad y le explicaban intimidades que ella cosía en las costuras de los vestidos. Por encima de todas ellas, como un águila volando con las alas abiertas, estaba la señora Wanda.

Wanda Morbitzer Tozer se enfrentaba a la vida convencida de que querer algo era el primer paso para conseguirlo. Desde hacía meses, traer a esos niños a Barcelona se había convertido en una prioridad. Canciller del Consulado de Polonia en Barcelona y delegada de la Cruz Roja Internacional, era la mano derecha del cónsul Rodon y de su esposa, Anna Maria Klemensiewicz; ambas trabajaban para que los huérfanos polacos que vivían en un campo de refugiados en Salzburgo viajasen a Barcelona. Desde Auxilio Social, una organización benéfica adscrita al régimen, se había habilitado una residencia infantil en un inmueble de la calle Anglí, una casa que en tiempos de guerra había sido una checa, un centro de detención que ahora sería el hogar de unas criaturas que empezaban la vida con las manos vacías y un pasado borrado.

Estarán pocos meses, como unas vacaciones, había dicho mi madre.

Si hubiera sido valiente, me habría plantado delante de ella y le habría gritado que, por muy huérfanos que fueran, por muchas desgracias que hubieran pasado, aquellos niños tenían manos y se podían hacer las camas ellos mismos; que yo tenía otras cosas que hacer. Antes que ella tuviera tiempo a responderme, yo habría huido corriendo a la carpintería para estar con mi abuelo y jugar con una carretilla de madera que no tenía dueño. Pero yo no era valiente. Con una mala cara de tres pares de narices, caminaba detrás de ella con la mirada clavada en las puntas de los zapatos, jurando que jamás volvería a dirigirle la palabra.

El trayecto desde casa hasta la calle Anglí duraba más de tres cuartos de hora. Lo más sensato habría sido coger el tranvía, pero mamá dijo que andar era bueno para alejar quebraderos de cabeza y fortalecer las piernas; una manera como otra cualquiera de decir que en casa no había dinero y que coger el tranvía era un lujo que no nos podíamos permitir. De vez en cuando, se giraba para preguntarme si estaba cansada; yo, obstinada como todos los Andreu, enfurruñada por no haberme salido con la mía, apretaba los labios y no respondía.

Los pies se quejaban; pero lo que de veras me molestaba era la lengua, que se me había hinchado de tanto masticar preguntas que me negaba a expresar en voz alta. ¿Qué sabía mamá de aquellos niños? ¿Por qué venían a la ciudad? Y ¿por qué diablos yo, un martes por la tarde, tenía que hacerles la cama?

Atravesamos el paseo de la Bonanova y subimos la calle Anglí hasta el número 49. La casa tenía un pequeño patio en el espacio comprendido entre la acera y la fachada del edificio. El jardín quedaba cerrado por una pared de obra vista de poco más de un metro de altura con una verja de hierro forjado que se alargaba hasta la puerta situada justo en el centro. La hiedra se enroscaba por la verja y se asomaba a la calle, un tejido natural que escondía la pintura gastada por el paso de los años y la herrumbre que campaba a su aire.

Mamá se detuvo, soltó un suspiro que escondía el alivio de haber llegado y empujó la puerta, que respondió con un gemido metálico. Subimos dos escalones y avanzamos por un caminito adoquinado que conducía hasta la entrada. La hierba recién cortada olía a verano. Arrinconado contra la pared, un laurel tendía sus ramas hasta alcanzar la parte baja del balcón; al otro lado, un rosal cargado de rosas rojas con chispas naranjas daba la bienvenida a los visitantes. La puerta, de madera, estaba cerrada. Mamá llamó, pero nadie respondió. Insistió, pero nadie abrió.

—¡La señora Wanda me dijo que iban a estar aquí todo el día! —Sus palabras estaban teñidas de una mezcla de duda y perplejidad.

—¡Pues aquí no hay nadie! —exclamé, y rompí mi promesa de no abrir la boca durante semanas.

Mamá se fue a preguntar a los vecinos y yo, con ganas de regresar a casa, crucé la acera y bajé por la calle hasta llegar al paseo de la Bonanova. De la esquina del inmueble situado en el número 46, un edificio de dos plantas rodeado de jardín y con las ventanas abiertas de par en par, salían cantos con voz de mujer; diferentes tonadillas se mezclaban en un guirigay difícil de comprender.

Cambiar un seis por un nueve había provocado un error en la dirección.

Mamá tomó carrerilla y me alcanzó. Oyó la cantinela y esbozó una sonrisa de alivio. Ahora sí, habíamos llegado.

Un pequeño ejército de mujeres había limpiado el polvo, barrido y fregado. Cubos de agua para arriba y para abajo. Con todas las ventanas abiertas, aquella casa, que años atrás había escuchado los gritos de dolor de los detenidos, se preparaba para recibir a un montón de críos. Canciones con olor a lejía y aire limpio. Unas limpiaban las camas que habían traído por la mañana, otras se apresuraban a dejar en condiciones los cristales de las ventanas, que frotaban con papel de periódico y secaban con trapos de algodón gastados de tanto uso. Un par de mujeres colgaban cortinas con la intención de convertir aquel lugar de techos altos y pasado tétrico en un hogar acogedor para unas criaturas a quienes les habían estafado la infancia.

La señora Wanda nos vino a recibir con una expresión llena de agradecimiento; llevaba un pañuelo de flores atado en la cabeza y una bata azul que casi le llegaba a los tobillos. Aunque a primera vista podía parecer una mujer de la limpieza, en sus movimientos pausados, su cuello largo y expresión segura se adivinaba una mujer elegante. Una mujer que sabía lo que quería y que no paraba hasta conseguirlo.

—Gracias por venir, Isabel. Y tú también, Emma. —Me acarició el pelo con la suavidad con la que lo hacía todo—. Afortunadamente, tenemos sábanas nuevas. Las fundas son muy grandes, así que tendremos que poner cintas para que no se escapen las almohadas.

Mamá y yo la seguimos hasta una habitación donde nos esperaba una montaña de sábanas blancas.

Alfileres y agujas de coser, hilo blanco e hilo negro, dedales, tijeras y también unos cuantos metros de cinta. Mi trabajo consistía en cortar trozos del mismo tamaño y batí mi propio récord enhebrando sesenta y tres agujas en poco más de una hora. Luego puse las fundas a las almohadas y, una vez terminada la tarea, ayudé a hacer las camas.

Un regimiento de mujeres llenaba el aire de preguntas que volaban a ras de techo y aterrizaban a mis pies. Poco a poco, la rabia contra aquellos niños que me habían desbaratado la tarde se fue transformando en una chispa de compasión que crecía a medida que hablaban de ellos. ¡Pobres criaturas! ¿Y no las reclama ningún familiar?, preguntó una. ¡Claro que no!, ¿tú te crees que si tuvieran a alguien estarían en un orfanato?, contestó otra. Y tú, bonita, me dijo una con ojos de lechuza, ¿te imaginas que no tuvieras ni madre ni padre, ni abuelos ni tíos? Menuda tristeza, ¿verdad? Yo callé que no tenía padre, que nunca lo había tenido, que lo habían matado al terminar la guerra y que no lo echaba de menos porque no se echa de menos lo que nunca se ha tenido. Pero aquellas mujeres seguían hablando. ¡Tan pequeños y lo que han sufrido!, dijo una señora bajita de cara redonda con los párpados pintados de un azul estridente. Nadie podrá negar que nuestro Caudillo es un hombre con un corazón inmenso; ¡acoger a estos pobres niños es un gran acto de generosidad!, exclamó otra que llevaba un vestido horrible. La señora Wanda observó de reojo a aquella mujer y, aunque no replicó, se le crispó la mirada y le aparecieron unas arrugas entre ceja y ceja.

Terminamos todo el trabajo cuando empezaba a oscurecer. La señora Wanda nos pagó el billete del tranvía, que iba lleno a rebosar. Acompañada por el suave vaivén del traqueteo, no podía sacarme de la cabeza a aquellos niños que al día siguiente dormirían en las camas que les había hecho yo. La llegada de aquellas criaturas se había visto retrasada por la tensión existente entre las autoridades franquistas y el Gobierno de París. La mala relación entre ambos países había provocado el cierre de la frontera a mediados de febrero y había obligado a buscar una ruta alternativa. Los niños viajarían en tren de Salzburgo a Génova, desde donde llegarían a Barcelona, alrededor del mediodía, a bordo de un barco que hacía el servicio regular entre ambas ciudades.

Cuando abrimos la puerta de casa, nos recibió el olor a sopa de verduras. Mi abuelo, como siempre, estaba sentado en su sillón leyendo un ejemplar de *La Vanguardia Española* que le había regalado el dueño del bar. Mi abuela se peleaba con la radio, y no conseguía sintonizar la emisora. La mesa estaba puesta y en el centro había un jarrón con tres rosas. Las había traído mi abuelo: una para mi abuela, otra para mi madre y otra más pequeña para mí.

Mientras mi madre y mi abuela iban a la cocina para terminar la cena, mi abuelo se levantó del sillón, se puso el dedo índice sobre los labios y me ordenó que lo siguiera. Una vez en la entrada, levantó la caja de herramientas que había sobre el taburete. De debajo del cojín sacó un paquete envuelto con papel de estraza y con un lazo hecho con cordel. Por la forma y el volumen, era evidente que se trataba de un libro.

—Llévatelo a tu habitación y escóndelo donde nadie pueda encontrarlo; y ese nadie incluye a mamá y a la abuela —dijo en voz baja—. Hay libros que no se pueden tener, Emma. Si te lo regalo es porque ahora ya eres mayor y sabes guardar secretos.

Una hora más tarde, sola en mi habitación, lo desenvolví.

En la portada del libro había un niño vestido con barretina y un mono de pantalones anchos. Llevaba un banderín en la mano y caminaba levantando el brazo. El libro se titulaba *El més petit de tots.*[2]

Era el primer secreto que compartíamos mi abuelo y yo. Los otros secretos, los que escondía mi abuelo, los descubrí meses más tarde.

2. En español, traducido como *El pequeñín.*

## 2

### Barcelona, abril de 1946

Los gritos de Delfina se propagaban por el patio de luces. Los vecinos cerraban las ventanas para ahuyentar la desesperación de aquella mujer que había dejado de vivir el día en que recibió la noticia de que su hijo pequeño, la única familia que le quedaba, tampoco regresaría de la guerra. Delfina, la loquita del tercero primera, vivía sola con sus fantasmas. Sus vecinos la ayudaban a salir adelante con lo poco que tenían, algo de comida, un poco de compañía y, sobre todo, aceptando que ella ya no era la mujer amable y generosa que vivía con su marido y sus dos hijos. Con la llegada del buen tiempo, los lamentos de Delfina formaban parte de la vida de los demás y nosotros nos protegíamos cerrando ventanas y subiendo el volumen de la radio. Todos la compadecíamos, sí, pero todos estábamos demasiado colmados de nuestro propio dolor como para poder soportar el ajeno. No la escuches, Emma, me decía mi abuela. ¡La muerte de sus hijos y de su marido le han deteriorado los pensamientos! Pero yo la oía y los gritos de aquella mujer de mirada perdida me daban miedo y lástima a partes iguales. ¡Que la encierren!, se desgañitaba el hombre del tercero segunda cuando ya no soportaba aguantar más conversaciones de una sola voz. ¡Que la encierren! ¡Que yo también tengo derecho a vivir!, clamaba por el patio de luces. Los vecinos callaban, la compasión era más fuerte que el rechazo y muchos sabían que aquella desgracia también podía haberles pasado a ellos.

Esa noche, después de cenar, con los gritos de Delfina como música de fondo, ayudé a quitar la mesa y me encerré en mi habitación con el argumento de que tenía que terminar un trabajo del colegio. Una mentira, la primera de las muchas que vendrían. Callar, esconder, disimular, mentir. Mentir, disimular, esconder y volver a callar. Los años cuarenta eran tiempo de silencio y aquel libro que me había regalado mi abuelo había marcado un punto de inflexión entre el ayer y el mañana, la bisagra exacta que me había empujado hacia el mundo adulto. Comprender el porqué de los gritos de Delfina, el cuento de Lola Anglada que me había regalado mi abuelo y también la niña a la que iba a ver por primera vez al día siguiente me adentraban en un mundo lleno de derrotas que aprendería a gestionar a medida que crecía.

Antes de rescatar el libro que había escondido entre el somier y el colchón, puse la silla delante de la puerta, por si, sumergida en la lectura, me pillaban leyéndolo. Era demasiado pequeña para saber que el mundo en el que vivía era hostil e impuesto. Demasiado niña para entender que, antes de la guerra, nuestra guerra, no la guerra de los niños huérfanos, los abuelos y mamá tenían otra vida, y que a ellos les habían negado ser quienes eran desde que *los otros* gobernaban el país.

Muchos años más tarde, al lado de Ludka, descubriría qué significaba perder los orígenes, borrar tu lengua, obviar tu cultura, dejar de ser quien eres y fingir que eres lo que no quieres ser; pero entonces solo era una niña de nueve años llena de alegría que vivía con entusiasmo compartir un secreto con su abuelo.

Me había dado tiempo de leer la primera página cuando la conversación de mi madre y mi abuela recorrió la casa como una bruma espesa que atravesaba paredes y viajaba de una habitación a otra dejando un rastro de reyerta. Agucé el oído y, aunque me costaba entender qué decían, pude discernir las palabras *criaturas* y *chiquillos.* Espoleada por la curiosidad, salí descalza de mi habitación. El frío de las baldosas me subió por las piernas, me heló la barriga, trepó por mi pecho y me llegó hasta el cuello. Para soportar el frío, me mordí los labios y me golpeé los brazos con la palma de la mano. A través de la delgada rendija que había entre la puerta y la pared que daba a la cocina, podía ver el rostro encendido de mi abuela.

—Si ese cabronazo se piensa que dando limosna a unas cuantas criaturas se sacará de encima la culpa de haber asesinado a diestro y siniestro, ¡está muy equivocado!

—Madre, por favor, ¿qué tiene que ver una cosa con la otra? —respondió mamá.

—Lo único que quiere ese pedazo de mierda es quedar bien con los que han ganado la guerra. Y, claro está, por la gran simpatía que siente por la Polonia católica y apostólica. Lo tiene todo muy bien calculado. Les ofrece estancia unas semanas para que los aliados empiecen a hacer la vista gorda y acaben olvidando que fue amigo de ese criminal.

—Sea por lo que sea, lo importante es que esos niños tendrán unas semanas de alegría. —Mamá se esforzaba para terminar la discusión.

Mi abuela dejó la cazuela recién lavada encima del mármol, el agua goteaba y la puerta del armario se llenaba de regueros que resbalaban lentamente, como caracoles corriendo hacia el suelo.

—¿Qué alegría se puede tener en un país donde nadie puede decir lo que piensa? —inquirió mi abuela sin esperar respuesta—. Aquí todo está prohibido y lo que no lo está resulta que es pecado.

Mamá terminó de secar un plato y lo guardó en el armario.

—No podemos pasarnos la vida quejándonos de lo que hemos perdido, madre. Ahora estamos donde estamos y debemos seguir adelante.

—No me tires de la lengua, Isabel. —Franca y sincera, con las mejillas encendidas, la señaló con el dedo como si la apuntara con una pistola—. ¡No me tires de la lengua o saldrá todo el veneno que llevo dentro!

—Pues será mejor que se lo trague, madre. Porque escupirlo a los demás solo sirve para envenenarlo todo.

Isabel, mi madre, cogió la olla y la secó con una energía que contenía su impotencia. Delante de ella, mi abuela, Teresa, se quitó el delantal bruscamente y dio la charla por terminada al mismo tiempo que yo corría a mi habitación. Todavía no me había metido en la cama cuando el sonido de la puerta abriéndose y cerrándose anunció el regreso de mi abuelo. Cada día, después de cenar, mi abuelo salía a dar una vuelta por el barrio; a estirar las piernas, decía, aunque nosotras sabíamos que salía a hablar con sus amigos y a fumarse el último cigarrillo del día. Cuando mi abuelo no estaba en casa, madre e hija se enredaban en discusiones que su presencia cortaba de raíz.

—Díselo tú, Simó. ¡Dile a tu hija la razón por la que Franco acepta a esos niños! —exclamó mi abuela mientras él se quitaba la gorra y se pasaba los dedos por el pelo como si de un peine se tratara.

—Eso no es importante, Teresa. —Hizo una pausa y miró a su mujer—. Es bueno que esos niños tengan un hogar, aunque sea por poco tiempo.

Aquella noche mi abuelo tenía los ojos más apagados

que de costumbre, pero lo disimuló y nosotras no nos dimos cuenta.

Mi abuela cantaba, tanto si estaba contenta como si estaba enfadada. ¿Por qué cantas?, le preguntaba yo, y ella se ponía bien el mechón de pelo que se le había escapado del recogido, me acariciaba la mejilla con su ternura habitual y me contestaba: Cantar es volver a casa, Emma.

Esa mañana, a primera hora, mi abuela cantaba asomada a la ventana que daba al patio de vecinos. Detrás de ella, una taza de leche humeaba al lado de una tostada con mermelada de limón hecha por ella misma. Sin interrumpirla y procurando no hacer ruido, entré en la cocina, me senté a la mesa y empecé a desayunar. Cuando se dio la vuelta y me vio concentrada en la taza de leche, me puso la mano en el hombro.

—Hoy comeremos tú y yo solas. Tu abuelo está en la carpintería y tu madre va a estar cosiendo todo el día fuera de casa.

—Yo hoy tengo que ayudar a Maria porque le cuesta un poco entender los problemas de matemáticas. Pensaba llevarme algo para comer en el colegio.

—Ayudar a los demás está muy bien, Emma, pero estaría mejor si me lo dijeras el día antes. No tenemos nada en la fresquera y solo tengo una punta de pan y un poco de queso.

—Será suficiente, abuela.

—Ya me lo imagino —respondió ella, que siempre se lamentaba de que yo fuera tan poco comedora—. Y si te sobra algo, ya sabes que no debes tirarlo.

Mi abuela puso el queso dentro del pan, lo envolvió todo con un paño de algodón y lo enrolló de nuevo con papel de periódico; no fuera a ser que el queso dejara un lamparón en los libros o en la chaqueta, pues tenían que durar tantas temporadas como fuese posible. Bajé la escalera corriendo para alejarme de aquella mentira que se me había quedado atrancada en medio de la garganta. Era cierto que Maria y las matemáticas eran incompatibles, pero ni yo me había ofrecido a ayudarla ni ella me lo había pedido. Aquella niña, que no se desenvolvía bien con las divisiones, solo había sido la excusa perfecta para poder ir a ver la llegada del barco que traía a los niños a quienes les había hecho la cama.

Dicen que llegarán a la una y media, pero tanto puede ser a las dos como a las dos y media, oí que decía la señora Wanda a mamá mientras le daba el dinero para el tranvía.

Nunca una mañana se me había hecho tan larga. El reloj que había a la derecha del santo Cristo y justo debajo de la fotografía de Franco se negaba a avanzar. Las horas jamás habían transcurrido tan lentas ni a los minutos les había costado tanto pasar. La voz de la hermana Conchita flotaba en el aire como un cuervo hambriento con ganas de atacar y yo apuntaba las palabras del dictado sin saber qué escribía. Cuando por fin la campana anunció la hora de comer, salí disparada del colegio y bajé la calle corriendo, siempre corriendo, en dirección al mar. Las calles eran más anchas y el cielo se había pintado de un azul brillante; la ciudad entera me hablaba al oído para guiarme hasta el puerto.

Llegué con el tiempo justo de ver una procesión de coches oficiales que entraban en el muelle. Estaba decidida a seguirlos, pero un guardia uniformado me frenó. A pesar de que bajo la expresión severa de quien ejerce la autoridad se escondía la simpatía y el afecto de un padre de familia, el miedo a que sacara la pistola y me apuntara directamente a la frente hizo que me escapara corriendo antes de que abriera la boca. Cansada, con el corazón latiéndome a toda prisa, las piernas flaqueando y los pies doloridos dentro de unos zapatos que encogían día tras día, me detuve para recuperar el aliento. Era un momento decisivo: abandonar o continuar. Si abandonaba, habría mentido para nada; si continuaba, lo consiguiera o no, al menos lo habría intentado.

Me había alejado más de medio kilómetro del guardia y el muro que me separaba del muelle tenía más de dos metros de altura. Sin pensarlo dos veces, empecé a trepar por la pared. Me agarré a las piedras salientes y no miré hacia abajo para evitar que el miedo fuera más fuerte que la osadía y una ola de pánico me obligara a dar marcha atrás. En cuanto llegué a la cima, de un salto fui a parar encima de un montón de sacos que amortiguaron mi caída. Como una serpiente que se escabulle entre las rocas calientes, ágil y rápida, escondida detrás de un montón de maderas, sacos, bidones y bultos que contenían la carga que esperaba ser recogida, observé la llegada del navío.

El barco J. J. Sister de la compañía Trasmediterránea se acercaba lentamente, como un gigante goloso con la barriga llena de huérfanos. La chimenea escupía humo y, en el muelle, la procesión de coches, negros y relucientes como escarabajos inmensos, se detuvo. En pocos segundos, un grupo de señores con sombrero y corbata con alfiler de oro y señoras acicaladas de pies a cabeza salieron de los vehículos. No tenía ni idea de quiénes eran; no sería hasta días más tarde cuando leería una ristra de nombres en el artículo de *La Vanguardia Española* que mamá traería a casa. Una lista de nombres sin rostro que encabezaba la princesa Radziwill, a la que seguían el barón de Terrades —alcalde de la ciudad—, el señor González-Aller, el coronel Chinchilla, la condesa de Lacambra y que terminaba con Gómez Leoned, la delegada del Gobierno que debía recibir a los niños polacos. Aquel mediodía soleado, lo único que vi fue un montón de gente emperifollada que permanecía plantada en el muelle. Cuando el J. J. Sister ancló, todos subieron al barco para dar la bienvenida a los niños que me cambiarían la vida.

Ramos de flores con banderas de España y de Polonia fueron el obsequio de bienvenida para las señoritas que acompañaban la expedición. A los niños les dieron caramelos que se guardaron con la ilusión de saborearlos en cuanto tuvieran un momento de calma. Durante unos minutos, disfrutarían de la dulzura de cada lametón, que les reconfortaría del horror de ser náufragos de un destino que les iba en contra.

Esperé un buen rato hasta ver aparecer a los niños. Bajaron en fila india por la escalerilla que descendía del barco al muelle. Todos llevaban una pequeña maleta y, como hormigas incapaces de deshacer la cadena, caminaron hacia el ómnibus que los llevaría hasta la residencia de la calle Anglí.

La última de la fila era una niña con el pelo rubio como hilo de oro recogido en una trenza que le golpeaba la espalda como si tuviera vida propia. Llevaba un vestido verde manzana con el cuello y los puños blancos y un jersey también blanco ceñido a la cintura. Agarraba la maleta con ambas manos y caminaba con la cabeza erguida. Tenía la mirada triste y la expresión seria. De pronto, la niña se paró. Plantada en medio de la escalera, cogió la maleta con una mano y, con la otra, se hurgó los bolsillos llenos de caramelos. Miró hacia mi escondite y tuve la certeza de que me había descubierto.

# 3

## Barcelona, abril - mayo de 1946

—Muchos de los niños polacos no hablan polaco. —Mamá colgó la bolsa en el respaldo de la silla y nos miró al abuelo, a la abuela y a mí. Se quitó la chaqueta y se la apretó contra el estómago como si quisiera transmitirle su desconcierto—. Por suerte, la señora Wanda habla alemán, que si no...

—¡¿Cómo es posible?! ¡Eso no tiene ni pies ni cabeza, Isabel! —Mi abuela, con las cejas alzadas, miraba a su hija por encima de las gafas.

Mi abuelo dobló el periódico y con esa calma con la que lo hacía todo se dirigió a su mujer.

—Teresa, será mejor que la dejes hablar —la interrumpió. Mamá, de pie en medio del comedor, se preguntaba si era conveniente que yo escuchara la conversación; mi abuelo adivinó la duda y añadió—. Emma es lo suficientemente mayor para saber cómo va el mundo, Isabel.

Mamá compartió lo que sabía. La historia de los niños robados aterrizó en el centro del comedor provocando un terremoto que nos trastornó a todos.

—Son niños polacos que secuestraron a sus familias para convertirlos en perfectos niños alemanes. —Mamá hablaba lentamente para explicar todo lo que la señora Wanda le había contado a ella—. Les han robado el nombre, la memoria y la lengua.

—¡Virgen santa! ¡Pobres criaturas! —exclamó mi abuela sin disimular el horror.

A mí, toda esa historia me parecía un cuento de miedo que no tenía demasiado que ver con la realidad. Años más tarde, cuando me interesé por saber qué había pasado durante la Segunda Guerra Mundial, cuando Ludka y yo leíamos todo lo que caía en nuestras manos sobre aquella época, supimos que el partido nazi, para imponer la supremacía de la raza germánica, necesitaba hacer crecer la población aria. Había sido Heinrich Himmler, uno de los hombres más cercanos a Hitler, quien había impulsado la organización Lebensborn para mejorar e incrementar los individuos de raza aria. En un principio, su misión era evitar el aborto de todas aquellas mujeres solteras que superaban los estrictos controles raciales. Luego se entregaba a los recién nacidos a la organización, que los adoptaba y educaba. Lebensborn abrió unos quince centros en Alemania, Bélgica, Francia y Noruega —territorio ocupado— donde recibieron a miles de criaturas. El proyecto se mostraba como una red de centros de acogida de niños alemanes ilegítimos; pero todos esos niños estaban destinados a participar en la futura Alemania que dominaría el mundo. Eran una especie de granjas de criaturas perfectas preparadas para ser las dueñas del planeta. En el momento en el que Heinrich Himmler comprendió que el programa no alcanzaba las expectativas previstas, dio la orden de que no solo los oficiales, sino también todos los soldados de la SS y la policía tuvieran el mayor número de hijos posible, tanto dentro como fuera del matrimonio. Por si fuera poco, ordenó conseguir niños arios a toda costa y secuestró a criaturas *racialmente perfectas* de los territorios ocupados. Muchos de los niños que llegaron a Barcelona en abril de 1946 procedían de Silesia, una región fronteriza entre Polonia y Alemania ocupada desde que empezó la guerra. Secuestraron a niños, falsificaron sus documentos para convertirlos en huérfanos, les dieron nombres alemanes y los sometieron a un estricto programa de germanización. Una vez se hubiera terminado el programa, los niños se sentirían alemanes; pertenecer a la raza aria era sinónimo no solo de superioridad, sino también de felicidad.

Mamá habló durante un buen rato y la escuchamos, sin interrumpirla, con el alma en vilo.

—No se sabe con seguridad la cantidad de niños que han sido secuestrados, pero se habla de decenas de miles de criaturas a las que nadie ha reclamado. Ahora estos niños tienen que recuperar la identidad que los nazis alemanes les arrebataron —concluyó mamá.

Mi abuelo miraba a mi madre, mi abuela miraba a mi abuelo y yo miraba a los tres sin entender qué pasaba. Mi abuelo cogió un cigarrillo que se había preparado hacía rato y lo encendió con la parsimonia con la que lo hacía todo.

—¿Qué es la identidad? —pregunté.

—La identidad es ser uno mismo —respondió mi abuela.

—A estos niños les van a ayudar a recordar quiénes eran —añadió mi abuelo. El sol chispeaba en los cristales de sus gafas. Chasqueó la lengua con un gesto de impotencia y añadió con un atisbo de tristeza—: A nosotros también nos lo han robado todo.

De aquello que había sido mi abuelo no quedaban ni las migajas; de vez en cuando, se asomaba aquel malestar que se le pudría hasta el tuétano. Mamá cruzó la mirada con mi abuela y el silencio viajó de un lado a otro. Y yo, en aquel instante, vi a aquella niña de trenza larga que había bajado del barco con los bolsillos llenos de caramelos, aquella niña que no tenía nombre ni padres y que ni tan siquiera sabía quién era.

Mamá se subió las mangas del jersey y se dirigió a mi abuela.

—La señora Wanda me ha propuesto trabajar en la residencia, con los niños.

—Pero esas criaturas solo van a estar aquí unos meses; si dejas las casas a las que vas a coser, cuando ellos se vayan, no tendrás nada.

—Solo será por las mañanas. Por la tarde seguiría con las casas de siempre.

—Aun así, Isabel. Debes pensártelo bien.

—Ya lo he pensado. Y he dicho que sí —sentenció, y salió del comedor con paso rápido para alejarse de la mirada de reproche de la abuela Teresa.

Se encerró en la cocina donde le esperaba la comida, fría, encima de la mesa de mármol.

A partir de aquel día, mamá tomaba el tranvía para llegar a la residencia de la calle Anglí a la hora del desayuno. No solo se ocupaba de la ropa de los niños y de la casa, sino que ayudaba a poner y a quitar la mesa y echaba un vistazo a lo que hacía Florinda, la cocinera.

Después de dos días detrás de los fogones, se hizo evidente que Florinda Aymerich tenía un carácter demasiado atribulado para controlar cuatro cazuelas al fuego, pero era demasiado orgullosa para admitir que necesitaba ayuda. Florinda era excesiva en todo, excesivamente charlatana, gorda, nerviosa y orgullosa. Ante la posibilidad de que la comida acabara en desastre, la señora Wanda, con su mano izquierda habitual, pidió a mamá que, sin que la cocinera se diera cuenta, estuviera atenta a todo lo que pasaba en la cocina. De ese modo, Isabel Andreu Mora, mi madre, se convirtió en el ángel de la guarda de aquella mujer que, bajo el incansable «Eso ya lo sabía» que repetía sin parar, se escondía un corazón lleno de bondad. Nadie dudaba que fuera una cocinera de primera, pero querer hacer demasiadas cosas al mismo tiempo podía terminar en catástrofe. La leche hervía más de la cuenta y se desbordaba sobre la cocina económica mientras ella, concentrada en cortar las manzanas para hacer compota para la *szarlotka*,[3] pensaba en cuántas libras de harina eran necesarias para hacer las magdalenas del día siguiente y se olvidaba de que tenía una cazuela de boniatos al horno.

Mamá siguió cosiendo por las casas todas las tardes. Había cambiado horarios y, a excepción de la señora Wanda, no había perdido ningún cliente. Si hacía jornada triple no era por miedo a quedarse sin trabajo cuando los niños se marcharan, sino para esquivar los reproches de mi abuela. Aquel exceso de horas de trabajo hizo que yo no la viera durante días. Cuando me levantaba, ella ya se había ido, y cuando ella volvía, yo ya dormía. La casa se llenó de su ausencia y yo no podía evitar imaginármela rodeada de niños.

Estaba enfadada.

Enfadada con mi madre y con esos niños que me habían quitado todo el tiempo que yo pasaba con ella. Enfadada con mi madre y con la señora Wanda, a quien los niños llamarían *pani*[4] Wanda; con mi madre y con la niña rubia de trenza larga que me había mirado sin verme. Enfadada con mi madre y con mis abuelos, que intentaban poner remedio. ¿No quieres esperar a que llegue mamá?, preguntaba mi abuelo, y yo le decía que no, que tenía sueño, que era muy tarde, que me iba a la cama. ¿Quieres que le digamos algo?, añadía mi abuela, y yo negaba con la

3. En polaco, «tarta de manzana».
4. En polaco, «señora».

cabeza y desaparecía en mi habitación, y ellos se quedaban en el comedor hablando en voz baja.

Cada noche, cuando ella llegaba, antes de irse a la cocina, antes de decirles nada a los abuelos, antes de sacarse la chaqueta y con el bolso aún colgado del hombro, mamá abría la puerta de mi habitación y me daba las buenas noches con voz tenue, a lo cual yo no contestaba. Los celos, como un virus que se multiplicaba a toda velocidad, me carcomían por dentro y me perforaban; crecieron hasta que, el día 3 de mayo, mamá entró en mi habitación antes de las siete de la mañana, corrió las cortinas y se sentó a los pies de mi cama mientras yo me despertaba. En cuanto abrí los ojos, ella, con aquella sonrisa que le iluminaba el rostro, me dijo que esa tarde podía acompañarla a ver a los niños huérfanos. Con voz suave, me explicó que era el día de la Fiesta Nacional de Polonia y que iban a hacer una celebración especial.

—Después de comer harán un festival y será muy bonito, ya lo verás. —Colocó bien el embozo de la sábana y se frotó el pulgar con el índice mientras esperaba mi respuesta.

Me moría de ganas de ir, pero mi amor propio se había convertido en un muro infranqueable.

—Esta tarde tengo labores con la señorita Gloria. —Le lancé una estocada directa al corazón.

Mamá adivinó que no iba a ser fácil convencerme y recibió el ataque con tranquilidad.

—Puedo hablar con ella, seguro que no tiene inconveniente en que te saltes la clase.

—La señorita Gloria me gusta; ella me quiere. —Mamá me acarició la mejilla, como hacía siempre que quería hablar de algo importante.

—Me parece que habrá payasos —añadió para hacerse perdonar el abandono de toda la semana.

—¡No me gustan los payasos!

No estaba dispuesta a dejarme comprar por unos hombres con la cara pintada. Salté de la cama sin añadir nada más y salí de mi habitación.

A las tres de la tarde, la señorita Gloria me enseñaba a hacer un punto de ganchillo con el que tenía que dar una vuelta entera a un mantel de color rosa. Mi poca maña con las labores conllevaba que me pasara el rato haciendo y deshaciendo a su lado. No me importaba lo más mínimo, ella era la única profesora por quien sentía una auténtica estima; a las demás, hermanas incluidas, en especial a la hermana Conchita, les tenía más miedo que respeto.

Yo deseaba que la señorita estuviera contenta y me afanaba en clavar el ganchillo tal y como lo hacía ella. Cuando empezaba a salir algo bien, apareció la hermana Rosa, una monja rechoncha con cara de luna enmarcada por la toca, y me ordenó que recogiera.

Mi abuela me esperaba al otro extremo del pasillo.

—Vamos, Emma —me dijo muy seria cuando estuve a su lado. No respondió a ninguna de mis preguntas hasta que estuvimos en la calle—. A la madre directora le he dicho que era un tema familiar. No es asunto suyo lo que pasa o deja de pasar en casa. Si el lunes te preguntan, que lo van a hacer, les dices lo que he dicho yo: que era un tema familiar. Y si insisten, se lo repites tantas veces como sea necesario. ¡No tienen por qué saberlo todo!

Yo miraba a mi abuela sin entenderla y ella hablaba y hablaba y caminaba más deprisa que nunca.

—¿Adónde vamos?

—A la casa de los niños huérfanos, a ver a tu madre.

Me planté en seco. Dejé la cartera en el suelo y desafié a mi abuela con la mirada.

—¡No quiero ir! —El grito era una bala dirigida directa a su pecho.

—En esta vida deberás hacer muchas cosas que no te apetece hacer y será mejor que te vayas acostumbrando. O sea, que coge la cartera y empieza a andar, que hasta la calle Anglí hay un buen trecho.

La bala que me había lanzado mi abuela era más potente que la mía y acepté que ella había ganado.

Obedecí.

Por segunda vez en diez días, subí a toda prisa hasta la residencia de la calle Anglí sin abrir la boca.

# 4

## Barcelona, mayo de 1946

El trasero de Florinda se movía bajo la falda. Un culo enorme, redondo y carnoso que se agarraba al vestido de flores minúsculas con fondo azul cielo. Cuando la cocinera se sentaba, sus carnes se vertían a ambos lados, como si fuera un muñeco de goma de esos que se expanden; y cuando caminaba, su culo parecía un añadido del cuerpo, una especie de tambor blando y vivo que corría tras su propietaria. Con el delantal atado a la cintura, muy estrecho, la barriga se hinchaba y los pechos, pequeños para un cuerpo tan excesivo, parecían pertenecer a otra persona. La cocinera refunfuñaba mientras frotaba una olla en la que le cabía el brazo entero.

Mi abuela y yo habíamos entrado sin que nadie nos detuviera. Buscábamos a mamá, pero en la cocina solo estaba aquella mujer alta y corpulenta a la que, si le dabas pie, se perdía en un monólogo interminable.

—¡Perdone! —le dijo mi abuela dando un paso adelante.

—¡Me cago en la hostia! —Florinda se dio la vuelta bruscamente, como si detrás de ella hubiera alguien amenazándola con un cuchillo. Con el brazo levantado y el estropajo en la mano, me miró fijamente. En un instante, su expresión de susto se fundió para dar paso a una sonrisa afable que hizo nacer un hoyuelo en su mejilla izquierda, como si le faltara una muela. Con la mano que tenía libre se rascó el pecho y frunció el ceño—. ¡Tú debes de ser Emma! Y usted debe de ser la madre de Isabel.

Mi abuela movió la cabeza afirmando y, antes de darle tiempo a preguntar nada, Florinda continuó.

—¡No hay manera de limpiar esta maldita olla! Isabel y yo nos hemos pasado toda la mañana encerradas en la cocina para tenerlo todo a punto, pero entonces ha venido ese periodista a jorobar un buen rato. Y venga a preguntar qué almuerzo especial haríamos para la fiesta esta. La Fiesta Nacional polaca, me parece que es. Y yo le he explicado que haremos caldo y *pierogi*, una especie de empanadillas típicas de Polonia con carne, cebolla y patata; ¡claro que nosotras las hemos hecho a nuestra manera! Tenemos lo que tenemos y tampoco hay más. Toda la santa mañana encerradas en la cocina y ese hombre, el periodista, quiero decir, ¡venga a jorobar! Y todo para que mañana leamos: «A los niños polacos les han servido una comida extraordinaria». ¡Estos periodistas siempre hacen lo mismo! Les explicas lo que cuesta encontrar aceite de oliva y lo difícil que es encontrar gallina para poder hacer caldo para cuarenta personas y nada, como si oyeran llover, como si la comida cayera del cielo y cocinasen los ángeles. ¡Me cago en la hostia! No han hecho ni pizca de caso al montón de milagros que tenemos que hacer para dar de comer a estas criaturas. Él, el periodista, quiero decir, todo el rato decía que sí, pero yo ya veía que no me escuchaba. Y ya verá, ya, mañana saldrá una nota esmirriada en el periódico diciendo que todo es maravilloso y extraordinario.

—Perdone... ¿Usted puede decirme dónde está Isabel? —preguntó mi abuela con el deseo de cortar aquel chorro de palabras.

—¡Tendría que estar aquí, en la cocina! Ayudándome a ordenar todo este desorden. Yo sola no doy abasto. Hace un rato ha aparecido la señora Wanda y se la ha llevado a la sala... El festival y la fiesta esta..., qué quiere que le diga, yo no veo que estos niños estén para festivales. ¿Sabe qué pienso? Que estas criaturas no están nada bien; hace una semana que les hago la comida, y algunos, en vez de comérsela, la esconden. ¡Ya entiendo que han pasado hambre, pero aquí tienen desayuno, almuerzo, merienda y cena cada día! Hoy por la noche les haré croquetas, con mucha harina, eso sí, para que los chicos queden llenos y engañados, porque todo el jugo de la gallina ya se lo han comido con el caldo del almuerzo. Pero todo eso no lo dirá, no, el periódico, porque la gente quiere oír cosas bonitas, así que dirán que la comida es de primera, que los niños son felices, que todo va como una seda. ¡Cuántas mentiras!

—No querríamos molestarla más. Usted tiene trabajo y nosotras queremos hablar con Isabel. ¡Vamos, Emma! —dijo mi abuela apartándome de la puerta de un tirón.

Mi abuela y yo nos alejamos de la cocina con paso rápido para evitar que la cocinera siguiera hablando sin control. Llegamos a un pequeño distribuidor y, sin saber hacia dónde tirar, mi abuela se detuvo y cerró los ojos. Tenía un oído tan extraordinariamente fino que podía oír sonidos que pasaban inadvertidos a los demás. Cuando se concentraba, era capaz de distinguir el goteo de un grifo, el murmullo de una conversación secreta, el movimiento de una cortina mecida por el viento, el latido de las alas de un mirlo, el suave desliz de un caracol por la hoja de la aspidistra. Mi abuela oyó el rumor de conversaciones que yo era incapaz de distinguir y cuando volvió a abrir los ojos, supo hacia dónde debíamos ir.

La sala donde estaban los niños era una habitación rectangular. El escaso mobiliario estaba arrinconado contra las paredes. Los niños estaban sentados en el suelo, en silencio. En las primeras filas estaban los más pequeños, que miraban el escenario vacío con cierta curiosidad; los mayores, detrás, tenían caras largas y actitud altiva. Un escenario de apenas un metro de alto por uno de ancho presidía el espacio. Detrás, había una pequeña pared de madera pintada de negro.

Yo me negué a mirar a aquellos niños que me habían robado a mi madre y me tragué el deseo de buscar a la niña de la trenza larga y rubia.

La señora Wanda estaba de pie en el extremo opuesto al que estábamos nosotras. Llevaba el vestido de color piedra que mamá le había arreglado unas semanas atrás; elegante y discreta, hablaba con un par de chicas y un señor alto y delgado. Era la primera vez que yo veía a Harry Tozer, el marido de la señora Wanda. Días más tarde, mamá me explicaría que la gran pasión del señor Tozer eran las marionetas. Él mismo construía sus propias criaturas; hacía el diseño, cortaba la madera, la pintaba, les hacía los vestidos y, al final, les daba vida. Sus espectáculos eran pura poesía y, aquella tarde, yo estaba a punto de descubrir la belleza que podía contener el movimiento de una marioneta.

La abuela y yo avanzamos en dirección al escenario por el pequeño pasillo que quedaba entre los niños y la pared. Aún no habíamos llegado a la mitad de la sala cuando mamá apareció por la puerta que quedaba detrás del decorado. Sostenía una gran caja de madera. Harry Tozer se apresuró a ayudarla y fue entonces cuando ella nos vio. Un brillo de satisfacción le iluminó los ojos y nos mandó un beso que voló por encima de las cabezas rubias de los niños hasta llegar a mi mejilla.

Harry Tozer se movía con la elegancia de un *gentleman* inglés. Lucía un gran bigote negro, llevaba gafas, tenía la nariz larga, el mentón pronunciado y era capaz de hacer magia con los dedos. Se quedó unos segundos al lado de la caja. Las luces se apagaron y un par de lámparas de pie iluminaron, directamente, el escenario.

—¿Él es el payaso? —pregunté poniéndome de puntillas para acercarme a la oreja de mi abuela, que me respondió encogiéndose de hombros.

El señor Tozer abrió la caja y sacó una pequeña escalera de madera de un par de palmos de altura y dos estructuras metálicas que, colocadas a cada lado del escenario, quedaban unidas por un cable. Acto seguido, sacó una marioneta.

—¡Pompilio! —anunció con voz potente, y el payaso hizo una gran reverencia.

Aquel payaso de cincuenta centímetros de altura lo había construido el señor Tozer en plena guerra civil; cada pieza de su cuerpo lo devolvía al momento en que un bombardeo ensuciaba el cielo de la ciudad. Desde detrás de la pared de madera que delimitaba el escenario, Harry Tozer sacaba la cabeza y los brazos y daba vida a aquel payaso acróbata con la cara pintada de blanco, unas gruesas cejas negras y una raya que cruzaba sus párpados y bajaba hasta las mejillas; tenía la nariz roja y la sonrisa amable de unos labios que se alargaban más allá de la boca. Llevaba un sombrero de color amarillo con una cinta azul, un jersey de rayas horizontales rosas y blancas con una gran pechera blanca y un inmenso lazo azul en el cuello. Los pantalones, de un fucsia poco brillante, se sostenían con un par de tirantes y tenían un parche verde en la pernera derecha. Las manos se escondían en unos guantes blancos y los pies, en unos grandes zapatos negros.

El señor Tozer movió los hilos y aquel muñeco de madera con articulaciones de alambre cobró vida. Pompilio intentó subir la escalera, pero se cayó; volvió a intentarlo y la caída fue más impactante. Yo me apretaba la barriga para no soltar una risotada mientras un silencio denso acompañaba la indiferencia de aquellos niños que miraban impasibles. El payaso, incapaz de subir la escalera como Dios manda, en vez de hacerlo con los pies, lo hizo con las manos. Las puso en los peldaños y subió tres, y bajó uno, otro hacia delante, dos hacia atrás, hasta que volvió al suelo, se rascó la cabeza para pensar y acto seguido cogió impulso y los subió todos de golpe. Y yo quería reírme, pero esos niños a los que me había obligado a no mirar permanecían mudos; ni una sonrisa, ni un aplauso, ni un gesto de diversión. Nada. Estáticos como figuras de cera no respondían al juego del payaso. Pompilio se mantuvo en la cima de la escalera tambaleándose. Como un saltamontes que se asoma sin llegar a caerse, observó el cable que cruzaba todo el escenario. El payaso acróbata se convirtió entonces en el payaso funámbulo. Puso un pie sobre el cable, pero resbaló y, para no caerse del todo, se abrazó al cable con piernas y brazos. Miró al público, intentó levantarse y resbaló de nuevo, quedando, en esa ocasión, colgado por las axilas; su cuerpo se sostenía en un vaivén, como si fuera ropa tendida agitada por el viento, y al mismo tiempo que movía las piernas decía adiós con las manos.

La escena era divertida y yo me dejé llevar por el entusiasmo y aplaudí con fuerza. Decenas de ojos azules me miraron y, cuando estaba a punto de parar, se sumaron la señora Wanda, y las cuidadoras, y las maestras, y mamá y la abuela, y un par de niños que no tenían más de cuatro años y también una niña con unos inmensos ojos verdes que días más tarde sabría que se llamaba Hanka. Los demás no, los demás niños miraban al payaso con un desinterés en el que se trenzaban el miedo y la tristeza.

Los niños se ríen, los niños lloran, los niños se enfadan y gritan, se pelean y se reconcilian, los niños insultan y besan. Los niños son mundos inexplorados, pequeñas semillas que se preparan para convertirse en árboles. Pero aquellos niños de ojos claros y pelo del color del trigo miraban sin emoción, como si estuvieran muertos, como si hubieran perdido el alma, como si les hubieran robado la vida antes de empezarla. Los mayores miraban con desafío y se aferraban al orgullo de ser alemanes; a los más pequeños les habían quitado la alegría y tenían la mirada vacía. La señora Wanda sabía que conseguir cruzar la frontera que le permitiera llegar hasta donde se escondían no sería nada fácil.

El espectáculo continuó y el payaso, por fin, consiguió llegar al otro lado. A pesar de la frialdad del público, Harry Tozer no se dio por vencido. Hizo saltar a Pompilio dentro de la caja y sacó otra marioneta: una bailarina clásica que caminaba de puntillas con una agilidad que hacía parecer que estaba viva; alzó los brazos y los movió siguiendo el ritmo de la música que salía de un pequeño tocadiscos que una de las chicas había puesto en marcha.

—*El lago de los cisnes* —murmuró mi abuela mientras me apretaba el hombro.

Los brazos articulados de la bailarina dibujaron un arco sobre su cabeza, sus piernas se alzaron, primero una y luego la otra, y la bailarina echó el cuerpo hacia atrás, cogió carrerilla y voló. Yo admiraba el baile de la marioneta, el aire se densificó y, de repente, dentro de mí, un resorte abrió una nueva puerta. Por primera vez, fui consciente de la belleza.

Mientras yo me deleitaba con la intensidad de la emoción, mientras me convertía en bailarina y volaba a su lado, la niña de la trenza rubia, la niña a la que había visto bajar del barco con los bolsillos llenos de caramelos, la niña que en los meses siguientes se convertiría en mi mejor amiga, se levantó. Con los ojos clavados en la bailarina, dejó de respirar durante un instante y gritó: *Uciekaj! Uciekaj!*[5]

La bailarina quedó suspendida en el aire, congelada en el tiempo. Ludka respiraba acelerada, como si alguien la persiguiera. Fue un estallido de exaltación que duró unos segundos. Sin que apartara la vista de la bailarina, un reguero de pis bajó por sus piernas y le mojó los calcetines y los zapatos. ¡No pasa nada, preciosa! ¡No pasa nada!, repitió la señora Wanda con voz maternal y ella no contestó.

Cada criatura era una historia por descifrar y la señora Wanda era consciente de la dificultad de recuperar suficientes fragmentos de pasado para descubrir quiénes eran y de dónde venían cada uno de ellos. Desde que había llegado a Barcelona, Ludka no había pronunciado ni una sola palabra. La niña con la trenza color paja y ojos de agua tenía un pequeño hoyuelo justo en el centro de la barbilla; miraba con interés, escuchaba lo que le decían, hacía lo que le ordenaban, pero se escondía tras un mutismo obstinado. Diez días de silencio durante los cuales se preguntó por qué la habían llevado a otra ciudad, por qué le hablaban en otra lengua y por qué todo el mundo era tan amable. Diez días sin voz hasta que la bailarina de Harry Tozer hizo nacer una palabra en un idioma que había olvidado.

Ludka no regresó hasta que los niños salieron al patio. Se había cambiado el vestido y los calcetines; los zapatos eran los mismos, pero se los habían limpiado con agua y jabón para eliminar el hedor a orina. Volvía a ser la criatura hermética y esquiva que lo miraba todo con una intensidad difícil de describir.

5. En polaco, «¡Escapa! ¡Escapa!».

Yo estaba sentada al lado de mi abuela y observaba cómo mamá y Florinda repartían rebanadas de pan acompañadas de minúsculas onzas de chocolate que se vendían a precio de oro en el mercado negro. Desde pequeña me había gustado mucho el chocolate, pero en casa pocas veces había. Primero son las cosas importantes, Emma, me decía mi abuela cuando volvía de la compra con la cesta medio vacía y yo hurgaba a ver si encontraba una sorpresa. Pero el chocolate llegaba con cuentagotas y cuando lo hacía, era porque había algo que celebrar: un santo, un cumpleaños o alguna alegría que merecía un momento dulce. Yo sostenía el chocolate con las puntas de los dedos y daba pequeños mordiscos que dejaba deshacer en la boca como si fueran un caramelo; el sabor, contundente, se esparcía por el paladar y cuando casi había desaparecido, aún esperaba un poco antes de dar un nuevo mordisco.

Fue justo en el momento en que comía mi último trocito cuando Ludka cogió la merienda que le ofrecía Florinda. En una mano, el pan, en la otra, el chocolate, y la mirada esquiva, como si viviera en otro mundo, como si escondiera algo.

El reto de Wanda Morbitzer Tozer era acercarse a esas criaturas, intentar restituir lo que habían perdido y rescatar lo que eran. No sería fácil. Muchos no tenían ningún recuerdo, o si lo tenían, era tan pequeño que resultaba imposible encontrar un hilo del cual tirar. Ni siquiera sus nombres eran sus nombres, ni la lengua que hablaban, su lengua. No, no sería fácil, pero aquel *Uciekaj!* era una pequeña chispa que encendió el fuego de la esperanza.

Yo me pasaba la lengua por los dientes para retener el sabor del chocolate y me entretenía mirando a aquellos niños y niñas que comían en silencio. Encima de nuestras cabezas, las nubes dibujaban animales que el viento hacía y deshacía, como si una mano invisible jugara a crear imágenes de algodón. Tardes enteras había jugado con mi abuelo en la azotea: esa de ahí parece un león, y la otra, ¿la ves?, es la cabeza de una jirafa con orejas pequeñas y cuello largo; y esa otra, si te fijas bien, es un monstruo de orejas grandes y boca sin dientes, decía mi abuelo y entonces, con todos aquellos personajes, se inventaba un cuento. Aquello era un festival de animales y personajes que duraba poco tiempo.

Ludka no miraba las nubes, ella tenía la vista fija en el suelo, como si los zapatos le contaran alguna historia. Apoyada en la pared, pellizcaba trocitos de pan con las puntas de los dedos y los aplastaba una y otra vez hasta conseguir hacer una bola que se guardaba en el bolsillo; con la mano izquierda, apretaba el chocolate. La señora Wanda observaba a la niña con la ilusión de haber descubierto la grieta por donde empezar a adentrarse en sus recuerdos. Esperó unos minutos antes de acercarse a ella y cuando estuvo a su lado, le acarició la cabeza y con voz dulce, le preguntó:

—*Nie smakuje Ci?*[6] —Ludka ni respondió, ni la miró, pero la señora Wanda no se dio por vencida e insistió—. *Chleb z czekoladą. Nie smakuje Ci?*[7]

Ludka, como si oyera llover, dio unos cuantos pasos hasta el poyo que había en un rincón del patio y se sentó. Se guardó el chocolate en el bolsillo y se lamió la palma de la mano. Horas más tarde, lo escondería todo en el fondo de su maleta. Pasar hambre le había enseñado que la comida debía racionarse y que siempre debía guardarse un poco, por si mañana no había.

Yo no le quitaba los ojos de encima y mi abuela se dio cuenta.

6. En polaco, «¿No te gusta?».
7. En polaco, «El pan con chocolate, ¿no te gusta?».

—Ve con ella —sugirió.

—¿Y qué quieres que le diga?

—No hace falta que digas nada. Te sientas a su lado y le haces compañía.

Espoleada por el sabor amable del cacao, hice lo que me sugería mi abuela.

—Hola, me llamo Emma... ¿Sabes? A mí también me gustan las bailarinas.

Ludka no contestó. Ni siquiera me miró. Con mucho gusto le habría tirado de la trenza, para poder oír su voz, y estuve a punto de hacerlo, pero la mirada de mi abuela me retuvo. Me quedé un buen rato a su lado, hasta que llegó la hora de regresar a casa.

Me levanté y ella, por primera vez, me miró. Le saqué la lengua, sucia de chocolate, y le dije que era una niña desagradable, maleducada y antipática. Meses más tarde, cuando Ludka permitió que el pasado fluyera por las rendijas de la memoria, me recordó aquella peculiar manera de darle la bienvenida.

# LUDKA

Przypomnij sobie, merken, remember, *recuerda. Cuatro palabras y un mismo significado me permiten revivir lo que fue mi infancia. Tengo setenta y un años y dentro de mí aún vive la niña huraña que creció sin saber quién era, la niña a quien llevaban de un país a otro, la niña que sobrevivió al desarraigo.*

*Cuando llegué a Barcelona, en la hoja de registro se explicaba lo poco que sabían de mí: «Ludka Nowak. Encontrada vagando cerca del bosque de Białowieża. No habla, posiblemente a consecuencia de un* shock *postraumático. Se intuye que es una niña inteligente. No ha sido reclamada por ningún familiar».*

*Ludka Nowak era un nombre inventado que me había regalado mi segunda madre, mi madre alemana.*

*Cuando llegué a Barcelona tenía nueve años, pero había vivido muchos más y lo único que deseaba era huir de la ciudad y volver a casa.*

# 5

## Barcelona, mayo de 1946

Barcelona me acogió con los brazos abiertos. La voz dulce de *pani* Wanda, la amabilidad de las cuidadoras, el aroma de la comida de Florinda y la mirada discreta de Isabel no hicieron tambalear mi decisión de centrarme en un único objetivo: buscar a mi madre y recuperar mi nombre.

Desde mucho antes de poner los pies en la ciudad, mientras el barco nos llevaba hacia un nuevo hogar, la inmensidad del mar me dio la respuesta. Agotada de tanto ir de un lado para otro como si fuera una maleta perdida, decidida a cambiar un destino que se obstinaba en no dejarme echar raíces, me prometí que haría lo imposible para regresar a mi casa.

En mi cabeza, las palabras de mi madre resonaban como tambores: No le puedes decir a nadie que te llamas Hedda von Brandt, ¿entiendes lo que te digo? ¡A nadie! Si te preguntan, contestas que no tienes familia, que eres huérfana, repetía con voz firme. Ludka, Ludka Nowak, ese es tu nombre a partir de ahora. ¿Me oyes? Y yo respondía que sí, que lo entendía, que me llamaba Ludka y que tenía que decir que era polaca y que no tenía padres. *Du musst stark, sein, Hedda!,*[8] me repetía a mí misma. *Musst stark sein, Ludka!*

8. En alemán, «¡Tienes que ser fuerte, Hedda!».

Mi madre me despertó en mitad de la noche para decirme que habíamos perdido la guerra.

—Volvemos a Berlín —dijo cogiéndome las manos entre las suyas—. Y mientras dure el viaje, tenemos que pasar desapercibidas, nadie debe saber que somos von Brandt.

Mi padre adoptivo era *Hauptsturmführer*[9] en el campo de Chełmno y había sido arrestado. Mi madre y yo intentamos huir, pero la huida se complicó y terminamos en un camión que nos llevaba a un campo de trabajo convertidas en prisioneras. El estruendo del motor silenciaba las palabras y la incertidumbre de no saber hacia dónde nos dirigíamos era el nido del miedo. Mi madre me cogía la mano y cuando el camión disminuyó la marcha, acercó los labios a mi oreja al mismo tiempo que señalaba el agujero que había entre el suelo y un lateral del camión, justo debajo del banco donde estábamos sentadas, para decirme que tenía que escapar. El agujero era lo suficientemente grande para que yo, que estaba delgada como una anguila, me colara sin problema.

—Tú eres valiente y las niñas valientes no tienen miedo. Ten confianza; estés donde estés, iré a buscarte. Recuerda siempre que el silencio es tu aliado y que tu nombre es Ludka Nowak —dijo antes de besarme.

Esperamos un rato hasta que el camión dio una sacudida y casi se paró. *Jetzt!*,[10] exclamó mi madre con la firmeza de las órdenes de un capitán. *Verdammtes Leben!*,[11] gritó una de las prisioneras en el momento en que mis pies tocaron el asfalto. El camión aceleró y yo rodé por la pendiente del margen de la carretera. El vehículo se alejó hasta perderse de vista. *Verdammtes Leben!*, repetí.

En aquel instante dejé de ser Hedda von Brandt para

9. En alemán, «capitán».
10. En alemán, «¡Ahora!».
11. En alemán, «¡Maldita vida!».

convertirme en Ludka Nowak y el silencio llegó a mi vida para quedarse durante mucho tiempo.

Hacía más de un año que no veía a mi madre. La esperanza de que ella sabría encontrarme fue menguando. La añoranza de una vida que jamás recuperaría me dio el empujón que necesitaba para salir a buscarla. Aquella huida era una insensatez, pero en mi cabeza todo era posible. Pasara lo que pasara, volveríamos a estar juntas, nos abrazaríamos, lloraríamos de felicidad y llevaríamos flores a la tumba de la otra Hedda, la niña que había sido su hija mucho antes que yo.

La idea de la huida fue gestándose a medida que pasaban los días. Fiel a la promesa que le había hecho a mi madre, me mantenía a salvo gracias al mutismo que me protegía. Pero aquella tarde, la bailarina despertó un instante de mi pasado; mucho antes que Maria y Klaus von Brandt se convirtieran en mis padres, mucho antes de que yo fuera una niña alemana hija de un oficial de las SS, mucho antes de la vida que evocaba, había habido otra de la que casi no recordaba nada.

En Barcelona nos trataban con afecto, pero nos hablaban en un idioma que nos habían obligado a odiar, un idioma borrado a base de gritos y palizas. Alejada de todos, tenía un único propósito: escapar.

La ingenuidad de mis pocos años y la fortaleza que había adquirido viviendo durante meses a la intemperie me dieron la fuerza para hacer realidad mi deseo. El plan era tan simple como insensato: iría hasta el puerto, subiría en el barco J. J. Sister y zarparía hacia Génova. Una vez allí, cogería un tren que me dejaría en Zúrich; para ir de Zúrich a Berlín no tendría problema. A continuación, me dirigiría a una pequeña ciudad al norte de la capital donde vivían los padres de mi madre, unos abuelos a quienes había visto una única vez. En mi delirio de huida todo era fácil. No dudé ni un instante, estaba segura de que lo conseguiría; si había sobrevivido durante meses en un bosque con lobos y zorros, viajar hasta Berlín no sería difícil.

Durante una semana preparé la fuga. Deseaba huir de Barcelona y volver a casa. Necesitaba comida, un mapa, una cuerda y pensar de qué modo podía salir de la residencia de la calle Anglí sin que me pillaran. El mejor momento era a medianoche, así me daría tiempo de llegar al puerto antes de que empezaran a buscarme. Mi cama estaba al lado de la ventana. Antes de acostarme, la abrí un par de centímetros. Pasadas las doce, el silbido de las tuberías se acompañaba del suave respirar de las niñas y de los ronquidos de las cuidadoras. Todas dormían. Bajé la maleta con la cuerda que le había robado al jardinero para, a continuación, dejarme caer desde el primer piso. Pegada a la pared, una mano aquí, un pie allá, en poco tiempo conseguí llegar al jardín. La lluvia del día anterior había ablandado el suelo y el aroma a tierra húmeda me hacía sentir segura. Como era de esperar, la puerta de la calle estaba cerrada. Con la maleta colgada en la espalda, subí la tapia que separaba el patio del paseo de la Bonanova. Una vez arriba, de un salto, aterricé al otro lado. Era libre.

El camino hasta el puerto era largo. Por la noche, la ciudad inspiraba tanto temor como el bosque de Białowieża. Los edificios se alzaban imponentes como monstruos al acecho, los árboles murmuraban en voz baja y yo caminaba arrimada a la pared con la maleta en una mano y la cuerda en la otra. El miedo era una ola que lo engullía todo. Hacía un par de días había birlado un plano de la ciudad del bolso de Florinda. La cocinera lo consultaba a menudo, lo extendía sobre la mesa de la cocina para buscar la mejor ruta. Una tarde que yo estaba en la cocina, Florinda, con esa tozudez con la que lo hacía todo, me hizo entender que, el punto donde ponía el dedo, era donde vivíamos nosotros.

No me costó orientarme. Bajé por la calle Bruc y al atravesar la calle València me di cuenta de que un hombre con gorra y ropa de trabajo me estaba siguiendo. Aceleré el paso, pero él cada vez estaba más cerca y cuando empecé a correr, él corrió detrás de mí. Solo tenía una salida: despistarle. A la altura del pasaje de Permanyer, me deslicé a través de la verja para refugiarme en uno de los patios que había delante de las casas. Lo vi pasar y salí por el otro lado de la calle. Caminaba con el alma en vilo, el miedo que se había mantenido latente desde hacía meses había estallado y la oscuridad de la ciudad me devoraba. *Verdammtes Leben!*, gritaba la voz de una mujer sin rostro, y yo agarraba la maleta con tanta fuerza que me dolían los dedos. Cuando llegué a la esquina de la calle Diputació, el hombre apareció ante mí. Con una mano me inmovilizó los brazos y con la otra me tapó la boca. Su barriga se empotró contra mi espalda, el tufo a alcohol se mezclaba con la peste agria de un cuerpo que no se había lavado en semanas.

—¡Si gritas te corto el pescuezo! —gritó; estaba bebido hasta las trancas.

Lentamente, apartó su mano de mi boca y de un tirón me cogió la maleta. Yo estaba asustada, pero eso no impidió que reaccionara; levanté las dos piernas al mismo tiempo para intentar desestabilizarlo. Él retrocedió un par de pasos, el brazo con el que me tenía atrapada perdió fuerza y aproveché el instante para soltarme. Lo más sensato habría sido correr calle abajo, pero no estaba dispuesta a que aquel ladronzuelo se quedara con lo poco que tenía. Le di un codazo y un par de coces mientras gritaba: *Verlasse mich! Verlasse mich!*[12] Él respondió con una ristra de insultos mientras me mostraba la navaja, punzante, idéntica a los dientes afilados de un perro encendido por la rabia. Sin pensar en el peligro, tiré de la maleta. Forcejeamos unos segundos hasta que esta cayó al suelo; la cerradura cedió y decenas de rebanadas de pan se esparcieron sobre la acera. El pan que había ido robando y guardando desde que había llegado a Barcelona era imprescindible para poder sobrevivir. El pan que tenía que ahuyentar el hambre durante el viaje se desparramó por el chaflán de Diputació con Roger de Llúria.

—¡Te voy a matar! —gritó fuera de sí el ladrón.

Yo me arrodillé decidida a recoger tantas rebanadas como fuera posible. Cuando aquel hombre volvía a abalanzarse sobre mí, un silbido nos puso alerta. A unos cincuenta metros de donde estábamos, el sereno nos llamaba la atención. El sereno, el hombre que velaba por la seguridad del barrio, el hombre que avisaba al médico o al cura cuando era necesario, el hombre que cantaba las horas y anunciaba el tiempo, el hombre que llamaba a la policía cuando era menester, se acercaba con su uniforme y su sombrero de plato dispuesto a salvarme. El ladrón huyó corriendo y yo hice lo mismo.

La maleta, el pan y todo lo que tenía se quedaron en medio de la calle y yo corrí como si me persiguiera un demonio con la boca abierta.

12. En alemán, «¡Déjame!».

El sereno tenía la barriga inmensa y las piernas demasiado cortas para atraparme. Estaba agotada, me costaba respirar, iba empapada de pies a cabeza y me dolían todos los músculos del cuerpo. La felicidad de haberme escapado borraba la pena de haber perdido la cuerda, la maleta y el pan. Afortunadamente, el plano de la ciudad continuaba en su lugar, al fondo del bolsillo del vestido.

La calle desembocaba en un gran paseo; justo en el centro, una hilera de palmeras lo partía por la mitad. En la lejanía, reconocí una columna altísima con una estatua en la cima, una imagen que me había llamado la atención el día que llegamos a Barcelona. Aliviada por la seguridad de haberme salvado, me senté en la escalera que conducía a la entrada de un gran edificio. Una desazón me recordó que hacía horas que no comía. Partí en tres trozos la única rebanada de pan que había salvado y mientras masticaba el primer pedazo, abrí el plano para situarme. El mar estaba justo detrás del paseo Colón. El aire estaba cargado de sal y las gaviotas volaban de un lado para otro. Si afinaba el oído, podía oír el murmullo de las olas. La noche daba paso al día y las primeras luces del alba asomaban por el horizonte. Un rojo intenso teñía un cielo de nubes que se enflaquecían y anunciaban el día en que yo regresaba a mi casa.

En pocos minutos, me recuperé del cansancio y me puse en marcha. A mi lado pasó un tranvía lleno de viajeros adormecidos. La oscuridad aún era mi aliada; tenía que llegar al puerto antes de que amaneciera.

El hambre, el sueño, la incertidumbre, el cansancio y el miedo dejaron paso a la duda. Por primera vez, me pregunté si lo conseguiría y fui consciente de la vulnerabilidad de mis pocos años. Por primera vez, toda la seguridad con la que había imaginado y planificado mi huida parecía hacerse trizas.

Entré en el puerto esquivando la vigilancia del guardia que estaba en la puerta. Escondida entre la carga que esperaba el momento de ser embarcada, podía ver los barcos. El J. J. Sister llegó cerca del mediodía y lo recibí con la alegría de reencontrarme con un viejo conocido. Mientras pensaba cómo podía colarme sin que me pillaran, me tragué el último pedazo de pan que me quedaba. La escalera por donde bajaban los pasajeros se llenó de gente cargada con maletas. Era impensable subir al barco sin que me vieran. Antes de que el desánimo ganara la batalla, el camión que traía el abastecimiento para la tripulación y los pasajeros abrió una brecha de esperanza. El vehículo se detuvo delante de la bodega. El conductor y los marineros conversaban animados y yo aproveché para correr hasta el otro lado del vehículo y, sin que se dieran cuenta, me colé en la bodega. Ruedas de camiones estaban sujetadas con cuerdas para evitar que un golpe de mar moviera la carga, y yo era lo bastante pequeña como para esconderme entre ellas. En el fondo del bolsillo me quedaban algunas migajas de pan y me puse a imaginar el banquete que celebraría en cuanto llegara a Génova. Esperar y soñar era todo lo que tenía.

Desde mi escondite podía ver cómo trabajaban los marineros. La cháchara alegre se convirtió en música de fondo, pero, de repente, enmudecieron. Alargué el cuello hasta que conseguí ver que, por la puerta que conducía al interior del barco, acababan de salir el capitán y un par de oficiales. Los tres hombres se detuvieron delante de la caja del camión que se abría dentro de la bodega. Un movimiento de cabeza del capitán fue suficiente para que la media docena de marineros que trabajaban detuvieran sus tareas para dirigirse hasta el camión y sacar un ataúd. En el momento de dejarlo en el suelo, aparecieron, por la misma puerta por la que había salido el capitán, dos marineros que transportaban una litera con un cuerpo tapado con una sábana. Caminaban lentamente. Les seguía una mujer con un llamativo vestido amarillo de escote generoso; tenía los ojos rojos y apretaba un pañuelo con ambas manos. La acompañaba un hombre con traje gris y una carpeta bajo el brazo.

—¡Pobre Vittorio! ¡Pobre Vittorio! —repetía la mujer, desolada.

El marinero que iba delante resbaló y la litera se tambaleó peligrosamente; por fortuna, el hombre reaccionó a tiempo y evitó el desastre. Por debajo de la sábana asomó un brazo con una mano de mármol que se balanceaba y volvía a la vida. La escena me encogió el estómago. No quería ver más muertos; cada nuevo muerto me recordaba a todos los que había dejado tras de mí.

Pusieron la litera al lado del ataúd. Los marineros que momentos antes reían a voces, metían ahora, con el rostro severo y la mirada inexpresiva, al difunto en la caja. El hombre de gris sacó un papel de la carpeta y se lo dio a la mujer, que se negó a aceptarlo. Al día siguiente, el periódico hablaría de la muerte súbita de un rico industrial italiano que viajaba a Barcelona por negocios, aunque no se mencionaría a la mujer que lo acompañaba. Llevaron el ataúd a hombros hasta el coche fúnebre que acababa de llegar. Aquella escena me trasladó al día en que mi segunda madre, Maria von Brandt, me llevó al cementerio.

# 6

## Berlín - Sobibór, primavera de 1942 - otoño de 1943

Había perdido a dos madres, a dos padres y miles de recuerdos habían desaparecido para no volver. Había perdido mis raíces y cada vez que empezaban a crecer de nuevo, me arrancaban de donde estaba y me llevaban a otro sitio. Había perdido la esperanza de recordar de dónde venía y la ilusión de dejar atrás el sufrimiento de una infancia llena de dolor. Cuando el miedo hacía acto de presencia, el sabor viscoso de las lombrices se paseaba por el paladar y la vida se llenaba de desolación.

Aquella mañana de primavera, Maria von Brandt y yo visitamos el cementerio. Ella llevaba un ramo de margaritas amarillas en una mano y con la otra me apretaba la mía con tanta fuerza que me hacía daño.

—Es aquí. —Se paró ante una tumba. El nombre grabado en la lápida era el mío: Hedda von Brandt—. Mi Hedda ahora tendría tres años más que tú, pero Dios la llamó a su lado.

Mamá retiró las flores secas que había encima de la lápida y dejó las margaritas. A pocos metros de nosotras, cuatro hombres cargaban un ataúd a hombros; lo seguían una docena de personas vestidas de luto que miraban al suelo.

—Así es la vida, Hedda, crees que te queda todo por

delante y, de repente, se termina. —Un escalofrío me estremeció y ella me apretó los hombros. Notar la calidez de sus manos me reconfortó.

Era junio de 1942, había cumplido los cinco años y hacía pocas semanas que Klaus y Maria von Brandt se habían convertido en mis padres. Me habían sacado del orfanato donde me habían hecho sentir orgullosa de pertenecer a una raza superior. Éramos la raza escogida, la raza suprema destinada a liderar el mundo. Algunas tardes de domingo, antes de la proyección de la película, nos pasaban un documental en el que un hombre bajito, vestido con un uniforme ceñido y abotonado hasta el cuello, daba un discurso delante de miles de jóvenes en perfecta formación. La voz del Führer retumbaba dentro de nosotros: *Flink wie Windhunde, zäh wie Leder, hart wie Kruppstahl,* declamaba, y la profesora nos obligaba a repetir las palabras de nuestro líder, que habíamos aprendido como si de una oración se tratara: *Rápido como un galgo, resistente como el cuero y duro como el acero de Krupp.* Así tenían que ser los jóvenes alemanes destinados a convertirse en los hombres y las mujeres que servirían al país. Así tenía que ser yo, pero me sentía débil y vulnerable, perdida en un orfanato en el que habían borrado mi pasado y me habían convertido en otra persona. Lo había perdido todo y no era capaz de distinguir el bien del mal. Lo único que me reconfortaba era que me quisieran, y Maria von Brandt me acogió y se convirtió en mi madre.

Pocos días después de adoptarme, el capitán Klaus von Brandt recibió la orden de traslado al campo de Sobibór. El capitán viajó a su nuevo destino, y mi madre y yo nos quedamos en Berlín para cerrar la casa. Muebles tapados con sábanas, baúles atiborrados de ropa, cajas llenas de libros y de todo lo indispensable para la nueva casa... Antes de irnos, mi madre quiso enseñarme el lugar donde descansaba la niña de quien había heredado el nombre. No me importaba tener nombre de muerta porque Maria von Brandt me regalaba todo el amor que había quedado huérfano cuando había perdido a su única hija. Antes que yo, había habido otra Hedda, una Hedda que había muerto de tuberculosis. Mi madre nunca volvería a hablar de esa hija tan amada porque, a partir de aquel momento, su Hedda era yo.

Maria von Brandt tenía la piel blanca como la leche y el pelo rubio, y sus ojos variaban del verde al azul según la intensidad de la luz, unos ojos que se llenaban de vida cuando me miraba. Ocho años atrás había parido a su única hija, y una serie de complicaciones en el parto la habían dejado estéril. La doctrina nazi postulaba que los matrimonios debían tener un mínimo de cuatro hijos destinados a participar de la futura Alemania que dominaría el mundo. La esterilidad de su mujer era una vergüenza para el capitán. Para compensar la imposibilidad de tener hijos legítimamente esparció su semilla entre mujeres solteras de indudable raza aria. Las chicas parieron en las maternidades Lebensborn, donde cuidaron a los niños para convertirlos en hijos del régimen.

Tres años después de perder a su hija, Maria von Brandt insistió en adoptar a una criatura, pero no quiso que fuera ninguna de las que su marido había tenido con sus amantes. Mi adopción hizo que el matrimonio se distanciara todavía más. Mi madre estaba absolutamente dedicada a mi educación; si había accedido a dejar Berlín y a seguir al capitán, había sido con la condición de que ella y yo viviéramos en Lublin, la ciudad más grande cercana al campo de Sobibór. El capitán nos visitaba siempre que tenía días libres, y su presencia rompía la armonía de un hogar donde mi madre y yo convivíamos sin que nos faltara nada.

Klaus y Maria von Brandt se habían enamorado en uno de los bailes de oficiales que se organizaban en la academia donde ella estudiaba. La chica no escuchó las advertencias de su padre, que no veía con buenos ojos que su hija se relacionara con un miembro del partido. La familia de Maria pertenecía a la burguesía acomodada. Propietarios de una fábrica de muebles, bien situados, pero críticos con el régimen de Hitler, no les gustaba aquel chico que sentía veneración por la política del dictador. La joven Maria tuvo que escoger, y el enamoramiento hizo que optara por el amor de un hombre con quien jamás sería feliz. Yo había visto a los padres de mi madre una única vez. Su padre, después de darme un beso, musitó: *Armes Mädchen!*[13]

Mi madre me peinaba, mi madre leía para mí, mi madre me ayudaba con las tareas del colegio, mi madre me explicaba las bondades del Führer, mi madre vivía por y para mí. Al cabo de pocos meses, sentía por ella la misma devoción que ella tenía por mí.

Lublin fue mi casa. Las visitas de mi padre adoptivo eran días de tirantez; con el capitán en casa, el ambiente se cargaba de una armonía ficticia sostenida gracias a la actitud sumisa de mi madre. Él hablaba y ella callaba. Él se enfadaba y ella le dejaba a sus anchas. Él imponía y ella fingía acatamiento. El capitán era partidario de una educación severa y estricta.

—Es necesario fortalecer el carácter para poder afrontar la dureza de la vida —afirmó el día que propuso que mi madre y yo fuéramos a visitar el campo de prisioneros de Sobibór.

Por primera vez, Maria von Brandt, con una fuerza que nunca había mostrado ante mí, se opuso.

13. En alemán, «¡Pobre criatura!».

—¡Un campo de prisioneros no es lugar para una niña! —respondió contundente.

El capitán no volvió a insistir, pero unos meses más tarde, cuando regresó a casa para pasar una semana de vacaciones, vino a buscarme al colegio.

—Hoy vas a ver dónde trabajo —anunció con orgullo. Tenía la voz grave y profunda. Si los volcanes hablaran, tendrían su voz—. Tu madre dice que eres demasiado pequeña, pero yo sé que eres una niña valiente.

—Sí, señor.

Yo tenía la certidumbre de que si me negaba a obedecerlo, él me levantaría del suelo con una sola mano y me lanzaría contra la pared para aplastarme. Además, la curiosidad por saber dónde trabajaba me empujaba a seguirlo.

Era el 14 de octubre de 1943 y Klaus von Brandt lamentaría para siempre haberme llevado al campo de Sobibór.

El capitán conducía en silencio. De vez en cuando, hacía algún comentario, como si pensara en voz alta.

—La fortaleza no radica en lo que se dice, sino en lo que se hace —hablaba sin apartar los ojos de la carretera y no esperaba ninguna respuesta.

Odiaba al capitán con todas mis fuerzas e ignoraba que el odio que sentía por él solo era la semilla de otro mucho más intenso que crecería a medida que me hiciera mayor hasta hacerse insoportable. Klaus von Brandt tenía unas manos inmensas, los dedos gruesos con uñas sin lúnula, unas *Killerhände*[14] que yo evitaba mirar para no regresar al momento en el que había sido testigo del horror.

Una semana atrás, los maullidos mortecinos que salían del cobertizo nos alertaron de que la gata del vecino había entrado en nuestra casa y había parido a cuatro gatitos en

14. En alemán, «manos de asesino».

el cesto de mimbre que utilizábamos para guardar la leña. Yo suspiraba por quedarme con uno de aquellos mininos cuando la gata los destetara. Mi madre me contestó con una leve inclinación de cabeza que yo leí como una afirmación, pero añadió que tendría que hablarlo con el capitán. El día que el capitán vino a casa, antes de saludarlo, le supliqué que me dejara adoptar a uno de los gatitos. *Kann ich noch einen haben? Sie sind so schön!*[15] Él no respondió, ni me miró. Fue directo al cobertizo. La gata amamantaba a sus pequeños, pero eso no impidió que el capitán cogiera a los gatitos y los estampara uno tras otro contra la pared. Los animales eran proyectiles lanzados con ira, rebotaban en la pared y caían al suelo. La gata, con la cola erizada, emitía bufidos y maullaba con desesperación. Yo permanecí inmóvil, con la respiración entrecortada, incapaz de moverme, la voz se me había fundido, la garganta se me había llenado de arena hasta ahogarme y lloraba sin parar. La gata, enloquecida, saltó para morder la mano del capitán. Sus dientes se le clavaron en la carne y él, de un manotazo, la hizo saltar, y de una patada, la lanzó al otro lado del cobertizo. La gata quedó medio aturdida, él la cogió por el pescuezo y la tiró al jardín de los vecinos mientras gritaba: ¡Si alguien quiere gatos, que los cuide! Aquella noche, Maria von Brandt no le dirigió la palabra a su marido y después de una cena que ni ella ni yo probamos, se vino a dormir a mi cama. El asesinato de los gatos fue el preludio de lo que pasaría más tarde.

El viaje de casi dos horas y la incomodidad de ir a su lado hicieron que la curiosidad por visitar el campo de prisioneros se fuera disipando a medida que engullíamos la carretera.

El campo de Sobibór formaba parte de la operación

15. En alemán, «¿Puedo quedarme uno? ¡Son tan bonitos!».

Reinhard, el nombre en clave que los nazis alemanes dieron a la exterminación de prisioneros, una maniobra iniciada en marzo de 1942 y que coincidió con la apertura de los campos de exterminio de Belzec, Sobidór y Treblinka. Sin embargo, para mí, para mi madre y para la población en general, Sobibór era un campo de prisioneros en tránsito hacia otros campos. A medida que nos acercábamos, el bosque que había a ambos lados de la carretera se hacía más frondoso. Cuando faltaba poco para llegar, cogimos un desvío a la derecha que nos llevó hasta la entrada del campo.

El ronquido del coche rompía el silencio, el tufo a gasolina anunciaba la desgracia, pero yo no podía dejar de pensar en los cuatro gatitos muertos que el capitán había enterrado en el patio.

Ante nosotros dos banderas ondeaban a más de seis metros de altura: la de la derecha era la bandera nazi, un fondo rojo y un círculo blanco con la esvástica dentro; en la otra, sobre un fondo negro, destacaba la insignia de la doble runa *sigel* de las SS, de color blanco. Sobre la entrada, un letrero que iba de una bandera hasta la otra rezaba SONDERKOMMANDO.[16] El campo quedaba escondido detrás de una vegetación espesa que tapaba varios niveles de alambrada. Delante del primero, había guardias uniformados haciendo la ronda. Además de una torre de vigilancia en el centro del campo, había muchas más por todo el perímetro del recinto.

El capitán paró el coche a unos metros de la entrada y permaneció unos segundos sin moverse, como si estuviera pensando qué debía hacer, como si dudara si dejarme entrar con él, como si una premonición de desdicha apareciera en aquel preciso instante.

—Espérame aquí. No te muevas hasta que yo vuelva.

16. En alemán, «comando especial».

Vi cómo se alejaba con paso firme. Se paró a hablar con los guardias de la entrada y después se alejó hasta desaparecer.

Yo esperaba su regreso con el afán de descubrir qué había detrás de la verja. Veinte minutos después, un grito me alertó. No entendí qué decía, pero era un grito intenso, lleno de sorpresa y pavor. Los guardias de la entrada corrieron hacia el interior. La curiosidad me empujó a desobedecer y salí del coche. Gritos que surgían de todas partes llenaron el aire de una atmósfera trágica. Prisioneros corrían hacia la alambrada y lanzaban hachas y palas al otro lado de la verja para hacer estallar las minas enterradas alrededor del campo. Las ametralladoras de las torres de vigilancia disparaban a diestro y siniestro, el ruido era ensordecedor.

Para protegerme, me escondí debajo del vehículo. Un grupo de prisioneros embistió la puerta principal hasta abrirla. Como una estampida de animales perseguidos, corrieron en dirección al bosque, aunque muchos cayeron abatidos antes de llegar. Me tapé los oídos, pero el olor a pólvora, a barro y a muerte me provocaba arcadas. Cerré los ojos, pero en la oscuridad volvían los gatitos volando hasta estamparse contra la pared. Disparos de pistola y ráfagas de metralleta se mezclaban generando un ruido atronador. Me apreté contra el suelo como si se tratara de un flotador a la deriva. El horror se repetía; los tiros, los gritos y el olor a terror que apestaba el aire provocaron el resurgimiento de un episodio que mi memoria había borrado: el día en que los soldados de botas altas aparecieron en una casa que no recordaba.

No me moví hasta que todo se calmó y dentro de mí retronó un silencio denso. Entonces salí de debajo del coche y entré en el campo por el boquete que se había abierto en el centro de la puerta reventada. Avancé lentamente. De lejos, vi a varios guardias apuntando a un centenar de prisioneros sentados en medio del patio. Todos tenían las manos en alto, todos miraban al suelo, todos estaban aterrorizados por las consecuencias de una fuga que ellos no habían secundado. Para evitar que me descubrieran, entré en uno de los edificios. El olor a tela y el polvo de hilo anunciaban que era la sastrería. Piezas de ropa se amontonaban sobre mesas largas. No había nadie. Un colgador sostenía una chaqueta de oficial a medio coser que se movía por la ligera corriente de aire. Miré la chaqueta y no me percaté de que un reguero de sangre corría por el mostrador. Un paso, otro paso y un paso más me acercaron al lugar donde yacía, tendido en el suelo, un oficial con la cabeza abierta por un hacha.

Un mareo intenso me obligó a poner la mano sobre la mesa y a agarrarme a unos pantalones que el sastre había terminado de cortar esa misma mañana. Una bobina de hilo cayó sobre el charco de sangre y pequeñas salpicaduras me ensuciaron los calcetines.

Ya de mayor, cuando me interesé por la historia de mi país, leí el episodio de la rebelión de los presos de Sobibór y entonces pude ponerle nombre a todo lo que había pasado aquel 14 de octubre de 1943.

Dos horas antes de que estallara el alzamiento, el subteniente Johann Nienmann había acudido a la sastrería a buscar su uniforme nuevo. Todo estaba aparentemente tranquilo, nada hacía pensar que se preparaba una sublevación. El prisionero sastre cosía; ni siquiera levantó la cabeza cuando el oficial le preguntó por su uniforme. Un hachazo dejó la pregunta a medias. El subteniente cayó rendido al suelo, la sangre manando a chorro de su cabeza; fue el primer oficial asesinado por el grupo de rebeldes.

Los prisioneros que habían planeado la rebelión pensaban asesinar a tantos oficiales como pudieran antes de la hora de pasar lista. Ellos mismos habían fabricado hachas y cuchillos en los talleres de herrería y ebanistería, cosa que habían conseguido gracias a la colaboración de algunos de los presos que ayudaban a los oficiales en las tareas de vigilancia y administración a cambio de algunos privilegios. Matarían a los oficiales y, en el momento de pasar lista, cortarían el suministro eléctrico para evitar que se avisara por radio y entregarían armas a los demás prisioneros. Si todo se desarrollaba tal y como estaba planeado, podrían escapar por la misma puerta de entrada al campo evitando las minas que había alrededor.

Uno por uno, oficiales y guardias fueron asesinados. Mataban a uno cada seis minutos. A las cinco de la tarde, los rebeldes se reunieron en la zona de pasar lista. Mientras se repartían las armas, uno de los guardias alertó de la muerte de un oficial e hizo que el plan se fuera al traste. Los guardias que quedaban empezaron a disparar y los presos huyeron perseguidos por los tiros de la ametralladora de la torre de vigilancia.

En el momento en que conseguí reaccionar, aunque se oían disparos, salí del pabellón. Mejor esquivar tiros que estar al lado de un muerto con un hacha en la cabeza. Cuando abrí la puerta, un guardia me interceptó el paso. El chico, sorprendido al descubrir a una niña en el campo, me preguntó mi nombre y, al saberlo, me empujó hacia dentro y me dijo que tenía que esperar a mi padre. Para evitar que me escapara, cerró con llave.

Acurrucada en la otra punta del pabellón, lejos del cuerpo del oficial, los minutos se convirtieron en semanas. Luchaba para ahuyentar el miedo deseando que uno de aquellos tiros fuera directo al corazón del capitán. Cuando apareció, alto como una torre, con los ojos inyectados de ira, me cogió del brazo y sin parar de gritar me zarandeó. Yo temblaba, no osaba mirarlo ni mucho menos responderle. Entonces me arrastró al exterior. Ya no había tiros ni gritos. Un silencio oscuro llenaba el aire de terror. Los prisioneros estaban con las manos arriba y los guardias les apuntaban. El capitán me obligó a seguirlo. Cuando estuvimos frente a ellos, dio la orden y una ráfaga de tiros hizo caer a siete hombres de la primera fila. En los ojos del capitán se leían las ansias de venganza y la rabia se le concentraba en un punto blanco de saliva en la comisura del labio. Había asesinado, impunemente, a unos gatos recién nacidos; ahora eran hombres que se desplomaban como si fueran muñecos de trapo. El capitán me obligó a avanzar entre los cadáveres hasta llegar a la altura de dos chicos, casi unos niños. Lo que pasó a continuación lo enterré en el fondo de mi memoria.

Tuvieron que pasar años hasta que fui capaz de explicarlo en voz alta, y la expresión de espanto de Emma mientras me escuchaba hizo que volviera a revivir el horror de un episodio que iba a acompañarme toda la vida.

Ya en el coche, sentada en el asiento del copiloto, con las manos juntas sobre el regazo, sentía el latido del corazón encogido por el terror. Antes de entrar, el capitán abrió el maletero, se limpió las manos sucias de sangre y se puso los guantes de cuero que siempre llevaba en la caja de herramientas por si tenía que cambiar una rueda. Luego se sentó junto a mí.

—Se han terminado las vacaciones —fue todo lo que dijo después de poner el motor en marcha.

La rebelión hizo trizas el orgullo de creerse superiores. La vergüenza de haber sido vencidos por un grupo de reclusos había evidenciado que no eran invencibles.

# 7

## Sobibór, octubre de 1943 - Lódz, enero de 1945

Las salpicaduras de sangre en los calcetines me devolvían la imagen del hombre con la cabeza abierta y de dos niños con un tiro en la frente. El subteniente Nienmann estaba muerto, pero sus ojos, de un azul intenso, me observaban desde el otro mundo; a su lado, dos niños me suplicaban que los salvara. Me balanceaba en un movimiento rítmico siguiendo el ronquido del motor y cerraba los ojos para borrar todo lo que había visto, pero no podía, disparos de metralleta agujereaban mis pensamientos. El odio del capitán y el chasquido de las dos balas me quemaba la piel.

A mi lado, Klaus von Brandt conducía con la vista fija en la carretera. La mandíbula en tensión, los brazos rígidos, las manos agarrando el volante con fuerza. La vergüenza del vencido se había transformado en ira y yo suplicaba para que todo ese odio no se volviera contra mí y me lanzara contra la pared.

Llegamos a Lublin y aparcamos delante de la puerta de casa. El capitán ni tan siquiera apagó el motor.

—Dile a tu madre que te he llevado a dar una vuelta, pero no le digas dónde hemos estado —ordenó mirándome directamente a los ojos—. A ella no le gustaría saberlo y ni tú ni yo queremos que ella sufra, ¿verdad?

—No, señor.

—Dile que he tenido que volver al campo, que ya la llamaré.

—Sí, señor.

—Ya puedes bajar. Recuerda lo que te he dicho. —Obedecí y cuando estaba a punto de cerrar la puerta añadió—: Y lávate los calcetines.

Mi madre hacía horas que esperaba nuestro regreso con la inquietud de la incertidumbre. Cuando me vio entrar, me cosió a preguntas.

—Hemos ido a dar una vuelta en coche —contesté rehuyendo su mirada.

—¿Una vuelta de más de cuatro horas, Hedda? —Pequeñas arrugas a ambos lados de la boca mostraban su incredulidad—. ¿Y adónde habéis ido?

—A los bosques. —Me negaba a mentir y eludía las preguntas del mismo modo que un boxeador esquiva los puñetazos.

—¿Habéis ido al bosque Kozlowiecki? —Mi madre se obstinaba en descubrir el motivo de la demora.

El bosque Kozlowiecki estaba a poco más de veinte kilómetros de la ciudad y Klaus von Brandt sentía una especial predilección por aquel lugar.

—No lo sé. No ha dicho el nombre. —Puse el pie izquierdo sobre el calcetín manchado de sangre y sentí cómo el nudo que me había nacido en el estómago crecía.

—¿Y dónde está ahora tu padre? ¿Por qué no entra? —Separó la cortina de la ventana que daba a la calle.

—Se ha ido. —Para evitar más preguntas que no tenían respuesta, antes de que ella volviera a preguntar, añadí—: Dice que ya te llamará, que se le han terminado las vacaciones.

Mi madre hizo un gesto de contrariedad y salió del salón. Horas después la oí hablar por teléfono con el capitán. Estaba enfadada y le reprochaba que hubiera huido de casa sin dar la cara; la conversación fue subiendo de tono hasta que ella se calló. Minutos más tarde, colgó el teléfono sin despedirse. Acto seguido, vino a mi habitación y me abrazó. No dijo nada, pero tuve la certeza de que el capitán le había contado la verdad.

A medianoche, cuando la casa estaba en silencio y el ronquido pausado de mi madre viajaba por el pasillo, salí de mi habitación para ir hasta el baño. Llené el lavamanos de agua para enjabonar los calcetines que me recordaban todo lo que había sucedido. Froté y froté, pero las pequeñas manchas de sangre habían quedado incrustadas en la lana. Froté y froté hasta que los dedos me dolieron. Froté y froté, pero lo único que conseguí fue que las manchas pasaran del rojo a un marrón claro. Froté y froté y ante mí aparecieron dos niños con el rostro ensangrentado. Yo repetía que el capitán era un *Attentäter*[17] y me preguntaba si yo también lo era.

Incapaz de limpiar los calcetines, bajé al patio. Con la pala que mi madre utilizaba para plantar flores, hice un agujero para enterrarlos, con tan mala suerte que, después de cuatro paletadas, aparecieron los restos de uno de los gatos. Un cuerpo putrefacto y repugnante era todo lo que quedaba de un gatito que invitaba a la ternura. Me apresuré a lanzarle tierra encima y al instante volvió la imagen de los niños con un tiro en la frente. Cada vez que me acuerdo de ellos, los veo tendidos en el suelo, con la piel blanca y el rostro sin expresión, e imagino sus cuerpos malolientes fundidos con la tierra.

El día siguiente era viernes, pero mi madre no me despertó para ir a la escuela. Me levanté pasadas las once.

17. En alemán, «asesino».

—Hoy no irás al colegio, Hedda. Necesitas descansar. Si quieres hablar de lo que pasó ayer...

—¿El capitán es un asesino, *Mutter*?[18]

—El capitán hace su trabajo. Los prisioneros querían escapar y fue necesario detenerlos. Seguro que fue horrible, pero tienes que intentar borrarlo. Puedes contarme cualquier cosa que te inquiete.

No dije nada. Mi madre no quería verme sufrir y yo no quería que ella descubriera todo lo que había ocurrido y que el capitán no le había contado. Un *in Übereinstimmung*[19] puso fin a la conversación.

El capitán volvió a casa semanas más tarde. Parecía otra persona; más delgado y con ojeras hasta media mejilla, mostraba el cansancio en el rostro y llevaba la vergüenza de los perdedores tatuada en las entrañas. Era incapaz de digerir que un grupo de prisioneros les hubieran demostrado lo vulnerables que eran. A consecuencia del alzamiento, después de capturar a poco más de la mitad de los fugitivos, llegó la orden de desmantelar Sobibőr. No querían dejar ningún rastro de lo que había ocurrido. Borrar, negar y aniquilar todo lo que les disgustaba. Al capitán le incomodaba mi presencia y evitaba mirarme porque cada vez que lo hacía revivía la humillación de haber sido vencido.

Meses después regresamos a Berlín, donde el capitán esperó un nuevo destino. La orden de traslado a Chelmno llegó en pleno verano. Mi madre se negó a volver a mudarse de casa con el argumento de que yo ya había tenido demasiados cambios. El capitán aceptó, no porque cediera, sino porque el avance del ejército soviético, además del reciente alzamiento de Varsovia, evidenciaban que quedarse en Berlín era la mejor opción.

18. En alemán, «madre».
19. En alemán, «de acuerdo».

Pasamos meses sin verlo, y en Navidad, cuando debía visitarnos, llamó para comunicarnos que le habían anulado los días de fiesta. Maria von Brandt decidió que iríamos nosotras a verlo para celebrar su cuarenta aniversario, el 4 de enero de 1945. Aunque ella había aceptado que el matrimonio no era tal como había deseado, tenía la convicción de que la familia era un vínculo indisoluble y de que yo necesitaba la figura de un padre.

El viaje de Berlín hasta la ciudad de Lódz fue largo y cansado. Nos alojamos en casa de una prima de mamá. Había sido el capitán quien había decidido que nos encontráramos en la ciudad y no en el campo de Chełmno. Después de lo que había pasado en Sobibór, no quería que yo me acercara al campo porque, por absurdo que fuera, me culpaba de su mala fortuna.

El día que se marchó, en el momento de despedirnos, con los ojos llenos de rabia, me espetó:

—Si no hubieras ido a Sobibór, no habría pasado nada de lo que pasó.

—Yo no quería ir, señor.

—Has traído la desgracia a mi vida. —Tenía los puños cerrados; dio un paso adelante y su ombligo quedó a la altura de mis ojos—. ¡Tú nunca serás mi hija!

Yo era demasiado pequeña para comprender el motivo de aquella inesperada amenaza. El odio de aquel hombre me lastimaba como un cuchillo afilado clavándose en el centro del ojo. Tendrían que pasar muchos años antes de que comprendiera que el desprecio que me profesaba el capitán surgía de su impotencia.

Instaladas en Lódz, esperamos a que viniera para celebrar su cumpleaños. Pero él no apareció ni llamó para justificar su ausencia. Mi madre no se dio por vencida; habíamos hecho un viaje muy largo y esperaríamos unos cuantos días hasta que él pudiera visitarnos.

La ofensiva del ejército soviético avanzaba sin parar y conquistaba el territorio polaco que los alemanes habían conquistado años atrás. La noche de la ocupación soviética de Lódz, la familia que nos acogía nos invitó a marcharnos de su casa porque nuestra presencia les ponía en peligro. Mi madre me despertó antes del alba.

—¡Hedda, despierta, vístete! ¡Tenemos que irnos!

—¿Ha venido el capitán?

—Él no puede ayudarnos y nosotras no podemos quedarnos. —Mi madre me cogió por los hombros y me escrutó como cuando quería decir algo importante—. Escúchame bien. Ahora nos iremos a casa de unas personas que nos llevarán a Berlín. Si por el camino alguien nos pregunta quiénes somos, tú no digas nada. Y si te preguntan cómo te llamas, contesta que te llamas Ludka, Ludka Nowak.

—Pero yo me llamo Hedda von Brandt.

—¡Haz lo que te digo! —Los nervios le hicieron levantar la voz y yo di un paso atrás—. Olvida ese nombre; si los soldados saben quiénes somos, todo va a ir mal. ¡Júrame que harás lo que te digo!

Le contesté que no sufriera, que haría lo que ella me ordenaba. Un *Okay, Mutter* repetido tres veces selló mi compromiso.

Salimos de la casa sin despedirnos de nadie. Mamá llevaba un papel con la dirección de quien nos iba a llevar a Berlín. Amanecía y las calles estaban desiertas. Una pareja de soldados soviéticos nos paró y nos pidió la documentación. La prima de mi madre había sido previsora y nos había proporcionado una falsa. Uno de los soldados me sonrió y a mí me pareció inofensivo.

—¿Y tú cómo te llamas? —preguntó con un alemán poco comprensible.

Mi madre me apretó la mano con tanta fuerza que estuve a punto de gritar de dolor. No le puedes decir a nadie que te llamas Hedda von Brandt, ¿me entiendes? ¡A nadie! Y si te preguntan quiénes son tus padres, tú contestas que no tienes familia, que eres huérfana, me había repetido una y otra vez, como si se hubiera vuelto loca. Ludka, Ludka Nowak, ese es tu nombre a partir de ahora. Yo no soy tu madre, ¿me entiendes? Y yo decía que sí, que lo entendía, que me llamaba Ludka, que tenía que decir que era polaca, que no tenía padres y que no debía hablar con nadie.

Un nudo en la garganta no me dejaba hablar y el soldado repitió la pregunta. Tragué saliva y con un hilo de voz dije:

—Ludka, Ludka Nowak.

Mi madre me apretó dos veces la mano para felicitarme y el oficial nos dejó pasar. Habíamos superado el primer obstáculo, pero el peligro nos perseguía.

Media hora más tarde, llegamos a la dirección donde nos esperaba el coche. Nos abrió una mujer menuda que, sin mediar palabra, se apartó del umbral de la puerta para dejarnos pasar. Dentro había un hombre sentado delante de una mesa, con las manos en el rostro, que apartó cuando nos oyó entrar. No dijo nada, pero sus ojos inmensos, llenos de pánico, hablaban por sí mismos. De pie, frente a la ventana, cuatro soldados y un oficial soviéticos acariciaban sus armas.

—¡Maria von Brandt! —gritó uno de ellos, y yo miré a mamá con un gesto inocente.

## 8

## Białowieża, enero de 1945 - Salzburgo, febrero de 1946

—*Jetzt!*[20] —ordenó mi madre y yo me colé por el agujero del camión y rodé por la pendiente que había al lado de la carretera.

El camión desapareció tras una humareda oscura y, cuando se alejó, en medio del asfalto quedó un bulto informe que yacía inmóvil. La curiosidad me llevó a acercarme. Allí me esperaba la chaqueta de piel de zorro de mi madre, la misma que llevaba el día que había ido a buscarme al orfanato. No pases frío, Hedda, me repetía; si pasas frío te vas a poner enferma. Y con manos amorosas me frotaba brazos y piernas. La chaqueta casi me llegaba a los pies y las mangas me tapaban las puntas de los dedos; amparada por la piel de zorro que sería mi casa durante meses, olí el perfume de violetas y sentí el tacto suave del abrigo que me hacía revivir el abrazo de mi madre.

Horas antes, a golpes de culata, nos habían obligado a subir a un camión lleno de gente. Mi madre me abrazaba con fuerza y repetía que todo era un error, que nosotras no habíamos hecho nada malo, que tarde o temprano se darían cuenta y nos soltarían, que ser la mujer y la hija de un oficial de las SS no significaba que fuéramos responsables de nada. Yo la escuchaba y me callaba. Me callaba,

20. En alemán, «¡Ahora!».

pero estaba convencida de que lo que había pasado en el campo de Sobibór me convertía en culpable. Callaba, pero intuía que la mirada de súplica de aquellos dos niños me acompañaría toda mi vida. El sabor agrio de la muerte me embarraba el pensamiento y los gritos de mi padre me empujaban hacia el abismo. Me esforzaba en no recordar, pero las imágenes volvían, tozudas e insistentes, y entonces sentía la mano de mi padre agarrándome por la nuca y obligándome a acercarme a los prisioneros. Todo lo que había ocurrido después era una carga demasiado grande para una niña de siete años. Incluso la dureza de vivir en el bosque durante meses era incomparable al dolor que habitaba en mi interior. El campo de Sobibór sería mi infierno y tendrían que pasar muchos años para que comprendiera que el único culpable de aquellos crímenes era el capitán.

Al lado de la carretera, árboles altísimos me invitaban a esconderme. Pequeñas placas de hielo se rompían a mi paso y me advertían de la hostilidad del lugar. Estaba entrando en un mundo de silencio y soledad que me acompañó hasta que la vida en Barcelona, el canto y la amistad con Emma Andreu me liberaron.

Mientras esperaba a que mi madre me viniera a buscar, aprendí a sobrevivir. *Mach dir Keine Sorgen, wo immer du bist ich werde dich finden,*[21] me había prometido. Yo me aferraba a sus palabras y cada vez que el miedo aparecía, cerraba los ojos y su voz me acompañaba: *Ich werde dich finden, ich werde dich finden.*

Era enero de 1945. El viento aullaba y hacía temblar las ramas de los árboles. El suelo se movía a mi paso. Correteos de pájaros y animalillos. La inmensidad de los árboles

21. En alemán, «No te preocupes, te encontraré estés donde estés».

me hacía sentir más pequeña y más sola que nunca. Corrí y corrí hasta quedar exhausta. El bosque estaba lleno de ruidos desconocidos que, a medida que pasaban las semanas, aprendí a distinguir. El bosque sería mi casa, pero aquella tarde me pareció el lugar más inhóspito de la Tierra. Para protegerme, me encaramaba a los árboles, el único lugar donde me sentía segura. Durante la noche buscaba cobijo entre los árboles caídos y las hojas secas me protegían del frío.

Durante los meses que viví en el bosque de Białowieża, me alimentaba como podía; comía desde frutos y raíces hasta insectos, larvas y gusanos. El hambre fundía el asco y la debilidad borraba el sabor. Hacía porciones minúsculas que masticaba lentamente. Después esperaba unas horas; si me provocaba dolor de barriga, vómitos o diarrea, sabía que no debía volver a comer aquello. Me acostumbré al sabor viscoso de los gusanos de tierra y a vivir en aquel bosque de una belleza tan salvaje que lo hermanaba con la selva. Aprendí de qué animales debía huir y cuáles huían de mí. Sobrevivía y esperaba. El abrigo de mamá me permitió soportar las bajas temperaturas y mi agilidad para trepar por los troncos de los árboles me salvó del ataque de los animales más feroces. Cuando amanecía, un velo opaco de bruma envolvía el lugar y una sinfonía de pájaros me despertaba. Árboles caídos se desintegraban gracias a la voracidad de millones de insectos; lobos, zorros y ciervos hallaban cobijo en la frondosidad del bosque.

El tiempo pasaba, el frío dio paso a los días soleados y un día de primavera, Józef Kaczor me cazó.

El hambre me había empujado a buscar comida en las granjas. En la de los Kaczor había un gallinero inmenso; aunque las gallinas corrían a su aire, cada mañana iban a poner los huevos en los ponederos del gallinero. Yo estaba al acecho y aprovechaba el momento en que el granjero estaba distraído para robar los huevos. Las primeras veces solo me llevé un par, pero cuando robar se convirtió en una costumbre y el miedo a que me pillaran fue disminuyendo, empecé a coger más. Los huevos crudos eran un festín y comerlos me daba fuerza para seguir resistiendo.

Una mañana, Józef Kaczor, harto de que le robaran, me esperaba con la escopeta en el hombro. El abrigo de piel lo desconcertó, nunca había visto un zorro tan grande. Sin pensárselo dos veces, disparó. El tiro me hirió en la pierna. Los huevos se cayeron al suelo y mi grito me delató. La herida me impedía moverme, y el granjero, asustado, corrió hacia mí.

No sé si fue el dolor o el miedo, pero perdí el sentido. Cuando me desperté, estaba tendida en una otomana y un hombre me había sacado la bala. El médico, el granjero y su mujer me hablaban, pero yo no comprendía ni una palabra. La mujer de Józef se señaló a sí misma y dijo Gertruda; a continuación, señaló a su marido y dijo Józef; finalmente, me señaló a mí, se encogió de hombros y movió la barbilla hacia delante un par de veces para escenificar una pregunta mientras repetía:

—*A ty? Jak masz na imię?*[22]

—Ludka, Ludka Nowak —contesté. Era la segunda vez que decía mi nuevo nombre.

Józef y Gertruda Kaczor me rescataron del mundo de los árboles para devolverme al mundo de las personas. Hablaban en polaco y, aunque no los entendía, aquel idioma resonaba en mi interior como una campana antigua que despertaba recuerdos adormecidos. Tal y como había prometido a mi madre, no dije nada más allá de mi nombre. Sonreía, asentía y comía. Gertruda Kaczor me lavó el pelo, me enjabonó el cuerpo con una esponja húmeda y me

22. En polaco, «¿Y tú? ¿Cómo te llamas?».

puso un camisón. Después, lavó el abrigo de piel de zorro en la bañera que había heredado y que tenían en el granero, al lado de un gran espejo de cuerpo entero. La herida de bala cicatrizó bastante deprisa y pude bañarme en aquella bañera de cuatro pies que Józef Kaczor no encontraba el momento de instalar dentro de casa. Permanecí en el agua hasta que las puntas de los dedos se me arrugaron. En el momento de salir, antes de taparme con la toalla, vi mi cuerpo reflejado en el espejo y no me reconocí. Delante de mí había una niña que era todo piel y huesos; los ojos, de un azul triste, me ocupaban medio rostro. Estaba limpia, pero tenía el mismo aspecto que los niños del campo de Sobibór. Y entonces ellos aparecieron de nuevo ante mí, tendidos en el suelo, con una bala en la frente.

Una vez recuperada, los Kaczor contactaron con las autoridades para comunicarles que habían encontrado una niña en el bosque que respondía al nombre de Ludka Nowak. La esperanza de que mi madre me encontrara se mantenía viva. La guerra había dejado a muchos niños huérfanos y mientras se intentaba contactar con sus parientes, eran acogidos en campos de refugiados. El apellido de Nowak era el más común de los apellidos polacos, probablemente por eso mi madre me lo había regalado. El nombre de Ludka era el que yo decía cuando tenía pesadillas y lo repetí tantas veces que terminó por convertirse en mi nombre.

Lentamente, me adapté a mi vida de nómada; de un lugar para otro, ahora con unos niños, ahora con otros. Hasta que llegué al campo de refugiados de Salzburgo y conocí a la pequeña Hanka. Hanka tenía la mano derecha siempre cerrada, como si los dedos se le hubieran soldado. La niña de la mano lisiada, la llamaban. Hanka se convirtió en mi sombra e insistía en reclamar mi atención, pero yo la rehuía, no porque no me gustaran los niños pequeños, pues sí me gustaban, sino porque tenía la seguridad de que, si dejaba que se me acercara, le pasaría algo malo. Aquella niña me recordaba a Daria cuando mi vida era otra. No, no quería a Hanka cerca de mí, no quería más muertos a mi alrededor.

Llegó el invierno y eché de menos el abrigo de mamá, que se había quedado en la granja de los Kaczor, donde Gertruda se lo pondría para ir a recoger los huevos al gallinero sin saber que había pertenecido a la mujer de un oficial de las SS. Probablemente, si lo hubiera sabido, lo habría rociado con gasolina y lo habría quemado.

# 9

## Barcelona, mayo de 1946

El rumor del mar, repetitivo y constante, se mezclaba con el parloteo de los marineros. El mar me llevaría hasta mamá y el negro se volvería blanco y el blanco sería tan luminoso que teñiría nuestras vidas de una felicidad completa. Todo iría bien si conseguía llegar a Génova. Todo sería exactamente tal y como lo había imaginado, me repetía para no perder el ánimo y oía la voz de mi madre: *Ich werde dich finden, ich werde dich finden.*

Acurrucada en mi escondrijo, vi cómo el coche fúnebre se alejaba y el capitán y la señora de escote generoso desaparecían. Los marineros hablaban sin parar, un festival de carcajadas y exclamaciones llenó la bodega de una felicidad grosera. Protegida tras las ruedas del camión, me mantenía vigilante. Observaba sin interés. El hambre era una fierecilla que me agujereaba el estómago, una roedura intensa que me trasladaba a los días que había pasado en el bosque. El hambre acechaba y estaba a punto de soltar el primer grito.

Un par de marineros se aproximaron a mi escondite. Contuve la respiración, el corazón se me desbocó, las piernas me temblaban; apreté los labios y me clavé las uñas en la palma de la mano para ahuyentar un miedo que me atenazaba. Que se vayan, que no me descubran. *Flink wie*

*Windhunde, zäh wie Leder, hart wie Kruppstahl,*[23] repetía para reunir fuerzas y ser la niña que tenía que ser. Pero el deseo y la realidad no siempre se entienden y mientras yo esperaba a que el barco empezara a navegar, el hambre habló. Me delató el maullido suave pero audible de mi estómago, como el gemido de un gato que reclama una caricia. Los dos marineros se miraron un instante y como un solo hombre con cuatro brazos y dos cabezas, levantaron la rueda que me escondía.

—¡Mira a quien tenemos aquí! —El marinero más alto tenía una dentadura oscura a la que le faltaban unas cuantas piezas. Me cogió con fuerza y me levantó como un trofeo—. ¡Mirad, chicos! ¡Un polizón que quiere viajar gratis!

Yo movía brazos y piernas y gritaba mientras él se reía y me paseaba de un lado a otro mostrándome como si fuera un animal recién cazado. Cuando se cansó de exhibirme, me dejó encima de un montón de sacos. Los marineros formaron un círculo a mi alrededor. La rabia que sentía por haber sido descubierta me dio la fuerza para saltar al suelo e intentar escaparme entre aquel bosque de piernas; pero ellos eran rápidos y se divertían impidiéndome el paso. Un marinero de fuertes brazos me cogió por la cintura y me hizo volar por los aires, otro me atrapó y me pasó a un tercero, y el juego habría continuado si la llegada del capitán no hubiera precipitado el final.

Cansada, muerta de sueño y de hambre, levanté la cabeza para asumir la derrota. Mi viaje había terminado antes de empezar.

23. En alemán, «Rápido como un galgo, resistente como el cuero y duro como el acero de Krupp».

Cuando, años más tarde, con la perspectiva que da el tiempo, recordábamos el episodio de mi fuga, Isabel y *pani* Wanda me explicaron lo que había ocurrido. Mi maleta había llegado a la calle Anglí horas antes que yo. El sereno había relatado lo sucedido al guardia que hacía la ronda y este se había apresurado a llevar la maleta a la policía. Horas después, en la casa de la calle Anglí, la alarma de las siete de la mañana despertaba a los críos y la cuidadora descubría que faltaba uno. La ventana abierta y las huellas en el jardín mostraban el recorrido de la huida. *Pani* Wanda no dudó en llamar a la policía para decirles que Ludka Nowak, una niña polaca que ni entendía ni hablaba español, había desaparecido. Las piezas del rompecabezas fueron encajando. Una maleta, una niña perdida y el descubrimiento de un polizón a bordo del J. J. Sister resumían mi periplo por la ciudad. Una huida efímera que terminó cuando un policía me entregó a *pani* Wanda.

—Seguro que tienes mucha hambre —afirmó acariciándome el pelo.

Florinda me preparó una comida especial que engullí con deleite. Una vez saciada, la desgracia de haber sido descubierta y la renuncia a un viaje que me llevaría al lado de mi madre se me antojaron menos agobiantes.

La maleta me esperaba sobre la mesa del despacho de *pani* Wanda, pero no había ni rastro del pan que había acumulado mientras preparaba el plan de fuga.

*Pani* Wanda se removió en su silla y me soltó un breve discurso. Hablaba un perfecto alemán, pero su tono endulzaba las palabras.

—Lo que más deseamos es que aquí te sientas bien, Ludka. Quizá si nos cuentas adónde querías ir, podamos ayudarte —dijo, y me ofreció una de las galletas de canela que Florinda había preparado para merendar.

Había prometido a mi madre que no le diría a nadie

quién era ni de dónde venía, pero *pani* Wanda era persuasiva y su ofrecimiento parecía sincero. Intuía que compartir mi secreto me liberaría de una carga que me resultaba excesiva. Intuía que callarme, en vez de protegerme, me impedía encontrarla. Intuía que romper mi silencio no era tan grave como había imaginado.

—*Ich habe versprochen, nichts zu sagen.*[24]

La señora Wanda se inclinó ligeramente hacia mí y me cogió las manos, que se quedaron dentro de las suyas; igual que hacía mi madre cuando quería decirme algo importante.

Como una pecera de cristal que se precipita contra el suelo, la obstinación de no revelar el nombre de von Brandt se hizo trizas. Desde que había salido del bosque, no habían parado de hacerme preguntas y yo me había limitado a repetir mi nombre. Obedecí las órdenes de mi madre y fui fiel a mi promesa. Nadie tenía que saber quién era la niña que vivía en el bosque y robaba los huevos de la granja de los Kaczor. Nadie intuía que aquella niña de ojos azules, pelo de oro y un hoyuelo en la barbilla se callaba por voluntad propia. Alguien había escrito en una ficha de reconocimiento que el silencio procedía de un trastorno por estrés postraumático, que eso era lo que me impedía hablar y recordar. El diagnóstico se fue repitiendo hasta convertirse en verdad. Refugiada en el silencio, me sentía segura.

Después de casi año y medio de mutismo, me sinceré. Hablé en alemán y *pani* Wanda dejó de lado el polaco y me habló en la que entonces era mi lengua.

—Cumplir las promesas está muy bien, Ludka, pero aún está mejor saber qué debemos hacer para llegar a donde queremos. —Me apretaba las manos con la misma

24. En alemán, «Prometí no decir nada».

suavidad que transmitían sus palabras—. ¿Qué quieres, Ludka?

—Mi madre dijo que me encontraría.

—O sea, que Maria von Brandt es tu madre adoptiva —concluyó *pani* Wanda cuando terminó de escuchar mi relato.

—Ella y el capitán vinieron a buscarme al orfanato.

—¿Y recuerdas cómo llegaste al orfanato?

—Me trasladaron del campo de Kinder-KZ Litzmannstadt. —Al pronunciar aquel nombre, me entró un escalofrío y vi el rostro dulce de Daria; el olor a desgracia, agrio y oscuro, me nubló la vista. No quería recordarla. No quería que los gritos de los guardias volvieran a herirme. No quería revivir nada de lo que había pasado allí. Tenía nueve años y ya había vivido unos cuantos infiernos, y no conseguía escoger cuál era el peor de todos: Sobibór, los bombardeos, Kinder-KZ Litzmannstadt o la separación de mi madre y tener que sobrevivir en el bosque.

—Cuando se tienen pocos años, los recuerdos se borran más deprisa de lo que imaginamos, pero quizá, si lo intentas, podrás recordar en dónde vivías cuando eras pequeña. —*Pani* Wanda preguntaba prudente, pero sus ansias por descubrir algún detalle de mi vida la llevaban a insistir.

Dejó de hablar un instante para coger una galleta y la mordió lentamente. De nuevo, el silencio se instaló entre nosotras. Se oía el tictac del reloj de pared y el ruido de las tuberías que aullaban como animales en celo, un chillido agudo y pequeño que a veces no me dejaba dormir.

—Un baúl... Estaba escondida dentro de un baúl y me costaba respirar. —*Pani* Wanda me escuchaba con tanta atención que no parpadeaba—. Unos hombres de botas altas me perseguían. A veces sueño con ellos y no sé si son cosas que pasaron de verdad o sueños que parecen reales.

—¿Y sabes por qué Maria von Brandt, tu segunda madre, te pidió que le dijeras a todo el mundo que te llamabas Ludka? ¿Es el nombre que tenías antes de que te llamaran Hedda? —Hablaba despacio para evitar que las palabras abrieran heridas profundas.

—Antes no tenía nombre.

*Pani* Wanda sabía que una pregunta inapropiada podía hacerme regresar a aquel mutismo en el que había vivido tanto tiempo.

—Hedda es un nombre precioso.

—En el orfanato había unas cuantas niñas de mi edad, pero mi madre me escogió a mí porque me llamaba como su hija muerta. Dijo que yo era un regalo del cielo.

Nuevamente se hizo el silencio y *pani* Wanda lo rompió ofreciéndome otra galleta e intentó, de nuevo, rescatar algún recuerdo que empezaba a aflorar.

—Cuando estabas dentro del baúl y cuando te escapabas de los hombres de botas altas, ¿te acuerdas cómo te llamabas?

—Nos borraron los nombres —repetí. *Pani* Wanda me miraba con ojos dulces y supe que ella podría ayudarme—. ¿Usted puede buscar a mi madre?

El rostro de *pani* Wanda se iluminó.

—¡Claro que sí!

—¿Me lo promete? —reiteré mientras saltaba de la silla y me quedaba de pie.

—Te lo prometo, pero tú tienes que prometerme que intentarás recordar el nombre que te borraron.

—¿Buscará a mi madre y le dirá que estoy aquí?

—Yo siempre cumplo mis promesas. —Y con una de sus sonrisas luminosas añadió—: Ahora será mejor que te vayas a jugar, tus compañeros ya están en el patio.

Me acerqué a la puerta y justo cuando traspasaba el umbral, pronuncié un nombre que hacía años que no oía.

—Ewa, me parece que mi nombre era Ewa, pero ahora me llamo Ludka, el nombre que me puso mi madre.

# EMMA

*Han pasado más de sesenta años y pensar en Ludka hace revivir la nostalgia. Como esos árboles que crecen tan cerca los unos de los otros que sus ramas se mezclan hasta convertirse en un solo árbol, entre Ludka y yo se gestó una amistad que creíamos indestructible. Palabras escondidas dentro de un paraguas guardan un secreto. Cierro los ojos y vuelvo atrás. Escucho detrás de la puerta y deseo cantar en un idioma que no es el mío.*

## 10

## Barcelona, mayo - junio de 1946

Escuchar detrás de las puertas era una costumbre que me permitía participar del mundo adulto. Aquella noche, mi madre había llegado más tarde que otros días, cansada y con ganas de hablar. Contó a los abuelos la huida de Ludka. Con la oreja pegada a la puerta, seguí la conversación con todo lujo de detalle. Ludka, la niña de mirada insondable, me atraía por su silencio. La curiosidad por saber qué escondía actuó como un imán. El deseo de conocerla, de acercarme a ella, de saber quién era, hacía que pensara en ella a todas horas. Después de escuchar el relato de mamá sobre la fuga de Ludka, mi curiosidad se transformó en admiración.

—¿Por qué diablos tienen que buscar a la mujer de un capitán de las SS? —exclamó mi abuelo entre molesto e indignado—. Lo que necesita esa niña es encontrar a sus auténticos padres.

—Encontrar a su madre adoptiva puede ayudarnos a saber más de ella. Quizá esa mujer conozca el pasado de la niña —replicó mamá.

—Sepa lo que sepa, no dirá nada. —Mi abuelo tenía la voz densa y hablaba deprisa—. Esa mujer compró a la niña en un orfanato.

—A lo mejor la quiere de verdad —añadió mamá con una pizca de esperanza.

—¡Es una nazi alemana que ha educado a la niña para que lo sea también! —añadió mi abuelo con una acritud poco propia de su carácter, una acritud que surgía de un secreto que no había compartido con nosotras.

Su enfermedad avanzaba sin descanso, aunque nosotras lo descubriríamos un año más tarde.

—¡Por el amor de Dios, Simó! ¡Es una criatura! Todo lo que pueda pensar y creer es fruto de la educación que le han dado. Cuando aprenda a pensar por ella misma, podrá decidir quién es y qué quiere. ¡Tú mismo lo has repetido miles de veces! —exclamó mi abuela.

A mi abuelo no le apetecía alargar la discusión y se calló. La voz del locutor de la radio llenó el comedor con las noticias del día. El ruido de una silla retirándose hizo que me escapara a mi habitación.

Los niños de la calle Anglí no supieron nada de la huida de Ludka. Tan solo Hanka y Zyta se interesaron por su ausencia. La respuesta que les dieron fue improvisada, pero lo bastante eficaz para que dejaran de preguntar: Ludka ha ido al hospital a una revisión rutinaria, nada importante, quizá esté fuera todo el día. Aquella mañana, maestras y cuidadoras disimulaban el nerviosismo tras una tensa normalidad que se traducía en sonrisas forzadas y en un ir y venir constante al despacho del director para interesarse por si había alguna novedad.

No dije a nadie que estaba al corriente de la fuga de Ludka, un secreto que me quemaba la lengua y me generaba un montón de preguntas, un secreto que era incapaz de retener. Acabé confesándole a mi madre que había escuchado la conversación. Mamá no me regañó y me contó que, después de hablar con la señora Wanda, Ludka se había vuelto a encerrar en ese mutismo que la alejaba de los demás. Cada mediodía, justo después de comer, cuando todos salían al patio, ella iba al despacho de la señora

Wanda y se quedaba cerca de la puerta hasta que esta se percataba de su presencia y le repetía que aún no tenía noticias de Maria von Brandt.

Meses más tarde, Ludka y yo ya éramos inseparables. Una tarde que estábamos en el patio de la Residencia del Auxilio Social de Vallcarca, la casa convertida en la Escuela Pública Polaca y que años más tarde se conocería como la torre Marsans, Ludka me confesó que era incapaz de recordar el rostro de su madre. Podía ver sus ojos, podía describir sus labios y la forma de su nariz, incluso era capaz de evocar la cadencia de sus palabras, pero no podía verla. Y yo, que había escuchado una conversación que no me pertenecía, me sentí aliviada al saber que Ludka había empezado a olvidar a su segunda madre, porque yo sabía que Maria von Brandt había muerto.

El verano olía a madera; la libertad tenía el aroma de los tomates maduros, la menta fresca y los melocotones recién recolectados. El calor se acercaba de puntillas. Alejarme del colegio, de los deberes, de las monjas, dejar de memorizar nombres de ríos, de países, de reyes, fechas de descubrimientos, guerras y pactos, dejar atrás el ganchillo que nunca llegué a dominar y escaparme de ese mundo rancio donde todo era orden y oración era empezar una nueva vida. El día que la abuela me dijo que durante los meses de calor sería yo quien le llevaría la comida a mi abuelo al taller, el verano se abrió ante mí como un oasis de libertad.

Mi abuelo le había pedido a Paco Ginard, el dueño de la carpintería, si podía entrar a trabajar de buena mañana y comer en el taller; así, cumpliendo las mismas horas, podría salir a primera hora de la tarde.

—¿Para qué quieres tener las tardes libres, Simó? —le preguntó mi abuela con expresión seria; pocas veces le llevaba la contraria, pero, a menudo, quería aclaraciones de las decisiones que tomaba su marido sin consultárselo.

Él se quitó las gafas, se frotó los ojos y contestó sin parpadear:

—Necesito tiempo para volver a ser yo mismo, Teresa.

Mi abuela no preguntó nada más y prefirió, por si las moscas, no saber adónde iba mi abuelo cuando salía del trabajo.

Paco Ginard nunca tenía un no para Simó Andreu y aceptó su petición. El chico era hijo de otro Paco Ginard que había sido amigo de mi abuelo y que había comprado la carpintería de los Andreu hacía un montón de años. Paco Ginard padre había regresado de la guerra sin piernas y sin el brazo derecho. Un cuerpo con tres muñones y un brazo. Un hombre sentado en una silla delante de la carpintería. Un hombre de mirada oscura y lengua de barro que se deshacía como papel mojado. Un hombre que no se resignó a ser un tullido. Una noche de verano, mientras la casa dormía mecida por el bochorno del mes de julio, se dejó caer de la cama. Empujó su cuerpo desmochado con el único brazo que le quedaba, arrastrándose como un reptil malherido, avanzando con ganas de decidir sobre su vida. Llegó hasta la puerta del balcón que su mujer había dejado abierta de par en par para que el aire matutino refrescara la casa. A través del agujero que había entre dos barrotes que nadie había reparado, se despidió del mundo volando desde un cuarto piso.

Después de la muerte de su padre, Ginard hijo se puso al frente del negocio. Cuando supo que el señor Andreu, el señor maestro, como le llamaban todos, buscaba trabajo y nadie se lo daba, le propuso trabajar en la carpintería que había sido de los Andreu. Para llevar los números, para atender los pedidos o, si usted quiere, para echar una mano en el taller, le dijo. Paco Ginard hacía puertas, ventanas, muebles de cocina, estanterías, armarios o aquello que le pidieran los clientes. Mi abuelo, de joven, había trabajado en la carpintería de su padre, a jornada completa, pero repartía las horas como le convenía para compaginarlo con los estudios. El padre de mi abuelo tenía muy claro que su único hijo se convertiría en su sucesor y se disgustó ante las ganas de estudiar del chico. No se negó, porque sabía que nada gusta más que lo que se prohíbe. Con actitud severa, le espetó a su único hijo: Estudia si quieres, pero vas a ir al taller las horas que convenga. Sin esperar respuesta, lo dejó plantado en medio del taller con la seguridad de que el chico terminaría por rendirse. Años más tarde, delante de la serradora y al lado de un armario a medio hacer, Simó Andreu anunció que había terminado sus estudios y que tenía trabajo como maestro. Su padre, contrariado y colérico, soltó algunos tacos y no volvió a dirigirle la palabra durante años. Únicamente cedió cuando le faltaban pocos días para irse al otro barrio. El deseo de morir en paz fue más fuerte que su enfado. Hizo llamar a su hijo para decirle que lo perdonaba. Mi abuelo lo escuchó sin replicar. Si lo hubiera hecho, le habría dicho que él no había hecho nada para necesitar su perdón.

Mi abuelo llevaba la vocación en la sangre; nada podía hacerlo más feliz que ver los ojos curiosos de una criatura que deseaba aprender. Durante la República, formó parte del grupo de maestros que luchó para defender una pedagogía activa que creía en la escuela universal y laica, que daría herramientas a las nuevas generaciones para ser personas formadas con criterio y cultura; una escuela no sexista donde niños y niñas tendrían las mismas oportunidades. Pero la guerra derrumbó ciudades, aplastó vidas y segó proyectos. Mi abuelo regresó del frente con una pierna herida y, queriendo o no, a sus cuarenta y cinco años, tuvo que aceptar que ser maestro formaba parte del pasado. Algunos compañeros optaron por el exilio, otros se resignaron al castigo y a la depuración. ¡Estos malnacidos no nos obligarán a irnos de casa, Teresa!, había exclamado decidido a quedarse. Expulsado del cuerpo, fue testigo de cómo se enterraba la renovación pedagógica y de cómo el sistema educativo se convertía en un aparato ideológico del régimen franquista.

En casa nunca se hablaba de la guerra y tampoco de cómo era la vida antes de 1936. Mis abuelos no querían recordar aquello que habían perdido; rememorar un tiempo lleno de vida era convertir el presente en un lugar aún más gris, más triste y más asfixiante. Querían vivir en calma y tenían que simular lo que no eran. Mi abuelo no solo me regaló aquel primer libro en catalán para acercarme a la lengua que me negaban, sino también por su necesidad de revivir el placer de enseñar.

Mientras esperaba a que terminara el mes de junio, cada día leía cinco páginas antes de acostarme; y de cinco en cinco, llegué al final. Poco a poco, las palabras escritas en catalán se me hicieron conocidas, como hormigas en fila, como gotas de lluvia que caen y desgastan la piedra, como pequeños descubrimientos con nombre propio. Cada día escogía una, la que me había gustado más, la que me parecía más extraña o de la que no comprendía bien su significado, la palabra que, por el motivo que fuera, me llamaba la atención, y la escribía en una hoja de papel, a lápiz, justo en el centro. Después, doblaba el papel una y otra vez, hasta cuatro veces, y lo dejaba caer dentro del paraguas de mi abuelo, que siempre estaba en el paragüero de la entrada. Al día siguiente, antes de dejar caer una nueva palabra, buscaba y revolvía dentro del paraguas hasta encontrar el papel del día anterior, y lo abría para descubrir que la palabra se había convertido en una frase entera. Más tarde, quizá al día siguiente, mi abuelo, en el momento más inesperado, pronunciaba la palabra que yo había escrito y yo repetía la frase que él me había regalado. Para mí era un juego, para él, una enseñanza, para ambos, una complicidad que hizo que mi abuelo se convirtiera en un compañero. Sin saberlo, mi abuelo me regaló la clave para acercarme a Ludka.

Cuando terminé el cuento, me obsequió con un libro de tapas gruesas forradas con tela de color verde. El título, en letras doradas, decía: *Lectures d'infants 2.*[25] En la primera página, en la parte superior derecha, había un sello donde ponía *Generalitat de Catalunya. Grup escolar Bona Llavor* y un pequeño escudo con cuatro barras; debajo, la dirección: Torrent de les Flors, 68. Barcelona. Había textos breves y poemas de Sagarra, de Carner, de Joan Maragall, de Joaquim Ruyra, de Pin i Soler, autores que nunca había oído nombrar y que tardaría muchos años en saber quiénes eran; detrás de cada texto, había preguntas y ejercicios. Era un libro de escuela editado en 1936, con dibujos de Lola Anglada. El libro de lectura que había utilizado mi abuelo cuando aún trabajaba como maestro.

La promesa de que cada mediodía iría a la carpintería hizo que viviera las plegarias del mes del Sagrado Corazón, las idas a misa y las invocaciones a la Virgen María con el pensamiento puesto en un horizonte lleno de luz. Y mientras esperaba a que llegara el día en que terminaran las clases y el verano iluminara mi vida, los sábados por la

25. En catalán, *Lecturas de niños 2.*

tarde acompañaba a mamá a *la casa de los niños*, donde el señor Tozer representaba una obra con marionetas.

Aquel mes de junio llovió unos cuantos días y el paraguas de mi abuelo aparecía y desaparecía, pero cuando estaba en casa, lo encontraba abierto como una flor negra inmensa extendida en la entrada que ocupaba medio pasillo. Mientras esperaba a que todo volviera a la normalidad, iban amontonándose los papeles con las palabras escritas. Cuando por fin el sol regresó a nuestras vidas, mi abuelo se olvidó el paraguas en la carpintería y algún cliente lo extravió. Fue un sábado cuando mi abuelo leyó mi mirada de súplica. A primera hora de la tarde, en el mismo lugar donde siempre estaba el paraguas, negro e inmenso, con sus pliegues de tela entre varilla y varilla ensimismados como bocas abiertas, había un paraguas viejo y deteriorado que mi abuelo guardaba por si algún día necesitaba las varillas. Los años de la posguerra eran los años del «por si acaso» y todo se conservaba porque todo podía llegar a ser útil; una pequeña goma, cordones de varios tamaños, herramientas que ya no funcionaban..., todo esperaba tener una nueva vida.

Yo acababa de dejar las palabras, todas a la vez, dentro del paraguas cuando mi abuela lo descubrió al lado de la chaqueta de pana que mi abuelo llevaba invierno y verano.

—¡Por Dios! ¿Qué hace esto aquí? —Cogió el paraguas sin darse cuenta de que algunos papeles, perfectamente doblados, se escapaban por el agujero que había en la tela y que ni mi abuelo ni yo sabíamos que existía.

Tuve el tiempo justo para recogerlos del suelo antes de que mamá apareciera y me metiera prisa para irnos. Me cogió de la mano como si fuera una niña pequeña y salí de casa hacia la calle Anglí con los bolsillos llenos de palabras.

Una mezcla de prudencia y vergüenza me mantenía a distancia de Ludka. Mi burla pesaba como uno de aquellos pecados mortales de los que hablaba la monja mientras nos miraba con ojos amenazantes. Cada sábado la buscaba dispuesta a disculparme, pero era incapaz de acercarme a ella, de decirle que me sentía mal, de confesarle que yo, demasiado a menudo, actuaba sin pensar, que haberle sacado la lengua había sido un impulso estúpido. Quería disculparme, pero no tenía el valor ni la fuerza para hacerlo.

Ella estaba sola sentada en un rincón del patio; en el fondo de sus ojos, se adivinaba la tristeza, como si un dolor pesante le mutilara el habla, como si sus pocos años de vida se hubieran convertido en una carga.

La señora Wanda hablaba a los niños con frases cortas, con órdenes concretas, siempre en su lengua, en polaco, y cuando no la entendían, lo repetía en alemán. Los más pequeños eran esponjas que aprendían el nuevo idioma sin dificultad, pero había algunos que se aferraban al orgullo de ser alemanes y se resistían a doblegar su lengua; aunque derrotados, mantenían intacta la altivez de pertenecer a la raza germánica.

Dos pasos hacia delante y uno hacia atrás, tres adelante y dos atrás, uno adelante y dos atrás; así era como avanzaba Wanda Morbitzer. Cuando, de vez en cuando, mostraba su desaliento, cuando creía que todos sus esfuerzos eran en balde, cuando asomaba la tentación de enviarlo todo al traste, se repetía a sí misma que, lo consiguiera o no, tenía que seguir, que una solo perdía cuando abandonaba y ella no había abandonado jamás.

Aquel sábado, después de ver la función del señor Tozer, salimos al patio. Hanka, una niña que no tenía ni cinco años, mostraba un afecto especial hacia Ludka y a menudo iba detrás de ella. Hanka tenía los ojos de un verde brillante y su poca edad la protegía del dolor que produce recordar. Siempre tenía la mano derecha cerrada, como si tuviera una parálisis que le inmovilizara los dedos; solo cuando dormía, sus dedos perdían fuerza, la mano se abría y aparecía el tesoro que no quería perder: un botón de hueso, grande y negro, que siempre llevaba consigo. Un botón, el único recuerdo que guardaba de su madre. Las veces que se me acercaba, me gustaba hacerla reír. Aquella tarde, mientras le hacía cosquillas a la pequeña Hanka, miraba de reojo a Ludka, que permanecía plantada delante de una niña que saltaba a la comba con cara de mala leche y de un niño que, sin ningún balón, chutaba a la pared con expresión crispada. Ludka estaba cerca de aquella cuerda que giraba y giraba, y su rostro, intermitente, se desdibujaba.

Florinda apareció con la bandeja de la merienda mientras gritaba: ¡Hora de merendar! ¡Hora de merendar! Detrás de ella, Wanda repetía: *Podwieczorek! Podwieczorek!*[26] Los chiquillos corrían alrededor de la cocinera con el ansia de conseguir una ración de tarta de queso que Florinda había cocinado a su manera.

Ni Ludka ni yo nos movimos de donde estábamos. Cara a cara, a unos siete metros de distancia, nos escrutábamos como un par de caballeros en duelo que se observan antes de levantar el brazo y disparar. Di cuatro pasos hacia ella; cuando iba por el tercero, ella dio dos hacia mí. Los gritos de la cocinera, que se desgañitaba para detener el lanzamiento de piedras que amenazaban con romper algún cristal, se confundían con los de los niños que habían iniciado una batalla campal. El guirigay era mayúsculo, pero tanto Ludka como yo estábamos inmersas en un mundo donde solo cabíamos ella y yo. Una piedra pasó

26. En polaco, «¡La merienda!».

rauda cerca de la cabeza de Ludka y aterrizó a mis pies. Ella dio otro paso hacia delante, cogió una alentada de aire, espiró profundamente y me sacó la lengua.

Estábamos en paz.

Yo tenía la mano derecha en el bolsillo, movía los dedos con desazón y oía el frufrú de los papeles con las palabras para mi abuelo. Di un paso más y, sin saber exactamente por qué lo hacía, saqué la mano y le ofrecí un puñado de palabras.

Ludka levantó los brazos, los alargó hacia mí y me mostró la palma de las manos. Vertí media docena de papeles que ella observó como si fueran pequeñas perlas.

—Ludka, Emma, ¿no queréis *sernik*?[27] —preguntó Florinda con la bandeja casi vacía.

Ludka cerró la mano. Con los puños llenos de palabras, se fue a buscar la merienda.

27. En polaco, «tarta de queso».

## 11

## Barcelona, junio de 1946

Los días languidecían lentamente. Nubes blancas volaban sobre las azoteas, y las altas temperaturas anunciaban que el verano estaba a la vuelta de la esquina. Las mujeres llevaban vestidos ligeros y las calles se llenaban de miradas de reojo. El paraguas de mi abuelo estaba en su sitio y cada noche, después de leer, yo escogía las palabras que le daría a mi abuelo y las que guardaría para Ludka.

Junio traería un montón de novedades. Por una parte, llegaría una segunda expedición de niños, y por otra, la proximidad con Ludka abría la puerta a descubrir algunos de sus secretos. Una tarde, mientras jugaba en el balcón que se asomaba a la calle Aragó y el silbido del tren de las seis dejaba un rastro de humo que oscurecía las fachadas, no podía dejar de repetirme que Ludka y yo seríamos amigas. La intuición me confirmaba que nuestra amistad estaba escrita, que el destino había hecho que llegara a Barcelona para poder estar conmigo.

Sentada en el suelo, miraba la calle mientras peinaba a la muñeca que me habían hecho mamá y la abuela con retazos de ropa; las trenzas, de color marrón, habían salido de la lana del jersey de mi abuelo que había sobrado después de deshacerlo para hacerme uno para mí.

En el comedor, con la tabla de planchar abierta, mi

abuela y mi madre tenían una tensa conversación. Una más.

—Ese hombre te busca, Isabel, ¿no te das cuenta?

—Me ha invitado a ir a pasear, nada más.

Mamá no quería tener una nueva pelea con mi abuela y se concentró en ponerse bien el pañuelo de color azul eléctrico en la cabeza; cruzó los extremos en la nuca y después los llevó hacia delante para atárselos debajo de la barbilla.

—Hoy a pasear, mañana a bailar y después de una cosa vendrá la otra. —Mi abuela la miraba por encima de las gafas y escupía reproches. Dejó el uniforme del colegio, recién planchado, sobre la silla y cogió la camisa de los domingos del abuelo—. Para una tarde que tienes libre, podías dedicarte a tu hija. Desde que estás con esos niños casi no la ves.

—He estado con Emma toda la tarde. Saldré solo un par de horas.

—Ese hombre es policía, Isabel —dijo mi abuela como si anunciara la llegada de una plaga.

—También hay policías que son buenas personas —replicó mamá cogiendo sus gafas de sol.

—Todos los policías son de la misma cuerda, niña. Y tú no tendrías que meterte ahí.

—No me meto en ninguna parte, solo somos amigos.

—Los amigos no regalan pañuelos de seda.

Mamá, sin despedirse, salió de casa con un portazo. Mi abuela pasó la plancha por la camisa nueva del abuelo con tanta rabia y durante tanto tiempo que le dejó una marca oscura que no se iría jamás.

Las peleas de mamá y la abuela tenían nombre propio.

Román Quílez rondaba a mamá desde hacía meses. Se habían conocido cuando mamá cosía para la madre del policía, una mujer de cara larga y piel de color ceniza que, cuando descubrió que aquella chica no era la viuda de guerra que le habían dicho, la despidió. Mis padres nunca habían pasado por el juzgado y no existía ningún papel que certificara su matrimonio. Por tanto, a ojos de la justicia, mamá era una mujer soltera que cuando yo nací, se convirtió en una mujer de moral cuestionable. La señora Quílez estaba contenta con su trabajo y el hecho de que la chica fuera viuda como ella hacía que sintiera una sincera simpatía por la joven costurera que tenía manos de plata. Había sido la amiga con quien compartía el banco de misa diaria quien le había contado que la hija de Isabel Andreu Mora llevaba el mismo apellido que su madre. Descubrir que mamá era una mujer soltera con una niña conllevó que le soltara que la casa de los Quílez era una casa respetable. Y sin dar más explicaciones, le cerró la puerta en las narices.

Román Quílez, cuando se enteró de lo sucedido, fue a ver a mamá para ofrecerle el dinero de tres meses de sueldo. Después, la invitó a merendar y, a partir de aquel día, ella se dejó cortejar.

La amistad, o lo que fuera que tuviera con el señor Quílez, de vez en cuando nos proporcionaba un poco de carne de ternera o unos cuantos huevos; un par de veces incluso llegó un pollo. Mi abuela se negaba a cocinar cualquier cosa que viniera del policía y entonces era mamá quien entraba en la cocina; mientras saboreábamos el estofado, mi abuela, que se negaba a probar la comida, nos miraba como si fuéramos caníbales comiéndonos a nuestros hermanos.

La mayor disputa de mamá con la abuela estallaría al cabo de pocas semanas y sería tan explosiva que provocaría que mamá y yo nos marcháramos del piso de mis abuelos y nos fuéramos a vivir a la Residencia del Auxilio Social de Vallcarca. Sería un verano extraño, partido por la mitad. Pasé de las idas a la carpintería para llevarle la comida a mi abuelo a vivir en una pequeña habitación de aquella torre inmensa. Pasaría muchas horas al lado de Ludka, Hanka, Zyta, Leon, Tadek y sus hermanos y, en aquel patio de centenares de metros cuadrados, Olek me arrastraría por el suelo como si fuera un animal recién capturado.

Pero aquella tarde, después de que mamá saliera de casa, corrí a la ventana y vi el momento en el que se subía a la moto del policía. Con las gafas oscuras y el pañuelo en la cabeza, con un vestido de color blanco ceñido y con un cinturón negro, sentada de lado, con los brazos alrededor de aquel hombre que mi abuela detestaba, se la veía tan joven, tan bonita y tan elegante que parecía una actriz de cine.

Mientras mamá se alejaba, desde el patio de luces, Delfina gritaba a sus hijos. Gritos agudos como los de un animal enjaulado, gritos por donde se escapaba el delirio, gritos que reclamaban una vida que ya no existía. Mi abuela salió de la cocina con un cazo lleno de caldo y se plantó ante mí.

—Llévale esto a Delfina, a ver si se calma.

—¿Ahora?

—Vete a saber si ha comido algo en todo el día. Cuando está tan alterada es mala señal.

—Estoy jugando. —Mi abuela me lanzó una mirada severa y alargó los brazos con el cazo lleno de caldo que yo, obediente, cogí.

Bajé la escalera con el corazón en un puño. Aquella mujer vestida de color negro de pies a cabeza, con cabellera blanca, larga y siempre despeinada, me daba tanto miedo que al verla se me helaba la sangre. Sus ojos, de un gris transparente, parecían hechos de niebla, siempre a punto de deshacerse. Quienes habían conocido a Delfina cuando era joven la definían como una mujer bellísima, pero de aquel pasado no quedaba nada. La locura la había engullido, como la carcoma que construye galerías dentro de la madera hasta el día en que el mueble es solo un armazón que se deshace. Delfina me enseñó hasta qué punto el dolor puede provocar estragos, el tormento le había diluido el entendimiento, era la sombra desfigurada de lo que había sido; la mujer elegante y hermosa se había convertido en un ser esperpéntico; la mujer inteligente y feliz era una mujer enferma y afligida. Siempre que coincidía con ella en la escalera o en la entrada, ella me acariciaba el pelo.

—Mis hijos tienen el pelo de oro —repetía con los ojos cerrados.

Los hijos de Delfina también tenían el pelo rizado, y tocar mis rizos, aunque negros, actuaba como un bálsamo para ella.

Delfina abrió la puerta y me recibió con la mirada perdida.

—¿Has visto si los niños estaban en el patio? —me preguntó con el delirio escrito en el rostro.

—Mi abuela ha hecho caldo. Está buenísimo. —Le ofrecí el cazo aún caliente.

—Tú juegas con ellos, ¿verdad? —Me miraba con una sonrisa que parecía una mueca.

—Yo soy Emma, la nieta de Teresa Mora y Simó Andreu. La hija de Isabel —le dije en un intento para hacerla regresar a la realidad.

—Tienes que decirles a mis hijos que cuando su madre los llama, tienen que subir enseguida, que no se entretengan. Los niños deben obedecer a sus padres. —Hablaba deprisa y de sus labios marchitos salían escupitajos que yo recibía con el ansia de escaparme.

—Debo irme, señora Delfina. —Di un paso atrás y ella dio uno hacia delante.

—Todo el día con el balón. Parece que no piensen en nada más. ¡Destrozan los zapatos! ¡Mi marido no gana para viajes al zapatero! —Soltó una risotada de loca que me llevó a retroceder un paso más.

—Debo irme —repetí, y le acerqué el cazo. Cuando ella lo cogió, subí la escalera como si me persiguiera un león hambriento.

Mientras yo llegaba al rellano de mi casa, sus gritos se esparcieron por el hueco de la escalera.

—¡Salvador! ¡Sebastià! ¡Ya basta de jugar en la calle! ¡Subid a casa! ¡Subid ahora! ¡Subid ahora mismo! ¡Subid, que la comida está en la mesa! ¡Subid o voy a zurraros!

Mamá no llegó hasta medianoche. Cuando entró en casa, encontró a mi abuela sentada en el comedor, con la luz apagada, esperándola.

—Por la memoria de Daniel, tendría que darte vergüenza ser la furcia de un policía.

—¡Yo no soy la furcia de nadie!

—Eres mayor y puedes hacer lo que quieras con tu vida, pero si quieres ir con ese hombre, hazlo lejos de esta casa.

Mi abuela salió del comedor sin esperar respuesta y mamá, plantada al lado de la puerta, con la fotografía de mi padre mirándola desde encima del aparador, apretó los dientes con ganas de contar todo lo que escondía.

Durante una semana, mi abuela no le dirigió la palabra. Después, se trataron con frialdad y tensión, demasiada frialdad y tensión para poder superar una nueva pelea.

Al día siguiente, como de costumbre, mamá se fue a la residencia de la calle Anglí a primera hora para echar una mano en la cocina y después dedicarse a repasar la ropa y planchar sábanas. Cuando iba hacia la habitación donde estaba el taller de costura, se cruzó con la señora Wanda, que no podía disimular su preocupación.

—Todo se ha complicado, Isabel. El propietario de Villa Azucena ha decidido rescindir el contrato a partir de primeros de julio. Llegan nuevos niños dentro de pocos días. ¡Si nos quedamos sin escuela, no sé cómo lo vamos a hacer! —Se esforzaba por mostrar serenidad, pero su angustia era evidente. Tenía la voz quebradiza, a punto de romperse.

Villa Azucena era una torre cercana al paseo de la Bonanova que había sido hogar temporal para soldados polacos y refugiados civiles evacuados de Francia a través de los Pirineos durante la Segunda Guerra Mundial. Una vez en Barcelona esperaban el momento de poder huir a Reino Unido o a Estados Unidos. Estaba previsto que Villa Azucena se convirtiera en la Escuela Polaca; la casa de la calle Anglí sería la residencia de las niñas, y la Torre de Vallcarca, sería la de los niños.

—¡Seguro que encontrará una solución! —le contestó mamá convencida de que la señora Wanda, o a quien le correspondiera, tarde o temprano conseguiría superar el imprevisto.

Wanda Morbitzer Tozer formaba parte del comité técnico polaco que se ocupaba de los niños. La mujer del cónsul, la señora de Rodon, Anna Maria Klemensiewicz de Rodon, era la directora; Irena Granska, la responsable de las cuidadoras; el doctor Jakub Polakow y el profesor Antoni Gorczyca cerraban el grupo de las cinco personas que integraban el comité. Wanda tenía la responsabilidad de ocuparse de las cuestiones de organización del centro y era el enlace con las autoridades españolas. A ella correspondía realizar peticiones y propuestas para el buen funcionamiento del centro y atender a todo lo relacionado con la salud de los niños. Por su parte, el estado español se había comprometido a ayudar pagando los gastos de alojamiento, la manutención y al personal que los cuidaba. Esto era lo acordado, lo que constaba sobre un papel debidamente firmado por ambas partes; una, el Gobierno polaco en el exilio en Londres, y otra, el Gobierno de España. No obstante, una cosa era lo que se había escrito sobre el papel y otra muy diferente lo que acabó siendo. Cuando a principios de mayo la señora Granska y algunos profesores se marcharon a Génova para encargarse de los preparativos para la llegada de la segunda expedición, el centro se quedó sin personal y Wanda se convirtió en el principal referente para los niños. Su absoluta dedicación al centro conllevó que dejara sus obligaciones en el consulado y en la delegación de la Cruz Roja Polaca y que se convirtiera en el puntal de la residencia.

Había sido la señora Rodon quien había escogido Villa Azucena para establecer la escuela polaca. Una amplia residencia con un gran patio era el lugar perfecto. Estaba previsto que el 19 de junio el barco J. J. Sister llegara al puerto de Barcelona con ochenta y dos huérfanos más. De repente, el propietario rescindía el contrato y todo lo previsto se iba al traste.

—¡No sé qué vamos a hacer! —repitió la señora Wanda sin disimular que se sentía perdida. Era la primera vez que mamá veía cómo desfallecía, la primera vez que Wanda mostraba sus miedos, la primera vez que le hablaba con una proximidad que la conmovió—. Suerte que te tengo a ti, Isabel. Por favor, tutéame; que me llames señora me hace sentir un poco mayor.

—Como quiera, señora... —y enseguida se apresuró a rectificar—, quiero decir, como quieras...

—A media mañana quiero ir a la Torre de Vallcarca. Tengo que comprobar que todo esté a punto. No me gustaría tener más sorpresas. ¿Puedes acompañarme?

—Sí, claro.

Aquella mañana, mamá había llegado a la residencia de la calle Anglí decidida a decirle a la señora Wanda que, cuando empezaran las vacaciones escolares, necesitaría una mañana libre a la semana. Los reproches de mi abuela habían hecho su efecto y se sentía culpable de no pasar más tiempo conmigo. Pero después de ser testigo del desánimo de Wanda, se tragó la petición.

Por la noche, cuando regresó a casa, un poco más temprano que de costumbre, mamá entró en mi habitación y yo tuve el tiempo justo de esconder el libro bajo la sábana. En vez de fingir que dormía, me senté en la cama.

—¿Cómo ha ido el día? —preguntó después de darme un beso suave y húmedo como la lluvia.

—Delfina piensa que juego con sus hijos.

—Pobrecita, está muy enferma.

—Está loca, mamá.

—Sí, un poco sí —replicó, y sonrió mientras me colocaba bien la sábana. Sus dedos tocaron el libro; para evitar que me preguntara qué estaba leyendo, me adelanté y pregunté yo.

—¿Cómo están los niños? ¿Qué han hecho hoy? ¿Aún esconden la comida? ¿Aún escarban en la basura buscando comida?

—Algunos todavía lo hacen, pero entre todos intentamos que entiendan que cada día tendrán un plato en la mesa.

—¿Y no ha pasado nada? —pregunté con la ilusión de que me explicara algo de Ludka. Saber si, finalmente, habían encontrado a su madre.

Mamá captó mi curiosidad y se dispuso a contarme el incidente que le había comentado la señora Wanda durante el trayecto hacia la Torre de Vallcarca.

La noche anterior, mientras mamá bailaba con Román Quílez y pensaba en la primera vez que había bailado con mi padre —aunque, entre sus brazos, más que bailar, volaba—, la señora Wanda trabajaba en el minúsculo despacho de la casa Anglí. Repasaba las cuentas y ponía orden a todo el jaleo que se les venía encima. Entrada la medianoche, oyó una tos seca que venía de las habitaciones de los niños. Desde que habían llegado, había habido un par de resfriados, una varicela que se apresuraron a aislar para evitar el contagio, un brazo roto y unas anginas inflamadas que, tarde o temprano, terminarían extirpándose. Wanda, con la cabeza llena de un día repleto de imprevistos, intentaba encontrar una solución a la pérdida de Villa Azucena. Encontrar otra casa en tan poco tiempo le parecía imposible. Agotada de tanto pensar, antes de irse a su casa, hizo la ronda por las habitaciones.

Las trece niñas dormían en dos habitaciones de seis camas cada una, pues las camitas de Hanka y Krysia ocupaban el espacio de una de las grandes. Por su parte, los niños se distribuían en cuatro habitaciones de cuatro camas y en una de seis, donde quedaba una libre. Janek, un chico de catorce años, tosía incorporado en la cama. Wanda le preparó una infusión de jengibre con miel y limón y estuvo con él hasta que se durmió. Le hablaba con voz maternal, casi susurrando, para evitar que los demás se despertaran. Después se asomó a las demás habitaciones y descubrió que la cama donde dormía Leon, un niño de trece años esquivo y orgulloso que en el patio era el rey del balón, estaba vacía. Wanda recorrió la casa de arriba abajo y, a medida que su desesperación crecía, se le tensaban los músculos y se le secaba la garganta. Comprobar que la puerta de la cocina que daba al patio estaba abierta le hizo temer lo peor: ¿Y si se había escapado? ¿Y si había huido? Una montaña de posibilidades llamó a la puerta y el apuro por haber perdido Villa Azucena le pareció un problema sin importancia. Lo buscó entre los matorrales y por todos los escondites del jardín, pero fue en balde. Una hora más tarde, la señora Wanda aceptó que no tenía más remedio que llamar a la policía. Buscó el número en su agenda. Ante cualquier contratiempo, no dude en informar a las autoridades, le habían dicho. Cuando pasó por delante de la habitación de la lavandería, le extrañó ver que la puerta estaba entreabierta. Las sábanas sin lavar se amontonaban en el suelo. Wanda estaba a punto de cerrar la puerta cuando una corazonada la llevó a retroceder. Entre aquel montón de ropa sobresalía la punta del dedo gordo de un pie.

—¿Leon? —preguntó, y un ligero movimiento hizo que el montón de sábanas temblara primero y después se trasladara hasta debajo del fregadero—. Leon, no tengas miedo.

Lentamente, fue quitando capas de ropa hasta que apareció una cabeza rubia y un rostro que se tapaba con ambas manos y se balanceaba.

—Bombas. Caen bombas... —repetía con ojos asustados. El horror de haber vivido una guerra no se desvanecía en tiempos de paz; los bombardeos y el abandono continuaban en el interior de aquellos niños.

Wanda lo abrazó y le cantó una nana que su madre le cantaba a ella y aquel muchacho que siempre se había mostrado arrogante y distante se dejó mimar como si fuera un niño pequeño.

Ambos, como si de un solo cuerpo se tratara, se mecían envueltos por la sensación de pérdida que permanecía escondida bajo un montón de sábanas.

## 12

### Barcelona, junio de 1946

Hasta los nueve años, mamá y los abuelos eran mis ídolos, nuestra casa el lugar más seguro del mundo, mis preguntas casi siempre tenían respuesta y el amor trenzaba complicidades que me permitían vivir en un estado de placidez que solo se alteraba por los gritos de la hermana Conchita cuando me culpaba de unos pecados que yo ni tan siquiera sabía que existían.

Conocer a Ludka me hizo comprender que el mundo estaba lleno de dolor. Esos niños huérfanos a quienes la señora Wanda intentaba quitar de encima una piel que no les dejaba vivir me llevaron a ser consciente del sufrimiento. Descubrir que detrás del juego y de la risa, detrás de las disputas, detrás de comportamientos impertinentes y arrogantes, se escondía un intenso tormento, hizo que, después de odiarlos por haber secuestrado a mi madre, me compadeciera de ellos.

La hermana Conchita me acusaba de tener la lengua demasiado larga. Para evitar castigos, insultos, plegarias y copias que ocupaban páginas y páginas de letra inútil, aprendí que, en el colegio, sobre todo ante aquella monja con cara de tomate y ojos de pez, era mejor no decir lo que pensaba; pero, de vez en cuando, el armazón que me había impuesto para protegerme se rompía y mi carácter me llevaba a soltar comentarios que causaban un terremoto difícil de reparar. El último día de colegio, cuando faltaba poco para atravesar la puerta que daba paso a las vacaciones de verano, dentro de mí se encendió un fuego tan intenso como las hogueras de San Juan que aquella noche iluminarían las calles de la ciudad.

Fue a media mañana, cuando la monja invocó a la gran bondad de Jesús; en estado de éxtasis, miró la imagen del Jesús del Sagrado Corazón que durante el mes de junio ocupaba el centro de nuestras vidas. Rezábamos a primera hora, rezábamos a media mañana, rezábamos antes de comer, rezábamos por la tarde. La imagen de aquel Jesús de pelo largo y barba cuidada, con capa roja y túnica blanca, dejaba al descubierto un corazón rojo rodeado por una corona de espinas y con una cruz en llamas. Aquel Jesús a corazón abierto siempre me había inspirado más miedo que devoción y cuando la monja, con la mirada llena de admiración, dijo que el buen Jesús vertía amor y velaba por todos nosotros, mi voz se alzó.

—¡Dios es una estafa! —exclamé.

A la monja se le incendió el rostro y se le salieron los ojos de las órbitas. Se acercó a mí sin dejar de repetir la palabra *blasfemia* y me pegó tal bofetón que me dejó sus cinco dedos marcados en la mejilla. Cinco latigazos. La firma de su impotencia.

Si la monja me hubiera permitido hablar, le habría preguntado dónde estaba el buen Dios cuando Ludka, Zyta, Hanka, Leon, Tadek y los demás fueron robados a sus familias. ¿De qué modo había velado por ellos cuando los alemanes habían quemado los papeles en los que constaba su procedencia? ¿Cómo era posible que aquel Dios lleno de amor y misericordia hubiera vuelto la espalda a unos niños indefensos?

Si no hubiera sido el último día de clase, habría pagado mi blasfemia limpiando los lavabos del colegio o fregando el suelo de la capilla una semana entera; trabajar para la comunidad era una de las penitencias por tener la lengua demasiado larga, pero solo faltaban dos horas para terminar el curso escolar y la hermana Conchita optó por la humillación; me obligó a arrodillarme, con los brazos en cruz, hasta que sonó la campana. Cuando las niñas se despidieron y la monja y yo nos quedamos solas, soltó la estocada final.

Sin dejarme levantar, caminaba a mi alrededor.

Una vuelta, dos vueltas, tres vueltas.

Llevas el demonio dentro, me dijo. Las comisuras de sus labios expulsaban gotas de saliva. En este colegio no queremos niñas endemoniadas; el demonio es un virus que lo ensucia todo, que se contagia como una enfermedad. Añadió que hablaría con la madre superiora y que ella decidiría si debían castigarme o expulsarme. La amenaza de la hermana Conchita no me afectó lo más mínimo, pero los malos augurios se cumplieron a primeros de octubre, después de las vacaciones.

Aquella noche, yo quemaría la amenaza de la monja en las hogueras de San Juan. Los fuegos de toda la ciudad abrían la puerta a tres meses de felicidad. Ignoraba que aquella verbena marcaría un punto de inflexión en mi vida y que la duda sobre si decir o no todo lo que había descubierto se convertiría en un dilema imposible de resolver.

Después de salir del colegio, fui a buscar a mamá a la residencia de la calle Anglí. El trayecto era largo, pero caminar me alejaba de la hermana Conchita. El deseo de ver a Ludka y explicarle que, por fin, había empezado el verano, me aceleró el paso.

La adaptación de los niños polacos resultó bastante más complicada de lo que maestras y cuidadoras habían imaginado; desconfiados, huraños, impertinentes, incluso arrogantes, se hacía difícil imponerles cualquier tipo de disciplina. El dolor del desarraigo crecía en su interior como una mala hierba que, aunque se arranque, vuelve a crecer. Se rebelaban para mostrar su enojo contra la vida, contra el mundo y contra la caridad con la que el Gobierno español los acogía. Ludka había intentado escaparse. Zyta era una niña con una sonrisa que enamoraba, con una apariencia angelical que se fundía cuando algo la contrariaba, y su manera de protestar era tirar piedras a quien fuera y donde fuera; en un par de ocasiones, la piedra había traspasado el cristal de una ventana y también le había partido la ceja a Tadek, un chico de trece años, el hermano mayor de las gemelas Celinka y Karol y del pequeño Marek. Y Leon tenía la manía de esconderse cada vez que oía un ruido.

Una tarde, Tadek se subió al tejado y desde allí, con el brazo levantado y la mirada al frente, como si delante de él tuviera a los cincuenta mil jóvenes de las juventudes hitlerianas en el Congreso Nacional de Nuremberg, ante la estupefacción de quienes lo escuchaban, gritó: *Flink wie Windhunde, zäh wie Leder, hart wie Kruppstahl*,[28] y acto seguido añadió que Alemania era el imperio del mundo y que jamás sería vencida. Un silencio expectante se paseó por el jardín. Todos los ojos estaban clavados en aquel chico que repetía una y otra vez que ellos no habían perdido la guerra. Tadek, con el brazo en alto, cantaba el himno de Horst-Wessel-Lied. Aún quedaba mucho por hacer hasta conseguir la desnazificación de unos niños

28. En alemán, «Rápido como un galgo, resistente como el cuero y duro como el acero de Krupp».

que habían sido educados para idolatrar a su Führer, su dios.

Zyta solía llevar los bolsillos llenos de piedras y se subía a los árboles con la agilidad de un gato. Desde las ramas más altas, las tiraba a discreción. Sus cuidadoras, con paciencia infinita, intentaban comprender el motivo de aquellos ataques, pero cuando le preguntaban por qué lo hacía, ella se limitaba a encogerse de hombros y a responder un «no lo sé» lleno de sinceridad. Mamá cosió los bolsillos del vestido de Zyta, pero el remedio fue peor que la enfermedad, porque la niña sacó la funda de la almohada y la llenó de piedras que recogió en el jardín. Aquella conducta agresiva era una pulsión más de impotencia que de rabia; la niña ahuyentaba el dolor que crecía en su interior atacando a los demás.

Pero el comportamiento indomable de la mayoría de los niños no desanimó a la señora Wanda. Consciente de que la adaptación sería larga y difícil, veía aquellos actos de insubordinación como la necesidad de alejar el malestar de una vida colmada de desarraigo. Meses más tarde, cuando el idioma ya no era un impedimento, le pregunté a Ludka si estaba contenta de haber venido a Barcelona. Ella me miró con sus ojos tristes y dijo: Un nuevo país, una nueva gente, una nueva lengua. Luego se encogió de hombros con una indiferencia que disimulaba el cansancio de un periplo demasiado largo.

Cuando se instalaron en la Torre de Vallcarca, Florinda pasó a ser la cocinera oficial del colegio. La cocina era más grande, más luminosa y con mejores condiciones que la de la calle Anglí. La cocinera aprovechó el poyo que había bajo la ventana de la cocina para poner un montón de macetas en las que crecían perejil, menta, hierbaluisa, hinojo, orégano y tomillo que cuidaba con amor maternal y que utilizaba para condimentar sus platos. Un día, Tadek jugaba cerca con la pelota y Florinda le ordenó que se fuera a otra parte, que las macetas peligraban; el chico la miró con desafío y cuando ella entró en la cocina, meó sobre las plantas. ¡Son unos monstruos! ¡Unos desagradecidos gamberros!, exclamaba la cocinera, que amenazó con dejar el trabajo. Sin embargo, media hora más tarde de aquellas tropelías, después de que la señora Wanda la ayudara a interpretar qué se escondía tras aquellas actitudes hostiles, después de repetirle que aquellos niños habían vivido demasiado tiempo entre violencia y destrucción, Florinda se compadecía de ellos hasta que una nueva fechoría la llevaba a desgañitarse repitiendo aquel: ¡Demonios desagradecidos, gamberros y malnacidos!, que se convirtió en su grito de guerra.

Caminaba deprisa. En la esquina de la calle Anglí con Dalmases coincidí con un grupo de niños que carreteaban maderas viejas para alimentar la hoguera recién construida en el cruce de paseo de la Bonanova con Mayor de Sarriá. Por un instante, lamenté no haber ido a casa y haber ayudado a los críos del barrio con la hoguera que se iba a quemar esa misma noche, pero había preferido ir a buscar a mamá. La puerta del jardín estaba abierta y pasé por la cocina deseando que Florinda me diera algo para merendar. Florinda no estaba, pero encima de la mesa había unas tortas recién salidas del horno y no pude evitar coger un trozo. Con el sabor a fruta confitada de una torta de San Juan austera y casera, fui a buscar a mamá. Esperaba que ella aún tuviera trabajo y yo pudiera pasar un rato con Ludka. La puerta del despacho del padre Horoba, el director, estaba entreabierta y la voz de la señora Wanda me llegó clara y limpia.

—No sé si, tal y como está, es prudente decirle la verdad.

—La verdad siempre requiere más valor que las mentiras —respondió el médico, que había venido a visitar a un par de niños que tenían fiebre.

—¿Entonces usted piensa que debemos decírselo? —preguntó el director.

—Tarde o temprano tendrá que saberlo.

—¡No nos está ayudando mucho, doctor! —reprochó la voz serena de la señora Wanda.

—Ustedes quieren que yo les diga qué tienen que hacer, pero esto no es una cuestión médica. Ahora bien, si lo que me pregunta es si el estado mental de Ludka Nowak es lo bastante fuerte como para soportar la noticia de la muerte de su madre adoptiva, lo único que puedo decirle es que sería mejor esperar algunas semanas, incluso meses, hasta que ella se sienta más segura. La esperanza de volver con su madre puede ayudarla a seguir adelante; pero eso significa que usted deberá seguir mintiendo.

—Ya lo sé, y no será fácil. Pero tampoco lo es decirle a una niña que su madre murió en un campo de prisioneros y que el capitán Von Brandt se colgó pocas horas después de ser encarcelado —añadió la señora Wanda.

# 13

## Barcelona, junio de 1946

La ignorancia evita el sufrimiento que provoca el dilema de decir o no decir, de hacer o no hacer. Odiaba haber escuchado aquella conversación, pero ya no podía hacer nada y me callé. Maria von Brandt era un nombre, una imagen en una fotografía, una colección de momentos vividos que quedarían en el recuerdo de los demás, una mujer congelada en el tiempo que descansaba al lado de la tumba de su hija, a la que nadie llevaba margaritas amarillas. Ludka ni siquiera había imaginado la posibilidad de que su madre hubiera muerto y yo había descubierto la verdad y me había convertido en una farsante.

La vida proseguía a su ritmo. Una segunda expedición de niños huérfanos había llegado cuatro días antes de la festividad de San Juan. La pérdida de Villa Azucena era un escollo que resolver; encontrar otro edificio cerca de las dos residencias, más que difícil, era imposible, así que decidieron que lo mejor era acondicionar algunos espacios en la Torre de Vallcarca para utilizarlos como aulas. Así las clases se repartirían entre la calle Anglí y la Torre de Vallcarca.

La noche de San Juan era una noche de fuego y fiesta, una noche en la que los deseos volaban por el aire dejando estelas de humo, la noche en la que el afán por tocar la felicidad con las puntas de los dedos empujaba a vivir en plenitud. Esa noche todo el mundo se olvidaba de la austeridad, de la ausencia de libertad de una época en la que todo estaba prohibido. Habíamos aceptado la renuncia a expresarnos por miedo a ser castigados. Pero, por una noche, la gente se olvidaba de las imposiciones y de las normas y se sumergía en la fiesta y era feliz.

A las diez en punto, bajé a la calle con mis abuelos, era la hora de encender la hoguera. Un chorro de gasolina ayudó a prender la llama. Chispas de fuego se elevaban como dedos golosos por tocar el cielo y danzaban al ritmo de la noche. Cerré los ojos y lancé un deseo: que Ludka se quedara siempre a mi lado, que fuera la hermana que nunca había tenido y que siempre había querido. Mamá llegó cuando el fuego casi se había apagado, pequeños trozos de madera aún ardían, como barcos incendiados a la deriva. Como ella. Como yo.

Aquella noche de fiesta, los vecinos celebramos la verbena en la azotea; la habíamos decorado con banderitas hechas de papel de periódico y revistas, los farolillos eran latas con una vela en el centro y la música salía de una gramola vieja. Mamá estaba contenta, le encantaban las fiestas. Se había arreglado un vestido de cretona estampado con grandes flores de color fucsia sobre fondo blanco, un vestido que había sido de la señora Wanda y que ahora era suyo. Le había quitado las mangas, soltado las pinzas del pecho, hecho un escote cuadrado y lo había acortado cuatro dedos. Coser era su pasión y para que yo tuviera un vestido nuevo para la verbena, se pasó una noche entera sin dormir; al día siguiente, tenía encima de la silla un vestido de tirantes de color azul eléctrico con estrellas rojas bordadas alrededor del dobladillo. Mi abuela se vistió con un conjunto de hilo color salmón, se puso un pañuelo negro cubriéndole los hombros y un collar de perlas alrededor del cuello; el pelo plateado con ondas perfectas y un toque de rojo en los labios la convertían en una mujer atractiva. Mi abuelo no estaba para muchas fiestas, pero terminó poniéndose la camisa blanca y el único traje de verano que tenía.

Hacía más de treinta años que mis abuelos estaban casados, pero aquella noche bailaron como si fuera la primera vez. Ahora un vals, ahora un pasodoble, ahora un foxtrot y otra vez un vals y vuelta a empezar. Bailaban mirándose a los ojos y se abrazaban con una ternura que nunca les había visto. Cuando el baile se volvió lento, mi abuela apoyó la cabeza en el pecho de mi abuelo y ambos, como un solo cuerpo, se dejaron llevar por la música.

Mamá también bailó, con el abuelo, con algún vecino, con Delfina, que aquella noche estaba especialmente tranquila. A medianoche, mamá me dijo al oído que bajaba a casa a descansar. Se fue sin despedirse de nadie. Una corazonada me llevó a la barandilla de la azotea y cuando aún no habían pasado cinco minutos, la vi salir del portal de casa y correr hasta la esquina con paso rápido. Miró a un lado y a otro, levantó el brazo y el ruido de una moto se mezcló con el sonido de los petardos. Cuando mi abuela se percató de que mi madre había desaparecido, se tocó las perlas del collar con las puntas de los dedos y se negó a que aquel policía le desbaratara la alegría de la noche. Se bebió una copa de cava sin respirar y bailó con mi abuelo hasta que los zapatos se le hicieron pequeños y el dolor de pies la obligó a parar. A las cinco de la madrugada, cuando mamá entró en casa, mi abuela fingió que no la oía.

Aquella noche de verbena, mientras mis abuelos bailaban, mamá se escapó para ir a un baile donde nadie la conocía.

En la residencia de la calle Anglí, los niños dormían. La señora Wanda, el director del colegio, el padre Horoba e Irena Granska, la responsable de las cuidadoras de los niños, habían llegado al acuerdo de que lo mejor era pasar por alto la verbena. No tenían suficiente personal ni suficientes recursos para controlar a más de cien criaturas. El chasquido de los petardos y las hogueras en medio de la calle podrían desencadenar algún episodio de pánico. Para protegerlos, los alejaron de la fiesta. Florinda, para que no se dijera que los niños no celebraban la verbena, hizo cocas de fruta confitada y piñones que se comieron ignorando que celebraban la noche más corta del año.

Ludka dormía abrazada a su almohada. Pasada la medianoche, la visitó una pesadilla. Jugaba con otros niños y niñas en el patio del colegio. De pronto, sin antes oír el ruido de ninguna sirena, empezaron a caer bombas. La pared del patio se desplomó como si fuera de mantequilla y los niños quedaron sepultados bajo los escombros. El estruendo fue ensordecedor. Pocos segundos después, un manto de silencio acompañaba a un paisaje tan desolador como siniestro. Ludka, cubierta de polvo blanco de arriba abajo, como si se hubiera bañado en un mar de talco, caminaba entre los cascotes; no sabía adónde iba, pero caminaba para saber que no estaba muerta. Pasó junto a un edificio medio derruido del que solo quedaba una pared en pie, aunque una grieta profunda estaba a punto de romper el frágil equilibrio que la sostenía; aquel muro en medio de la desolación era como una bandera ondeando en la cima de un palo que se tuerce con la ventolera. La grieta se abrió un poco y la pared se desplomó encima de ella. Ludka se despertó empapada en sudor, le costaba respirar; a su lado, las pequeñas Hanka y Krysia se habían metido en una misma cama y dormían pegadas como cucharitas. Ludka no fue consciente de que todo era una pesadilla. El horror la perseguía con la boca abierta. El miedo a otro bombardeo que destrozara el tejado y convirtiera la casa en un agujero negro, inmenso y profundo la obligó a salir. Corrió hacia el patio. En su cabeza, el ruido de los petardos se confundía con ráfagas de metralleta. Las hogueras se habían extinguido, pero el aire olía a hollín y a madera quemada. El ruido de edificios enteros deshaciéndose como castillos de arena la perseguía. El mundo desaparecía y ella bajó la escalera corriendo, atravesó por delante de la puerta de la capilla y salió. Corría sin encontrar un lugar donde esconderse. Corría para escapar de aquella guerra que vivía dentro de ella. Corría porque una voz lejana le ordenaba que lo hiciera.

Las cuidadoras se despertaron y la vieron con el camisón pegado al cuerpo por el sudor, destrenzada, con los rizos volando al aire y los ojos colmados de miedo. Una de las cuidadoras corrió tras ella y la otra llamó a la señora Wanda, que vivía cerca. Wanda llegó resoplando. En el momento en que salió al jardín, Ludka logró escapar de la chica que había conseguido retenerla; como una bestia rabiosa, trepó por la hiedra que tapizaba el muro que daba al paseo y, una vez arriba, saltó al centro de la acera. Corrió con la fuerza del miedo. La señora Wanda corrió tras ella.

Cerca del cruce de paseo de la Bonanova con calle Major de Sarrià, una gran hoguera había regalado largas llamas al solsticio de verano; habían pasado un par de horas, pero la ceniza aún humeaba. Ludka corría rauda y no se detuvo ante aquel montón de cenizas que atravesó sin pensar. Cuando estuvo en el otro lado, cayó al suelo. El dolor la dejó inconsciente.

Las quemaduras en las plantas de los pies le impidieron caminar durante un par de semanas. Wanda le ponía la pomada que le había recetado el médico y que habían preparado en la farmacia, le cambiaba las vendas y le hacía compañía tanto rato como le era posible. No, aún no podía decirle que su madre estaba muerta, no podía añadir más dolor a aquella criatura que lo había perdido todo.

Eran días de mucho trasiego. Habían empezado las obras en la Torre de Vallcarca para hacer la adaptación de algunos espacios. La convivencia entre niños, albañiles y sacos de escombros resultaba un poco complicada. Por suerte, aún disponían de Villa Azucena hasta mediados de julio. Para poder reorganizar todo con cierta tranquilidad, se decidió que los niños disfrutaran de unas semanas de vacaciones en la playa. La delegada del Gobierno por el asunto de los niños polacos, la señora Gómez Leoned, alquiló una casa en un pueblo costero, Sant Feliu de Guíxols, al que los chicos se marcharían en la festividad de San Jaime; cuando ellos regresaran a Barcelona, a finales de agosto, irían las niñas y estarían allí seis semanas.

Los pies de Ludka se curaban lentamente. Muchas tardes, después de llevarle la comida a mi abuelo, subía hasta allí y me quedaba con ella. Los primeros días no decíamos nada. Yo le llevaba las palabras que había escogido la noche anterior y ella las escribía en una libreta; primero, en catalán, después, en alemán y en castellano; por último, con la ayuda de alguna profesora, en polaco. Día a día, a medida que las quemaduras iban mejorando, las palabras iban aumentando y pasamos a construir frases. Cada día nos resultaba más fácil entendernos porque a donde no llegaban las palabras, llegaban los gestos, las risas y los dibujos que hacíamos para explicarnos. Después de dos semanas, los cuidados ya no eran tan frecuentes y el dolor casi había desaparecido, pero aún no era prudente que pusiera los pies en el suelo, no hasta que la piel estuviera curada por completo. Para poder desplazarla, le habían puesto ruedecitas a una butaca y las niñas hacían turnos para empujarla. Ludka, que hasta ese momento había querido mantenerse al margen, se convirtió en el centro de la casa.

Fue una tarde, cuando ya me iba, cuando Ludka me cogió la mano. Amiga, dijo, y, acto seguido, lentamente, añadió *freundin*, y al final, *przyjaciółka*.[29] Y yo, como un pasmarote, plantada delante de ella, respondí: Sí, Ludka, tú y yo siempre seremos amigas.

Las amigas son leales y no se mienten, las amigas se hablan con sinceridad y yo llevaba la mentira pegada en la punta de la lengua; cuanto más me esforzaba para olvidar, más presente tenía aquello que sabía.

—*Wenn meine Mutter*[30] venga a buscarme. Tú conmigo —me dijo cuando el idioma aún era un escollo para expresarse.

Yo le respondía que sí, que iría, mintiéndole como hacían los mayores. Lo hacíamos para protegerla, para evitarle un dolor que tarde o temprano tendría que sufrir; esperábamos el momento adecuado para decirle la verdad y herirla de muerte.

—No sé si me dejarán venir —contesté sin osar mirarla.

—¡*Meine Mutter* convencerá! —exclamó como si su madre estuviera allí.

El estómago se me encogió y un zarpazo de dolor me rompió la voz y las palabras se fundieron; en aquel momento, comprendí el significado de lo que había dicho el médico, que la verdad requería más valor que la mentira.

29. En polaco, «amiga».
30. En alemán, «Cuando mi madre».

# 14

## Barcelona, agosto de 1946

El 9 de agosto de 1946 mi vida estalló por los aires. La última discusión entre mamá y mi abuela fue una bomba que destruyó mi mundo. Los tres kilómetros y medio que había entre el piso de la calle Aragó y la Torre de Vallcarca se convirtieron en un abismo que me separaba de mis abuelos y me llevaba al exilio.

—¡Vamos, deprisa, recoge tus cosas! ¡Nos vamos de esta casa! —me ordenó mamá con los ojos enrojecidos y la voz rota.

Durante los meses de julio y agosto las peleas entre mamá y la abuela fueron cada vez más frecuentes. Se mordían la lengua delante de mi abuelo, pero la desavenencia crecía a la velocidad de la luz y no les importaba pelearse delante de mí. La chispa que encendía la discusión siempre tenía el mismo nombre; mi abuela se enfadaba por el paseo de la tarde de domingo que se había alargado más de la cuenta, por el hecho de que el policía esperara en el portal de casa, por un regalo que venía de él, por un comentario que mamá soltaba y en el que mi abuela veía el criterio de un hombre que desearía lejos de su hija. Todo lo que oliera a Román Quílez provocaba que la ira de mi abuela se propagara como un reguero de pólvora.

—No tienes ningún derecho a juzgar a una persona

que no conoces, Román es un buen hombre —decía mamá.

Por un instante, el deseo de explicar todo lo que escondía hacía tambalear el secreto que le bailaba en la punta de la lengua, pero se mantenía fiel a la promesa de guardar silencio y soportaba la ira de mi abuela sin revelar aquello que ocultaba.

—¡Ningún policía es un buen hombre! —exclamaba mi abuela—. ¡Los policías son fascistas, niña, y los fascistas son los dueños del terror y de la tortura! ¡Son ellos quienes mantienen viva la llama del miedo para que el pueblo no hable! —gritaba con voz de *mezzosoprano*.

Las palabras eran cuchillos afilados que se clavaban y abrían heridas que no cicatrizaban. Día sí, día también, mamá y mi abuela se enzarzaban en batallas interminables, hasta que aquel viernes de agosto se libró la batalla final y comprendí que el destino no depende de nosotros.

El día que mi abuela descubrió la relación de su hija con el policía, le advirtió que aquella amistad, o lo que fuera, no era prudente, pero mamá respondió con evasivas. Después llegaron los reproches, de los que mamá se defendía tras un muro de silencio; pero cuando estos se transformaron en órdenes, y las advertencias, en amenazas, mamá levantó la voz y las pequeñas disputas se convirtieron en serios enfrentamientos.

Aquella tarde de agosto, los árboles se habían vestido de verano y el viento hacía volar hojas que aligeraban el calor. En la calle había poca gente, no era una buena hora para pasear, pero mi abuela salió a llevar unas partituras a una amiga que daba clases de canto, y yo la acompañé. Cuando regresamos a casa, mientras subíamos la escalera, mi abuela captó un olor que no le era familiar, una mezcla de tabaco y colonia que la obligó a subir los peldaños con brío juvenil. Ya en el rellano, metió la llave en la cerradura con un ligero temblor en las manos. Dentro de casa, el olor era más intenso y mi abuela siguió el rastro como un perro de presa. Al llegar al comedor, descubrió a Román Quílez sentado en el sillón de mi abuelo, cerca del balcón. Fumaba un cigarrillo y leía el periódico; tenía las piernas cruzadas y balanceaba el pie como si siguiera el ritmo de la música. El policía, cuando nos vio, aplastó el cigarrillo en el cenicero de la mesilla, se levantó y con una sonrisa amable extendió su mano hacia mi abuela.

—Un placer, señora Andreu. Isabel me ha hablado mucho de usted. —Mi abuela no correspondió a la mano que se le ofrecía. Como si hubiera visto a un ladrón que hubiera entrado por la ventana, con el latido del corazón al galope y la respiración tan acelerada como si hubiera subido corriendo los noventa y tres peldaños que separaban el piso de la calle, frenó el grito que le salía directo de las entrañas y me ordenó que fuera a buscar a mamá—. Soy Román, Román Quílez, para servirla —añadió el policía para, acto seguido, ante la expresión de amenaza de mi abuela, meter la mano rechazada en el bolsillo de la americana y sacar el mechero y el paquete de tabaco.

Encendió otro cigarrillo con la parsimonia de quienes se saben ganadores.

Yo aún no había tenido tiempo de abrir la puerta del comedor cuando mamá entró vestida de domingo, con los labios pintados de un rojo brillante que combinaba con el color de las uñas.

—¡No permito que ningún policía entre en mi casa! —le soltó mi abuela con ganas de saltar sobre Román Quílez y arañarle hasta hacerlo sangrar.

—También es mi casa, madre. Pero no se preocupe, ya nos íbamos —contestó dando la conversación por terminada.

Mamá y el policía salieron del piso sin mediar palabra. Mi abuela se puso el delantal y se encerró en la cocina. Durante el resto de la tarde, limpió armarios y ordenó una cocina que era la más impoluta de todo el barrio; cuando llegó mi abuelo, ella seguía encerrada limpiando lo que ya estaba limpio.

Mi abuelo me miró buscando una respuesta.

—El amigo de mamá estaba sentado en tu sillón —le expliqué con la sinceridad de mis pocos años.

—Y eso a tu abuela no le ha gustado —terminó el abuelo y miró hacia la puerta de la cocina como si fuera capaz de saber qué estaba pasando dentro de esos seis metros cuadrados. Se me acercó, alargó la mano y me acarició la mejilla primero y el pelo después—. Será mejor que la dejemos terminar de limpiar, ¿te parece?

Mi abuela salió de la cocina al cabo de una hora, se quitó el delantal y con las manos en las caderas se dirigió a mi abuelo, sentado en el sillón que horas antes había ocupado el hombre que era el origen de su malhumor.

—¡Esto se tiene que acabar! Sea como sea, pero se tiene que acabar.

—Ir en su contra es echar más leña al fuego —dijo mi abuelo con una serenidad que aumentó el nerviosismo.

—Dejar que haga lo que quiera es meter al enemigo en casa y no podemos permitir que le hinche la cabeza y la deslumbre hasta que ella se cambie de bando.

—Isabel es una mujer de treinta años y es ella quien tiene que decidir. Aunque tú y yo pensemos que se equivoca, es ella quien debe darse cuenta.

—¿Y eso cuándo será?

—Me gustaría pensar que pronto.

—¿Y si no lo hace?

—Entonces, nos guste o no, tendremos que aceptarlo.

—¡No podemos permitir que un fascista se la lleve!

—imploraba mi abuela, que se negaba a aceptar lo inaceptable.

—Si la forzamos, podemos perderla.

Mi abuela se mordió el labio para frenar su enojo, dio un paso hacia delante y puso ambas manos sobre la mesa.

—Tienes que decirle que se aleje de ese policía, Simó —anunció moviendo la cabeza como si le hubieran dado cuerda—. Debes decírselo tú. A ti te hará caso.

Al cabo de dos horas, mamá regresó a casa con los labios despintados y la mirada agitada. La mesa estaba puesta y la cena a punto de servirse. Mi abuelo estaba sentado en su sillón, leyendo. Mi abuela iba y venía de la cocina con los nervios a flor de piel; olía la desgracia como las golondrinas intuyen el mal tiempo y saben que se acerca la tormenta. Yo estaba en mi habitación, pero tenía la puerta abierta. Mamá se sentó a la mesa. Deseaba explicarles todo lo que había pasado, sincerarse con sus padres y hacerlos partícipes del peso que soportaba ella sola, pero una cosa era lo que quería hacer y otra muy distinta lo que podía.

—Tu padre quiere hablar contigo —dijo mi abuela poniendo la sopera en el centro de la mesa.

Mi abuelo levantó la cabeza, dejó el libro que estaba leyendo en su regazo y respondió a la orden de su mujer con una mirada de reproche. No la contradijo, no por sumisión, ni tampoco para rehuir una discusión que surgiría más tarde, sino para evitar humillarla.

—Tu madre y yo hemos estado hablando. —Las palabras fluían con una suavidad de terciopelo; cada una estaba medida, y cada frase, dicha con la entonación de una conversación amable—. Pensamos que no es adecuado que tengas amistad con ese policía. Es cierto que no lo conocemos y que no tenemos ningún derecho a decirte qué debes hacer o dejar de hacer, pero creemos que el señor Quílez, dado su trabajo y sus convicciones, no es una buena influencia y estamos preocupados por ti.

—Ya lo sé, padre, esté tranquilo.

Mi abuela machacaba el delantal con ambas manos; los músculos de sus brazos y piernas eran barras de hierro, su mandíbula estaba tensa, sus orificios nasales abiertos, sus ojos sin parpadear. Era una olla a presión a punto de estallar.

—Tienes que mirar qué hay más allá del gesto y de las palabras amables, Isabel —continuó mi abuelo con ternura.

—No se preocupe, padre. Sé lo que me hago —replicó, y miró duramente a su madre.

—Pues si lo sabes, ¿por qué no lo zanjas de una vez? ¡Es un policía, Isabel! Trabaja en Via Laietana. ¿Sabes qué hacen allí? ¿Lo sabes? —gritó mi abuela y se detuvo para señalar la fotografía de mi padre—. Tienes derecho a rehacer tu vida, claro que sí, ¡pero no con uno de esos! Son ellos quienes vinieron a buscar a tu marido y lo mataron. ¡No te da vergüenza! Si no lo haces por ti, al menos hazlo por su memoria.

—¡Deje a Daniel tranquilo, madre!

—¡Pues haz lo que tienes que hacer y no lo avergüences! ¡A él y a todos nosotros!

—¡Basta, madre! ¡Ya basta!

Yo oía la conversación desde mi habitación. Ahora gritaba una, luego gritaba la otra y, entre las dos, mi abuelo se esforzaba para calmarlas. Me tapé los oídos y escondí la cabeza bajo la almohada. ¡Que se callen! ¡Que se callen de una vez!, pero no se callaban; al contrario, los gritos cada vez eran más fuertes.

—Si piensas continuar con ese hombre, será mejor que te busques otra casa.

—¡Teresa! —Mi abuelo se levantó del sillón ante la amenaza de su mujer—. ¡No puedes decirle eso!

—No quiero a ese hombre rondando mi casa y si ella quiere hacer lo que le da la gana, yo no quiero verlo.

El primer portazo hizo tambalear el cristal de la puerta del comedor y el siguiente, en la habitación de mamá, anunció que ya había pasado la tormenta. Imaginé que vendrían días de silencio y que, poco a poco, una palabra de una primero y de la otra después nos permitirían volver a la normalidad, como había pasado tantas veces. Media hora más tarde, mamá entró en mi habitación y ordenó:

—¡Vamos, deprisa, recoge tus cosas! ¡Nos vamos de esta casa!

# ISABEL

1940-1945

*Wanda Morbitzer Tozer me dio la fuerza para soportar un secreto que no podía contar a nadie. A su lado me sentía segura y ella me ayudó a enfrentarme a todo lo que se me venía encima.*

# 15

## Barcelona, 1940 - 1941

—¿Isabel Andreu Mora?

La voz grave de aquella mujer pequeña y vestida de negro, una de tantas viudas casadas con el luto de haberlo perdido todo, llenó el rellano de la escalera.

—Soy yo —contesté expectante.

La desconocida tendió el brazo y me dio un sobre con mi nombre. Sin añadir nada más, desapareció por la escalera como si fuera un fantasma, como si hubiera aparecido de la nada ante la puerta de mi casa solo para darme un mensaje.

Hacía años que no recibía una carta y me apresuré a romper el sobre con el ansia de saber quién me escribía. Dentro había una tarjeta con una frase escrita a máquina: «Las flores del granado caían sobre la piel desnuda y salió una niña».

Mis pies arraigaron en las baldosas recién fregadas y yo me convertí en madera. Un intenso mareo me obligó a apoyarme en el marco de la puerta. No podía ser. Daniel estaba muerto. Muerto, pero no enterrado. Muerto, pero nadie nos dijo dónde estaba su cuerpo. Muerto, pero no había ningún papel. Muerto porque un tiro le había atravesado el corazón.

En la otra cara de la tarjeta había una dirección de París.

La muerte de Daniel me había dejado una herida abierta y un intenso sentimiento de culpa. Si yo hubiera accedido a huir con él, entonces, cuando hubiesen venido a buscarlo, no lo habrían encontrado y no estaría muerto. Me lo reprochaba cada noche, cuando me tumbaba en la cama y su ausencia me caía encima como una losa. Se lo habían llevado mientras él esperaba a que yo me decidiera; lo habían matado por mi falta de valentía y el remordimiento me repetía que era la responsable de su muerte.

Terminada la guerra, con la derrota escrita en el fondo de los ojos, regresó a casa y no nos separamos durante tres días. Tres días, ni uno más ni uno menos. Uno para recordar que éramos jóvenes y que el deseo del cuerpo no se había desvaído y los otros dos para convencerme de que debíamos huir a Francia, a México, a Argentina, a donde fuera, pero juntos, decía sin parar.

—Si me quedo aquí, van a detenerme, Isabel. No quiero que esos cabrones me encierren por mis ideas. Esos hijos de la gran puta quieren borrar todo lo que huela a izquierdas y yo pertenecía al partido, Isabel, ¿lo entiendes?

Yo, con la esperanza de que todo saliera como yo quería, contestaba que tenía que decirles que ya no era del partido, que había cambiado; esperaba que si pedía perdón, lo dejarían en paz. Él me acariciaba el pelo, me besaba los labios y repetía que quedarse no era una opción, que tenía que irse, pero que quería que la niña y yo nos fuéramos con él, empezar de nuevo, en otro lugar. Estaba todo preparado, tenía contactos y la huida sería segura, pero teníamos que darnos prisa, antes de que fuera demasiado tarde.

Y mientras yo me decidía, ellos vinieron a buscarlo. Se lo llevaron y no regresó. No volvió y no nos dijeron dónde estaba. Recorrí todas las cárceles sin obtener respuesta, y cuando insistía, me aseguraban que no tenían constancia de ningún Daniel Plensa Olivar. Yo no me daba por vencida y repetía la misma pregunta una y otra vez, hasta que uno de aquellos hombres se compadeció de mi desesperación.

—Señora, si a su amigo se lo llevaron y no está en la cárcel, ya puede imaginarse qué le ha pasado. No hace falta que lo busque. No volverá.

Encajé el golpe de haberlo perdido porque no hacerlo era volverme loca.

Sin Daniel, el mundo era un lugar con lluvia permanente. Lo habían matado con los zapatos de mi padre puestos y con la fotografía de sus dos hermanas y sus padres —todos muertos en un bombardeo que derrumbó el edificio donde vivían— en el bolsillo de la americana.

Lo despedimos de manera íntima, en el comedor de casa, con un ramo de mimosas al lado de su foto. El hombre al que había amado había pasado del mundo de los vivos al mundo de los muertos con la misma cautela con la que había vivido. Después, pusimos la foto en el aparador del comedor, al lado del cuenco con la poca fruta que podíamos comprar, y aquel rostro que siempre sería joven pasó a formar parte de la decoración de la casa.

Durante unos meses, la idea de que Daniel todavía estaba vivo ocupaba mis pensamientos y un nudo lleno de lágrimas me crecía en el centro del pecho y no me dejaba respirar.

—Si estuviera vivo, lo sabríamos —decía mi padre—. De alguna manera se habría puesto en contacto con nosotros.

—Métetelo en la cabeza, hija, tu Daniel no volverá —añadía mi madre.

Poco a poco, acepté que Emma crecería sin padre y que yo tenía que seguir adelante, aunque fuera sola.

Había llorado por él y lo había echado de menos, había llevado el luto mejor que peor y había aprendido a vivir de otra manera, y ahora él regresaba. Solo él y yo sabíamos qué había pasado aquella noche sin luna bajo el granado. Solo él y yo sabíamos que aquella noche de junio, un mes antes de que empezara la guerra, me había dejado embarazada. Pero entonces, la duda me azotó y me pregunté si sería Daniel quien había escrito aquella frase. Por una parte, era impensable que hubiera compartido nuestra intimidad con nadie, pero, por otra, me decía que tres años de guerra podían cambiar a cualquiera.

Escondí la tarjeta en el cajón de los pañuelos y durante tres noches, a pesar de sabérmela de memoria, la releí en voz alta hasta que me convencí de que Daniel estaba vivo. La cuarta noche me decidí a responder. Escribí una breve nota en la que decía que la sombra del granado lo esperaba, que siempre lo había esperado, y envié la carta a la dirección de París.

Durante semanas no llegó ninguna respuesta, y cada mediodía, cuando veía pasar al cartero sin detenerse, la desilusión era un puñetazo en el estómago. Mientras esperaba, una mañana soleada de verano, vi, al otro lado de la acera de la Gran Via, a aquella mujer menuda vestida de negro caminando con paso ligero. Avanzaba deprisa, como si tuviera ruedas en los pies y el viento la empujara. Mi primer impulso fue correr tras ella y preguntarle quién le había dado aquella carta, pero enseguida lo desestimé; la mujer había huido de mi casa con la rapidez de un ladrón, si la abordaba, lo más probable era que huyera. La seguí. Detrás de ella, siempre andando, recorrí media Barcelona hasta llegar a una casa rodeada de jardín en la calle Marquesa de Vilallonga. Esperé delante de la puerta durante más de una hora hasta que conseguí tener el suficiente coraje como para llamar al timbre. Abrió una mujer joven de treinta y tantos años que hablaba con un ligero acento extranjero y tenía la mirada llena de luz. Ante la sorpresa de que no fuera la mujer a quien buscaba, enmudecí durante unos segundos. Y ella, Wanda Morbitzer Tozer, quedó a la espera sin impacientarse. La señora Wanda poseía un sexto sentido que le permitía comprender qué necesitaban los demás y se percató de que yo no sabía por dónde empezar.

—Si me dice qué quiere... —sugirió ella.

—Me gustaría hablar con una mujer que acaba de entrar —le dije sin respirar cuando pude hablar.

—¿Y por qué quiere verla? —Hablaba con una suavidad que teñía de amabilidad todo lo que decía.

—Hace unas semanas vino a mi casa a traerme una carta y es urgente que hable con ella. —La voz se me rompió y no pude contener las lágrimas—. Tengo que saber quién me la ha enviado.

—Entre —dijo la señora Wanda abriendo la puerta.

Con la voz entrecortada y un llanto intermitente, le conté mi historia. Una peculiar proximidad me llevó a sincerarme delante de una desconocida y, no obstante, me sentí cómoda, como si fuera una amiga.

La mujer minúscula y vestida de negro apareció en la sala. La señora Wanda esperó un momento de pausa en mi discurso y le dijo:

—Paulina, esta señorita quiere saber quién te dio la carta que le llevaste.

—Yo, señora... —La vacilación hizo que tartamudeara—. Ya sé que no tenía que hacerlo, pero... No le podía decir que no... Lo siento —se justificó. Como una niña que se ha portado mal, sus mejillas enrojecieron de vergüenza y miró al suelo—. Me la dio uno de los chicos, señora, ese alto y delgado con bigote. Me dio la dirección y me dijo que se la tenía que dar en mano.

—¿Y yo no puedo hablar con ese chico? —interrumpí impaciente.

—El chico del que hablamos ya no está aquí —me contestó la señora Wanda.

—Pero tengo que saber quién le dio la carta. Tengo que saber si Daniel sigue vivo.

Paulina miró a la señora Wanda por primera vez.

—Cuando el chico te dio la carta, ¿te contó algo, Paulina? —le preguntó la señora Wanda invitándola a hablar.

—Me explicó que había conocido a un chico de Barcelona que cuando supo que él se preparaba para venir a la ciudad, le dio la carta; pero entonces todo se fue al carajo y pasaron muchos meses hasta que pudo cruzar la frontera.

—No es necesario entrar en detalles —la cortó la señora Wanda para evitar que explicara más cosas de las que yo debía saber—. El caso es que la carta hace más de un año que está escrita. ¿Quieres decir eso?

—Sí, señora.

—¿Y ese chico contó algo más sobre mi Daniel? —El ansia por saberlo todo me empujaba a hablar.

—Que estaba en París con otros refugiados que el régimen de Franco había condenado, que iban a fusilarlo, pero que se había escapado y quería que su mujer y su hija se fueran a vivir con él.

—¡Entonces es verdad! ¡Daniel vive en esa dirección de París! —Mi corazón dio un salto mortal y me quedé sin respiración—. ¿El chico que trajo la carta era del Partido Comunista?

—Eso no lo sabemos —replicó la señora Wanda disimulando su incomodidad—. París es zona ocupada desde el mes de junio.

Empecé a llorar, los sollozos frenaban mis palabras. Lloraba de alegría sabiendo que él aún estaba en este mundo y de desesperación porque no sabía cómo encontrarlo. La señora Wanda me cogió las dos manos y las puso entre las suyas. Me regaló su comprensión y yo le agradecí el gesto y el silencio.

No les dije nada a mis padres para ahorrarles el sufrimiento. Escribí una segunda carta en la que le explicaba todo lo que habíamos vivido desde que él había desaparecido. Escribía un poco cada día; poner orden a todo lo que quería decir no era fácil. Me costaba poner palabras a lo que sentía, y la carta se hizo y se deshizo durante muchas noches. Finalmente, conseguí terminar dos páginas donde le decía cuánto le amaba, cómo me arrepentía de no haberle hecho caso y las ganas que tenía de volver a estar con él. Cuando todavía no había comprado los sellos para enviarla, el cartero me trajo la primera carta que yo había enviado. Sobre la dirección había un par de líneas con dos palabras: *«Destinataire inconnu»*.[31]

Daniel siempre me había mantenido alejada de sus compañeros del partido. Una cosa es el amor, y otra, las ideas, me contestaba cuando yo mostraba interés por lo que hablaban. El mismo día que vinieron a buscarlo, me había pedido que fuera hasta la panadería de la calle del Tigre esquina con ronda de San Antonio.

—Haz que te atienda el hombre calvo y dile que es para el chico de la boina. Entonces él te preguntará si lo quieres tostado o más bien crudo y tú tienes que decir que el pan te gusta con la corteza crujiente y la miga apretada.

Obedecí sin preguntar nada. Esperé mi turno. El racionamiento provocaba colas interminables y la gente había aprendido a tener paciencia. El panadero me observó con curiosidad y antes de darme el pan, echó un vistazo a la calle para comprobar que no había nadie. Una vez en

31. En francés, «Destinatario desconocido».

casa, Daniel abrió el pan y allí, mezclado con la miga, había un pequeño cilindro de lata, como un trozo de tubería de plomo, y de su interior sacó un papel enrollado.

—¡Esto es lo que nos salvará, Isabel! —exclamó mientras desenvolvía el papel y lo leía atentamente.

—Tienes que presentarte ante las autoridades para que se percaten de tu buena fe —repetí, segura de que era la mejor opción.

Él no se marchó porque no quería hacerlo sin nosotras. Esperó un día más, un día más para intentar convencerme, un día más hasta que aparecieron los tres policías que se lo llevaron. Y cuando nadie me sabía decir dónde estaba, y antes de aceptar que lo habían matado como a un animal rabioso, fui a la panadería a buscar respuestas.

Detrás del mostrador había una mujer que no era ni joven ni mayor, ni alta ni baja, ni delgada ni gorda; cuando le pregunté por el panadero, me dijo que estaba enfermo y que no iría hasta dentro de unos días. Esperé a que la clienta que se llevó el último pan se fuera y le expliqué lo que había pasado con la esperanza de que me dijera dónde podía buscar. La mujer, sin dejar de mirar la puerta que daba a la calle, añadió:

—¡Tu marido y el mío están en el mismo sitio! —Se le humedecieron los ojos—. Lo último que me dijo cuando se lo llevaron fue: ¡Sé valiente, Jacinta!

Tardé casi año y medio en volver a la panadería, pero Jacinta ya no estaba. La dependienta era una chica joven. La panadera estaba en el obrador. Sin pensarlo, entré allí. El aire se teñía de color blanco y el olor de pan recién hecho me llevó a mi infancia. Jacinta, vestida con bata y gorra blancas, ayudada por una larga pala de madera, sacaba el pan del horno.

—¿Qué haces aquí? —dijo con cara de malas pulgas.

—No sé si se acuerda de mí. Soy la mujer de Daniel

Plensa. Él no está muerto, está en Francia y quiero saber cómo puedo ponerme en contacto con él.

Me miró como si estuviera viendo a un fantasma y se secó el sudor de la frente con el brazo.

—No puedo ayudarte —contestó mientras volvía a coger la pala y sacaba más panes.

—Tengo que encontrarlo y no sé por dónde empezar. Alguien tiene que saber dónde está.

—Yo no sé nada.

—Si supieras que tu marido no está muerto, ¿no moverías cielo y tierra para volverlo a ver? ¡Pues eso hago yo!

La mujer se detuvo a mirarme fijamente a los ojos y repitió:

—Te he dicho que no puedo ayudarte. ¡Y ahora, vete! ¡No quiero saber nada de toda esta mierda! ¡Quiero vivir en paz!

En aquel momento se dio cuenta de que los panes del horno estaban a punto de quemarse y soltó un: ¡Me cago en Dios!, que retumbó como un grito de guerra.

No me fui. Jacinta era la única puerta a la que podía llamar y aunque dijera mil veces que no sabía nada, yo estaba segura de que me podía dar un nombre, una dirección, algo por dónde empezar a buscar.

La panadera sacó el pan a toda prisa, estaba concentrada en su trabajo, y cuando terminó y me vio todavía plantada cerca de la puerta, entendió que no me iría de allí sin una respuesta.

—Por favor —repetí.

Echó un vistazo a la tienda. Estaba llena de gente y la cola seguía por la calle. Las colas eran el pan de cada día. Terminada la guerra civil, de las setecientas cincuenta panaderías que había en Barcelona, solo quedaban ciento ochenta en funcionamiento. Los dos primeros inviernos que siguieron a la guerra, la falta de pan fue un serio problema y para intentar solventarlo, las autoridades fascistas controlaron las materias primas desde su origen y crearon un sistema de racionamiento que resultó un fracaso porque la gente no notificaba las defunciones para poder mantener los cupones de la cartilla y porque había muchas falsificaciones. Para evitar los fraudes, a partir del año 1943 se instauraron cartillas individuales. Cada hombre tenía derecho a doce kilos de pan al mes, y las mujeres y los mayores de sesenta años, a un veinte por ciento menos.

—Vuelve esta tarde, a las tres es buena hora, tenemos la tienda cerrada. Ahora tengo que atender a los clientes —dijo la panadera y puso los panes dentro de un cesto de mimbre que arrastró hasta la tienda—. ¿A quién le toca?

A las tres de la tarde, la persiana estaba entreabierta y Jacinta limpiaba las estanterías. Desde que su marido no estaba, pronto haría dos años, ella trabajaba más de quince horas al día para tener el pan a punto.

Jacinta se limpió las manos con un trapo y me invitó a sentarme en una de las tres sillas que había en la panadería.

—¿Y tú cómo sabes que tu marido no ha muerto? —Yo le conté todo lo que había pasado desde el día en que Paulina me había llevado aquel sobre y ella me aconsejó—: Yo que tú me olvidaría de todo, chica. Buscarlo te complicará la vida. Vete a saber si aún está vivo; y si lo está, quizá ya se haya buscado a otra.

—¡Daniel me quiere! —me defendí.

—Daniel es un hombre, bonita, y los hombres... ya se sabe. Hoy te dicen que te quieren y mañana se buscan a otra. —Jacinta tenía el corazón agrio y juzgaba a todos los hombres por igual—. El panadero estaba casado conmigo, pero te puedo jurar que quería diez veces más al partido que a mí. La de veces que lo avisé de que todo ese lío terminaría mal... Y mira si tenía razón.

—Por favor. ¡Tengo que encontrarlo!

Jacinta se fue detrás del mostrador y sacó una bolsa de pan. Dentro había un redondo de medio kilo.

—Toma. ¡Es todo lo que puedo hacer por ti! Y será mejor para las dos que no vuelvas a poner los pies en la tienda.

## 16

## Latour-de-Carol, 1941

La miga de los panes del horno Santamaría escondía nombres y direcciones. La suavidad del pan caliente se deshacía en la boca y se mezclaba con el trazo de las palabras. Reuniones, acciones y estrategias eran imprescindibles para seguir vivos bajo la tiranía del dictador. El cuchillo se clavaba lentamente y el crujir de la corteza anunciaba la rotura de la coraza que protegía el mensaje. El pan se abría como una granada, la miga se sacaba a puñados hasta encontrar el cilindro que contenía la respuesta y el olor a pan caliente colmaba la habitación del sabor de la libertad.

Jacinta nunca había visto con buenos ojos las actividades políticas de su marido, pero se callaba porque sabía que, dijera lo que dijera, él seguiría adelante. Masticaba el miedo en silencio y miraba hacia otro lado cada vez que alguien entraba en la panadería y preguntaba por su esposo. Cada día, el panadero, a primera hora de la mañana, salía a tomar el fresco al patio que daba a la calle del Tigre y saboreaba el primer cigarrillo del día. Antes de volver al trabajo y después de tirar la colilla al suelo, se arrodillaba cerca de la leñera, fingía que se abrochaba la alpargata y alargaba los dedos para comprobar si en el agujero de la pared se escondía algún sobre. En aquellos sobres siempre había dos papeles: el que traía el mensaje lo enrollaba sin leerlo hasta dejarlo del tamaño de un cigarrillo y lo ponía dentro de un pequeño cilindro metálico; el otro papel, el que llevaba escrita la contraseña, lo memorizaba y lo tiraba al horno. A continuación, sacaba uno de los panes a medio cocer y metía el cilindro con el mensaje por la base, añadía un pellizco de masa justo en el agujero y volvía a ponerlo en el horno para terminar la cocción. Santamaría no se iba de la tienda hasta que el pan cargado de palabras llegaba a manos de su destinatario.

Todo iba bien hasta el día en que el panadero asistió a una de las reuniones del partido. La mala suerte hizo que la policía apareciera. Acusado de comunista, Santamaría terminó en la cárcel; al cabo de pocos días, lo culparon de intento de fuga y lo detuvieron con un tiro en la sien. Cuando Jacinta supo que habían asesinado a su marido, el miedo a participar de una red de información clandestina se transformó en rabia y se juró a sí misma que el horno Santamaría seguiría siendo un centro de distribución de mensajes. Ser uno de los eslabones de transmisión de aquellos que se oponían al régimen se convirtió en el centro de su vida. Para los vecinos, la panadera llevaba las riendas del negocio con la ayuda de su hijo y de una dependienta, pero su verdadero trabajo era mantener vivo el compromiso de su marido.

Dentro del pan había una dirección y un nombre que me llevaron a otra dirección y a otro nombre. Un hombre bajito, feo y gordo me dijo que lo último que sabía de Plensa era que dos meses atrás estaba en Latour-de-Carol, y que vivía en el primer piso de la casa de Correos, junto a la carretera. El hombre era parco en palabras, pero antes de despedirme, añadió que no podía asegurarme que Daniel aún viviera en esa dirección. A pesar de saber que el viaje podía ser en balde, era lo único que tenía.

Les dije a mis padres que debía acompañar a una de las señoras para las que trabajaba a la torre que tenía en Camprodón; la supuesta señora quería que confeccionara cortinas y colchas nuevas y se había empeñado en hacerlo en la misma casa de veraneo. La mentira me permitió no tener que dar explicaciones y pasar tres días y dos noches fuera de casa. Puse lo indispensable en una pequeña maleta y cogí el tren que me llevaría a Puigcerdà. La inquietud se apoderó de mí, ejércitos de hormigas me corrían por debajo de la piel. Incapaz de distraerme contemplando el paisaje, incómoda por la cháchara de los pasajeros que insistían en darme conversación, cambié dos veces de vagón. El vaivén del tren me acompañaba y cuando intentaba pensar en lo que le diría a Daniel, me resultaba imposible encontrar las palabras.

Desde la estación de Puigcerdà, para evitar el paso fronterizo, continué andando por un camino de montaña. Cerca del mediodía, después de haber caminado seis kilómetros bajo un sol de justicia, llegué a Latour-de-Carol. Sin necesidad de preguntar a nadie, encontré *la poste*, un edificio de dos pisos con la fachada pintada de naranja y las ventanas decoradas con celosías de madera de color azul cielo que se abrían a la carretera. El miedo a haber hecho el viaje en vano y el anhelo de volver a ver a Daniel se mezclaban a partes iguales.

Esperé veinte minutos hasta reunir el coraje necesario para entrar. Finalmente, empujé la puerta y le pregunté al cartero dónde podía encontrar a Daniel Plensa Olivar. El hombre levantó las cejas.

—No conozco a nadie con ese nombre. —respondió sin dudar. Defraudada pero sin permitirme venirme abajo, reculé hasta la puerta. Cuando tenía la mano en el pomo, la voz del cartero me detuvo—. Quizá, el hombre que buscas es al que llamamos el Catalán —dijo entrecerrando los ojos y frotándose el mentón.

—Sí, el Catalán —repetí con la esperanza de haberlo encontrado.

—¡Ve a la casa que hay al lado del ayuntamiento, la que está pintada de gris, allí sabrán decirte algo! —Sin añadir nada más siguió ordenando el montón de cartas que tenía encima del mostrador.

Caminé a toda prisa. Antes de llegar a la casa que me había indicado, un hombre mayor y otro más joven salieron de uno de los portales. El joven estaba de espaldas, pero lo reconocí al momento. Por cómo caminaba, por cómo sostenía el cigarrillo, por la anchura de sus hombros, por el ligero gesto de inclinar la cabeza para escuchar a su interlocutor. No le veía el rostro, pero reconocí el remolino de pelo en la nuca que tantas veces había acariciado.

Abrí la boca para llamarlo, pero el grito salió ahogado. Cogí aire lentamente e intenté gritar por segunda vez.

—¿Daniel? —Un hilo de voz trajo su nombre al centro de la plaza.

Él se dio la vuelta y un gesto de asombro le encendió la mirada. Me miraba como si yo fuera una aparición, con los ojos como platos y mi nombre colgando de la comisura del labio.

—Isabel.

Se acercó mientras repetía mi nombre y el abuelo que lo acompañaba desaparecía. Cuando llegó a mi lado y abrió los brazos dispuesto a abrazarme, yo, sin pensarlo, le clavé un bofetón con todas mis fuerzas.

—¡No te perdonaré jamás! —El dolor que me había tragado desde que supiera que lo habían matado apareció de golpe.

Me abrazó tan fuerte que me resultaba imposible deshacerme de él. Lloraba como un niño. Sentir el tacto de su piel fue suficiente para saber que me moría por estar entre sus brazos. Sus labios se fundieron con los míos, los reproches se diluyeron y el dolor se transformó en deseo.

—Ven —me dijo cogiéndome de la mano.

Daniel vivía en un pequeño apartamento que había sido el pajar de una casa rodeada de un muro de más de tres metros de altura. Se entraba a la finca por una puerta de madera tan vieja que parecía a punto de desmoronarse. Una vez dentro, el olor a lavanda nos dio la bienvenida. Había árboles frutales y cestas de flores distribuidas por colores. La casa era minúscula, una sola estancia donde estaba la cocina; en la única estantería había una docena de libros y la fotografía de sus padres y hermanas. En un altillo de madera estaba la habitación, a la que se accedía por una escalera también de madera. En el exterior, estaba la letrina, y al lado, al aire libre, el último inquilino había instalado una manguera que hacía las funciones de una ducha.

—Isabel, ¡te he echado tanto de menos! —exclamó mientras me acariciaba el rostro.

Todo lo que yo sostenía en la punta de la lengua se esfumó detrás de una nube de recuerdos.

—Estábamos convencidos de que habías muerto.

—Que esté muerto es lo mejor para todos —dijo, y me besó con una mezcla de furia y ternura.

La calidez de la estancia nos abrazaba como si estuviéramos en el interior de una casa de muñecas. El aroma de lavanda nos recordaba que la primavera había llegado. Las preguntas quedaron encima de la mesa mientras lo seguía hasta el dormitorio. La cama estaba deshecha, las sábanas eran de un blanco que deslumbraba. Nos desnudamos sin dejar de besarnos y el anhelo se detuvo cuando descubrí, un poco más arriba de su pecho, una cicatriz roja y abultada.

—Me dispararon mientras huía —me dijo cogiéndome los dedos que palpaban la huella de la herida y moviéndolos hasta donde estaba el corazón—. Si la bala hubiera entrado dos centímetros más abajo...

—No era tu momento.

Me miró implorando perdón y apareció un silencio de hielo.

—Debería haberte dicho que estaba vivo, pero ponerme en contacto contigo era peligroso. —Se apoyó en la cabecera de la cama y se lio un cigarrillo sin detener su explicación—. Después de herirme, me persiguieron para rematarme. A esos cerdos nada les gusta más que matar a rojos cabrones. Sangraba mucho, pero tuve la fuerza suficiente para llegar hasta un precipicio. Tuve la tentación de saltar al vacío y terminar de una vez por todas, te lo juro, pero entonces me acordé de ti y de la niña. Todo pasó muy deprisa. Casi sin pensar, tiré la chaqueta al fondo del barranco y me escondí. Los tres policías que me perseguían pensaron que me había caído por el precipicio. Uno de ellos incluso creyó ver mi cuerpo y los malnacidos bromearon diciendo que los buitres se pegarían un buen festín y que ellos se ahorrarían tener que enterrarme donde nadie me encontrara. Y sin más, dieron la vuelta y se largaron. Dejé pasar un rato y cuando estuve seguro de que ya no estaban, empecé a andar. Cerca había una masía; si eran gente del régimen, estaba perdido, pero no tenía otra opción. Tuve suerte. Eran de los nuestros. Me curaron, me cuidaron y cuando me recuperé, me buscaron enlaces para cruzar al otro lado de los Pirineos.

—Recibí una nota tuya con una dirección de París —le dije mientras lo acariciaba.

—Esperé a estar instalado en París. Quería que vinierais, pero entonces empezó la guerra. ¡Otra maldita guerra! Cuando París cayó en manos alemanas, me trasladé a Toulouse, desde donde volví a enviarte una nota y también una tercera, hace cosa de pocos meses. No recibir respuesta me deprimió, pero después pensé en la posibilidad de que no te hubieran llegado. En momentos de desfallecimiento, imaginaba que habías decidido continuar tú sola, que ya estabas harta de tener a un marido que nunca estaba a tu lado.

Las flores del granado cayeron encima de la cama y volvió un tiempo sin rencillas, sin odios y sin guerras. Nos abrazamos como si fuera la primera vez y nuestros cuerpos, sedientos de deseo, se entregaron el uno al otro. El frenesí estalló como fuegos artificiales mientras el cigarrillo, en la mesita de noche, delante de una fotografía mía con la niña, se convertía en una columna de humo que llegaba hasta el techo y se disolvía jugando con las partículas de polvo.

Daniel se dejó caer a mi lado.

—No sabes cuántas veces he soñado con este momento —repitió con la mirada serena al tiempo que, con las puntas de los dedos, me retiraba un mechón de pelo de la frente.

Apoyé la cabeza sobre su pecho, al lado de la herida. Su piel olía a menta y a tabaco, un perfume único que llevaba su nombre. Un aroma que yo había ahuyentado cientos de veces porque recordarlo era sufrir el dolor de la añoranza.

—Y ahora, ¿qué vamos a hacer?

—De momento, seguiremos como hasta ahora.

—La niña y yo podríamos venir.

—Nada me haría más feliz, pero debemos esperar. La guerra lo ha perturbado todo y venir no sería seguro. Cuando derrotemos a los hijos de puta de los alemanes, todo será distinto.

—Hace casi cinco años que estamos separados.

—Gano lo justo para mantenerme a mí.

—Yo también puedo trabajar —insistí.

—Estoy con la resistencia francesa, Isabel. La Gestapo nos persigue y a menudo cambiamos de lugar —concluyó. Leyó la contrariedad en el fondo de mis ojos—. No es vida para ti ni para la niña.

—Pero...

—La guerra terminará pronto ¡y la ganaremos! ¡Y los aliados echarán al maldito Franco y volverá la república! Y yo regresaré a casa y tendremos una vida feliz. —Hablaba convencido de que todo sería tal y como él lo imaginaba.

Su deseo era el de muchos españoles, el horizonte luminoso después de una época gris, llena de dolor, de cárceles y torturas.

—¿Y mientras la guerra no termina?

—Podemos escribirnos —respondió.

—¡Has dicho que no era seguro!

—Encontraremos la manera de que lo sea.

—¿La panadería Santamaría?

—Es una posibilidad, pero hay otros canales; no debes preocuparte por eso.

Durante los tres días con sus dos noches no nos separamos ni un instante. Me mostró el camino al lado del río, donde los abedules se inclinaban buscando el fresco del agua y cuando yo, curiosa, quise saber a qué se dedicaba, Daniel fue contundente:

—Es mejor que no lo sepas —contestó.

Años después, supe que su misión era ayudar a los refugiados a cruzar la frontera de los Pirineos. Si lo descubrían, sería acusado de alta traición.

Aquellos tres días con sus dos noches quedaron impregnados de mañanas inexistentes y de una vida futura que ignorábamos si algún día llegaría.

El día antes de irme, mientras yo cocinaba, llamaron a la puerta. Una chica de caderas generosas, pelo largo y ojos verdes reclamaba la presencia de Daniel.

—*Pas maintenant, Françoise! Nous parlerons plus tard! Allez-vous en!*[32] —repitió él ante la insistencia de la chica y cerró la puerta sin esperar respuesta.

La vi a través de la ventana alejándose refunfuñando entre dientes. Cuando él entró, disimuló su incomodidad y yo no le pregunté ni quién era y menos aún qué quería. Aquella mañana había descubierto una mancha de carmín en el cuello de su camisa, pero lo había pasado por alto. No dudaba de que su amor por mí era sincero y no estaba dispuesta a que aquella muchacha, fuera quien fuera, escribiera una sombra de duda sobre mi felicidad.

32. En francés, «¡Ahora no, Françoise! ¡Hablaremos más tarde! Váyase».

# 17

## Barcelona, 1941-1943

¿Estaba enloqueciendo?

¿Era posible que mi imaginación se hubiera desbordado y estuviera confundiendo realidad y ficción? Me despertaba en mitad de la noche y me repetía que todo había sido un sueño, que Daniel estaba muerto, que yo jamás había ido a Latour-de-Carol, que aquella casa donde había pasado tres días y dos noches no existía, que todo era fruto de mi imaginación. Un sudor frío se convertía en mi segunda piel y una mano invisible me apretaba el cuello hasta dejarme sin aire; entonces, la voz de Daniel, suave como un poema, me murmuraba al oído que debíamos esperar, que todo iría bien, que volveríamos a estar juntos. El aroma de tabaco y menta se trenzaba con el rumor del río. Sentía la suavidad de sus besos y la cadencia lenta y profunda de una voz que me había enamorado la primera vez que la había oído. ¿Me estaba volviendo loca?, repetía, y luchaba por distinguir lo real de lo imaginario.

Para evitar que la nostalgia abriera heridas imposibles de cicatrizar, me sumergí en el trabajo. Trabajaba todo el día para alejar la añoranza, para dejar de pensar y ahuyentar la tristeza, para olvidarme de la chica de ojos verdes que me robaba los besos y las caricias de mi marido; trabajaba porque era la única manera de conseguir alejar la nostalgia de aquellos días que se me habían quedado grabados en la piel. Fingía normalidad, pero a mi madre no se le escapó que yo no era la de siempre.

—Isabel, si hay algo que te preocupa y puedo ayudarte... —me dijo en un momento en el que yo, con el vestido que estaba cosiendo sobre mis rodillas y la aguja entre los dedos, miraba a través de la ventana del balcón y veía una casa inmensa en la que el aroma a lavanda anunciaba el reencuentro.

—Estoy bien, madre. Un poco cansada, pero estoy bien —mentí.

Soportaba el peso del secreto con resignación.

—Quizá deberías ir al médico; con lo poco que comes, no me extrañaría que tuvieras la sangre débil.

Y yo le contesté que sí, que no se preocupara, que iría al médico. No le podía contar que la sangre no tenía nada que ver, que lo que ella creía cansancio era tristeza, que era mi corazón el que estaba impaciente por volver al lado de Daniel.

Cuando pueda, me pondré en contacto contigo, me había dicho en el momento de despedirnos. La inquietud crecía a medida que pasaban los días. Cuatro meses después de mi viaje a Latour-de-Carol, una tarde que iba a coser a casa de los señores Crehuet, una mujer me siguió. Pasos largos y rápidos me persiguieron hasta que me alcanzó. Cuando estuvo a mi lado, me dijo al oído: Portal del Ángel, zapatería Martínez. Todo fue tan rápido que ni siquiera fui capaz de retener el rostro de la desconocida que había aparecido y desaparecido como un fantasma. Aquella tarde, en casa de los Crehuet, estaba tan distraída que hice y deshice tres veces el dobladillo de los pantalones y fui incapaz de concentrarme para cortar la bata de noche de la señora. Para evitar que me llamaran la atención, fingí dolor de cabeza y me fui a casa con la promesa de que al día siguiente lo tendría todo listo.

La impaciencia por saber qué me esperaba en la zapatería del Portal del Ángel me obligó a correr. El establecimiento tenía un escaparate minúsculo donde solo cabían media docena de zapatos de mujer. Aunque los vi de soslayo, me llamó la atención un par de zapatos de tacón de aguja de charol negro colocados en un pequeño podio recubierto de terciopelo granate; un zapato de frente, el otro de lado, para mostrar la altura y la delicadeza del tacón. Hacía muchos años que soñaba con unos zapatos como aquellos, pero eran demasiado caros. Las cosas bonitas son para la gente rica, Isabel, me decía mi madre cuando yo me paraba delante de un escaparate.

Empujé la puerta decidida a encontrar respuestas. Me recibió el sonido estridente de una campanilla. La dependienta, una chica de mi edad peinada con un moño alto y con un vestido ajustado que le marcaba las caderas, ordenaba los zapatos dentro de sus correspondientes cajas. Me recibió con una amplia sonrisa y antes de que me preguntara qué quería, le dije mi nombre. La sonrisa se convirtió en un gesto de complicidad y me llevó a un pequeño despacho donde había una mesa, dos sillas y más de un centenar de cajas de zapatos. La chica abrió un cajón y sacó un sobre que dejó encima de la mesa.

—Si necesitas algo, estoy en la tienda —dijo antes de dejarme sola.

Dentro del sobre había una hoja de papel escrita por ambos lados. La letra, pequeña, ligeramente inclinada y alargada, era la de Daniel. Una caligrafía que no surgía de la espontaneidad de la escritura, sino de su esfuerzo por modelar la imagen de una personalidad con carácter. Cogí la carta con ambas manos, el papel latía como las alas de un pájaro. Mis pensamientos volaban y se mezclaban con sus palabras. Para tranquilizarme, respiré lentamente unos minutos; cuando la inquietud disminuyó, luché por concentrarme y releí cada frase una, dos, tres veces, hasta que conseguí adentrarme en el mensaje. Daniel me informaba de que ya no vivía en el pueblo, de que se había trasladado a la capital. Me decía también que me echaba de menos, que soñaba con el momento en el que podríamos estar juntos, que pronto llegaría el final de la pesadilla, y repetía que todo sería como antes, mejor que antes. No escribía mi nombre ni el suyo. No mencionaba lugares ni fechas. Una carta llena de promesas. Yo quería creérmelas, pero durante demasiado tiempo había vivido con la esperanza de ver cambiar el mundo, aguardando que llegara el día en que dejaríamos atrás aquella vida gris y llena de prohibiciones. Y de tanto esperar, la esperanza se había agotado, así que cuando él repetía que la guerra terminaría y que los aliados echarían al dictador y todo sería tal y como queríamos que fuera, no podía creerlo. Podíamos soñar y repetir una y mil veces que volveríamos a estar juntos, eso era todo lo que teníamos, migajas de esperanza.

Las palabras de Daniel revoloteaban en mi interior. Volvieron aquellas noches que eran mi tesoro, volvió el sueño de que algún día todo sería posible, de que él regresaba, con sus ojos negros, invitándome a vivir. Decapité a tiempo un pinchazo de celos y repetí lo que decían las mujeres mientras lavaban la ropa, lo que decía Jacinta, aquello de que los hombres, ya se sabía, necesitaban a una mujer cerca. Quizá Daniel se entretenía con otras. Quizá la guerra no terminaría tan pronto como decía. Quizá echar al dictador no iba a ser tan fácil como imaginaba. Quizá sí pasaba las noches con una chica de ojos verdes, pero me amaba a mí.

En la tienda, la dependienta quitaba el polvo del escaparate; sostenía uno de los zapatos que me habían enamorado y le pasaba el trapo como si fuera un objeto de gran valor. De pronto, me dio la ventolera de probármelos. Me sentaban como un guante; me hacían crecer ocho centímetros y me embellecían la pierna. Estaba tan contenta por haber tenido noticias de mi marido que aunque aquel par de zapatos costaban el sueldo de cinco semanas, me los compré. Los tenía escondidos en el fondo del armario y algunas noches me los calzaba. Delante del espejo, bailaba con paso lento mientras me imaginaba el abrazo de Daniel y sentía sus manos, grandes y firmes, acariciándome la espalda; y entonces volaba. Madre soltera para unos, viuda para los demás, solo yo sabía que era una mujer que bailaba con zapatos de tacón de aguja mientras esperaba a que la guerra terminara.

Durante los meses que siguieron, llegaron más cartas y más promesas y aprendí a sobrevivir en la incertidumbre. Los meses se convirtieron en años y acepté que esperar era mi destino. Cuando la guerra terminó, Daniel estaba pletórico porque habían ganado los suyos y yo viajé a París con los zapatos de tacón de aguja en la maleta decidida a anunciarle que la niña y yo nos íbamos a vivir con él y que empezaríamos una nueva vida, donde fuera, como fuera, pero los tres juntos. Y entonces, Daniel me pidió lo que me pidió y yo no supe negarme.

Pocos días después de recibir la primera carta, Paulina vino a mi casa para decirme que la señora Tozer buscaba costurera y que, si tenía algún día libre y me interesaba, el trabajo era mío. Le habría dicho que sí en ese preciso momento, pero me habían enseñado a mostrar discreción, a que antes de contestar había que pensar, así que dejé pasar un par de días antes de ir a casa de la señora Wanda.

Las tardes del jueves se convirtieron en tardes de charla y aprendizaje. Sabía que no podía explicar mi secreto a nadie, sabía que confesar que Daniel estaba vivo y vivía en Francia era ponerlo en peligro, sabía que el silencio era fundamental para asegurar que nadie descubriera el secreto, pero la señora Wanda y Paulina eran la excepción porque, aunque no hablaban de ello, estaban enteradas de todo.

Jamás había tenido tantos botones de camisa que coser, tantos cuellos que girar, tantos pantalones que remendar, tantos puños roídos que cambiar, tantos rasgones que zurcir, tantas chaquetas con los bolsillos agujereados. Me concentraba en mi trabajo y no preguntaba nada. Tenía claro que aquellas piezas de ropa no eran del señor Tozer. Las pocas veces que lo había visto, siempre iba impecable y la ropa que me daban para coser, a pesar de estar recién lavada, era vieja y desgastada. Cosía en la misma habitación donde Paulina planchaba. Desde la ventana que se abría al jardín, podía ver como la hija de los señores jugaba feliz. Delante de la casa crecía una magnífica mimosa que a finales de enero se teñía de amarillo y que era el orgullo de la señora Wanda.

Paulina hablaba poco y me miraba como si yo fuera una amenaza, como si mi presencia y la amabilidad con la que me trataba la señora pusieran en peligro su lugar en aquella casa.

Una tarde de jueves, cuando ya había terminado mi trabajo y metía mis cosas en la bolsa, la señora Wanda apareció.

—Isabel, ¿puedes quedarte un rato más? Me gustaría pedirte que hicieras algo para mí.

—Tengo que estar en casa a la hora de cenar. Si necesitáramos más tiempo, tendría que llamar al teléfono de la vecina.

—Con una hora será suficiente. Lo que quiero pedirte es un poco especial. —Forzó una sonrisa y se aclaró la voz, se puso bien el cuello del vestido, se mordió el labio con un gesto que repetía cuando estaba nerviosa y añadió—: Ahí fuera hay un hombre que espera que yo salga para seguirme. Quiero que me ayudes a despistarlo. No te hará nada, no te preocupes, solo quiere saber adónde voy.

La petición de la señora Wanda me alertó y tuve dudas, pero aquella mujer poseía un poder de convicción tan contundente que era imposible negarse.

—¿Y qué tengo que hacer?

—Bajas por la calle, hasta donde tú quieras, pero un buen rato, no menos de media hora. Luego entras en un portal cualquiera y te quedas allí entre diez y quince minutos, con eso será suficiente; después sales y vuelves a casa. No es peligroso. No te pasará nada, te lo prometo.

Y le dije que sí, que la ayudaría.

La señora Wanda me peinó como se peinaba ella, con el pelo recogido; me dio su abrigo y unos zapatos de medio tacón y, para acabar de convertirme en ella, me puso un pañuelo estampado alrededor del cuello. Me dio su bolso y me dijo cómo tenía que llevarlo, colgado en el lado izquierdo y cogiendo el asa con la mano.

—Camina decidida, como si supieras adónde vas. —Mientras decía esto, se soltó el pelo y movió la cabeza enérgicamente, de un lado para otro, como si fuera un perro sacudiéndose al salir del agua; después se lo alisó con las manos y se hizo la raya al lado. Cuando se puso mi abrigo y cogió la bolsa con mis cosas, me pareció verme a mí misma.

Una vez en la calle, caminé con paso tranquilo, el repiqueteo de los tacones me hacía sentir una señora. Iba con la cabeza alta y cogía el asa del bolso como si fuera una tabla de salvación. No fui consciente de que me seguían hasta que giré por la calle Santaló, justo pasada la Via Augusta. El hombre que había al otro lado de la calle era el mismo al que había visto merodeando cerca de la casa de la señora Wanda. Después de cuarenta minutos andando, siempre calle abajo, cuando llegué a Casanovas, a la altura de Londres, entré en un portal que estaba abierto. La portera barría la acera y no se percató de que entraba en el edificio. Subí hasta el último piso sin coger el ascensor. Estuve un buen rato arrinconada contra la puerta que daba a la azotea, oí un par de puertas que se abrían y se cerraban. Después de once minutos, bajé la escalera, sin prisa, y ya en la entrada, la portera me paró.

—Perdone, pero usted no vive aquí —dijo con la frente arrugada y las manos enlazadas cogiendo la escoba.

—No, señora. He venido a visitar a unos conocidos.

—¿A qué piso iba?

—Al tercero primera —improvisé con la seguridad que me daba ser la señora Wanda, y añadí—: Pero no había nadie.

—Sí están, pero a veces tardan un poco en abrir. Tiene que llamar y esperar —ordenó la mujer.

—Volveré mañana, ahora se me ha hecho un poco tarde. —Aún no había terminado la frase y ya estaba en el umbral de la puerta.

Al otro lado de la calle, el hombre que me había seguido continuaba esperando.

—¿Y quién tengo que decir que ha venido? —preguntó la portera.

—No les diga nada. Así se llevarán una sorpresa. —Salí del portal como si me persiguieran y, mientras me alejaba, el hombre atravesó la calle y se acercó a la mujer.

La señora Wanda me había dado dinero para tomar un taxi para volver a su casa, pero aquellas pesetas servirían para tapar el agujero que había dejado la compra de los zapatos de tacón de aguja.

Cuando llegué a Marquesa de Vilallonga, la señora

Wanda también había regresado. Mi chaqueta estaba en el respaldo de la silla y los zapatos cuidadosamente alineados al lado de una de las patas. La señora Wanda se había peinado y volvía a ser ella.

—Muchas gracias, Isabel —me dijo con una amplia sonrisa mientras yo dejaba su bolso encima de la mesa.

Las camisas, chaquetas y pantalones que cosía cada semana me hacían suponer lo que pasaba en aquella casa, pero cuando el frío del mes de febrero de 1942 heló la ropa en el tendedero y provocó sabañones en los dedos, supe que la señora Wanda no solo era una mujer inteligente y culta que se había graduado en Ciencias Políticas en la Universidad Jagellónica de Cracovia, sino también amiga íntima de Anna Maria Klemensiewicz, la esposa del cónsul Eduardo Rodon.

Wanda Morbitzer Tozer había llegado a Barcelona para trabajar como canciller en el Consulado Honorario de la República de Polonia. Su tarea era ocuparse de asuntos consulares, culturales y comerciales. Fue ella quien creó y dirigió la red de evasión polaca a través de Barcelona. Coordinaba el recibimiento de los refugiados, su distribución en los pisos francos y su posterior viaje a Madrid. Pilotos polacos, judíos perseguidos y hombres y mujeres que querían ser libres llegaban a Barcelona y recibían documentación y un subsidio económico para poder continuar el viaje hasta Madrid y luego hasta Portugal. Desde Lisboa, emprendían el viaje a Estados Unidos, a América Latina o, algunos, a Gran Bretaña.

Llegaban a Barcelona cansados, desnutridos y enfermos. Se hospedaban en pisos francos, casas seguras que, a cambio de unas pesetas con las que mitigaban la escasez de una época llena de pobreza y penuria, accedían a esconderlos. En casa de los Tozer también acogían a refugiados, pero cada jueves por la tarde, antes de que yo llegara, desaparecían mientras yo les arreglaba las camisas, los pantalones y las chaquetas. Tanto el consulado polaco como el británico apoyaban a los miembros de las fuerzas aliadas, y el trabajo de Wanda era coordinar el recibimiento.

Para Wanda todo se complicó cuando la inteligencia alemana descubrió sus actividades. Wanda pudo esconderse fuera de Barcelona durante un tiempo, pero la situación era insostenible y el cónsul Rodon le recomendó que saliera del país. Él mismo la acompañó hasta la frontera con Portugal; desde allí, cruzó al país vecino andando. No regresaría hasta dos años más tarde.

A la semana siguiente de haber ayudado a la señora Wanda a despistar a aquel hombre, cuando fui a casa de los Tozer, el jueves por la tarde, ella no estaba; ni tampoco la siguiente, ni la otra. No le di demasiada importancia, la señora era una mujer con muchas obligaciones. Fue varias semanas después cuando Paulina me abrió la puerta con el rostro desencajado.

—La señora no estará durante un tiempo. —Tenía los ojos inyectados en sangre y la expresión perdida—. Lo siento, Isabel, pero mientras ella no esté, no necesitaremos tus servicios.

Tardé años en saber qué había pasado. Desde el día en que la señora Wanda desapareció, delante de su casa había siempre un par de hombres haciendo guardia; la policía estaba segura de que ella regresaría para estar con su hija y su marido. Esperaban el momento para detenerla, pero ella no volvió hasta estar a salvo.

# 18

## París, 1945

Durante años no hice otra cosa que esperar. Esperar a que la guerra terminase. Esperar para volver a abrazar a mi marido. Esperar a que la vida dejara de ser de color gris. Pero, ante todo, esperar a que llegara el día en el que pudiera vivir sin esperar nada. El anhelo de volver a ser feliz se escondía detrás de todas esas esperas.

A finales de agosto de 1944, París celebraba su liberación; pero aún faltaba un año para el final de la guerra. Para evitar que la añoranza anidase en mí, revivía las noches que había pasado abrazada a Daniel. El aroma de lavanda me permitía regresar a una casa en la que había sido feliz; más allá de los cristales sucios, se oía el canto del río y el susurro de los abedules. El recuerdo de aquellas dos noches y las cartas que llegaban a cuentagotas eran lo único que tenía y me agarraba a ello como a una madera que me mantenía a flote en el centro de un mar embravecido.

París rebosaba felicidad y yo cerraba los ojos y me imaginaba los gritos de Daniel retumbando como tambores. Lo veía despeinado, con el cuerpo empapado, la camisa blanca por fuera de los pantalones y una sonrisa de oreja a oreja. Lo veía exactamente igual a como lo había visto muchos años atrás, exultante, gritando hasta quedarse sin voz, feliz por la proclamación de una república recién nacida que tenía los días contados. Entonces Daniel tenía dieciocho años y me abrazaba y me besaba los ojos, la nariz, los labios, y yo saboreaba la mezcla de menta y tabaco de sus besos. Regresaban las flores del granado que volaban como mariposas, se sumergían en el deseo y me repetían su nombre al oído.

Agosto de 1944 fue el principio del fin. Faltaba un año entero para que yo viajara a París. Mientras, mi único consuelo eran las cartas que leía encerrada en la habitación minúscula colmada de cajas de zapatos. Cada primer martes de mes, siempre a la misma hora, bajaba hasta el Portal del Ángel y me detenía ante el escaparate. Botas en invierno que decoraban con bolas de colores y ramas de abeto para celebrar la Navidad; zapatos de entretiempo en primavera acompañados de flores de papel de periódico; sandalias en verano con un sol de cartón gigante al fondo del escaparate; en otoño, botines y zapatos de piel descansaban encima de una alfombra de hojas secas. Escondidas entre los zapatos, las palabras de Daniel saltaban y me repetían que muy pronto podría visitarlo.

Algunos días, al llegar, la dependienta estaba atendiendo a una clienta. Si me invitaba a sentarme, significaba que había correo; si, por el contrario, me decía que mi encargo aún no había llegado, yo salía de la tienda con el corazón en un puño. Los días en los que tenía carta, esperaba a que la chica despidiera al cliente. Cuando nos quedábamos solas, ella pasaba el cerrojo, colgaba el cartelito de cerrado y yo la seguía hasta el trastero, donde, acompañada por el olor a piel y a betún, saboreaba las palabras que venían de Francia.

Durante cuatro años recibí diecinueve cartas y escribí cuarenta y tres. Las suyas llegaban a la zapatería; las mías las enviaba por correo ordinario a nombre de Michèle Olivar, una prima inexistente de Daniel que vivía en Francia desde el final de nuestra guerra y que con el tiempo había ido cambiando de domicilio; primero había vivido en Latour-de-Carol, después en Toulouse y, finalmente, hacía un año, se había instalado en París. Por si interceptaban la carta, me dirigía a él en femenino y le contaba con pelos y señales todo lo que hacía Emma, y a menudo añadía alguna fotografía para que disfrutase viéndola crecer.

Aquel 26 de agosto del año anterior a la victoria, mi padre sacó tres copas y una botella de champán que le había regalado un antiguo alumno que se había hecho rico con el estraperlo.

—La liberación de París es el preámbulo de la victoria. En unos meses llegará el final definitivo —exclamó mi padre al tiempo que descorchaba la botella—. Si los aliados son los vencedores, que lo van a ser, se abrirá la puerta para echar a Franco —añadió mientras llenaba las copas. La esperanza de que todo cambiaría era lo único que teníamos.

Aquella noche de calor intenso estuve a punto de confesar que Daniel no vivía en el reino de los cielos, sino que estaba en el centro de la fiesta de París. Deseaba explicar a mis padres que aquella Michèle, que antes se llamaba Micaela, no era una prima lejana, sino mi marido. Anunciarles que, cuando la guerra terminara, la niña y yo nos iríamos a vivir a Francia. Decirles que cuando el dictador fuera derrotado, regresaríamos a España y tendríamos la vida que todos queríamos. Tenía tantas cosas por decir..., pero había jurado callarme.

Un año después, la guerra terminó y yo viajé a París.

—¿Qué vas a hacer tú en París? —Mi madre me miraba fijamente. En el centro de su frente se dibujó una arruga profunda y oscura que solo aparecía cuando algo la disgustaba.

—Visitar a la prima de Daniel —le contesté sin dudar. Había ensayado la explicación un montón de veces y continué sin detenerme—: Me ha invitado. Tiene muchas ganas de conocerme. No me puedo negar.

—No entiendo esa obsesión por una prima que hace cinco años ni tan siquiera sabías que existía. No puedes irte, Isabel. Tienes una hija y debes estar pendiente de ella.

Estábamos en la cocina. En la olla hervía todo lo que teníamos: un par de patatas, un puñado de judías verdes y un huevo; mi madre batió el huevo con energía hasta que la clara se convirtió en una telaraña de hilos blancos que harían las delicias de Emma.

—Micaela es la única pariente viva de Daniel y quiero visitarla. Tanto si a usted le parece bien como si no, voy a ir.

—Sin el permiso de tu padre no van a hacerte los papeles —replicó mientras apagaba el fuego.

—¿Qué quiere decir? ¿Que mi padre está de acuerdo con que los franquistas traten a las mujeres como si fuéramos ganado?

Mi madre me lanzó una mirada de reproche, cogió un par de trapos de cocina para no quemarse y agarró la olla por las asas.

—¡Mira qué quiere hacer tu hija! —exclamó llena de contrariedad en el momento de dejar la olla encima del salvamanteles.

Mi padre me miró interrogante y yo repetí, palabra por palabra, mi deseo de viajar a París.

—París es una ciudad magnífica —respondió él mientras apagaba el cigarrillo en el cenicero—. Espero que mis antecedentes no sean un problema.

Mi madre masticó su enfado y yo saboreé el triunfo como si de una tarta de nata se tratase.

Horas más tarde, cuando ya estaba en la cama, oí que ella le reprochaba que fuera tan blando.

—¡No es prudente que una chica viaje sola! París es una ciudad enorme y ella es joven y no conoce el idioma. ¿Qué hará si tiene un contratiempo? —refunfuñaba mi madre, quien, bajo la apariencia de mujer fuerte, sufría por mí mucho más de lo que era capaz de admitir.

Después de un largo silencio, la voz densa de mi padre añadió:

—Isabel es una mujer, Teresa, y tú, aunque sufras por ella, debes dejarla volar.

Viajé a París en dos etapas. Un camión que iba a Sestao, conducido por un antiguo alumno de mi padre, cambió la ruta para dejarme en Irún sin hacer preguntas. Crucé el puente internacional y esperé más de diez horas para tomar el tren que me llevaría hasta París. Horas más tarde, con los ojos repletos de sueño y el cuerpo magullado, llegué a la estación de Montparnasse. Hacía más de treinta horas que no dormía, pero las ansias por abrazar a Daniel me mantenían despierta.

Con el estómago encogido y el corazón acelerado, caminé hacia la calle Alboni. Siete veces pregunté si iba bien para llegar al barrio de Passy. Cuando aún no había cruzado el río, la vi: la Torre Eiffel se elevaba imponente, una estructura de hierro inmensa, como si fuera un edificio a medio construir. Lejos de impresionarme, el emblema de París me pareció que desentonaba con el entorno, como un bloque de hielo en el desierto o un bosque de robles en medio del océano. París no era la ciudad brillante y mágica que me había imaginado a través de las postales. París era una ciudad herida por la guerra que se abría a los nuevos tiempos, una ciudad pobre y devastada. En los escaparates había botellas de perfume sin perfume, botes que eran el envase de la nada, cajas vacías, un decorado para soñar la vida que todos querían. En las fachadas estaba escrito el deseo de ver muerto al mariscal Pétain. Habría juicio y lo condenarían a pena de muerte, pero esta sería conmutada por cadena perpetua. Veinte días antes de su muerte, abandonaría la cárcel para morir en su cama.

Continué en dirección a la calle Alboni; a pesar del cansancio, aún tenía fuerzas para contemplar una ciudad llena de bicicletas y de esos triciclos con capota conducidos por un hombre que pedaleaba hasta la extenuación. Circulaban pocos coches. De vez en cuando, algún *jeep* del ejército me adelantaba, pero las bicicletas eran las dueñas. Caminaba arrastrando los pies y una maleta con un par de mudas y los zapatos de charol negros con tacón de aguja. Había visto demasiadas películas y leído algunas novelas románticas como para atreverme a imaginar el reencuentro con Daniel, no fuera a ser que la realidad me decepcionara.

El puente de Bir-Hakeim cruzaba el Sena; en el centro de la calzada, unas columnas de hierro sostenían la estructura de las vías del tren que seguían el trazado de la calle Alboni hasta llegar a la plaza con el mismo nombre. El tren corría a la altura del tercer piso de las viviendas, en las que cortinas gruesas evitaban que los viajeros fisgonearan a través de las ventanas. La calle Alboni pertenecía a un barrio acomodado, pero la guerra había dejado su huella. En la avenida Fremiet, una calle cercana, había una carnicería, una panadería y una tienda de comestibles con el escaparate vacío. Más tarde sabría que en la parte de atrás, los que tenían dinero podían conseguir productos de estraperlo.

La vida era un escaparate y yo fingía una fortaleza que

había dejado en el asiento del tren. Caminaba con paso firme, pero el cansancio estaba a punto de ganar la batalla y no supe disfrutar de aquel cielo azul y brillante que me daba la bienvenida.

Me detuve ante el número 4. Daniel vivía en el último piso, una buhardilla con una única habitación que antes de la guerra había sido un almacén de bártulos en desuso. El silbido del tren corriendo encima de mi cabeza me puso en alerta. La puerta era de hierro forjado y de cristal. El de la parte de arriba estaba roto. No había timbre. Puse la mano en el pomo y la puerta cedió. La escalera era de madera y chirriaba a cada paso. Subí los cinco pisos con la poca energía que me quedaba. En el último rellano, encontré seis puertas blancas que necesitaban una capa de pintura. Si quería saber dónde vivía él, debía llamar a alguna de aquellas puertas, la que fuera, y me decidí a hacerlo por orden. En las tres primeras no respondió nadie, pero en la cuarta abrió un chico alto y delgado con cara de sueño y ojos de resaca.

—Perdone, busco al señor Plensa Olivar y no sé en qué piso vive —pregunté. Resultó que no conocía a ningún Daniel Plensa Olivar, pero no me di por vencida, había escrito muchas cartas a aquella dirección. Antes de que me cerrara la puerta en las narices, añadí—: De Barcelona.

*—Bon, tu veux dire le jeune espagnol!*[33] —exclamó con una sonrisa—. *Il habite à cet étage, mais je ne sais pas s'il est ici maintenant.*[34]

A pesar de no saber francés, entendí lo que me decía y contesté con un *Merci beaucoup!*,[35] pues era lo único que sabía decir. Llamé a la puerta que me había dicho el chi-

33. En francés, «¡Bueno, te refieres al joven español!».
34. En francés, «Vive en este piso, pero no sé si está aquí ahora».
35. En francés, «Muchas gracias».

co, la que quedaba más lejos de la escalera. Repiqueteé fuerte con los nudillos. Una. Dos. Tres veces. Diez veces, hasta que me dolió la mano. No hubo respuesta. Pegué la oreja a la puerta y oí el ruido del viento, como si al otro lado hubiera un bosque o un océano que llenaba la habitación de música. Había enviado una carta avisándolo de mi viaje, pero ignoraba si la había recibido, así que un miedo pequeño creció como una telaraña gigante que se esparcía bajo mi piel.

Daniel era mi marido, el padre de mi hija, pero nunca habíamos convivido. Nos habíamos amado bajo las flores del granado del pueblo de sus padres y yo me había enterado de que estaba embarazada poco después de que él se fuera al frente. El tacto tibio de la madera de aquella puerta pintada de blanco me separaba de su mundo. De repente, me pregunté si realmente estaba enamorada de él o si solo estaba enamorada del amor. El deseo era una cosa, pero el amor, aquel amor que crecía con la convivencia y la rutina, con el dolor y las alegrías, aquel que había visto en mis padres, nosotros no habíamos tenido la oportunidad de cultivarlo. Vivíamos en la cuerda floja de la espera, de lo que sería y lo que no. La duda insistía en anidar en mí y yo la echaba a mordiscos y me aferraba a lo que tenía: Daniel era mi marido, el padre de mi hija, mi amor, el único amor que había tenido en mis veintinueve años de vida.

Demasiado cansada para volver a bajar la escalera, me senté en el suelo y me apoyé en la maleta dispuesta a esperar. Pero el cansancio me venció.

## 19

## París, 1945

—*Mademoiselle! Mademoiselle!*[36]—repetía una voz dulce. Una leve sacudida en el hombro me despertó. Cuando abrí los ojos, frente a mí había una chica sonriéndome—. *Ça va bien?*[37]

Había dormido más de dos horas sentada en el suelo en una posición poco adecuada y los músculos se me habían entumecido. Me levanté con la agilidad de una vieja de ochenta años.

—Espero al español —le dije implorando la llegada de Daniel.

La chica tenía una cabellera ensortijada, pelirroja, el rostro lleno de pecas, la nariz puntiaguda y sus ojos de color miel mostraban una mirada amable. Llevaba un gran cesto y una pequeña bolsa colgada en bandolera. Sacó la llave del bolsillo y abrió. Yo, agarrando el asa de la maleta con las dos manos, contemplaba la escena como si fuera un espejismo. Una total estupefacción me recorría el cuerpo, me agujereaba el alma y las preguntas surgían como lenguas de lava que se me esparcían bajo la piel. ¿Quién era aquella chica? ¿Por qué tenía la llave de la casa de Daniel?

36. En francés, «¡Señorita, señorita!».
37. En francés, «¿Está usted bien?».

Me quedé en el umbral de la puerta como si un muro me impidiera el paso. Ella se movía con soltura en aquel espacio de veinte metros cuadrados que hacía las funciones de sala de estar, habitación y cocina. Las paredes estaban forradas de libros, todo en su sitio, todo con una pulcritud tan extrema que parecía una casa deshabitada. Plantada cerca de la puerta, yo observaba. No osaba entrar y fue ella quien me invitó a pasar. La seguí con la cautela de los cazadores, con el miedo de quienes están a punto de perderlo todo, con la sospecha de que mi marido tenía otra vida y de que aquella chica ocupaba el lugar que me pertenecía. El latido de mi corazón provocaba que la habitación se hinchara y se encogiera al ritmo de mi respiración. Para combatir el momento, di un paso hacia delante y el suelo de madera gimió como el grito plañidero de un pájaro agónico.

La chica se llamaba Mathilde; menuda y estilizada, con los músculos de piernas y brazos muy marcados, tenía la elegancia de una bailarina y a su paso dejaba una estela brillante. Delante de una butaca, en el centro de la sala, había una pequeña alfombra gastada por miles de pisadas que invitaba al silencio. El techo, inclinado, tenía un par de tragaluces que iluminaban la habitación. La cama, de un metro de ancho, estaba cubierta con una colcha blanca. El lugar no podía ser más acogedor, pero yo no era capaz de apreciar la calidez del espacio porque las preguntas no dejaban de repetirse en mi mente. ¿Quién era aquella chica? ¿Por qué tenía la llave de aquella habitación? Quise creer que todo era como yo quería que fuera y tuve la ilusión de que aquella habitación no pertenecía a Daniel, que aquella vivienda, cuidada y pulcra, era de Mathilde. Pero cuando las preguntas encontraron las respuestas adecuadas, cuando una pizca de serenidad me ayudaba a respirar tranquila, contemplé, colgadas en la pared que había al lado de la puerta de entrada, las diecisiete fotografías que le había enviado a Michèle Olivar. Fotografías de Emma que mostraban el paso del tiempo. Digerí el horror y durante un instante dudé entre dar un paso hacia delante o huir. Mathilde sacó una caja de latón de color azul con grandes flores rosas del cesto.

—*Tu veux petit-déjeuner?*[38] —preguntó abriendo la caja, que estaba llena de galletas caseras.

Un aroma dulce, una mezcla de canela, harina y almendra, me recordó que hacía más de un día que no comía. La chica puso las galletas en un plato e hirvió un poco de leche en una pequeña cocina eléctrica. Hacía años que no comía unas galletas tan deliciosas; las mojé en la leche y me las zampé con el presentimiento de la catástrofe. Nunca un desayuno había sido tan amargo y dulce al mismo tiempo. Sin nada que decirnos, Mathilde se puso a guardar todo lo que llevaba en el cesto en un pequeño armario de puerta enrejada que colgaba al lado de la cocina. Yo contenía el miedo tras una sonrisa forzada admitiendo que aquella chica, fuera quien fuera, me caía bien.

—*Il viendra dans vingt minutes*[39] —dijo ella, y acompañó sus palabras con una gestualidad tan expresiva que tuve la sensación de que hablaba mi idioma.

La urgencia por ir al baño hizo que lo descubriera detrás de una de las seis puertas que había en el rellano y que lo compartían todos los inquilinos. Encerrada en aquel espacio minúsculo, para aligerar la rabia de saber que unos ojos verdes habían dado paso a otros color miel, solté unas cuantas lágrimas. No eran los celos lo que me dolía, sino la estupidez de haberme creído que él me era fiel. En la España del franquismo, la fidelidad se imponía por ley, era

38. En francés, «¿Quieres desayunar?».
39. En francés, «Él vendrá en veinte minutos».

impensable aceptar que la distancia y el tiempo de separación encendían el deseo al lado de otras personas. La fidelidad era la garantía de que todo seguía en su sitio, de que él era de ella y de que ella era de él, de que el amor era inmutable más allá del tiempo y la distancia. Pero la vida era un mar de olas embravecidas que cambiaban la fisonomía del paisaje. La única certidumbre era que Daniel siempre sería el padre de mi hija, el resto no tenía un futuro definido. Igual que la muerte de Daniel me había sumido en un luto que había quedado descabezado por el goce de su resurrección; igual que él había sido mi único amor, pero que la mirada de otros hombres me había ayudado a entender que aún podía sentir deseo; igual que las ausencias hacen que los vacíos que dejan se llenen de otras presencias, acepté que una persona podía tener tantos corazones como personas amaba; y que yo, por muchos amores que él tuviera, siempre estaría en el centro porque era la madre de su hija. Me sequé las lágrimas y salí del baño con la seguridad de ocupar un lugar preferente en la vida de Daniel.

Una hora más tarde, el repiqueteo de pasos subiendo la escalera a toda velocidad anunció su llegada. Mathilde se puso en alerta, su rostro se tiñó de una ligera rojez que hizo subir de intensidad el color de las pecas y se mordió los labios con una insistencia que evidenciaba nerviosismo.

—*Il est déjà arrivé!*[40] —dijo con un hilo de voz.

De repente, como si un relámpago iluminara mis pensamientos, fui consciente de que aquella chica sabía quién era yo desde el primer instante en que me había visto.

La puerta se abrió con determinación y apareció Daniel. Tenía los hombros más anchos y los músculos de los

40. En francés, «Ya está aquí».

brazos más fuertes. Con los ojos como platos, me miraba a mí y a ella, a ella y a mí. Me levanté de la silla y él, sin dejar de mirarme, repitió mi nombre cinco veces.

—Te envié una carta —musité con un hilo de voz—. Te decía que venía.

—No la he recibido —respondió adelantándose, y antes de que yo pudiera decir algo más, Mathilde se despidió discretamente y cerró la puerta—. No puedo creer que estés aquí.

—Dijiste que cuando terminara la guerra volveríamos a estar juntos.

Daniel me cogió el rostro con ambas manos y me besó hasta que nos faltó el aire, hasta que todo lo que había a nuestro alrededor desapareció, hasta que lo único importante fue que estábamos el uno con el otro. Un solo beso borró las dudas y Mathilde se disolvió como un terrón de azúcar en un charco de agua. Palpar aquellos músculos que se habían fortalecido a base de cargar y descargar camiones, notar la tibieza de su piel, dejar que la aspereza de sus manos me acariciara el cuerpo y que sus besos encendieran mi deseo me hicieron sentir que había regresado a casa. Me desabrochó la blusa y, con la suavidad de quien sabe lo que quiere, me acarició los pechos y me los besó con la misma devoción con la que se besa la imagen de una virgen. Como si ambos cuerpos se hubieran convertido en uno solo, nos acercamos a la cama y él, con apremio, apartó la colcha, que cayó al suelo. Abrazados, sedientos el uno del otro, nos lanzamos encima. Le desabroché la camisa y jugué con la mata de pelo que le cubría el pecho. Y regresó el tiempo de las flores del granado cayendo sobre nuestra piel, cuando pensábamos que la felicidad era eterna, cuando aún no había ruido de fusiles, cuando la vida era plena y el mundo no se había trastocado por aquellas malditas guerras. El chirrido del somier era el grito de un animal en celo convertido en música y nosotros saboreamos sorbos de felicidad en una buhardilla donde todo era luz.

A pesar de ser mi marido, a pesar de ser el padre de mi hija, a pesar de que todo lo que sabía sobre el amor y el deseo llevaba su nombre, no había estado con Daniel más de una docena de veces. Aunque mi idea del amor no iba más allá de lo que había aprendido a su lado, estaba convencida de que sabía todo lo que tenía que saber. Acurrucada entre sus brazos, mecida por la tibieza de su piel, me dormí.

Me desperté cuando la luz de media tarde entraba por el tragaluz y dibujaba sombras que llenaban la habitación como si fueran visitantes de largas extremidades vestidos de negro. Estiré mi cuerpo como un gato cuando se despierta de la siesta.

—¿Qué hora es? —le pregunté mientras me incorporaba.

—Pronto serán las nueve.

—Me muero de hambre —le contesté al mismo tiempo que mis tripas se quejaban.

La mesa estaba puesta y, en el centro, había una bandeja.

—Pastel de patatas con queso —se acercó y me besó—. Mucha patata y casi nada de queso.

—Seguro que está buenísimo.

Tenía tantas cosas que contarle que no sabía por dónde empezar. Fue él quien dirigió la conversación. Quería saber cosas de nuestra hija, si era afectuosa, si era buena estudiante, si tenía carácter, si quería saber cosas de su padre. Él preguntaba y yo respondía. Y cuando ya lo supo todo sobre Emma, empezó a interesarse por mí. Yo le hablé de la tristeza disimulada de mi padre y del carácter demasiado duro de mi madre, y de esa vida de ir tirando que alegrábamos con pequeñas chispas de felicidad. Le hablé de lo que había sido mi vida hasta que conocí a Wanda. Por la emoción del relato, exageré algo más de la cuenta y me erigí en colaboradora de la señora Wanda. Afirmé que yo despistaba a la policía que la perseguía para descubrir los pisos francos donde se escondían refugiados civiles que huían de los nazis alemanes y militares polacos que iban de Francia a Gran Bretaña. La expresión de sorpresa y admiración de Daniel me animó a continuar y añadí, de cosecha propia, que estar cerca de la señora Wanda había sido una de las experiencias más intensas de mi vida.

—¡O sea, que mi Isabel se ha convertido en una pequeña espía! —La luz de sus ojos lo delató. Estaba orgulloso de mí y yo me sentí halagada.

—Solo la ayudo. Poca cosa —le respondí arrepentida de haber exagerado mi participación.

—Un poco de cada uno es mucho.

Para esquivar una conversación incómoda, le pregunté por él. Me explicó que trabajaba de lo que le iba saliendo, pero que donde verdaderamente se dejaba la piel era trabajando para el partido. De pronto se calló y apareció un silencio denso, como de mantequilla, y emergió la pregunta que yo misma había ahogado para no estropear el reencuentro.

—¿Quién es Mathilde? —pregunté directa como una bala después de tragarme la última cucharada.

Daniel amontonaba las migas de pan al lado de su plato y tardó en responder.

—Una amiga. Una buena amiga.

—¿Solo amiga? —insistí. No quería mentiras entre nosotros.

—También compañera de lucha. Es del partido.

—Y tiene la llave de tu piso.

—Vive con su madre, muy cerca de aquí.

Daniel se esforzaba en mostrarse tranquilo, pero la

tensión le hinchaba la vena del cuello. Estaba incómodo. Lo que había entre ellos dos formaba parte de su privacidad. Podría pasarme horas haciendo preguntas, pero sabía que él callaría todo aquello que pudiera hacerme daño. No insistí. Si él me confirmaba que compartía cama con Mathilde, los celos que ahora asomaban estallarían por completo. Detuve la batería de preguntas que esperaban para ser disparadas mientras me repetía que Daniel me amaba.

Al día siguiente, contemplé con sorpresa cómo se besaban las parejas en la calle. Aquellos besos sin miedo habrían llenado de gente las comisarías de Barcelona. Yo vivía en un país donde todo estaba prohibido y todo era pecado. Pero, aunque me resultaba extraño besarme en público, me hacía sentir profundamente libre. Daniel me dio un beso largo, suave y dulce que abrió la puerta a una revelación: no tenía ninguna duda, en ningún otro lugar del mundo podría ser más feliz que en aquella ciudad.

## 20

### París, septiembre de 1945

Imaginar.

Había imaginado el momento en el que les diría a mis padres que Daniel estaba vivo. Los veía en el centro del comedor, en silencio, incapaces de digerir la resurrección de su yerno; me reprochaban no haber compartido mi secreto con ellos y, a continuación, como si se abriera el grifo de la alegría, emergía la felicidad de saberlo vivo y brindábamos por una vida que ningún fascista podría robarnos. Había imaginado que Emma me saltaba al cuello, feliz de saber que tenía padre, y me cosía a preguntas. Había imaginado la ilusión con la que preparábamos las maletas y subíamos al tren decididas a viajar hasta otro país donde todo sería nuevo y todo sería mejor. Había imaginado todas las versiones posibles de una misma situación, pero todas desaparecieron detrás de cuatro palabras que volaron a lo largo de la avenida Fremiet y aterrizaron sobre el asfalto sucio y caliente para mezclarse con el dolor de saber que nada de lo que había imaginado sería posible.

Era mi último día en París y Daniel y yo habíamos vivido tan intensamente el presente que no habíamos tenido ni un momento para hablar del futuro. Dentro de la maleta esperaban los zapatos de tacón de aguja, demasiado altos para salir a pasear, demasiado buenos para estar por casa y demasiado elegantes para ser míos, pero cuando volviéramos a la buhardilla, me los pondría y bailaríamos, abrazados, para festejar que estábamos juntos, para borrar todos los años que nos habían robado y celebrar los que estaban por venir. Caminábamos de la mano y yo masticaba la felicidad de creer que muy pronto viviría en aquella ciudad.

—Tendremos que buscar una buhardilla un poco más grande donde quepamos los tres —le dije cuando llegamos a la avenida Fremiet.

Daniel se detuvo en medio de la acera.

—Ahora mismo no puedo ofrecerte nada bueno, Isabel. Tenemos que esperar a que mi situación mejore. —Me acarició la mejilla, pero sus dedos eran de metal y su tacto frío me hizo estremecer—. No es el momento.

—La niña y yo tenemos suficiente con estar los tres juntos —insistí para alejar aquellas cuatro palabras hirientes.

—¡Lo deseo tanto como tú, Isabel! Pero tenemos que esperar. —Las palabras tenían la dureza de un rechazo y las repitió una vez más añadiendo un «todavía» que se me clavó entre piel y carne—. Todavía no es el momento.

—Llevo esperando nueve años —repliqué con un hilo de voz. Dos guerras habían engullido mi juventud y me habían transformado en una vieja.

—Isabel, debes entenderlo. Trabajo para el partido y eso es poco compatible con tener una familia. Cuando hayamos echado al dictador, todo será más fácil —inspiró suavemente y se preparó para empezar uno de esos discursos que tanto me impresionaban cuando lo conocí.

—¿Y si eso no ocurre? —Cansada de esperar un momento que parecía no tener ninguna prisa por llegar, dejé que me cogiera por los hombros.

—Pasará, y entonces podremos recuperar los años perdidos.

No tuve fuerzas para llevarle la contraria y me escondí

detrás de un silencio lleno de decepción. Regresamos a casa, que me pareció más pequeña, más sucia, menos ordenada; la luz que entraba por el tragaluz se vestía de luto para decirme adiós. Puse mi ropa en la maleta y el nudo que me había nacido en la entrada del estómago me subió hasta la garganta. Me negaba a llorar y las lágrimas quedaron prisioneras dentro de mi cerebro y se mezclaron con las palabras que devoraban los pensamientos. No hicimos el amor para despedirnos, ni me puse los zapatos de tacón de aguja que hicieron el viaje de ida y vuelta sin salir de la maleta. Nada era como había imaginado y acepté lo irrefutable: la vida se obstinaba en no dejarme ser feliz.

Había viajado a París decidida a volver a empezar, pero Daniel me obligaba a permanecer en el mismo sitio; quieta y callada, incubando la agonía de una relación destinada a convertirse en un amor epistolar. Era afectuoso, era cercano, era el único hombre a quien había amado, pero siempre había algo que se interponía entre nosotros. Primero había sido el partido, después la guerra civil, a continuación, la otra guerra y ahora, de nuevo, la obstinación por la lucha política. La duda volvió a visitarme. Me pregunté si lo que me cerraba el paso y me impedía tener la vida que quería eran las obligaciones con el partido o una chica con el rostro lleno de pecas. Aquellos días en París habían ahogado los celos; el modo en que me miraba y me hablaba destilaba sinceridad y comprendí que tal vez era posible estar enamorado de varias personas a la vez sin traicionar a ninguna.

Faltaban tres horas para tomar el tren de vuelta a Barcelona. Caminábamos en dirección a la estación. El cielo de París tenía una luz limpia, pero una nube negra tapó el sol y la lluvia descargó con fuerza. Corrimos a cobijarnos bajo la marquesina de un bistró. En pocos minutos, un río de agua corría a ras de nuestros pies. Arrastraba papeles, colillas, excrementos de perro, pieles de manzana y todo tipo de desperdicios que nadie había barrido. Sin darme cuenta, metí los pies en un charco y solté un «¡La puta de oros!» que me ayudó a aliviar la contrariedad. Sin poder evitarlo, un par de lágrimas resbalaron por mis mejillas. Daniel me abrazó y me susurró al oído:

—Un año, preciosa, solo te pido un año. Si dentro de un año no ha cambiado nada, tú y la niña vendréis a vivir conmigo, aquí, en París, o donde tú quieras. ¡Te lo prometo! —reiteró mientras me apartaba un mechón de pelo.

Le creí. Su palabra era todo lo que tenía y esperar era lo que mejor se me daba. Me secó las lágrimas. Una ventolera hizo cambiar la dirección de la lluvia y el chaparrón nos cayó encima en el momento en que nuestros labios se tocaban. Un beso con aroma de granado se mezcló con la lluvia y diluyó el disgusto de no poder vivir en París. Un año, solo un año, repetía. Aquel beso de agua selló una promesa que me salvó de la desesperación. Empapados de pies a cabeza, con el pelo chorreando y el peinado deshecho, nos quedamos delante del bistró hasta que los nubarrones volaron hacia otro barrio y el sol volvió a brillar para despedirme de aquella ciudad donde la lluvia hizo nacer la nostalgia.

—Nada deseo más que estar contigo y con la niña. —Me abrazó con tanta fuerza que me quedé sin aliento.

—Ya lo sé.

Y entonces, como si un golpe de inspiración le abriera el cielo, añadió:

—Tú también podrías ayudar, Isabel. Se ha terminado la guerra, pero queda mucho trabajo por hacer.

Por primera vez, me miraba más allá del deseo y el afecto, me proponía compromiso, me ofrecía colaborar y me hablaba como a una camarada de lucha. En sus ojos relucía la chispa de la admiración. Me veía como a una mujer y no como a su mujer. Mi relato sobre la colaboración con la señora Wanda había estado lleno de exageraciones y había hecho el milagro de convertirme en alguien a quien pedir ayuda. Ya no era la chiquilla de quien se había enamorado, ahora era una mujer valiente que había participado en una red de evasión. Me puse de puntillas, como si por arte de magia los zapatos de tacón de aguja se hubieran escapado de la maleta, y lo besé. Aquella demanda de colaboración había abierto la puerta para empezar un nuevo camino.

Poner los pies en Barcelona me hizo regresar a la realidad. El miedo me atenazaba, pero no podía dar marcha atrás. El orgullo con el que me había mirado Daniel había activado mi compromiso. Tardé unos cuantos días en ir a la dirección que me había dado, un restaurante situado en la calle Quintana. Eran las cuatro y media y no había clientes; era lunes, día del plato único. Un hombre de mediana edad, calvo y con bigote me invitó a sentarme en la mesa del fondo. Él se sentó enfrente de mí.

—Irás a trabajar a casa de la viuda Quílez —dijo con una familiaridad y una autoridad que me incomodó—. La costurera que tenía la ha dejado y está buscando otra.

—¿Y qué tengo que hacer?

—Ser amable y tener los ojos bien abiertos. Poco a poco, te harás amiga suya primero, y después, de su hijo —me contestó aquel hombre que se presentó como Frederic, un nombre que escondía su verdadera identidad.

—¿Y qué más?

—De momento, informarás de las conversaciones que oigas en casa de los Quílez. Cuando llegue el momento, ya te diremos qué tienes que hacer.

Poco antes de que la viuda Quílez me echara de su casa, yo aún no había conseguido acercarme a su hijo. Mi trabajo era escuchar y descubrir el nombre de confidentes y delatores que pasaban información a la policía. Yo cosía de cara a la ventana; siempre con actitud discreta, escuchaba las conversaciones que oía e informaba a Frederic de las personas que veía y de los lugares a los que iba Román Quílez. Mi colaboración, desde otoño de 1945 hasta primavera de 1946, consistió en coser, escuchar y repetir a Frederic lo poco que había oído. Cuando la señora Quílez me despidió, intuí que mi trabajo había terminado; pero el azar o la suerte, o el hecho de que yo hubiera mirado a aquel chico educado y distante con aire de inocencia virginal, hizo que fuera él quien se acercara a mí.

Román Quílez no solo era policía, era la mano derecha del inspector jefe de la Brigada Político-Social, Eduardo Quintela, y era menospreciado por el subdirector de la BPS, Pedro Polo, quien, a partir de 1946, pasaría a dirigir los Servicios Especiales que reforzaban la BPS. El inspector Polo era un personaje muy conocido entre los comunistas y anarquistas que habían sufrido palizas, torturas y ejecuciones.

Nadie sospechaba de una joven viuda que trabajaba como costurera. Tener el privilegio de poder entrar en las casas era lo que me hacía especialmente valiosa. Acercarme a la señora Quílez fue bastante más sencillo de lo que había imaginado. Acercarme a su hijo fue una cuestión de suerte que me dio valor y me llevó a la confusión.

# EMMA

*Miro hacia atrás y aparece una niña con trenza de paja y ojos de mar. Ludka juega al pillapilla con su pasado. Los recuerdos se esconden bajo una capa espesa de hielo. Ella se desliza sobre el agua helada, se niega a mirar al suelo para huir de lo que tiene bajo sus pies. La memoria son piezas de un puzle esparcidas sobre el ayer, fragmentos de pasado que, lentamente, se hacen presentes y encajan a medida que perdemos el miedo. Ludka es compañera de una maleta llena de momentos vividos que se mezclan sin dejarse leer.*

*La señora Wanda creía que si encontraba el hilo del cual tirar, los recuerdos irían emergiendo, pero el pasado regresaba a bocanadas y todo lo que Ludka creía recordar se mezclaba con sueños y pesadillas. Una bailarina había hecho nacer una palabra en un idioma que ni siquiera recordaba.*

*Trasladarme a vivir a la Residencia de Vallcarca, lejos de mis abuelos, fue mi primera conmoción en una existencia llena de amor. Tener tan cerca a aquellos niños huérfanos me hizo comprender que el mundo puede ser un lugar inhóspito.*

## 21

—

### Barcelona, agosto de 1946

Odiaba a mamá por obligarme a un exilio que yo no deseaba, por forzarme a seguirla y alejarme de mis abuelos. La odiaba porque, a los nueve años, amar y odiar son las dos caras de una misma moneda. La odiaba porque era incapaz de poner palabras a lo que sentía.

Media hora después de la discusión con la abuela, mamá abrió la puerta de mi habitación y me ordenó que preparara la maleta. Encima de la cama dejó una bolsa de piel que no había visto jamás, sacó mi ropa del armario y la metió de cualquier manera en la bolsa con la prisa de los que no tienen tiempo que perder.

—¡Vamos! ¡Date prisa! —me ordenó como si se hubiera iniciado un fuego y tuviéramos que huir. Una mezcla de miedo y perplejidad me inmovilizó y me quedé de pie, al lado de la silla donde había pasado horas memorizando lecciones que no recordaría haber estudiado—. ¡Vamos, coge todas tus cosas! ¡Nos vamos de esta casa!

—No quiero irme —le respondí con una voz que no era la mía.

—¡Haz lo que te digo!

Tenía el rostro empapado en sudor, se le había deshecho el recogido y el pelo se le adhería a la frente como algas de un mar revuelto. Mamá era un volcán en plena erupción y yo era demasiado pequeña para comprender que llevarle la contraria era inútil.

—¡Vete tú! —repliqué para desafiar aquella mirada de fuego que me agujereaba, y mi lengua se desbocó—. ¡Eres una bruja mala!

Ella me dio un bofetón que no se parecía en nada al que había recibido de la hermana Conchita. El bofetón de mamá no solo me traspasó la piel, sino que se quedó tatuado en el recuerdo; era el primero que me daba, recibiría otro diez años más tarde, cuando puse por delante la lealtad a Ludka, cuando la amistad se impuso a la obediencia, cuando ya era lo bastante mayor como para decidir qué quería. Aquella tarde de verano, el aire se llenó de aspereza y, como si fuera un manto de espinas, me envolvió hasta ahogarme.

No vertí ni una lágrima. Sin mirarla, con el orgullo intacto, pero con la tozudez vencida, empecé a recoger los cuentos que tenía en la estantería de mi habitación. Cuando me quedé sola, rescaté los dos libros que me había regalado mi abuelo y que permanecían a buen recaudo entre el somier y el colchón. Los envolví con el jersey de lana y los puse en un lateral de la bolsa. Adonde quiera que fuéramos, los libros se iban conmigo.

La voz de mi abuelo llegaba limpia y clara, una voz que siempre había sido firme, pero que aquella tarde parecía de cristal, transparente y frágil, a punto de romperse.

—¡Piénsatelo bien, Isabel! No es inteligente tomar decisiones cuando la ira se impone. —A su lado, el rostro impertérrito de mi abuela escondía la contrariedad.

—Hace tiempo que tendría que haberme ido. Me sabe mal por usted, padre, pero es lo mejor para todos.

—Esta es vuestra casa —dijo mirándonos a ambas y después, dirigiéndose solo a mamá, añadió—: Podéis volver cuando queráis.

Mamá contestó con una leve inclinación de cabeza y cogió su maleta con una mano y la bolsa de piel con la otra. No hay nada más feroz que una mujer malherida y a ella la habían atacado donde más le dolía.

El segundo viernes del mes de agosto abandoné el piso de la calle Aragó. Expulsada del universo donde me sentía segura, me dirigía quién sabe adónde. La impotencia empujaba al odio y deseé no tener madre; imploré a un Dios que no conocía que mamá se muriera allí mismo, que desapareciera de mi vida para que yo pudiera volver a mi casa.

Mientras esperábamos la llegada del tranvía, probé el sabor de la derrota, y el zarpazo de la rabia me dolía como una herida abierta. Ni ella ni yo hablamos; sentadas una al lado de la otra como dos desconocidas, con las maletas a nuestros pies, empezábamos una vida que ni había escogido ni deseaba.

Después del trayecto en tranvía, caminamos un buen rato hasta llegar a la Residencia de Vallcarca. Había oído hablar de la casa, pero era la primera vez que la visitaba. Era una torre rodeada de un jardín que se había convertido en un bosque de pinos y encinas con el suelo tapizado de hiedras que se encaramaban por los muros que daban a la calle. En la explanada que rodeaba la casa, me saludaron media docena de palmeras que se alzaban como centinelas mecidas por el viento. La casa se imponía, enorme y majestuosa; por fuera, tenía un aspecto clásico, pero cuando entrabas, te adentrabas en un mundo mágico. Para acceder a la puerta principal, había que subir unos pocos peldaños. La puerta quedaba protegida de la lluvia por el gran balcón del primer piso. Cerca de la escalera, había un montón de ladrillos y un par de albañiles los cargaban en una carretilla. El portal vidriado estaba abierto de par en par. Entrar en aquella casa era entrar en un palacio árabe, pero yo estaba tan sumida en mi desgracia que no me di cuenta de la preciosa cristalera policromada que decoraba el techo, una claraboya cenital que iluminaba un espacio con arcos y capiteles de pura filigrana. Los cristales, también de colores, de las ventanas filtraban la luz generando un ambiente que invitaba al sueño, pero aquella tarde yo estaba demasiado enfadada como para ser consciente de la belleza de la casa que pronto sería mi hogar.

El edificio era un hormiguero de albañiles, carpinteros y pintores que trabajaban para tenerlo todo listo para cuando empezara el curso escolar. Mamá habló con el encargado que dirigía la remodelación para informarle de que ella y yo íbamos a instalarnos en la casa.

Las reformas convertirían la Torre de Vallcarca en la residencia de los niños y también en la escuela polaca donde Ludka, Hanka, Krysia, Leon, Zyta, Olek, Tadek, las gemelas Celinka y Karol, el pequeño Marek y una larga tropa de niños huérfanos estudiarían como si estuvieran en Polonia, la Polonia que ya no existía, la Polonia de antes de la guerra, la de antes de convertirse en un país comunista. El olor a yeso, madera y pintura desaparecería para dar paso al olor infantil mezclado con el aroma de la sencilla comida de la postguerra, que salía de la cocina acompañado de las blasfemias de Florinda.

Nos instalamos en una pequeña habitación al lado de la cocina. La cama era lo bastante grande para las dos, pero yo me negué a dormir a su lado y me tumbé en el suelo. Un par de jerséis me sirvieron de colchón, y un tercero, hecho una bola, me hizo de almohada. Mamá no me lo impidió. Ya había habido bastantes órdenes e imposiciones en un día como para añadir otra más. Durante una semana dormí a los pies de la cama, como si fuera un perro. Me acurrucaba encima de los jerséis; la frescura del suelo me entraba por la punta de los dedos, se extendía por todo mi cuerpo y yo me dormía tranquila. Al día siguiente, me despertaba dentro de la cama y oía a mi madre faenando en la cocina.

Estaba tan enfadada que durante un par de semanas me refugié en un silencio tozudo que duró hasta finales de agosto, cuando la amistad con Ludka me rescató de la añoranza de mis abuelos, cuando el secreto que guardaba se convirtió en costumbre, y el resentimiento por haberme alejado de casa, en aceptación.

El primer día de mi nueva vida me negué a acompañar a mi madre a la calle Anglí. Me quedé en compañía de albañiles, operarios, carpinteros y pintores. Aquella casa de techos altísimos parecía un castillo y yo me sentía como un alma en pena paseando de aquí para allá sin saber qué hacer. De vez en cuando, alguno de los operarios me decía algo, y yo, para protegerme de las preguntas, me iba hacia la puerta que daba a la calle. Allí, sin nada que hacer, observando a la poca gente que pasaba, sentí por primera vez el desamparo de no tener casa y, también por primera vez, me sentí muy cerca de Ludka y de los niños huérfanos que, sin saber quiénes eran, habían ido de un lado a otro como maletas vacías. Los habían secuestrado, los habían obligado a ser alemanes y ahora los acogían en Barcelona y les aseguraban que eran polacos, pero Polonia estaba ocupada por los soviéticos y el Gobierno del país estaba en el exilio.

Muchos años después, cuando Ludka y yo ya habíamos dejado de ser niñas y habíamos descubierto que la vida pasaba mucho más deprisa de lo que jamás habríamos podido imaginar, mi amiga definió a la perfección el sentimiento de pérdida, de no pertenecer a ningún lugar: «Me sentía como un trozo de madera a la deriva en medio del mar. Nunca llegaba a ningún puerto. La infancia fue un ir y venir de lugares y de gente, y los primeros tiempos en Barcelona pensaba que en cualquier momento vendrían a buscarme para llevarme a otra ciudad».

Alrededor del mediodía, justo a la hora en que solía llevarle a mi abuelo la comida a la carpintería, mi estómago me recordó que no había probado bocado desde la noche anterior. El hambre me obligó a volver a la cocina; los trabajadores estaban sentados a la sombra de los pinos. Almorzaban. Charlaban y comían. Uno de ellos, un chico calvo y flacucho, entre mordisco y mordisco fumaba un cigarrillo que saboreaba con más deleite que la comida. Cuando pasé ante él, me llamó por mi nombre. Supuse que mamá les había dicho que me echaran un ojo mientras ella no estaba. No respondí y corrí hacia la cocina. Sobre la mesa, además de la leche y las galletas de un desayuno que permanecía intacto, había dos rebanadas de pan y una tortilla. El ruido de mi estómago se detuvo después de tres mordiscos. En el momento en el que albañiles y operarios regresaban a su trabajo, yo, con el bocadillo de tortilla en el bolsillo, corrí de nuevo hacia la puerta que daba a la calle.

Para entretenerme, echaba migas de pan y trozos de tortilla a un grupo de gorriones que me hacían compañía. Con paciencia, conseguí que uno de los pájaros se me acercara y comiera directamente de mi mano. Estaba tan absorta que no vi que una sombra inmensa se proyectaba a mi lado.

—Veo que ya tienes un amigo. —El gorrión salió volando y yo me di la vuelta. Sin decir palabra, salté encima de mi abuelo y él me abrazó con la fuerza de un gigante—. ¿Te apetecen unas cuantas croquetas de tu abuela?

—¿Me has traído?

Se acercó a la carretilla que había dejado apoyada en la

fachada, levantó la manta de ganchillo que siempre tenía en su sillón y sacó un paquete envuelto con papel de periódico. Debajo del papel, había un pañuelo de seda que protegía las croquetas de la tinta de las palabras. Redondas, carnosas, con más harina que otra cosa, se adivinaba un ligero sabor a tocino y espinacas. Me las comí lentamente, disfrutando de un sabor que me hacía regresar a casa. Croquetas con sabor a besos y a familia, a hogar caliente y a palabras escondidas. Me las comí y me chupé los dedos mientras el trozo de pan y la tortilla fría esperaban en mi bolsillo. Después del último bocado, miré la carretilla que tantas veces había visto en la carpintería. Estaba llena hasta los topes de provisiones para toda la semana. Aparte de comida, había unas sábanas, dos toallas, una docena de pañuelos y un montón de libros que mamá tenía en su habitación.

—¿Qué te parece si me enseñas la casa? —me dijo mi abuelo mientras yo le devolvía el pañuelo que él dobló cuidadosamente.

Entramos en la finca. El camino, largo y recto, flanqueado de cipreses, protegía el edificio de la mirada de los visitantes y acababa en una gran explanada en la que se alzaba la casa. Mi abuelo tiraba de la carretilla, que nos seguía como un animal obediente. De vez en cuando, yo me giraba y miraba de reojo el pequeño vehículo, pero no por la curiosidad de saber qué contenía, sino porque había soñado que algún día sería mío.

El primer día que le llevé la comida a mi abuelo a la carpintería, mientras él comía, yo me dediqué a curiosear por todas partes. El taller era un mundo donde todo era posible; con unas cuantas maderas y un poco de imaginación, se podía construir un universo. En un rincón del taller, debajo de un montón de maderas, descubrí un tesoro: una gran caja con cuatro ruedas de triciclo y una madera en el centro que iba de lado a lado; tenía un manillar que unía un eje de hierro con las ruedas delanteras. Uno de los lados estaba pintado con diferentes muestras de colores; los otros tres estaban aún por pintar.

—Debía de ser un coche de juguete —me dijo mi abuelo cuando me vio concentrada mirando aquel utensilio difícil de describir—, pero no está terminado.

—¿Y por qué no lo terminas?

—Es una historia un poco triste. —Se sentó en el taburete y empezó a hablar—. Hará cosa de un par de años, apareció un matrimonio joven. Ella tenía la piel tan pálida que parecía transparente y él, a pesar de tener poco más de treinta años, tenía una expresión tan abatida que encogía el alma. Querían un coche de madera para su hijo. El niño tenía una enfermedad en los pulmones, se cansaba mucho y le costaba respirar, pero le hacía tanta ilusión tener un coche que habían pensado en uno de madera con un mango muy largo con el que poder empujarlo desde atrás; así, la criatura no tendría que hacer ningún esfuerzo. Con no demasiada maña, el padre había dibujado lo que quería y quedamos en que volvería por la carpintería en un par de semanas para ver cómo iba la construcción y también para concretar cómo quería el volante y los acabados. Tardó seis meses en regresar, y no para hablar de un coche que tenía que hacer feliz a un niño enfermo, sino para pagar lo que debía por el trabajo y para decirnos que ya no lo quería. —Mi abuelo se detuvo un momento, como si necesitara coger aire.

—¿Y por qué no lo quería? —pregunté con la inocencia de no saber leer más allá de las palabras.

—Porque el niño ya no estaba —dijo con la naturalidad con la que mi abuelo solía hablar de la muerte, sin esconderla, pero sin enaltecerla; con la justa medida de llamar a las cosas por su nombre—. Y el cochecito, o la carretilla como la llamamos nosotros, se quedó aquí y aquí sigue.

Jugar con la carretilla del niño muerto se convirtió en una obsesión para mí. Cada día, cuando le llevaba la comida a mi abuelo, iba al rincón donde estaba guardada, me metía dentro y daba un par de vueltas empujándome con los pies. Deseaba que algún día ese coche de madera fuera mío.

Mi abuelo sacó del fondo de la carretilla tres botes de pintura.

—¿De qué color quieres que la pintemos? Tenemos rojo, verde y amarillo.

—Podemos pintar un lado de cada color —sugerí no muy convencida.

—¡Bien pensado! —contestó mi abuelo.

Pasamos un buen rato pintando aquel extraño vehículo que se convertiría en motivo de discusión y que me haría estallar cuando Ludka y Hanka jugaban con él sin tenerme en cuenta.

Una vez terminada la tarea, mientras la pintura se secaba bajo el sol de agosto, mi abuelo observó la casa.

—A veces, la vida no es como desearías y todo es diferente de como lo habías imaginado. Pero resulta que la vida es eso, Emma. Aunque no podemos escoger hacia dónde nos lleva, tenemos que aprender a sacar provecho de lo que nos ofrece. ¡En esta casa vas a estar muy bien! Y con esta carretilla podrás descubrir todos los tesoros que se esconden en este fantástico jardín.

—¿Puedo quedármela? —Un par de días atrás, aquel regalo me habría hecho saltar de alegría, pero la tristeza había cubierto mi vida con un manto lleno de pérdidas que no me dejaba disfrutar del momento.

—Ahora que vas a vivir en esta casa y que tienes este jardín tan bonito, estará mejor contigo que en un rincón de la carpintería.

—No quiero este jardín, abuelo. Quiero volver a casa.

## 22

### Barcelona, octubre de 1946

La música consuela y ayuda a la evocación; atraviesa la piel, se adentra en los músculos, viaja por todo el cuerpo, se esparce por la sangre a la velocidad de un veneno y desvela recuerdos dormidos. A los niños huérfanos, cantar les salvó del dolor de no saber quiénes eran. Las canciones infantiles fueron el camino que permitió llegar hasta ellos. Música y canciones eran aliados para explorar el pasado. Para la mayoría de aquellos niños, los recuerdos eran un tesoro escondido en el fondo del mar, fragmentos de un ayer olvidado, acurrucados entre las rocas; pero, de repente, una tormenta los sacaba a flote y aparecían sobre la espuma de las olas.

Tras una nana, Leon oyó la voz de su madre; con un villancico, Zyta recordó que ella y su hermano vivían en la trastienda del negocio de comestibles que regentaban sus padres; a través de una canción infantil, la pequeña Hanka notó la calidez del abrigo de lana de su madre la última vez que estuvo en sus rodillas, un abrigo suave como el pelo de un gato. Hanka sujetaba con ambas manos el botón del abrigo de su madre cuando aquellos hombres uniformados la cogieron para llevársela; ella no se soltó y el botón quedó entre sus dedos. No tengas miedo, iré a buscarte, le había dicho su madre. Un botón era todo lo que tenía de su pasado; lo llevaba siempre en la mano, no lo soltaba, el botón era parte de ella.

Las canciones agitaban un mar lleno de momentos vividos que permanecían olvidados. Cada pequeño detalle, por insignificante que fuera, era importante para restablecer los puentes hacia sus familias. Un nombre, una imagen, un momento del pasado, cualquier cosa podía convertirse en un hilo del que tirar.

Me enamoré de sus voces y de sus canciones. Aquellos niños a quienes primero odié, despertaron mi curiosidad y me sorprendieron por su arrogancia y mala educación. El día en que Tadek se negó a ir a clase y se subió al tejado a gritar consignas de una Alemania vencedora, Florinda exclamó, con gran desconsuelo, que nunca conseguirían educarlos. La mayoría de los niños se mostraban huraños, incluso violentos, pero cuando empezaron los ensayos del coro, cantar se convirtió en el mejor bálsamo para calmarlos.

Yo no sabía cantar, me lo habían dicho las monjas, que no entonaba, que no tenía una voz bonita, que ni sabía ni sabría jamás, que el canto era un don que nos otorgaba Dios y que yo no estaba entre los elegidos. La hermana Adelina me obligaba a estar en el coro del colegio sin cantar; tenía que abrir y cerrar la boca como un pez mientras el canto gregoriano que interpretaban mis compañeras llenaba la capilla del colegio durante la misa de los domingos.

Aquel primer domingo de octubre, cuando solo hacía una semana que había vuelto al colegio y todo el mundo había supuesto que yo continuaría siendo la cantante muda, me defendí de la humillación soltando un pedo tan largo y sonoro que voló por encima de los cantos. Mis compañeras dejaron de cantar y se echaron a reír, y la hermana Adelina me fulminó con la fuerza de un par de dardos lanzados directamente a los ojos. Empezaba el nuevo curso y la amenaza de la hermana Conchita se hizo realidad. La madre superiora citó a mamá para decirle que mi indisciplina era intolerable. Con una de aquellas metáforas que tanto me irritaban, la monja añadió que no podían consentir que una manzana podrida contagiara a las demás y que lo mejor para todos era cambiarla de cesto. Mamá había accedido a llevarme a un colegio de monjas para evitar la disciplina estricta de los maestros franquistas. Antes de que la monja hablara claramente de la expulsión, con la dignidad de los Andreu, se levantó de la silla con la cabeza bien alta.

—¡Si Dios permite que las monjas maltraten a criaturas de nueve años, un pedo maloliente es lo mínimo que podía esperarse!

La madre superiora se sulfuró y no tuvo tiempo de encontrar una respuesta adecuada, pues mamá salió de su despacho de inmediato.

Dejé el colegio de las monjas aquella misma tarde y al día siguiente empecé en la escuela pública José Beltrán Güell, situada entre la calle Sant Camil y la calle Farigola, un grupo escolar en un bonito edificio novecentista construido a principios de los años veinte. La belleza del edificio, un conjunto de volúmenes unidos y superpuestos, dos de los cuales eran porches abiertos, contrastaba con la disciplina, la religiosidad y el nulo interés por la instrucción intelectual. Nos educaban para ser esposas, madres y perfectas amas de casa. Si las alumnas tenían algún interés por las matemáticas, las ciencias sociales, la literatura, el arte, los deportes o las humanidades, este era decapitado en el acto para que la alumna no se desviara de su destino de ser madre y esposa abnegada.

La escuela estaba a diez minutos de la Residencia de Vallcarca e ir y venir era un paseo. Cada mediodía, cuando entraba en la cocina, encontraba a Florinda y a tres de las niñas que lavaban los platos. Al terminar, las niñas corrían a ensayar las canciones que escogía la señorita Kowalski. Aunque yo no supiera cantar, no había nada que me gustara más que escuchar el coro dirigido por Celina Kowalski. Después de comer, siempre deprisa y corriendo, iba hasta la puerta de la sala de música —un espacio polivalente que hacía las funciones de aula de manualidades, de pintura, de música y, los días de lluvia, también de gimnasia—, me sentaba en el suelo y me dejaba llevar por unas canciones que no comprendía. Como por arte de magia, aquellos diablillos malnacidos, como los llamaba Florinda, se transformaban en seres angelicales. Las voces se elevaban claras y limpias; voces de terciopelo y aire obraban el milagro de alejarme de la nostalgia de no vivir en casa con mis abuelos. Durante una hora, sus cantos me transportaban a un universo donde todo era posible. No entendía qué decían, pero la melodía me sacudía por dentro y hacía emerger nuevas emociones. Después de semanas escuchándolas, conseguí memorizar la letra. En voz baja, yo también cantaba; mal, pero cantaba. A mi manera, sentía que formaba parte del coro de niñas que iban a cantar por Navidad delante de las autoridades de la ciudad y, meses después, ante el general Franco durante su visita a Barcelona.

Las voces se esparcían por el jardín, jugaban con las hojas de los árboles y se encaramaban al tejado para después caer sobre la casa como una llovizna de verano.

La voz de Zyta destacaba por encima de las demás; su voz, suave y firme, con un timbre y una entonación perfectos, obligaba al mundo a detenerse. Los pájaros quedaban suspendidos a medio vuelo, las nubes permanecían inmóviles, el viento y la lluvia enmudecían y los árboles se inclinaban para disfrutar de un sonido único. Yo, sentada en el suelo, sentía que flotaba. Incapaz de expresar con palabras lo que sentía, me dejaba invadir por una sensación de plenitud, de sensibilidad extrema que me hacía llorar, quizá de placer, quizá de alegría, quizá de una felicidad que a los nueve años era desconocida para mí.

Zyta estaba en la primera fila, justo en el centro. A un lado tenía a Hanka, al otro a Krysia y detrás estaba Ludka. Aquel mediodía, entonaban una canción que habían cantado decenas de veces. A media estrofa, la mirada de Zyta se alejó a través de la ventana, como si al otro lado hubiera algo que llamara su atención. Dejó de cantar y miró fijamente a la señora Wanda, que había entrado en la sala a ver el ensayo.

—Żakowska... —dijo Zyta como si aquella palabra revelara un gran secreto—. Joanna Żakowska.

—No se puede hablar mientras se canta, Zyta —le reprochó la señorita Kowalski, molesta por la interrupción.

—¿Conoces a Joanna Żakowska? —La señora Wanda se acercó a Zyta indiferente a la mirada de reprobación de la maestra.

La niña temblaba, asustada, como si hubiera visto un fantasma. La música viajaba por caminos que iban directos al tuétano y traía momentos y nombres que ni siquiera se sabía que existían.

—Ven, será mejor que dejemos que sigan con el ensayo —dijo la señora Wanda, y cogidas de la mano salieron de la sala.

Yo había contemplado la escena a través de la rendija que dejaba la puerta entreabierta. Cuando Zyta y la señora Wanda salieron, me encontraron en medio del rellano.

—Emma, vete a la cocina y pídele una tila a Florinda —me ordenó la señora Wanda con una mezcla de amabilidad y contundencia.

—Sí, señora. ¡Voy ahora mismo! —Miré a Zyta, que, en

pocos segundos, había pasado de ser un ángel que cantaba a convertirse en una criatura atemorizada, pálida y frágil.

Diez minutos después, le llevé la tila a la sala donde se reunían los profesores. Zyta estaba sentada enfrente de la señora Wanda, que le cogía las manos y le hablaba con suavidad. La niña se tomó la tila a pequeños sorbos mientras repetía aquel nombre como si fuera una canción de la que no conseguía deshacerse.

—¿Es tu madre Joanna Żakowska? ¿Tu *mamusia*?[41] —se atrevió a preguntar la señora Wanda, aunque sabía que esa pregunta podía hacer estallar un campo de minas.

—*Mamusia*—repitió Zyta y empezó a balancearse hacia delante y hacia atrás, como si buscara el abrazo de aquella madre desaparecida a quien no conseguía recordar.

El nombre de Joanna Żakowska las llevó a siete Joannas Żakowska. Tres de ellas habían muerto y de las cuatro restantes, ninguna sabía nada de una niña que cantaba como los ángeles y que vivía detrás de una tienda de víveres, en una calle sin asfaltar, en un pueblo sin nombre. La esperanza de que aquel nombre abriera la puerta a encontrar a algún familiar de Zyta, quizá a su madre, quizá a una tía, quizá a una vecina, quizá a una mujer cercana con quien la niña tenía una relación especial, se disolvió cuando resultó que nadie se acordaba de ella.

Tuvieron que pasar unas cuantas semanas hasta que una de aquellas Joannas Żakowska escribiera para explicar que su hija, que tendría once años si un bombardeo no la hubiera enterrado bajo un montón de escombros, también se llamaba Joanna, Joanna Żakowska, y que la niña tenía una amiga, muy amiga, cuyos padres tenían una tienda de comestibles en el pueblo de Pegów, un pueblo de Silesia, al norte de Breslavia. Además de la carta, Joanna

41. En polaco, «mamá».

Żakowska envió una copia de la foto que tenía de su hija al lado de una niña que, a pesar de tener cinco años menos que Zyta, era su vivo retrato: los ojos grises y almendrados, el pelo rubio y el rostro tan redondo que parecía dibujado con compás.

Zyta contempló la foto en silencio durante mucho rato y pasó la punta del dedo meñique por encima del rostro de su amiga. Por primera vez desde que había llegado a Barcelona, los ojos se le llenaron de lágrimas mientras repetía el nombre de Joanna. Descubrir que Zyta era de Pegów hizo que averiguaran que el padre y la madre de la niña habían sido trasladados a un campo de concentración de donde no habían salido y que su hermano vivía con una hermana de su abuela materna en Bergen, una ciudad de Austria. Nadie buscaba a Zyta, todos creían que la niña había muerto.

A finales de agosto, algunos de aquellos niños supuestamente huérfanos habían sido reclamados por familiares. La alegría de saber que más allá de la desesperación había esperanza era un bálsamo para los chicos que se quedaban. La ilusión de creer que, tarde o temprano, ellos también encontrarían a su familia era una puerta que se abría. El 25 de octubre, Zyta y quince niños más partieron rumbo a Génova en el barco Ciudad de Valencia para ser repatriados.

Ante la perspectiva de más reencuentros de niños con sus familias, la oficiosa Legación de Polonia en Madrid, encabezada por el conde Józef Potocki, determinó unas normas que seguir durante la repatriación. Por una parte, los niños reclamados tendrían que quedarse en Barcelona hasta que terminara el semestre o el curso escolar y únicamente serían entregados a sus familias después de comprobar la identidad de estas y el lugar de residencia; además, debía analizarse la dificultad del viaje, desde la adquisición de visados y pasaportes hasta la asistencia que tendrían los chiquillos durante el camino de regreso a Polonia. La imposibilidad de entregar a los niños desde la institución relacionada con el Gobierno polaco en el exilio, a la Polonia gobernada por los comunistas, complicaba las repatriaciones. Siempre se informaba a la delegación de la American Polish War Relief en Ginebra de cualquier detalle que los niños recordaran; los datos que daban eran un rompecabezas inmenso, pero a lo largo de los años se produjo un gran número de reencuentros.

Saber que Zyta se marcharía pronto me suscitó una mezcla de emociones; por una parte, me alegraba saber que viviría con su hermano bajo la tutela de su tía abuela, pero, por otra, sentía la tristeza de perderla. Echaríamos de menos su risa y aquella mirada de mar que vertían sus ojos inmensos, echaríamos de menos su grito de guerra desde la encina de la Residencia de Vallcarca y la complicidad que había surgido de nuestros juegos; pero, por encima de todo, echaríamos de menos su voz de ángel.

Aquella primera repatriación abrió la puerta a la esperanza. Los niños esperaban que alguien los reclamara. Lo demostrasen o no, lo dijesen o no, todos anhelaban volver a tener una familia, o lo que quedara de ella; la clave era encontrar unos orígenes que ni siquiera recordaban. Mientras esperaban, aprendían a conformarse con lo que tenían y Barcelona, poco a poco, se fue convirtiendo en su hogar. Aunque habría más repatriaciones, algunos de aquellos niños terminarían creciendo sin que nadie los reclamara.

El sábado 25 de octubre no fui al colegio. Acompañé a mamá, a las profesoras, a las cuidadoras, al padre Horoba, a la señora Wanda, a Florinda y a todos los niños hasta el puerto para despedir a los que se iban. Si la felicidad pudiera describirse con una imagen, aquel mediodía de otoño era la sonrisa de Zyta y del resto de los niños que partían. Aquellos diez niños y seis niñas a quienes habíamos ido a despedir subían a un barco en dirección a Génova cargado con más de un centenar de pasajeros, unas cuantas toneladas de carga y sacas de correspondencia en las que estaba la carta que me había dado Ludka tres días atrás para que la echara al buzón. Una carta a nombre de Maria von Brandt. Una carta que cogí sin decir nada y que metí en el buzón con la certidumbre de que nunca llegaría a su destino, porque yo sabía que Maria von Brandt estaba muerta.

Mientras nos preparábamos para bajar al puerto, Ludka fingió un dolor de cabeza que la obligó a quedarse en casa. Demasiado orgullosa para admitir que tenía celos, no tenía fuerzas para compartir la alegría de Zyta y de todos los que regresaban a su casa. Había empezado a echar de menos una vida que no recordaba y hacía demasiado tiempo que esperaba noticias de su segunda madre. Ludka se quedó en aquella casa sin niños, con la compañía de algunas cuidadoras y de un jardinero que había venido a podar los ciruelos demasiado pronto, se metió en la cama y soñó que su madre adoptiva la encontraba. Yo me moría por quedarme a su lado, pero aquel secreto que había conseguido enterrar durante meses asomaba y amenazaba con escaparse. Para evitar el desastre, para evitar sincerarme, fui al puerto a despedir a los que se iban.

En el muelle, además de nosotros, había un montón de autoridades: el señor Temple, secretario de la Junta Provincial de Beneficencia en representación del gobernador civil, la señora Gómez Leoned, de la delegación del Gobierno para la ayuda a los niños extranjeros víctimas de la guerra, y también el cónsul de Polonia en Barcelona, el señor Rodon.

Decir adiós nunca es fácil y abracé a Zyta con la seguridad de que volveríamos a vernos.

Desde el barco, Zyta zarandeaba el pañuelo blanco para decir adiós y cuando empezaron a alejarse, se puso a cantar *Rozproszone polskie dzieci*[42] y yo, por primera vez, canté con ella. Poco a poco, todos los niños se fueron uniendo y el sonido de la sirena del barco alejándose se fundió con nuestras voces mientras, en la Torre de Vallcarca, Ludka esperaba a una madre que jamás regresaría.

42. En polaco, *Los niños polacos desperdigados.*

## 23

Barcelona, noviembre de 1946

Meses más tarde, cuando el calor era un recuerdo y el frío entraba por las ventanas mal ajustadas, las niñas de la calle Anglí tenían que soportar las bajas temperaturas con vestidos de algodón y las piernas desnudas. Sería un invierno extremadamente gélido, incluso nevaría en zonas donde no era habitual. Los resfriados y la fiebre eran constantes y los dedos de manos y pies se llenaban de sabañones. Los abrigos y los vestidos de invierno que habían garantizado las señoras de Auxilio Social se quedaron en una promesa incumplida y la desesperación de la señora Wanda la empujó a llamar a todas las puertas que tenía al alcance. Pero en los años cuarenta, la vida era de una precariedad extrema y encontrar ropa era muy difícil. Además, no solo faltaban vestidos, abrigos, faldas y pantalones; los zapatos de todas aquellas criaturas también eran un gran problema. Demasiado viejos para resistir los golpes del balón, los juegos infantiles y los incontables viajes de la casa de la calle Anglí hasta la Torre de Vallcarca, los estropicios del calzado eran un enorme contratiempo.

Las buenas palabras de la señora Wanda habían ablandado el corazón del único zapatero que la había escuchado. El señor Matías Luque era un hombre bondadoso y reparó suelas, hizo repuntes, tapó agujeros, rehízo ojales y puso cordones nuevos sin cobrar nada a cambio; tenía suficiente con la promesa de la señora Wanda, quien le repetía que el dinero llegaría pronto. La mujer del zapatero no era tan comprensiva; harta de que aquella señora elegante engatusara a su marido, decidió cortar de raíz los favores del zapatero. El día que la señora Wanda entró en el taller con una nueva remesa de zapatos agujereados, el zapatero le dijo, con la voz rota, como si fuera otro quien hablara, como si se hubiera aprendido el discurso de memoria, que no le podía dar más crédito, que él también tenía hijos y que sus hijos necesitaban comer. El señor Luque la miraba a través de unas gafas minúsculas que vivían instaladas en la punta de su nariz, a punto de precipitarse. Tímido de carácter, su rostro enrojeció por completo, incluso la calva adoptó un ligero tono rojizo.

—Solo estos, se lo suplico, los niños no pueden ir descalzos —imploró la señora Wanda—. Pronto me llegará el dinero y le pagaré todo lo que le debo. Se lo prometo.

Por un instante, creyó que aquel hombre que tenía corazón de santo iba a claudicar, pero la cortina que daba a la pequeña estancia donde vivían él, su mujer y sus tres hijos se apartó de golpe y apareció la esposa del zapatero, alta, delgada y con una impresionante voz de amenaza.

—Hasta que no pague lo que nos debe, no traiga ningún zapato más. ¡Esta casa no es la beneficencia, señora!

Mientras la señora Wanda buscaba a otro zapatero que aceptara trabajar a crédito, yo acompañé a mamá al taller del señor Luque. Mamá, decidida a sacrificar su tesoro, dejó los zapatos de charol negro con tacón de aguja que nunca habían pisado la calle encima del mostrador. Nuevos, relucientes y elegantes, impresionaban en medio de aquellos zapatos que habían sido remendados un montón de veces.

—Con estos zapatos pagamos la deuda que tenemos con usted.

—Señora, yo no compro ni vendo zapatos, ¡solo los arreglo! —respondió el zapatero mirándola por encima de las gafas.

—Si me hace el favor de hablar con su mujer... Es muy probable que ella quiera tenerlos. Estos zapatos han viajado a París.

—Por mucho que a mi mujer le gustaran, ella no tiene ningún vestido para lucir un calzado tan elegante —respondió mientras examinaba aquellos zapatos que mamá había reservado para un momento especial.

—Yo soy modista; si su esposa tiene una tela que le guste, le puedo hacer el vestido que quiera.

La cortina que daba al taller se abrió de par en par. La mujer del zapatero apareció como si alguien la hubiera llamado. Con las manos en los bolsillos de la bata, siempre impecable, preguntó con la mirada llena de curiosidad:

—¿De verdad me haría un vestido?

—Sí, señora, el que usted escoja.

—Matías... —dijo la mujer, y él se encogió de hombros. Después, ella se dirigió a mamá para decirle que volvía en un segundo; al cabo de medio minuto, reapareció con una hoja de revista en la mano—. ¿Puede hacerme uno como este? —preguntó mostrándole una foto arrugada de una revista que había llegado al taller envolviendo unos zapatos.

En la fotografía aparecía una chica rubia, alta y delgada que vestía un camisero abierto hasta la cintura, con manga tres cuartos y con las solapas y los puños de color blanco.

—Los zapatos son para pagar la deuda y el vestido para arreglar los zapatos que le traeremos mañana. Si le parece bien, ese es el trato —dijo mamá, y a continuación se dirigió solo a la mujer—. La tela es cosa suya, señora Luque.

Semanas más tarde, la pequeña ventana del taller del

zapatero donde hasta entonces solo había zapatos amontonados, se convirtió en un escaparate forrado con una tela que, antes de la guerra, formaba parte de unas cortinas de terciopelo verde; en el centro, como si de una valiosa joya se tratara, estaban los zapatos de tacón que la mujer del zapatero se ponía una vez a la semana. Los domingos, con el vestido nuevo y los zapatos de charol negros, paseaba arriba y abajo por la calle y, durante un rato, se sentía una señora.

Al día siguiente de que la señora Wanda llevara los zapatos a arreglar, el zapatero se presentó en la Residencia de Vallcarca. El hombre estaba agitado e impaciente y fue directo al grano. Aquella mañana se disponía a ponerles dobles suelas a las pequeñas botas de Marek. El interior estaba en bastante mal estado, así que, aunque no se lo habían pedido, había decidido cambiar el forro. Cuál no había sido su sorpresa al ver que entre el forro y la suela de aquella bota vieja y ajada había una pequeña fotografía y una breve nota en un idioma que no comprendía. El zapatero pensó que el hallazgo era lo bastante importante como para no esperar a tener todos los zapatos arreglados. La señora Wanda cogió la pequeña nota escrita en polaco y miró el rostro del hombre que aparecía en la fotografía; detrás, escrito en lápiz, ponía «Józef Pawlak, de Żukowice». La nota decía que estaba en el campo de Łódź y que a sus cuatro hijos se los llevaban no sabía adónde. Había apuntado también las fechas de nacimiento de los niños y una dirección en la ciudad de Glogów.

En aquel momento, los zapatos los usaba el más pequeño de los cuatro hermanos, pero habían sido de Tadek, el hermano mayor, y de él habían pasado a las dos niñas, pues, a pesar de ser gemelas, una era notablemente más alta que la otra. El pequeño, Marek, un niño de seis años que vivía bajo la tutela de su hermano de doce y protegido por las gemelas, que estaban a punto de cumplir los diez, tenía la misma edad que Tadek cuando lo separaron de su padre. La última vez que lo vio, su padre le hizo prometer que nunca se separaría de sus hermanos ni de los zapatos que llevaba y el chico, a pesar de haber sido fuertemente germanizado, había cumplido la promesa.

Tadek fue el único de los cuatro hermanos que reconoció a su padre en aquella fotografía en blanco y negro que le habían hecho para el carné identificativo del campo.

—¡Esto es un tesoro, Matías! —exclamó la señora Wanda contenta con aquel inesperado e inestimable hallazgo.

Aquella misma mañana ella comunicó a la delegación de la American Polish War Relief el verdadero apellido de los hermanos y la dirección que aparecía en la nota.

Tadek era un chico serio y hermético que cuidaba de sus hermanos como si fuera su padre. Recordaba que su madre había muerto después de tener a su hermano pequeño. Durante su proceso de germanización, había olvidado el nombre de su familia y cuando intentó rescatarlo, repetía que se llamaba Ralack, pero había sido imposible encontrar a una familia con ese nombre que buscara a cuatro hermanos. El error venía de la mala pronunciación que tenía Tadek cuando era pequeño; al transformar las pes en erres había borrado su auténtico nombre. El chico, orgulloso de ser alemán, se negaba a aprender polaco y los profesores afrontaban su rebeldía con paciencia. No lo forzaban, les bastaba con que aceptara estar en clase sin hacer nada. En el momento en que Tadek vio el rostro de su padre, algo se rompió en su interior y el pasado se le cayó encima.

Semanas más tarde, después de las investigaciones pertinentes, llegó la noticia de que el padre de los Pawlak había conseguido sobrevivir en el campo de concentración. Estaba enfermo y vivía con una hermana soltera en Cracovia. Solo debían hacer los trámites oportunos y esperar a que terminara el trimestre para poder marcharse.

La noticia de un reencuentro siempre era motivo de celebración. En la misa del domingo, el cura daba gracias a Dios por haber ayudado a reunir a los niños con sus familias. Cada vez que se anunciaba un reencuentro, Ludka no podía evitar la tristeza de no ser ella la protagonista. Aquella noche, sentada en la cama que había ocupado Zyta, escribió una segunda carta a su madre. Una madre muerta que ella creía viva, una madre a quien le explicaba que estaba en Barcelona, que estaba bien, pero que también la echaba de menos. De nuevo, me dio la carta para que le pusiera un sello y la echara en el buzón que había en la avenida de Vallcarca. Por segunda vez, con el corazón en un puño, hice lo que me pedía. El silencio me convertía en traidora y el dilema entre sincerarme o no hacerlo me quemaba por dentro.

El día que se supo, entre felicitaciones y alegría compartida, que los hermanos Pawlak se iban, justo antes de Navidad, Ludka se encerró en uno de esos mutismos que duraban horas. Un zarpazo de dolor había abierto la herida de saber que no tenía raíces, que detrás de Maria von Brandt había otra madre y otro padre, un pasado que se había quedado arrinconado durante años y que ahora se abría para dejar emerger algunos recuerdos de lo que había sido su vida. Recuerdos que se obstinaba en llenar de palabras que no eran nada más que el serrín que quedaba de decenas de preguntas sin respuesta. Preguntas que se movían en círculos infinitos que aumentarían con el paso del tiempo. Intentó recordar de dónde venía, forzó la memoria y apareció, diluido por los años, un momento que la había atormentado en sus pesadillas: el instante en el que unos hombres uniformados la llevaron al campo de Kinder-KZ Litzmannstadt, donde conoció a Daria.

## 24

### Barcelona, diciembre de 1946

Durante cinco meses, tres semanas y cuatro días mantuve bajo llave el secreto de la muerte de Maria von Brandt. Una tarde de diciembre, un ataque de rabia y celos me empujó a decir lo que había callado tanto tiempo. Las palabras salieron sin pensar y, según las decía, ya me iba arrepintiendo.

Mamá, en un acto dictatorial, cuando la Torre Vallcarca ya funcionaba como colegio y el patio, que había sido solo mío, se convirtió en el de todos, decidió que la carretilla era un juguete que compartir, al igual que los demás juguetes de la casa. De nada sirvió mi oposición.

—La carretilla es mía, el abuelo me la regaló a mí. Si todos juegan con ella, la estropearán —repetía llena de rabia y me resistía a cederla porque me sentía su legítima propietaria.

Mis argumentos no sirvieron de nada y la carretilla se convirtió en un objeto codiciado que provocó más de una disputa.

—Tienen que aprender a compartir —dijo el director cuando una de las cuidadoras se mostró partidaria de hacerla desaparecer para evitar peleas.

Mamá terminó de remachar el clavo cuando añadió que yo debía aprender también a compartir porque ser hija y nieta única era un terreno abonado al egoísmo.

Compartir era la palabra clave, pero era totalmente injusto porque yo ya compartía a mi madre con todos aquellos niños y nadie lo tenía en cuenta.

Aquella tarde de diciembre, Ludka empujaba la carretilla. La pequeña Hanka iba sentada dentro; la niña levantaba la mano con el puño cerrado y gritaba con entusiasmo. Por un instante, vi al niño muerto, el auténtico propietario del vehículo, una criatura sin rostro sentada al lado de Hanka. Me planté delante de ellas y les ordené que dejaran de jugar con mi carretilla.

Conocer a Ludka era lo mejor que me había pasado en mucho tiempo. Mis amigas del colegio de monjas se habían diluido al llegar los meses de verano y se habían fundido del todo después de mi expulsión. Lejos de aquellas amigas de toda la vida, la conexión con Ludka se intensificó. Una amistad que crecía con el paso de los meses. Contemplar cómo los niños jugaban con mi carretilla me revolvía el estómago y ver cómo Ludka se divertía con la pequeña Hanka hizo aparecer un torrente de celos.

Después de que Zyta se marchara, Ludka tuvo el privilegio de ocupar el lugar de solista del coro. Su voz era ligeramente más grave que la de su antecesora y, aunque no poseía el don innato de la lanzadora de piedras para modular el tono y la cadencia, la señorita Kowalski estaba segura de que, con esfuerzo y práctica, la voz de Ludka no tendría nada que envidiar a la de Zyta. Mi amiga sacrificó muchas horas de ocio para practicar al lado de la profesora, que se dejó la piel en conseguir que su voz brillara como un diamante. Ludka tenía poco tiempo para jugar y yo la echaba de menos, pero sabía que su dedicación al canto era un placer y un reto para ella. Verla jugar con Hanka hizo que los celos se impusieran y, después de darle un empujón, le arrebaté la cuerda con la que tiraba de la carretilla.

—¡Es mía! —grité con todas mis fuerzas.

Ludka me miró como si viera una aparición. Vino detrás de mí y me saltó encima. Sorprendida por el ataque, yo respondí con una patada y ella me tiró del pelo; nos enzarzamos como dos animales salvajes. Nos revolcamos por el suelo y nos atacamos con arañazos, puñetazos y mordiscos. Ni tan siquiera oímos el *Przestań! Przestań!*[43] de la señorita Kowalski mientras corría hacia nosotras.

Desde la ventana, la señora Wanda hizo algunas fotografías. Lejos de preocuparse, la satisfizo ver que Ludka, por primera vez desde su llegada, luchaba por lo que quería. Los golpes y los tirones de pelo sellaban nuestra amistad, pero una frase se asomaba y estaba a punto de mostrar mi crueldad.

La señorita Kowalski me inmovilizó y una de las cuidadoras sujetó a Ludka. La pelea se detuvo al mismo tiempo que las lenguas se desataban.

—¡La carretilla es mía! —bramé mientras la señorita Kowalski me repetía que me calmara.

—¡Tu madre dijo que podíamos jugar todos con ella! —respondió Ludka con los ojos airados.

—¡Mi madre puede decir lo que quiera! ¡Ella no manda! ¡Ella no sabe nada!

—Las madres lo saben todo. Mi madre...

—¡Tú no tienes madre! —grité sin ser consciente de que aquellas cuatro palabras eran un proyectil directo al corazón.

—¡¿Queréis hacer el favor de parar?! —exigió la señorita Kowalski mientras intentaba retenerme.

La señora Wanda había salido al jardín y se acercaba a nosotras.

43. En polaco, «¡Basta ya!».

—¡Claro que tengo madre y pronto vendrá a buscarme! —exclamó Ludka.

—¡No, no vendrá, porque tu madre está muerta! —grité con todas mis fuerzas.

Las manos de la señorita Kowalski me apretaron más fuerte. Los pasos de la señora Wanda se detuvieron. Ludka palideció y me miró con sus inmensos ojos llenos de incredulidad. Su piel perdió color, los labios le temblaban, el hoyuelo de su barbilla se hizo más profundo.

—Mi madre no está muerta, ¿verdad? —imploró mirando a la señora Wanda.

Un silencio de hielo hizo acto de presencia. Yo quería desaparecer, volver atrás, borrar lo que había dicho.

La señora Wanda cogió a Ludka por los hombros y entraron en casa. Yo me deshice de la señorita Kowalski y corrí hacia el fondo del jardín para huir de toda aquella culpa que me caía encima.

Una hora más tarde, Ludka salió del despacho. Volvía a ser la niña huraña y silenciosa de meses atrás. Saber la verdad le había arrebatado la fuerza para seguir adelante.

Mi madre vino a buscarme a mi escondrijo. Creía que mis palabras habían surgido del deseo de hacer daño, ni ella ni nadie sospecharon nunca que yo había oído una conversación que no me pertenecía. Aquella tarde fui consciente de que podía ser malvada, de que dentro de mí se escondía una pulsión que me empujaba a dañar, que la hermana Conchita tenía razón y yo llevaba un demonio dentro.

Horas más tarde, le pedí perdón a Ludka y ella me escuchó sin parpadear.

—¿Tú sabías que mi madre había muerto? —preguntó.

—No —mentí mientras me juraba a mí misma que jamás volvería a mentirle.

Mi exabrupto había precipitado el desenlace. Después,

supe que hacía meses que esperaban el momento adecuado para comunicarle que Maria von Brandt vivía en el mundo de los muertos. La señora Wanda tenía la esperanza de recibir noticias de algún familiar biológico; de ese modo, si le comunicaban las dos novedades al mismo tiempo, la pérdida de su madre adoptiva quedaría aliviada por la ilusión de reencontrar a su familia.

Las fiestas de Navidad estaban cerca y el coro de la señorita Kowalski ensayaba para cantar en la misa del gallo.

—¡Por Dios! —exclamó la profesora con tono catastrófico cuando, después de la pelea, vio el rostro de Ludka—. ¡Ludka es la solista del coro! ¡No puede cantar con la cara llena de heridas! Tenemos que suspender la actuación.

—No nos precipitemos. Quizá dentro de unos días los moratones no sean tan evidentes —sentenció la señora Wanda, a quien le preocupaba mucho más el estado de ánimo de Ludka que los golpes y los arañazos.

—¡Todo tiene solución! —resonó la voz potente de Florinda—. En una ocasión, tuve una reyerta con una cocinera que se atrevió a decir que mi estofado de ternera no podía compararse con el suyo. Yo soy grande y gorda, y ella era menuda como un ratón, pero tenía las uñas afiladas como un gato y pronto descubrí que también tenía un buen puñetazo. En un par de minutos, me dejó hecha un Cristo. Yo debía salir a saludar a los invitados del restaurante y mi cara no era una adecuada tarjeta de presentación.

—¿Y qué hiciste? —Celina Kowalski la acechaba con una sombra de esperanza.

—Mañana lo intentamos —contestó la cocinera con actitud enigmática mientras estudiaba el rostro de Ludka como si fuera una obra de arte que debía ser restaurada.

Al día siguiente, Florinda llegó a la Torre de Vallcarca con una bolsa llena de maquillaje. Abrió una polvera y empezó a maquillar a Ludka para borrar moratones y heridas. Al cabo de media hora, la niña parecía otra.

—¡Una niña no puede ir maquillada! —exclamó la señorita Kowalski, pesimista por naturaleza.

—¡Con la luz de la iglesia nadie se dará cuenta! —contestó la señora Wanda agradecida por el trabajo de Florinda.

Ludka se dejaba hacer. Descubrir que volvía a ser una niña huérfana había hecho que la tristeza le inundara la mirada. Había aprendido a no mostrar el dolor, así que se tragaba las lágrimas por la muerte de Maria von Brandt, pero dentro de ella crecía un mar que la ahogaba.

Sería una Navidad distinta.

Yo no había perdido el contacto con mis abuelos. Muchos días, cuando salía del colegio, ellos estaban esperándome y en el trayecto hasta la Torre Vallcarca nos poníamos al día. Yo no les decía que los echaba de menos y ellos callaban que en el piso de Aragó se echaba en falta mi alegría.

Al día siguiente de la pelea, mi abuela estaba en la puerta y cuando supo la causa de mi rostro magullado, argumentó que si la disputa había sido por algo justo no tenía que lamentarme y sin hacer pausa alguna, se puso a hablar de la Navidad. Mi abuela y mi madre no habían tenido contacto desde que nos habíamos marchado de casa, pero mi abuela tenía la esperanza de que la Navidad sirviera para hacer las paces. Se equivocaba. Mamá rechazó la invitación y pasamos las fiestas con los niños polacos. Cuando faltaba poco para llegar a la Residencia de Vallcarca, mi abuela me preguntó si le había escrito la carta a los Reyes Magos; hacía más de tres años que yo conocía la verdadera identidad de los Reyes de Oriente y que mis demandas se habían reducido a una lista de tres cosas de auténtica necesidad. Ante la imprevista pregunta de mi abuela, me paré en medio de la acera y me dispuse a hacer mi petición.

—¿Puedes enseñarme a cantar?

Los ojos de mi abuela se tiñeron de una acuosidad entrañable y cuando le recordé que la hermana Adelina había afirmado que yo nunca podría cantar, ella, con la voz más suave que de costumbre, me contestó que todo el mundo podía cantar, que otra cosa era tener una voz prodigiosa, pero que a cantar se podía aprender, como a todo en la vida.

—Será nuestro secreto, abuela. No hace falta que mamá sepa nada.

La Torre de Vallcarca se preparaba para la Navidad. Las fiestas propiciaban el poder vivir las costumbres y tradiciones de Polonia. Trajeron un par de abetos, los adornamos con velas y les pusimos una gran estrella dorada en la cima.

En Polonia, el 24 de diciembre, con la aparición de la primera estrella, la de Belén, la que guiaba a los Reyes Magos hasta el niño Jesús, se daba por inaugurada la festividad. La Wigilia, o cena de la vigilia de Navidad, era la comida más importante de las fiestas y era costumbre poner un poco de heno debajo del mantel como símbolo del pesebre donde nació el niño Jesús. Se servían doce platos, tantos como apóstoles, y ninguno llevaba carne. En la mesa se ponía un cubierto de más para acoger a quien no tuviera adónde ir a celebrar la festividad. Aquella noche, en la casa de Vallcarca no hubo doce platos y la comida fue modesta, pero el cura partió unas obleas de pan de ángel, como era costumbre, se encendieron las velas en el árbol y se cantaron villancicos.

La tradición decía que la noche del 24 de diciembre,

Dios agradecía a los animales la generosidad de haber acogido al niño Jesús durante su nacimiento y que, durante la noche, los animales tenían el don de poder hablar. Hanka se pasó la noche en vela y al día siguiente aseguró haber oído una conversación entre los gatos que rondaban por el jardín.

En la misa del gallo, antes de la actuación del coro, Celina Kowalski no podía estar más nerviosa. Caminaba con paso rápido y movía la cabeza y las manos como un pájaro; se bebió de un solo trago la taza de tila que le había traído Florinda. La señora Wanda maquilló a Ludka de un modo más discreto que como lo había hecho Florinda y todos los niños asistieron a misa.

A pesar de los nervios, la actuación del coro fue memorable y la voz de Ludka brilló con luz propia. El dolor de saber que no tenía madre provocó que la voz le saliera directamente del alma. Por primera vez desde que sabía que era huérfana, sus ojos se llenaron de lágrimas. No tuve ninguna duda: aquella noche Ludka se convirtió en un ángel y solo cantaba para Maria von Brandt.

No habíamos vuelto a hablar desde el día de la pelea. Cuando terminó la misa, me acerqué a ella.

—Tienes una voz preciosa —le dije sin atreverme a mirarla—. Puedes coger la carretilla cuando quieras.

Ludka me abrazó y en ese instante supimos que, pasara lo que pasara, siempre nos tendríamos la una a la otra. Estuvimos abrazadas un buen rato y ambas lloramos para decirnos aquello que éramos incapaces de expresar con palabras.

La felicidad por haberme reconciliado con Ludka se evaporó al ver a Román Quílez al otro lado de la calle. El policía vestía gabardina oscura, un sombrero de fieltro y fumaba un cigarrillo. Cuando nos vio, tiró el cigarrillo al suelo y sin aplastar la colilla nos saludó.

—Espera aquí —me dijo mamá mientras se acercaba a él. Dos minutos más tarde, mamá regresó a mi lado—. Román quiere saludarte.

Mamá me cogió del hombro y me llevó al lado del policía.

—Hola, Emma. Tu madre me ha hablado mucho de ti —me dijo alargando la mano.

—Dale la mano, Emma —me ordenó mamá. Y yo, aunque no me apetecía nada saludar a aquel hombre que era el culpable de todos mis males, obedecí.

—Un día podríamos ir a merendar los tres. —Se esforzaba en ser amable y me regalaba una ligera sonrisa.

—Ya veremos —contesté, y me dirigí a mamá—. Tengo frío. ¿Puedo irme a casa?

—Ve tirando, ahora voy. Y dile adiós al señor Quílez.

Hice un ligero movimiento con la cabeza que quería ser un saludo y me marché.

## 25

## BARCELONA, ENERO DE 1947

Las mentiras, amontonadas en la punta de la lengua, saltaban una a una; como pequeños bichitos se escurrían deprisa para buscar cobijo. Las mentiras se habían convertido en mis compañeras y me salvaban de las peleas con mamá. Si mientes, te volverás negra. Si mientes, se te agujerearán las mejillas. Si mientes, se te caerá la lengua. Si mientes, Dios no te permitirá entrar en su paraíso, me habían repetido las monjas para indicarme el buen camino. Me daba igual. Sería negra, sin lengua ni vida eterna, pero dos veces por semana bajaba a casa de mis abuelos. A mamá le decía que iba a hacer los deberes con una compañera. La mentira me proporcionaba un par de horas de libertad, suficientes para ir al piso de mis abuelos, recibir la clase de canto y volver a la Torre de Vallcarca sin que mi madre sospechara que la engañaba. La astucia funcionó durante unos meses, hasta que la vida dio un salto mortal y entonces el hecho de que yo fuera una mentirosa dejó de tener importancia.

A menudo, mi abuela venía a esperarme. Caminaba a paso ligero y hablaba sin pausas. Hablaba con la sabiduría de la gente que ha vivido mucho tiempo, esquivaba el lamento y repetía que lo importante en la vida era ser fiel a uno mismo y que la condescendencia era como hacer trampas jugando al solitario. Yo la escuchaba sin entenderla, tendrían que pasar muchos años hasta que pudiera comprender el significado de sus palabras.

Para dar las clases de canto necesitábamos un piano y el que había en casa lo habían vendido poco después de que terminara la guerra. Aquel piano que había acompañado a mi abuela en sus ensayos de canto, salió por el balcón para ir al salón de la casa de un abogado de la Falange. Bien administrado, el dinero sirvió para sobrevivir unos cuantos meses. A pesar de la tristeza, mi abuela no soltó ni una queja, pero tener que prescindir del piano fue como si le hubieran arrancado la piel. Mi abuelo y mi madre, para aligerar la ausencia, cambiaron la disposición de los muebles; así, el aparador tapó la huella que el piano había dibujado en la pared tras años en el mismo sitio.

Delfina tenía un piano de media cola en una pequeña habitación en la que convivía con dos armarios, una cama, un colgador carcomido y una montaña de polvo. Mi abuela decidió darme las clases en casa de la vecina; cuando lo supe, no pude evitar una mueca de rechazo.

—Delfina está mucho mejor, ya no desvaría, incluso ha vuelto a cocinar.

Los argumentos de mi abuela no me convencieron, pero me relajé cuando Delfina nos abrió la puerta. Parecía otra mujer, llevaba el pelo recogido, iba ligeramente maquillada y ya no tenía aquellos ojos de loca que tanto me asustaban.

La transformación de Delfina se había producido a mediados de septiembre. Una noche de truenos y relámpagos en que la lluvia y el viento se adueñaron de las calles, Delfina, desnuda y descalza, salió a buscar a sus hijos. Su largo pelo se le pegaba a la piel como un manto de seda y un cuerpo que había sido admirado por quienes la conocían se había convertido en un esqueleto recubierto de piel flácida y arrugada. Gritaba porque le habían robado a sus hijos, lloraba presa de una desesperación que rompía el alma.

—¡Devolvedme a mis hijos, devolvédmelos! —imploraba no se sabía a quién.

El sereno avisó a los guardias, los guardias llamaron a los médicos y los médicos le dieron unas pastillas que la ayudaron a olvidar. Un par de semanas en el hospital de Sant Pau, donde mi abuela la visitó cada día, la transformaron en otra persona. Los vecinos pensaron que había sido un milagro, pero mi abuela sabía que el milagro lo hacía la medicación que ella se encargaba de hacerle tragar cada mañana.

Mientras mi abuela se esforzaba por enseñarme el arte del canto, Delfina permanecía en su salón, sentada en una silla cerca de la ventana, mirando a la calle.

—Para cantar es muy importante saber respirar. Es necesario encontrar el tono de la nota para poder afinar.

—La hermana Adelina dijo que yo no afinaba.

—No tenemos que hacer caso a todo lo que nos dice la gente. Da igual lo que dijera la monja. Si tú quieres cantar, cantarás. —Abrió la libreta donde apuntaba las cuentas de los gastos de la casa y dibujó unas ondulaciones—. Yo cantaré siguiendo estas líneas y después lo harás tú. —Puso el dedo sobre la primera línea y soltó un «Nuuuuuuu» que subía, descendía y volvía a subir siguiendo el trazo—. A esto se le llama *glissando,* que es un deslizamiento continuo de una nota a la siguiente. Vamos, ahora hazlo tú.

Repetí aquel *nuuuuuu* unas cuantas veces y cuando, por fin, conseguí hacerlo más o menos bien, mi abuela me felicitó y pasamos a otro ejercicio. Ella tocaba una tecla al piano y yo la repetía. Las primeras no las acerté, pero ella continuó, ahora una nota, ahora otra, hasta que supe que una era un mi.

—Empezaremos a partir del mi —dijo satisfecha. A

continuación, ella tocaba una nota en el piano y yo la cantaba—. La respiración, la posición, la dicción y la afinación son fundamentales para cantar, pero la disciplina y la constancia son imprescindibles para aprender.

Yo seguía las explicaciones de mi abuela con absoluta atención. Había sido testigo de la dedicación y el esfuerzo de Ludka para sacar lo mejor de su voz. Yo no aspiraba a gran cosa, mi sueño era cantar en vez de fingirlo; cantar, aunque fuera la peor de todas; cantar para poder participar del placer del canto, nada más.

Hacía más de seis años que mi abuela no tenía piano y diez que había dejado de cantar. La guerra le había desbaratado la vida, pero recordaba el día en el que se había despedido del coro del Orfeón. Fue el 18 de julio de 1936 y se disponían a ensayar por última vez las canciones del concierto de apertura de la Olimpiada Popular de Barcelona que, al día siguiente, cantarían en el Teatre Grec de Monjuïc. Iban a interpretar la Novena Sinfonía de Beethoven dirigida por el maestro Pau Casals. La Olimpiada Popular iba a ser una celebración por la paz en el mundo en oposición a los Juegos Olímpicos de Berlín.

Aquella mañana, las fuerzas militares se alzaron en Marruecos. Algunos cantantes no fueron al último ensayo, pero sí lo hizo la mayoría y también Pau Casals, el director. Cuando los cantantes iban a subir al escenario, un hombre entró corriendo en la sala con un sobre en la mano. La carta era del consejero de Cultura y decía que, de un momento a otro, se esperaba el alzamiento en la ciudad. Pau Casals leyó el texto en voz alta; músicos y cantantes no sabían cuándo volverían a estar juntos, así que el maestro Casals les propuso interpretar el último movimiento. Juntos eran una gran familia y ese día se despedían. Cantaban, y la emoción les hizo verter lágrimas que no les dejaban ver las notas.

Si ajuntar-se els cors demanen,
que un mal vent va separant,
tots els homes s'agermanen
on tes ales van tocant. (Bis.) (Lletra de Joan Maragall.)[44]

Cantaban el himno de la fraternidad, cantaban a la libertad, mientras que en la calle se preparaba una lucha que provocaría un gran dolor. Pau Casals prometió que, tan pronto como regresara la tranquilidad, dirigiría la sinfonía en Madrid y en Barcelona; pero la guerra desbarató el futuro y su proyecto nunca llegó a realizarse. Mi abuela y Delfina cantaban en el Orfeó Gracienc, pero este fue desmantelado con la guerra y cuando volvió a organizarse, a finales de 1945, Delfina hacía años que había perdido la cabeza y mi abuela se mantenía firme en su promesa de no regresar al coro mientras Franco gobernara un país al que, en nombre del orden y de Dios, sometía a su tiranía.

Aquella tarde de enero, gracias a la felicidad que le provocaba enseñar a cantar a su única nieta, después de dar la clase por terminada, mi abuela Teresa, sentada delante del piano, presa de la nostalgia de una época que ya no existía, tocó un fragmento del *Himno a la alegría* en aquel piano que acababan de afinar a cambio de unos cuantos paquetes de tabaco que mi abuelo había sacrificado por mí.

En el comedor, Delfina levantó la cabeza unos instantes, pero enseguida volvió a mirar a la calle. La música se deslizó sin despertarle recuerdos de un tiempo en que había sido feliz. En el fondo de sus ojos no apareció ninguna chispa de esperanza. La medicación la mantenía en

44. En catalán, «Si los corazones piden juntarse, que un mal viento va separando, todos los hombres se hermanan donde tus alas van tocando». (Bis.) (Letra de Joan Maragall.)

un estado de serenidad ficticia, pero su interior estaba muerto.

En enero de 1947, nevó en muchos pueblos de la costa. El frío entraba en las casas, se metía en las camas y mostraba que la posguerra aún podía ser más cruda. Los niños salían a la calle, jugaban con la nieve y olvidaban que la comida era escasa y que el mañana estaba lleno de incertidumbre.

A la Torre de Vallcarca no llegó la nieve, pero el frío se impuso. Los niños y las niñas no tenían ropa de abrigo. Mientras se cubrían instancias y demandas y se esperaba a que la ropa llegara por los canales oficiales, mamá, una de aquellas tardes de sábado en las que salía a pasear con el policía, le contó el problema.

—Si encontrásemos género, yo misma podría hacerles los abrigos que necesitan, pero la tela es muy cara y conseguirla a buen precio es imposible.

Román Quílez la escuchó sin decir nada. Una semana más tarde, en el asiento de atrás de la moto llevaba tres piezas de lana de color marrón, piezas que tenían alguna tara y que él, gracias a sus contactos, había conseguido a precio de saldo. Mamá lo abrazó agradecida.

En los días que siguieron, un pequeño ejército de costureras ocupó todos los rincones de la Residencia de Vallcarca. Las cuidadoras, las maestras y también Florinda hicieron lo que se les pedía: tomar medidas, cortar las piezas siguiendo los patrones de diferentes tallas que había hecho mamá, pasar punto flojo y encarar las piezas, todo bajo la supervisión de Isabel Andreu, que se dedicaba a coser los abrigos y pasárselos a las niñas mayores, que hacían ojales, cosían botones y sobrehilaban costuras. La casa se convirtió en un pequeño taller de costura bajo la dirección de mi madre. En el aula de dibujo se cortaba la ropa y con media docena de máquinas que habían conseguido cosían sin escatimar esfuerzos.

Desde que trabajaba en la Torre de Vallcarca, mamá se dedicaba a poner parches en las rodillas de los pantalones, girar cuellos de camisa, recoser rasgones y ensanchar costuras; para combatir el crecimiento, añadía piezas a los vestidos de las niñas y ponía trinchas más anchas a los pantalones de los niños. Transformaba vestidos en camisas, pantalones en faldas, hacía un abrigo con un par de chaquetas que se habían quedado pequeñas, remendaba sábanas, zurcía calcetines, cambiaba gomas de bragas y calzoncillos y si en alguna de las casas a las que iba a coser le daban ropa que ya no les servía, fuera la pieza que fuera, la reconvertía en aquello que pudieran necesitar los niños huérfanos. Coser era mucho más que un trabajo, era su manera de expresarse.

Mamá compaginaba el trabajo de tener la ropa al día con vigilar que Florinda hiciera una tarea tras otra. La cocinera tenía demasiado orgullo para aceptar a una ayudante, pero mamá había sabido acercarse a ella. Sin hablar mucho, sin imponer, halagando sus platos, interesándose por las recetas y, discretamente, echando una mano cuando la cocinera se atolondraba, se había ganado la confianza de Florinda más rápido de lo previsto. La bata estampada con flores de colores que le hizo a medida también contribuyó al milagro.

—¡Tu madre es el ángel de esta casa, Emma! ¡Ella hace posible lo imposible! —repetía la cocinera admirada por la eficacia de aquella chica atenta que nunca decía una palabra más alta que otra y que, de forma misteriosa, siempre aparecía cuando la necesitaba.

Mamá trabajaba desde que se levantaba hasta que se iba a dormir. Las semanas que duró la confección de los abrigos, se pasaba el día dirigiendo al ejército de costureras que tenía a su cargo; cuando llegaba la noche, sola, continuaba con el trabajo encerrada en la pequeña habitación que había al otro lado de la pared de nuestra alcoba. El ruido imparable de la máquina de coser, una Singer de tercera mano, era como el zumbido de un insecto metálico que me acompañaba cuando me iba a dormir y me despertaba cada mañana.

Aquel enero de 1947, la casa olía a ropa de estreno, los abrigos medio hechos se amontonaban sobre las mesas y todo tenía un orden nuevo.

Una noche me desperté entrada la madrugada y el zumbido de la máquina de coser había dado paso al silencio. Incapaz de conciliar el sueño, fui a la cocina a beber un poco de leche. La leche llegaba cada mañana a primera hora, pero a menudo se dejaba un poco por si había alguna urgencia. Mamá tenía al pequeño Marek en su regazo; el niño apoyaba la cabeza en su pecho y mamá le hablaba.

—Imagina que estamos en verano, caminas cerca de un río y llegas hasta una pequeña poza con un agua tan transparente que puedes ver las piedras del fondo. Hay peces de colores que se te acercan y te piden que juegues con ellos.

Las palabras de mi madre fueron efectivas y a Marek se le cerraron los ojos. El niño respiraba profundamente y mamá le acariciaba el pelo del color de la paja.

—¿Qué te pasa, Emma? —Hablaba flojito, con voz maternal, pero había perdido la dulzura con que segundos antes calmaba a Marek—. ¿No puedes dormir?

—Quiero un vaso de leche.

—Quizá te sentaría mejor una tila. —Sobre la mesa, había un vaso con un rastro de leche—. Hay un bote grande en la primera estantería del armario, con las otras hierbas.

En la Torre de Vallcarca, la tila era un remedio que funcionaba para todo; tila para el insomnio, tila con hierbaluisa y manzanilla para el dolor de barriga, tila con valeriana para apaciguar los nervios y la ansiedad, tila con cola de caballo para aliviar la retención de líquidos, tila con menta para descongestionar las vías respiratorias, tila con salvia para detener los vómitos, tila con flor de saúco para calmar la tos.

—La tila no me gusta. —Ser testigo directo de cómo mamá mimaba a otro niño me provocó una chispa de celos que salió transformada en rabia—. ¡Quiero un vaso de leche!

—La leche se ha terminado, Emma.

Volví a nuestra habitación sin responder. La cama era más ancha y más fría que nunca. La ternura y la dulzura con la que mamá trataba a aquellos niños me llevaron a pensar que el amor que les daba me lo robaba a mí. Diez minutos después, ella vino a la cama; tenía las manos heladas y se las frotó antes de abrazarme.

—¡Déjame! —Los celos me tiraban de la lengua y el rechazo era la manera de mostrarlos.

—Estos niños lo han tenido muy difícil, Emma, y nosotras tenemos que regalarles todo el afecto que podamos.

—¡Ya lo sé! ¡No paras de repetírmelo! —Arrinconada en un lado de la cama, me moría por un abrazo.

—La guerra es un monstruo que no entiende de edades ni de injusticias, se lo lleva todo por delante. A estas criaturas les han estafado la infancia y les va a costar mucho superarlo. Me gustaría que entendieras que tú eres lo más importante de mi vida, pero también quiero a estos niños.

—Ya lo sé —repetí como si fuera una tonadilla, pero la ternura con la que mamá hablaba de los niños me ablandó.

—No puedo ni imaginarme qué habría sido de ti si los abuelos y yo... —Se le rompió la voz. Noté la humedad de las lágrimas calientes que le resbalaban por la mejilla—. Emma, tenemos mucha suerte de estar juntas.

Me acerqué a ella, apoyé la cabeza en su pecho y ella me abrazó. Años más tarde, cuando los niños se habían convertido en hombres y mujeres y su paso por Barcelona formaba parte del recuerdo, comprendí que mamá era capaz de sentir el dolor de los que lo habían perdido todo. Aquella noche, ella se durmió antes que yo. La luz de la luna dibujaba sombras en la pared. En medio de la penumbra, podía distinguir su rostro agotado de tantas noches sin dormir. Un vaso vacío de leche y aquel montón de abrigos a punto de ser rematados me permitieron descubrir a una madre que sufría por unos niños sin padres.

Al día siguiente, a la hora del desayuno, mientras me tomaba la leche, saboreé el gusto dulce de la comprensión.

Mamá había esquivado la insistencia de Román Quílez para ir a merendar los tres. Después del obsequio de las piezas de lana, y tras confeccionar abrigos y chaquetas, cuando él volvió con la propuesta, ella, a modo de agradecimiento, cedió.

—Este sábado iremos a merendar con el señor Quílez —me dijo mientras me peinaba—. Tienes que ser agradable y responder a sus preguntas.

Me hubiera negado encantada, pero mis mentiras hicieron que me sintiera en deuda con ella y acepté el sacrificio como una penitencia.

El metro nos dejó en la plaza de Catalunya y nos dirigimos a la Jefatura de Policía. Yo me quedé fuera mientras mamá entraba a buscar a su amigo, pero, extrañamente, al cabo de poco rato salió sola. Estaba nerviosa, casi alterada. Sin mirarme, soltó un seco «Vámonos» y empezó a caminar, deprisa, cada vez más deprisa, y yo tenía que correr para seguir su paso. No pregunté nada por si la causa de su inquietud era yo. Entonces ignoraba que la vida de mamá era mucho más compleja de lo que parecía, que el miedo a ser descubierta iba por dentro, que la amistad con aquel policía a quien yo odiaba la mantenía en tensión. Llegamos a La Rambla. La gente iba y volvía del trabajo. Sin aminorar el paso, nos metimos por otras calles hasta llegar a la Granja Viader, que estaba a media altura de la calle Xuclà. Yo nunca había pisado un restaurante, ni un bar, ni una granja y viví el momento de entrar en casa Viader como si accediera a un santuario.

El suelo de mosaico hidráulico con detalles amarillos, verdes y azules invitaba a la tranquilidad. Un olor suave a leche y chocolate inundaba el establecimiento. Solo había una mesa ocupada; en los años cuarenta, la falta de alimentos imposibilitaba servir a los clientes, pero los que podían permitírselo disfrutaban de un excelente chocolate caliente. Nos sentamos a una mesa de mármol. La señora que estaba detrás del mostrador se secó las manos en el delantal y vino a preguntarnos qué queríamos en el mismo momento en el que Román Quílez entraba. Era alto, con una importante mata de pelo oscuro que, engominado, peinaba hacia atrás, una nariz prominente, unos ojos de color tabaco enmarcados debajo de unas cejas pobladas y unos labios finos que escondían unos dientes blancos y perfectamente alienados. Román Quílez llevaba unas gafas de montura negra que le daban aspecto de profesor. Aunque había visto al policía algunas veces, nunca me había detenido a observarlo. Caminaba con paso seguro y cuando llegó al lado de mamá, le acarició la mejilla.

—Solo podemos servir dos tazas de chocolate. Desde hace unos días no hay manera de conseguir más, pero hay leche merengada recién hecha —dijo la señora que nos atendía.

—¿Te gusta el chocolate, Emma? —preguntó Román Quílez mientras se sentaba al lado de mamá y frente a mí.

—Sí, señor. —El deseo de salir corriendo se diluyó. Solo de pensar que podía saborear una taza de chocolate caliente, la boca se me hizo agua.

Mamá pidió la otra taza de chocolate y Román Quílez tuvo que conformarse con la leche merengada.

—Cuando tenía tu edad, algunos sábados venía aquí a merendar con mi madre. Y más adelante, cuando ya andaba con amigos, veníamos a tomar el famoso Cacaolat.

Yo miré a mamá interrogándola y ella me contó la historia que unos meses atrás le había explicado a ella el propio Quílez.

—La Granja Viader se hizo famosa por fabricar una bebida buenísima que se llama Cacaolat. Los Viader, los dueños de la granja, viajaron por varias ferias internacionales y en Hungría descubrieron una bebida nutritiva y refrescante hecha con cacao. Entonces obtuvieron la fórmula y elaboraron el Cacaolat.

—Durante la guerra, se paró la producción y ahora resulta difícil, por no decir imposible, encontrar cacao de buena calidad para elaborarlo de manera industrial —dijo el policía—, pero te prometo que en cuanto vuelvan a fabricarlo, te invito a tomar uno; uno o los que tú quieras.

Y aquel hombre a quien tanto odiaba alargó la mano

para señalar el anuncio del batido de chocolate que había en la pared, exactamente detrás de mí. Sobre un fondo amarillo, un niño corría con una gran botella al hombro que sostenía con una mano mientras en la otra llevaba un maletín escolar. En aquel momento, frente al escaparate, apareció una mujer de pelo corto, bastante corpulenta, vestida con abrigo negro. La mujer miraba dentro del local donde solo estábamos nosotros. Román Quílez dejó el cigarrillo en el cenicero y se levantó.

—Ahora vuelvo.

Con paso ligero, salió del establecimiento. Él y la mujer encajaron las manos para después alejarse del escaparate. Los perdimos de vista.

—¡Ese hombre no me gusta! —Mamá no me oyó; ella observaba el maletín de Román Quílez, apoyado en la pata de la silla.

—Levántate y ponte delante de mí —ordenó.

—¿Por qué?

—¡Haz lo que te digo! —exclamó contundente—. Si ves que entra, me avisas.

Las órdenes eran muy precisas y obedecí sin hacer más preguntas.

Oí el clic del cierre del maletín. Mientras yo la protegía de la mirada de los demás, ella husmeaba una cartera que no era suya. Ruido de papeles y una respiración profunda delataban a una mamá desconocida.

—¿Qué haces? —pregunté con un hilo de voz, pero ella no contestó.

Durante más de tres minutos estuve allí, plantada, sin hacer nada, vigilando que Román Quílez no pillara a mamá fisgoneando sus cosas. En el momento en el que el policía pasó por delante del escaparate en dirección a la puerta, yo acababa de sentarme en mi sitio y mamá me explicaba que buscaba un regalo que Román Quílez le había prometido y que ella estaba impaciente por saber qué era. Fingí que la creía, pero sabía que estaba mintiendo.

—Era la viuda de un compañero. La pobre no levanta cabeza —dijo el policía. Chafó la punta del cigarrillo, que se había consumido entero, y encendió otro.

En aquel momento, apareció la camarera y dejó un vaso de leche merengada y dos tazas humeantes de chocolate sobre la mesa. Se me hacía la boca agua. Ahogué la cuchara en aquel chocolate espeso y oscuro y en el momento de metérmela en la boca, cerré los ojos. Nunca había probado nada tan exquisito. El sabor del chocolate se mezcló con las ganas de saber qué buscaba mamá en el maletín. Delante de mí, aquel hombre que era culpable de mi desgracia acababa de regalarme un placer infinito. Mamá sonreía con los ojos pequeños y yo la miraba sin obtener respuesta.

Desde que vivíamos en la Torre de Vallcarca y compartíamos cama, había descubierto a una madre diferente. Más nerviosa, más distante, menos risueña. Yo atribuía sus cambios de carácter a la enemistad con mi abuela y también a la relación que mantenía con Román Quílez. Mamá y el policía salían a pasear cada sábado por la tarde y, entre semana, de vez en cuando, mientras yo hacía los deberes, ella decía que iba a la compra, pero cuando volvía, no traía nada. Curiosa por saber adónde iba, convencida de que iba a encontrarse con Román Quílez, la seguí en un par de ocasiones. La primera vez fue a la cárcel de mujeres de las Corts; la vi entrar, esperé y, poco rato después, ella salió. La segunda vez, caminó hasta la altura del mercado de la Boquería y entró en un callejón estrecho. Yo esperé en la esquina hasta que ella desapareció en uno de los portales; era una casa de comidas, el mismo restaurante al que, veintisiete años más tarde, me invitaría a comer para explicarme los secretos que escondía. Esperé un buen rato, pero hacía tanto frío que, sin pensar en las consecuencias, empujé la puerta y entré. El local estaba vacío. En la mesa del fondo mamá hablaba con un hombre calvo con bigote negro. Cuando me vio, se levantó de repente, vino hacia mí, me cogió la mano e hizo que me sentara en la entrada del local, al lado de la puerta.

—¡No te muevas de aquí! —dijo amenazante.

Regresó al lado de aquel hombre y yo, para ahuyentar el frío, movía las piernas y me frotaba los brazos. De pronto, la puerta se abrió de par en par y entró un chico cargado con un montón de botellas vacías.

—¿Quién es esta niña tan mona? —preguntó con un gesto de sorpresa, pero yo no contesté.

—¡Armand! —gritó el hombre del bigote—. ¡En la cocina hay un montón de platos esperándote! —ordenó, y el chico se encogió de hombros y desapareció.

Cuando mamá dio la visita por terminada, yo estaba preparada para recibir un buen castigo. Ella me miró duramente, pero no dijo nada. Cogimos el metro, caminamos hasta casa y cuando estábamos delante de la puerta de la Residencia de Vallcarca, me dijo:

—¿Cuántas veces me has seguido, Emma? —Yo mentí afirmando que aquella había sido la única vez—. ¡Mañana vendrás a merendar conmigo y con Román Quílez y serás una niña agradable y educada! —ordenó.

Por la noche, las dos en la misma cama, engullidas por la oscuridad y por el suave roce de las sábanas, me atreví a preguntar por qué había ido al restaurante de la calle Quintana. Ella no contestó y cuando insistí, me confesó que el hombre del restaurante les proporcionaba productos imposibles de encontrar en el mercado y añadió que eso no lo podía saber nadie, que si se sabía, tendríamos problemas. Deseaba creerme sus palabras, pero la ida a la cárcel, la visita a aquel restaurante vacío y verla manosear el maletín de Román Quílez hizo que viera a mamá como a una gran mentirosa. Entonces entendí de dónde me venía la obsesión por mentir.

Yo saboreaba el chocolate y Román Quílez me observaba como quien admira un cuadro. Me había prometido a mí misma que nunca le dirigiría la palabra y unas cuantas veces había deseado que un accidente de moto lo enviara al otro barrio. Sin embargo, aquella tarde, me había dejado comprar por una taza de chocolate. Después de la última cucharada, cuando el sabor dulce viajaba por mi garganta, fui consciente de que me había traicionado a mí misma y de que también había traicionado a mi abuela. No tenía excusa. La gula me había vencido.

—¡Te gusta el chocolate tanto como a mí! —dijo el policía poniéndose bien las gafas y ofreciéndome una sonrisa que actuó como un puñetazo. Vomité el chocolate sobre la mesa.

# 26

## Barcelona, abril de 1947

—¡Me gustaría conocer a tu abuela! —repitió Ludka por tercera vez. Me miraba con sus ojos azul cielo e imploraba acompañarme.

Hacía cuatro meses que mi abuela me enseñaba a cantar. Cuatro meses que yo mentía a mamá y hacía los ejercicios de respiración escondida en un rincón del patio, lo bastante lejos de todos como para ser descubierta. Respiraba profundamente, guardaba el aire en la barriga y cantaba una retahíla de números al mismo tiempo que sacaba el aire lentamente.

—Saber respirar es fundamental para poder cantar, Emma. El canto es a la vez instrumento e instrumentista. La voz cambia según tu estado de ánimo. No cantas igual si estás triste o enfadada que si estás contenta y feliz —me explicaba mi abuela.

Yo la escuchaba y me esforzaba al máximo. Deseaba formar parte del coro. Pero yo no era huérfana, ni polaca, ni había sido acogida por el Estado español. Yo tenía que conformarme con cantar bajito al otro lado de la puerta, sin que nadie me viera.

Una tarde, mientras hacía mis ejercicios oculta entre los matorrales, Ludka apareció de improviso e insistió en saber qué hacía. Sin presentar demasiada resistencia, la hice cómplice de mi secreto.

—La próxima vez que vayas a ver a tu abuela iré contigo —afirmó segura de ella misma.

No fui capaz de negarme y acepté.

Dos días más tarde, Ludka aprovechó el tiempo de descanso que tenía cada tarde para desaparecer sin que nadie se percatara. Solo durante la noche cerraban con llave la verja que daba a la calle. Salió sin miedo. Solo estaría fuera un par de horas, nadie la echaría en falta.

La esperé en la plaza Molina. Llegó puntual. Caminaba decidida, llevaba el mismo vestido que cuando llegó, en abril del año anterior; mamá le había añadido una pieza de punto debajo del pecho para alargarlo. En menos de un año, Ludka había pegado un estirón y era bastante más alta que yo. Lo sería siempre.

Caminábamos de la mano, conscientes de que si nos pillaban, pagaríamos por ello. Caminábamos deprisa, cada vez más deprisa, porque el tiempo iba en nuestra contra.

—¿Falta mucho? —preguntó cuando cruzábamos la calle Mallorca.

—Un par de esquinas y estaremos en casa.

Unos cuantos metros detrás de nosotras iba la pequeña Hanka. No la vimos hasta que Ludka se detuvo para atarse los cordones de los zapatos. La niña corría como un corzo que quiere seguir el paso de sus padres. Los peatones la miraban con curiosidad y se preguntaban adónde iba sola aquella niña rubia como un rayo de sol.

—¡Hanka! ¿Qué haces aquí? —grité.

—¡Voy con vosotras! —Resoplaba y tenía las mejillas sonrojadas.

—¡Tienes que volver a casa! —ordené.

—Me portaré bien —prometió con ojos de súplica.

—No podemos enviarla sola a la residencia. Está demasiado lejos y ella es demasiado pequeña. —Ludka se dirigió a la pequeña para añadir—: ¿Prometes que no vas a decírselo a nadie?

—A nadie. —Hanka cruzó el índice y el pulgar y se besó los dedos—. Lo prometo.

—¡Pues vamos, que llegamos tarde! —La cogí de la mano al mismo tiempo que empezaba a andar.

—¿Adónde vamos? —La pequeña Hanka nos miraba alternativamente con los ojos llenos de curiosidad.

—A cantar —respondió Ludka—. Hoy vas a conocer a la mejor cantante del mundo. Es la abuela de Emma. Pero es un secreto.

—Sí, un secreto —repitió ella.

Hanka ya no era la niña menuda y esmirriada que había llegado un año atrás. Había crecido, había engordado y hablaba por los codos. Durante el día, era una niña alegre y lista. No obstante, cuando llegaba la noche, se convertía en una criatura miedosa que buscaba cobijo al lado de Ludka, quien la acogía con el afecto de una madre. Ludka le cantaba las mismas nanas que le había cantado a Daria en el campo de Kinder-KZ Litzmannstadt; cuando lo hacía, podía ver los ojos aterrorizados de Daria, que le rogaba que no la dejara. Ludka arrastraba la pesadumbre de no haber sabido ayudarla y ahora cuidaba a Hanka para redimir el dolor por su muerte.

Las noches en las que Wanda, antes de irse a casa, visitaba las habitaciones de las niñas de la calle Anglí y veía a Hanka en la cama de Ludka, no podía evitar emocionarse. Contemplar el afecto que se tenían la convencía de que el consuelo que se proporcionaban entre ellas era lo más reparador de todo.

Hanka guardaba el botón del abrigo de su madre en la palma de la mano izquierda. Incluso para lavarse las manos mantenía el puño cerrado. A veces, cuando dormía, su mano se relajaba y el botón se perdía entre los pliegues de la sábana. A medida que pasaban los meses, y a medida que se sentía más segura, aumentaban las noches plácidas. Recién estrenada la primavera, una mañana, Hanka se despertó y buscó el botón entre las sábanas, pero el botón había desaparecido. Ludka la ayudó a buscar el tesoro extraviado. Después de un buen rato, el botón apareció dentro de uno de los zapatos de la niña. Hanka cogió su preciado tesoro, se acercó a Ludka, le abrió la mano y lo dejó en el centro de su palma.

—Guárdamelo tú. —Dando un par de saltos, corrió hasta su cama en el momento en que sonaba el timbre de las siete de la mañana.

—¿Estás segura? Es el botón de tu madre. —Ludka lo sostenía sin saber qué hacer.

—Ahora eres tú quien me cuida —afirmó Hanka con aquella sonrisa que invitaba al abrazo—. ¡Eres mi mamá pequeña!

Mi abuela me esperaba en el portal de su casa. Cuando nos vio llegar, apareció la arruga en la frente que siempre hacía acto de presencia cuando algo no le gustaba.

—¿Sabe la señora Wanda que estáis aquí? —dijo con severidad mirando a mis acompañantes.

—Son Ludka y Hanka. —Señalé a mis amigas, aunque sabía que mi abuela ya las conocía—. Querían conocerte, solo será un momento...

—¡Emma! —levantó la voz. La arruga se hizo más profunda y en su rostro se dibujó una mueca de enfado—. ¡Se han escapado!

—Estarán en la Torre de Vallcarca antes de que las echen de menos.

El gesto de disgusto de mi abuela cada vez era más pronunciado.

—¡La culpa es mía, señora Teresa! Emma no quería que la acompañara, pero yo insistí, quería asistir a una de sus clases de canto. —Ludka hablaba con seguridad—. Hanka nos ha seguido y cuando la hemos descubierto, ya era demasiado tarde para volver atrás.

—Tenías prohibido hablar de nuestras clases —me dijo mi abuela con tanta contundencia que me asustó.

—¡Volvamos a casa, Ludka! —exclamé incapaz de encontrar otra respuesta. Regresar era la única solución.

—Ludka dice que usted es la mejor cantante del mundo. —La voz dulce de Hanka se alzó en medio de la pelea.

A mi abuela se le relajó la expresión y sonrió sorprendida.

—Hace años que no canto, pero era *mezzosoprano* y no lo hacía mal.

—¡Ludka es la mejor cantante del coro, mejor aún que Zyta! —añadió Hanka con su sonrisa contagiosa.

—Solo canto —la cortó Ludka—. La señorita Kowalski me ha ayudado mucho a mejorar.

—¿Nos va a enseñar a cantar? —preguntó Hanka cogiendo la mano de mi abuela.

—Si no tenéis mucho tiempo, será mejor que subamos. —Dio un paso atrás para dejarnos pasar. Luego se dirigió a mí y añadió—: Después ya hablaremos tú y yo.

Mi abuela abrió con la llave la puerta del piso de Delfina y se fue directa a la habitación donde estaba el piano. Delfina no nos vino a recibir como hacía cada día, detalle que nos tendría que haber alertado, pero la presencia de Ludka y Hanka había desbaratado la normalidad.

Ludka cantó «*O mój rozmarynie rozwijaj się*»[45] y mi abuela

45. En polaco, «Oh, mi romero crece...».

la acompañó al piano. Yo estaba tan concentrada en su canto que no me di cuenta de que Delfina entraba en la habitación.

Mi abuela elogió la voz y la expresividad de Ludka. Yo aplaudí entusiasmada el pequeño recital y Hanka salió de la habitación para ir a explorar aquella casa llena de objetos que le resultaban atractivos. El tiempo pasó sin que nos diéramos cuenta. Cuando quedaba el tiempo justo para volver a casa, Hanka y Delfina habían desaparecido del piso sin dejar rastro.

Las buscamos por el piso, en la escalera, preguntamos a los vecinos, pero nadie sabía nada. Mamá puso el grito en el cielo cuando mi abuela llamó a la Torre de Vallcarca para contarle lo sucedido. Ella y la señora Wanda aparecieron al poco tiempo. Una hora más tarde seguíamos sin encontrarlas.

—No pueden estar muy lejos. Seguro que Delfina se la ha llevado. —Mi abuela hablaba deprisa y evitaba mirar a los ojos de mamá—. Hace un par de semanas le cambiaron la medicación y lleva unos días diciendo que su hijo pequeño la viene a visitar.

—¡Su hijo pequeño era rubio con rizos! —exclamó mi madre muy nerviosa.

—Si esa señora está medio loca, será mejor que llamemos a la policía. —La señora Wanda habría preferido mantenerla lejos, pero la situación era de extrema gravedad y debían hacer frente a las consecuencias.

—Deme media hora. Si no las encontramos en treinta minutos, haremos lo que dice —suplicó mi abuela.

—Tenemos que encontrarla. Tenemos que encontrarla —repetía Ludka con los ojos llenos de la culpa de no haber vigilado lo suficiente a Hanka. La expresión de horror de Daria regresaba y el rostro de una se confundía con el de la otra—. Yo tenía que cuidarla. Tenía que cuidarla y ha vuelto a ocurrir. —Sentada en la escalera, balanceaba su cuerpo invadido por la de desesperación—. Si le pasa algo...

Me senté a su lado y le puse la mano en el hombro.

—Hanka es una niña muy lista. Seguro que está bien.

—Delfina está loca.

La media hora que había pedido mi abuela no fue suficiente para encontrarlas.

—Quizá ha llegado el momento de llamar a tu amigo —le dijo a mi madre casi sin voz.

Mamá bajó al bar de la esquina para llamar a comisaría y hablar con Román Quílez. Mi abuela, la señora Wanda, Ludka y yo nos quedamos sentadas en silencio en el piso de mis abuelos hasta que mamá abrió la puerta de repente.

—¡Delfina está aquí! Cuando yo subía, ella entraba en su casa.

Corrimos hacia su piso. Delfina estaba sentada cerca de la ventana y miraba a la calle.

—Mi pequeño Salvador ya está en casa. —Miraba con ojos enloquecidos y sonreía satisfecha—. Aquí está seguro. No lo encontrarán. No tenemos que preocuparnos, nadie se lo va a llevar.

—No es tu hijo, Delfina. Es una niña que tiene que volver a su casa —imploró mamá con la voz a punto de rompérsele.

—Salvador ha vuelto para estar con su madre. —Hablaba con dificultad, se le trababa la lengua y tenía la mirada perdida.

Mi abuela se acuclilló hasta quedar a la altura de su amiga.

—Salvador siempre tiene miedo cuando está solo. Será mejor que vayamos a buscarlo o se asustará.

Delfina estaba en pleno delirio y mi abuela intentaba que confiara en ella para descubrir dónde había escondido a Hanka.

—No quiero que se lo lleven —reiteró. Se puso ambas manos en el pecho y suspiró—. ¡Tiene un pelo tan rubio...! ¡Es un ángel!

Delfina se defendía como un animal salvaje. Los ojos abiertos de par en par, la boca abierta, el moño deshecho, el pelo en la cara. Gritaba. Le habían puesto una camisa de fuerza para inmovilizarle los brazos. Dos hombres altos y fuertes, con chaqueta y pantalones de uniforme, la cogían por los codos y la levantaban del suelo. Las piernas lanzaban patadas al aire, el pelo se le metía en la boca, la cabeza se movía en todas direcciones. Mordía. Babeaba. Chillaba. Los gritos recorrían la calle con la fuerza de un huracán. Los vecinos se asomaban a las ventanas y salían a los balcones para ser testigos de un espectáculo que durante semanas ocuparía el centro de todas las conversaciones.

El chófer de la ambulancia abrió las puertas del vehículo de par en par.

Delfina alargó el cuello y escupió al médico. El escupitajo fue a parar a la calva de aquel hombre pequeño y serio que, lejos de detenerse, aceleró el paso mientras la saliva le goteaba desde la coronilla hasta perderse entre el poco pelo que le quedaba en la nuca.

—¡No os lo vais a llevar! ¡A él no! —bramaba Delfina.

El calmante tardaba en hacer efecto. Cuando estaba ya cerca de la ambulancia, el médico, después de secarse cabeza y nuca, le inyectó una segunda dosis.

¡Se le ha ido la cabeza!, decían unos. ¡Hace tiempo que deberían haberla encerrado!, repetían otros.

Delfina se revolvía como un pez recién pescado. Se la llevaban. La internaban.

—¡No me quitaréis a mi hijo! ¡No me lo quitaréis! —La voz se le había roto, igual que sus pensamientos, igual que su vida cuando la guerra le robó todo lo que tenía.

Los policías que habían llegado acompañado a Román Quílez contenían a las decenas de mirones que contemplaban la escena que ofrecía la mujer loca.

Mi abuela tenía los ojos llenos de lágrimas. Mi abuelo la abrazaba sin decir nada.

Un par de horas atrás, Ludka se había tomado el secuestro de Hanka como una segunda derrota y el miedo a no verla más le helaba el alma. El anhelo por encontrarla había hecho que oyera su voz muchas veces: dentro del armario de la habitación de Delfina, escondida en la despensa que había al lado de la cocina, refugiada en el agujero de debajo de la escalera en la planta baja... El dolor que sentía era el castigo a su negligencia. Aquella mujer loca era como la bruja mala, como el ogro maléfico, como el lobo malvado de las historias que le contaban. Ludka buscaba y buscaba sin pausa.

Antes de que llegara Román Quílez, habíamos revuelto toda la casa, habíamos subido a la azotea y mirado en el trastero a través del cristal sucio de la ventana. Cuando llegó la policía, a Ludka no se le escapó el modo en que Delfina se llevó las manos al pecho.

Mamá, mi abuela y *pani* Wanda hablaban con Román Quílez y le contaban todo lo que había sucedido. Ludka y yo nos quedamos en el comedor, donde Delfina, sentada en la silla, miraba distraída por la ventana.

—¡Ya sé dónde está! ¡Ya sé dónde la escondes! —gritó Ludka. Fingía saber el lugar donde Delfina escondía a Hanka, y yo, por un instante, pensé que mi amiga también se había vuelto loca.

Delfina se levantó de repente, se llevó las manos al pecho y sacó una llave minúscula. Con un movimiento rápido, Ludka se la arrebató. Delfina gritó llena de desesperación y salió del piso corriendo. Subió por la escalera. La puerta de la azotea estaba abierta, las sábanas tendidas volaban dibujando un bosque de olas blancas. Delfina corrió hasta el trastero.

—¡Fuera de mi casa! ¡Fuera! ¡Hijos de puta! —gritaba con los ojos fuera de las órbitas y la boca llena de saliva chorreándole por la comisura de los labios como a un perro rabioso.

Los policías nos habían seguido. Entre patadas, mordiscos y gritos, consiguieron apartarla de la puerta.

Los gritos de Delfina llenaron todo el edificio. Volvían a robarle a su hijo. Volvía a perderlo.

Abrimos la puerta del trastero. Hanka dormía dentro de una caja enorme hecha un ovillo. Un rayo de sol la iluminaba, parecía una muñeca.

Todo había pasado muy deprisa.

En el momento en que los cantos de mi abuela Teresa y de Ludka llenaban la estancia y mientras yo las escuchaba embelesada, Hanka, curioseando por aquella casa repleta de objetos de todo tipo, entró en el comedor. Pasmada ante la imagen de una virgen encerrada en una urna de cristal, no oyó los pasos de Delfina acercándose.

—¡Tengo una cosa para ti! ¡Seguro que te va a gustar! —dijo la mujer mientras le ponía la mano en la cabeza y sus dedos se perdían entre aquel montón de rizos dorados.

—¿Tienes caramelos?

Delfina afirmó con la cabeza. Hanka la siguió ansiosa por saborear los caramelos que tanto le gustaban. Subieron la escalera hasta llegar a la puerta de la azotea. Caminaron entre las sábanas hasta el trastero y entonces Delfina sacó una llave que colgaba de su cuello y abrió la puerta. Una habitación minúscula llena de trastos viejos y montañas de polvo las recibió. Con voz dulce, le explicó que tenía que quedarse un rato allí sin decir nada, que ella volvería pronto. Hanka, con la ilusión de poder saborear una golosina, estaba dispuesta a obedecer. Delfina señaló una caja llena de mantas viejas.

—Ahora te sientas aquí, sin hacer ruido. No queremos que nos encuentren, ¿verdad?

Hanka oyó la llave cerrando la puerta. Tenía pocos años, pero había vivido tantas experiencias que el hecho de que aquella mujer la dejara en aquella habitación no fue para ella peor que el día en que la separaron de su madre, o que cuando la llevaron a un campo para niños huérfanos, o que cuando subió a un barco para viajar hasta Barcelona. Convencida de que aquella mujer volvería con un caramelo inmenso, la boca se le hacía agua mientras esperaba sentada sobre las mantas.

La ambulancia cerró las puertas. Mi abuela quiso acompañar a Delfina, pero el médico la frenó. Aquel hombre de calva reluciente y mirada aguada fue contundente.

—Solo puede venir un familiar. Haga el favor de avisarles. Necesitamos su consentimiento para hacer los trámites para internarla.

Delfina no regresaría jamás a su piso. La guerra se había llevado a su marido, a sus hijos y su entendimiento. Pasaría años encerrada en un hospital psiquiátrico y mi abuela sería la única persona que la visitaría de manera regular.

El cerebro de Delfina se había descompuesto. Los médicos decían que no conectaba con nada ni con nadie, que daba igual que la fueran a ver o no, pero mi abuela sabía que cuando ella le hablaba, Delfina reconocía su voz. Siempre que la visitaba, le cogía las manos y le cantaba canciones que habían cantado juntas.

Aquella tarde de mayo ignorábamos que Delfina no volvería.

Antes de irse, Román Quílez felicitó a Ludka por cómo había conseguido que Delfina delatara el lugar donde había escondido a Hanka. Antes de irse, mi abuela se acercó al policía y le tendió la mano.

—¡Muchas gracias! —dijo con toda la educación que pudo.

El policía correspondió al agradecimiento con una pequeña sonrisa y se fue. Acto seguido, mi abuela se dirigió a mamá.

—A tu padre y a mí nos gustaría mucho que volvieras a casa.

—En la residencia estamos bien. Pero si Emma quiere venir a visitaros no voy a poner ningún impedimento, y si vosotros queréis venir a vernos, podéis hacerlo también.

Hanka no había sido consciente en ningún momento de que Delfina la había secuestrado. La niña esperaba a la mujer del caramelo con la misma paciencia con la que esperaba que algún día su madre la viniera a buscar. El optimismo de Hanka contrastaba con el desánimo de Ludka; aquella caja, aquellos montones de mantas y aquella ventana sucia de polvo la hicieron regresar al lugar de donde venía. Podía oír los gritos ordenándole que corriera. De repente, el momento de su secuestro regresó.

# LUDKA

*Desde la serenidad de la edad adulta, ordeno mis recuerdos.*

*Los años en Barcelona me hicieron amar el canto y la música, los dos pilares de mi vida.* Pani *Wanda llenó el vacío que había dejado la desaparición de mi madre adoptiva. La residencia de la calle Anglí y la escuela polaca de la Torre de Vallcarca actuaron como bisagra entre el horror y la luz, la infancia y la juventud, el miedo y la esperanza. Mi vida en Barcelona fue un oasis en el que recuperé la ilusión, pero, aún hoy, de vez en cuando, el pasado regresa y me sumerjo en un océano lleno de dolor y me siento perdida. El pasado que no recordaba fue emergiendo lentamente y con él volvieron los hombres de botas altas.*

## 27

### Silesia, 1941

La voz de mi primera madre, la madre que no recordaba, la mujer que me había dado la vida y de la que no sabía nada, vivía concentrada en una sola palabra: *Uciekaj! Uciekaj!*,[46] repetía la voz que yo creía que era la suya. La rendija de la memoria se había ensanchado y el ayer había asomado; difuminado, como una fotografía desenfocada; una sensación, un momento, un cansancio, una palabra y después, todo negro.

Era el año 1941, yo aún no había cumplido los cuatro años y me abrazaba a la muñeca que me había acompañado desde la cuna, una bailarina de trapo con el pelo oscuro y una diadema de flores en la cabeza. Estaba encerrada en un baúl, tapada por un montón de mantas y me costaba respirar.

Hombres uniformados con botas altas rondaban por el pueblo. El golpeteo de sus pasos marcaba el ritmo del miedo. Pam, pam, pam, pam; se acercaban. Las botas se detenían ante la puerta, un golpe en el suelo y, acto seguido, tacón contra tacón, un ruido seco y el preámbulo de una orden que en realidad era una amenaza. Los padres se habían dado prisa para hacer desaparecer a los niños y respondían a todas las preguntas con monosílabos: No, no

46. En polaco, «¡Escapa! ¡Escapa!».

tenían hijos; no, no sabían qué vecinos tenían hijos. Por más preguntas que les hubieran hecho, sus respuestas siempre habrían sido las mismas. Los soldados, sin escucharlos, los apartaban y lo revolvían todo. Por si escondían judíos, por si había críos de ojos azules y pelo color limón; buscaban niños inteligentes para que formaran parte de la gran patria, un imperio formado por hombres y mujeres de raza aria. El delirio de conquistar el mundo y de tener una población de raza superior los empujaba a buscar criaturas perfectas.

Yo era rubia y tenía los ojos azules como el mar. Me escondieron dentro del baúl de madera que había en el cobertizo lleno de herramientas del fondo del patio. Es un juego, dijeron. No debes moverte hasta que vengamos a buscarte, insistieron. Y esperé, pero el calor era insoportable y me costaba respirar. Esperé, pero el juego no me gustaba. Esperé y miré por la cerradura que no tenía llave, pero no vi nada. Permanecí quieta y en silencio abrazada a la pequeña bailarina, pero el miedo empezó a rondarme.

Hombres con botas altas se detuvieron ante nuestra casa. Golpearon con los puños. Gritaban. Yo no comprendía lo que decían. Detrás de los gritos se intuían las órdenes y se oía ruido de objetos rompiéndose. Me asusté y empujé la tapa. Me costó abrirla. Habían puesto muchos objetos pesados encima para disimular el baúl, pero empujé con fuerza. Después de salir de mi escondite, corrí hasta la puerta. En el momento en que ponía la mano en el pomo, sonó un disparo y después, silencio de piedra.

No sabía si lo que recordaba era lo que había pasado en realidad o una pesadilla que me había perseguido desde pequeña, una pesadilla terrible y asfixiante que, desde que estaba en la calle Anglí, regresaba cada noche. La memoria se elabora y se construye a partir de retazos vividos e inventados y mis sueños se llenaban de imágenes sueltas, de ruido de bosque, de gritos que se repetían. Pesadillas, decían. Pesadillas que van y vienen. Ya pasarán, repetían. Ya pasarán, sí. Todo pasa y se diluye, pero el dolor queda incrustado en el tuétano como un clavo oxidado que agujerea y quema. La pesadilla no desapareció. Podía oír los pasos que se acercaban. Gritos, más gritos. Reventaron la puerta. El retumbo de un segundo disparo me puso en alerta.

—*Uciekaj, Ewa! Uciekaj!* —gritaba la voz.

Y obedecí. Con la muñeca en mis brazos, corrí y corrí.

Corrí hasta el bosque donde nunca había entrado sola. Corrí con el miedo que me daba alas en las piernas. Tenía que salvarme y tenía que salvar a la muñeca.

Botas altas me perseguían. Piernas largas corrían más que yo. Entonces recordé el escondite del zorro. La guarida estaba vacía y entré. Olor a tierra y tacto mojado. Cerré los ojos con la ilusión de despertarme en mi cama, caliente y confortable. Pero estaba escondida en la guarida del zorro. Sobre mi cabeza retronaban los pasos y repicaban los tacones de las botas altas. Me buscaban. Corrían de un lado para otro, pero no me encontraron. Corrían y se alejaron.

Esperé, primero un poco, después un poco más, y cuando estuve segura de que no había nadie, salí del escondite. Quería volver a mi casa, pero no conocía el camino. Anochecía y la oscuridad me asustaba. Ágil como una ardilla, trepé por el tronco de un roble y en el cruce de tres ramas encontré espacio suficiente para acurrucarme. Exhausta, me dormí. De madrugada, me despertaron unos perros ladrando. Bajo el árbol, unos cuantos hombres de botas altas caminaban con paso firme. Yo estaba quieta, no respiraba, no pensaba, ni siquiera miraba. De permanecer tanto rato inmóvil, se me durmió la pierna, así que la moví ligeramente; sin darme cuenta, dejé de apretar la muñeca contra mi pecho y la bailarina con falda de tul de color blanco y corona de flores en la cabeza se precipitó y me delató.

# 28

## Barcelona, 1947
## Kinder-KZ Litzmannstadt, 1941

En silencio, cuando la noche llenaba la habitación de oscuridad y las sombras de las ramas de los árboles bailaban en el techo, cuando el respirar profundo de mis compañeras me transportaba a un universo donde solo había lugar para la desesperación, cuando el dolor por la muerte de Maria von Brandt se convertía en espinas que agujereaban mis pensamientos, cuando la vida era un camino demasiado duro y demasiado largo y yo demasiado pequeña para comprender que la vida también podía ser otra cosa, entonces, a escondidas, con el rostro sumergido en la almohada, lloraba. Lloraba toda la noche. Al día siguiente, tocaba el trozo de funda aún húmeda, con la huella de mi angustia, y me repetía que tenía que seguir adelante.

¡No hay mal que dure cien años, Hedda!, decía mi madre cuando me quejaba por algo. Pronto todo esto que ahora te hace sufrir va a quedar atrás y aparecerán nuevos obstáculos. *Das Leben ist das, schön!*[47] Aceptar lo que te viene, levantarte y continuar, con paso firme, sin lamentaciones, y, por encima de todo, darse cuenta del provecho que conlleva la desgracia, ¿me entiendes?

Yo contestaba que sí, que lo entendía, pero en realidad no entendía nada, solo quería que ella estuviera contenta,

47. En alemán, «¡La vida es esto, bonita!».

notar el abrazo que me regalaba después de aquellas explicaciones que escuchaba sin comprender. Mi madre me apretaba hasta que mis huesos crujían y yo cerraba los ojos y saboreaba la felicidad.

No fue fácil aceptar que Maria von Brandt ya no estaba en el mundo. La imaginaba en casa, sentada al lado de mi cama, leyendo mi cuento favorito. La veía en la sala, al lado de la radio, mientras cosía. La veía caminando con la cabeza alta cuando pasábamos por delante del gueto de la ciudad. La veía desafiando al capitán y viniendo a dormir a mi cama. La notaba cerca, pero ella ya no estaba y nunca iría a buscarme. A medida que pasaban los meses, el dolor de su ausencia se fue debilitando y los recuerdos se empequeñecieron. Cantar me ayudaba a no pensar; cuando cantaba, una exaltación se extendía por mi cuerpo y una profunda sensación de bienestar me rescataba de la tristeza. La señorita Kowalski era amable, pero también exigente.

—Tienes que mantener la nota más tiempo, Ludka. Si sacas el aire lentamente, te va a resultar más fácil.

Las horas de ensayo eran un bálsamo de tranquilidad; la serenidad que la música y el canto me regalaban era imprescindible para poder sobrevivir.

Poco a poco, dejé de esperar a mi madre y me concentré en la cotidianidad de la vida en Barcelona; el colegio, el canto, los amigos, *pani* Wanda y aquel ir tirando tranquilo que nos acompañaba.

Después de Zyta y de Tadek y sus hermanos, otros niños fueron reclamados por sus familiares y eso abrió la puerta de la esperanza a todos los huérfanos de la Torre de Vallcarca. Las preguntas se enroscaban en mis pies y no paraban de repetirse. ¿Y si yo también tenía padres? ¿Y si hacía tiempo que me buscaban? ¿Y si aquellos padres que no recordaba me querían tanto como Maria von Brandt?

Me afanaba en recuperar recuerdos que habían desaparecido y no escatimaba esfuerzos para volver a la vida que tenía antes de que los soldados me capturasen en el árbol. Recordar se convirtió en una obsesión; pero el pasado estaba lleno de claroscuros y el rostro de mi primera madre había sido engullido por el de la madre que me había acogido. Lentamente, un goteo de momentos vividos me fue visitando.

Mientras luchaba por recordar, reviví los días en Kinder-KZ Litzmannstadt, y Daria regresó a mi lado. Kinder-KZ Litzmannstadt era un campo de concentración para niños polacos cristianos, situado en la ciudad de Łódź. El olor a humedad del barracón se mezclaba con la peste a orina y los llantos sordos de añoranza volaban entre las literas, un grito de auxilio que daba círculos para no ir a ninguna parte. Muchas criaturas, robadas como si fueran objetos que se pudieran tasar, esperaban el momento de pasar el examen racial. Unas serían aceptadas para formar parte de la gran raza aria; otras, repudiadas y enviadas a campos de concentración. Nuestro destino dependía del color de los ojos, del pelo, de la medida del cráneo, de la anchura de la nariz, de la longitud del lóbulo de la oreja, de la altura y de un montón de datos que establecían si pertenecíamos o no a la raza aria que enorgullecía al país.

Daria tenía la piel blanca como la nieve, el rostro redondo como la luna y el pelo de un rubio tan claro que parecía blanco; iba peinada con dos trenzas gruesas recogidas sobre la cabeza formando una diadema que iba de una oreja a la otra, tenía la nariz recta y pequeña, unos ojos azules tan llenos de pánico que daba pavor; un miedo de dientes afilados que congelaba el gesto y encogía el alma. Dentro del barracón, un silencio denso anunciaba un futuro que borraría el pasado y nos convertiría en quienes no éramos. Nos hicieron formar, unos al lado de los otros. Daria estaba cabizbaja y tenía los puños cerrados. Rezaba en voz baja, segura de que su dios podía ayudarla. Un sentimiento de protección hizo que le cogiera la mano, pequeña como la de una muñeca y fría como el mármol. La apreté fuerte; ella me miró de reojo y esbozó un gesto de alivio. Aterrorizadas por una situación que nos resultaba incomprensible, nos sabíamos menos solas si estábamos juntas. No nos estaba permitido hablar en polaco, así que, para no ser descubiertas, cada noche nos metíamos en la misma cama y nos enterrábamos bajo las mantas. Al oído, hablábamos en nuestra lengua y soñábamos que estábamos en casa.

Dos días antes de llegar al campo, aquel soldado de botas altas me había descubierto en lo alto del árbol. Hacía frío, las hojas del viejo roble habían empezado a amarillear y una ligera lluvia se mezclaba con la neblina. Exhausta por una noche de mal dormir y asustada por la presencia de aquellos hombres que me buscaban, me agarraba a la rama mientras bajo mis pies los soldados pasaban de largo. La muñeca, la bailarina que amaba como si fuera mi hija, como un pájaro que se cae del nido cuando aún no sabe volar, se precipitó al suelo. Uno de los soldados dio un paso atrás, la cogió y miró hacia arriba. Las finas gotas de lluvia le impedían ver con nitidez, pero descubrió que lo que se movía entre las ramas no era un animal, era la niña que habían estado buscando toda la noche. Con una sonrisa triunfal, llamó a sus compañeros, tiró la muñeca al suelo, dio un paso adelante y le pisó la cabeza. Un crac que sonó como si aplastaran los huesos de un cráneo me hizo estremecer; mi muñeca moría pisoteada como un escarabajo y yo no podía hacer nada para salvarla. Aquel soldado, con unos ojos azules pequeños como los de una aguja y unos labios casi inexistentes, me hablaba en una lengua que yo no entendía. Su voz se mezclaba con la lluvia y retumbaba por todo el bosque. Amedrentada, me había convertido en una estatua en medio de las ramas del viejo roble. Siguieron instantes de incertidumbre, hasta que el soldado se encaramó al tronco; en un par de minutos, consiguió cogerme. Aterrada, intenté quitármelo de encima, pero lo único que conseguí fue perder el equilibrio y caer al vacío. El soldado me sujetó. Como si fuera una hoja empujada por el viento, mi cuerpo se balanceó hasta que me soltó. A cuatro metros bajo mis pies, los brazos de otro soldado me cogieron al vuelo. No recordaba cómo había llegado al campo de Kinder-KZ Litzmannstadt, pero sí que mi muñeca, la bailarina que me había acompañado toda la vida, se había quedado enterrada en el barro sin que nadie pudiera ayudarla. La cabeza aplastada de la bailarina era el preludio de todo lo que vendría después.

En Litzmannstadt aprendí que los días pueden ser tan largos como la eternidad. Cada mañana, me despertaba con la esperanza de ser rescatada de aquel infierno. Entonces no podía sospechar que, años después, tendría que enfrentarme a otros infiernos, pero que el peor lo llevaría dentro de mí hasta que fuera lo bastante mayor como para comprender que yo no era la responsable de la muerte de aquellos dos niños.

Antes de Maria von Brandt, tuve otra madre y otro padre, otra vida que se fundió a base de gritos y latigazos, una vida que desapareció quizá porque era demasiado pequeña para poder recordar o quizá porque no era capaz de soportar el dolor que me producía hacerlo.

Durante las semanas que estuve en el campo, Daria y

yo nos hicimos inseparables. Compartíamos la poca comida que nos daban con el ansia de los que pasan hambre. Durante la noche, nos acurrucábamos en la misma cama. Abrazadas, nos convencíamos de que nuestros padres pronto irían a buscarnos. *Auf Deutsch! Hier wird Deutsch gesprochen!*,[48] gritaban los guardias con voz de trueno cuando alguno se atrevía a expresarse en polaco. Si alguien lo hacía, lo abroncaban. Si reincidía, le pegaban. Si osaba replicar, entonces le azotaban con el látigo como si fuera un animal rebelde. Uno, dos, hasta veinte latigazos que abrían heridas en espalda, brazos y piernas. Latigazos que nos obligaban a olvidar nuestra identidad, a fingir que éramos otros; de tantos golpes que recibimos, terminamos por creer que no éramos quienes éramos. Ser testigo del horror y de la injusticia acrecentaba el miedo. Daria siempre estaba a mi lado y cuando un guardia se acercaba, ponía su mano dentro de la mía, se mordía la lengua y se tragaba las palabras.

Cada día nos despertaban a las seis de la mañana y los guardias hacían el recuento. No era tan fácil como podía parecer, porque los niños no comprendíamos el idioma y el recuento podía durar horas. Vivíamos sometidos a una mezcla de tristeza, hambre, suciedad, frío y miedo. La dureza de vivir en Litzmannstadt superó con creces la de los días que, años después, pasaría en el bosque de Białowieża; en el bosque era posible evitar a los animales salvajes, pero allí no podía huir de aquellos guardias que se imponían a base de palizas. Daria y yo lo hacíamos todo juntas, una necesitaba a la otra para soportar la crueldad.

Al final de la tercera semana, Daria enfermó. Primero tuvo tos y dolor de garganta, después llegó la fiebre y cuan-

48. En alemán, «¡En alemán! ¡Aquí se habla en alemán!».

do esta le subió, empezaron los delirios. Sin saber qué hacer para ayudarla, presa de la desesperación, me dirigí a un guardia para decirle que era urgente avisar a un médico. Lo dije en la única lengua que conocía y por respuesta recibí una mala cara y unos cuantos gritos; pero no me amedrenté e insistí.

—*Daria ma wysoką gorączkę, potrzebuje leków, potrzebujemy pomócy*[49] —repetí.

Su respuesta entonces fue una bofetada en la mejilla que me hizo tambalear mientras el guardia gritaba:

—*Deutsch sprechen! Hier wird Deutsch gesprochen.*[50]

Cuando lo repetí por tercera vez, con un ruego de dolor, el guardia me cogió por los hombros y me sacudió como si fuera un saco de patatas para, a continuación, tirarme al suelo. Me miraba con los ojos llenos de ira, el rostro encendido y el látigo en la mano, a punto de pegarme. Yo sabía que, si continuaba insistiendo, lo único que conseguiría sería una paliza y entonces no habría nadie para cuidar a Daria. Me callé y volví a su lado. Tenía la piel hirviendo, los labios resecos y los ojos turbios.

—*Zaśpiewaj mi coś, zaśpiewaj, proszę!*[51] —musitó con la voz tan fina que parecía a punto de romperse.

Le canté al oído las canciones que recordaba. No paré hasta que se durmió, y seguí hasta que el sueño me venció a mí. Al día siguiente, cuando desperté, la piel de Daria ya no hervía, tenía la expresión tranquila y estaba fría. Demasiado fría. Era la hora del recuento. Intenté despertarla, teníamos que salir afuera si no queríamos que el guardia se enfadara y sacara el látigo. Insistí e insistí, pero ella no se movía. Dormía profundamente. Demasiado pro-

49. En polaco, «Daria tiene fiebre alta, necesita medicinas, necesitamos ayuda».

50. En alemán, «¡Habla alemán! ¡Aquí se habla en alemán!».

51. En polaco, «¡Cántame algo! ¡Canta, por favor!».

fundamente. La sacudí, pero no sirvió de nada. Los cuerpos fríos no laten, los cuerpos fríos no despiertan, los cuerpos fríos ya no están.

Daria estaba allí, a mi lado, delgada y menuda, con los ojos cerrados, bonita como una muñeca. Los niños no mueren, solo mueren los viejos, los vecinos, los otros. Aquella noche la muerte había llamado a la puerta, una muerte sigilosa y mansa había ido a visitarla.

—*Zimno ci, Daria? Ściskam Cię i wychodzimy*[52] —dije, y le di un abrazo maternal para transmitirle todo el calor que tenía.

Nos acurrucamos bajo las mantas. Daria era un cuerpo frío e inmóvil que yacía a mi lado. La abracé para devolverla a la vida, porque las princesas de los cuentos duermen y se despiertan, porque en los cuentos lo imposible se hace posible, porque me negaba a que la muerte nos hubiera visitado durante la noche. Volví a cantarle al oído.

Fuera, los guardias hacían el recuento.

Faltaban dos criaturas.

La puerta del barracón se abrió de par en par. Un guardia repasó las camas y encontró a una niña abrazada a otra. Me cogió del brazo, tiró de mí con fuerza y me echó al suelo.

Se llevaron el cuerpo de Daria y a mí me consolaron con un par de patadas por no haber llegado a tiempo al recuento matutino.

La primera noche sin ella aún podía oler el aroma a miel y limón de su piel.

Al día siguiente, me hicieron el reconocimiento racial. Era apta. El nombre de Ewa se convirtió en Hedda y mi verdadero apellido desapareció entre los recuerdos que se iban diluyendo.

52. En polaco, «¿Tienes frío, Daria? Yo te abrigo y salimos».

Años más tarde, justo antes de ir a Génova para embarcar hacia Barcelona, la pequeña Hanka me cogió de la mano y me miró con ojos de súplica. Hanka olía a miel y limón. El miedo a que muriese cerca de mí hizo que no la quisiera a mi lado.

## 29

## Lebensborn, primavera de 1942

El llanto de la criatura recorrió el pasillo de arriba abajo.

Rudolph y yo cerramos los ojos para concentrarnos mejor. ¡Es un niño!, exclamó mi amigo. ¡No, seguro que es una niña!, repliqué. ¡Ni lo pienses! ¡Ya verás cómo es un niño!, insistía Rudolph tan seguro de sí mismo como siempre. Tanto él como yo estábamos convencidos de que éramos capaces de distinguir el sexo del bebé escuchando el primer llanto. Cada vez que llegaba una *geschwollenen Bauch,*[53] Rudolph, que sabía todo lo que pasaba en el orfanato, corría a decírmelo. «Barrigas hinchadas» era el nombre con el que habíamos bautizado a aquellas chicas que entraban y salían del orfanato. Chicas siempre altas, siempre rubias y siempre con los ojos azules. Chicas que caminaban lentamente cogiéndose la barriga, siempre inmensa, como si se hubieran tragado un globo gigante. Chicas bonitas que arrastraban la tristeza por tener que regalar un hijo que sería su vergüenza si se lo quedaban.

El acceso a la casa por la parte trasera daba a un largo pasillo. Si ibas hacia la derecha, llegabas a la despensa de la cocina, y hacia la izquierda, al final de todo, había una puerta azul que daba a la sala de partos. Cerca de aquella puerta, Rudolph y yo esperábamos el tiempo que fuera necesario

53. En alemán, «barriga hinchada».

hasta oír el llanto del bebé. Las veces en las que no estábamos de acuerdo con el sexo del recién nacido nos peleábamos, más por el placer de enfrentarnos què por el hecho de ganar. Fuera niño o niña sería una más del grupo de huérfanos que vivíamos en aquella casa inmensa. Una casa de paredes blancas y grandes ventanales que llenaban de luz todas las estancias.

Aquel día, en la sala de partos, después de los gritos de la partera, el llanto del bebé emergió acompañado de un silencio de derrota. Un rato después, el médico abrió la puerta; con cara de pocos amigos, las manos en los bolsillos y la mirada fija en las puntas de sus zapatos, pasó por nuestro lado sin vernos. Lo seguía la comadrona con el bebé en los brazos. Lo llevaba tan envuelto que parecía un fardo de ropa. Del interior de la sala salían los sollozos de la madre y una de las enfermeras repetía en voz baja: ¡Qué lástima! ¡Qué lástima! Tan preciosa que es la madre y que le salga una criatura tan deforme. Cuando nos vio, la enfermera exclamó: ¡Y vosotros qué hacéis aquí! ¡Venga, a jugar!

Obedientes, corrimos como dos balas y salimos al jardín. Aquel día ni Rudolph ni yo supimos si aquella criatura deforme era niño o niña. A los que nacían con alguna discapacidad los llevaban a un centro de tratamiento especial porque en la maternidad no había espacio para bebés imperfectos.

Adaptarse a los cambios no era una elección, sino un modo de sobrevivir. Después de pasar unas semanas en el campo de Kinder-KZ Litzmannstadt, donde la crueldad era el pan de cada día, me enviaron a un refugio de distribución en el que un programa de germanización me forzó a ser otra persona. Dejé de ser quien era para ser quien ellos querían que fuese. Cuando llegué al orfanato, hablaba un alemán perfecto y había aprendido a leer. Mi origen polaco se había borrado tras unos ojos azules y un pelo de color paja; mi verdadera identidad permanecía camuflada por una apariencia germánica, y un papel decía que yo era una niña huérfana de padres alemanes.

La casa olía a limpio y estaba rodeada de un gran jardín con árboles. Los días que hacía buen tiempo pasábamos horas jugando en el césped; teníamos caballos de madera, columpios, bicicletas de tres ruedas y juguetes de todo tipo. Un ejército de enfermeras y cuidadoras miraban por nosotros; llevaban cofia, delantal blanco y, a la altura del pecho, una aguja con la esvástica. Siempre sonrientes, nos protegían y educaban como si fuéramos sus propios hijos, pero, en realidad, nosotros éramos hijos del Tercer Reich, una comunidad de niños perfectos que engrandecerían el nombre de Alemania. Impregnados del orgullo de ser superiores, nos inoculaban el menosprecio hacia aquellos que no eran como nosotros.

A aquella casa venían a parir chicas solteras a quien nadie cuestionaba. Se las trataba con afecto y alumbraban un hijo ilegítimo en secreto. Algunas se quedaban unos meses, otras desaparecían justo después de dar a luz. Las maternidades eran una especie de oasis en medio de una guerra, un trozo de cielo en medio del infierno donde los llantos de los recién nacidos se oían día y noche.

Rudolph fue mi primer amigo de verdad. La compañía de aquel niño con el pelo de fuego, los ojos de un verde transparente, la nariz respingona y que hablaba por los codos me ayudó a alejarme de la muerte de Daria. Él fue quien dijo que a nosotros solo nos adoptarían cuando se terminasen todos los bebés. Lo dijo con una mezcla de resignación y de rabia por ser más mayor de la cuenta.

Al orfanato llegaban coches que se paraban delante de la entrada principal. Parejas previamente calificadas como aptas venían a buscar un hijo. Los niños mayores curioseábamos desde la ventana de la sala de juegos y soñábamos con la posibilidad de que, un día, uno de esos coches nos llevara a nosotros.

Las parejas visitaban el orfanato y después se encerraban en el despacho del director. Como quien escoge un cuadro para decorar el salón, elegían a la criatura que más les gustaba. La pareja y el bebé desaparecían después dentro del coche, que cruzaba el jardín y se alejaba por la carretera para no volver jamás.

¡Nosotros somos demasiado mayores, Hedda!, repetía Rudolph cuando veía que se esfumaba una nueva oportunidad. Con la nariz pegada a la ventana, me tragaba los celos y me preguntaba si algún día yo también tendría unos padres y viviría en una casa silenciosa donde tendría una habitación para mí sola. Pero pasaban los meses y seguía mirando por la ventana cómo se alejaban los coches por la carretera.

Mientras esperaba a que se produjera el milagro, me esforzaba por ser la mejor niña alemana del mundo. Había aprendido a leer y devoraba los cuentos; quería creer que, en algún rincón de Alemania, había unos padres que preferirían tener a una niña lista que a un bebé llorón.

Por cada niño que se iba, Rudolph y yo poníamos una piedra a los pies del gran tejo que había en medio del jardín, al lado de un pequeño estanque de poca profundidad que habían secado para evitar accidentes. El día que el capitán y Maria von Brandt vinieron al orfanato, Rudolph estaba entretenido recolocando el montón de piedras que había alrededor del árbol y yo estaba en la cocina lavando los platos con la ayudante de la cocinera. Poner las manos dentro del agua caliente y jabonosa me divertía y la chica que asistía en la cocina me dejaba acompañarla siempre que la cocinera no estuviera demasiado cerca. Mientras jugaba con el estropajo, un hombre vestido de oficial y una mujer alta con un chaquetón de piel de zorro que un día sería mío entraron en la cocina precedidos del director. La ayudante de cocinera se apresuró a justificar mi presencia. Hedda ha querido ayudarme, dijo disculpándose, y yo no he sabido decirle que no, pero ahora mismo se iba, ¿verdad, Hedda? Yo dije que sí, me sequé las manos y hui corriendo avergonzada ante aquella pareja que venía a buscar a un bebé gordo y glotón.

Media hora más tarde, yo estaba en el patio y una de las cuidadoras me llamó, me limpió las manos, que llevaba sucias de tierra, me cambió el vestido y me llevó al despacho del director, donde dos niñas de mi edad, Gudrun y Katrin, permanecían plantadas en medio de la alfombra, como si fueran jarrones chinos a punto de ser examinados. Los nervios corrían bajo mi piel como hormigas ansiosas de volver al nido. Mi corazón latía tan rápido que temía que saliese disparado y se estampase contra el rostro de aquel hombre que me observaba. El milagro que había esperado desde hacía meses estaba a punto de cumplirse. Tenía una posibilidad entre tres de ser adoptada y lo único que deseaba era que las niñas que tenía a mi lado desaparecieran.

—¿No te parece que estas niñas son demasiado mayores? —preguntó el capitán—. ¿No sería mejor un recién nacido, como sugiere el señor director?

—Esto ya lo hemos hablado, Klaus —lo cortó su mujer, y el capitán disimuló un gesto de contrariedad.

—Las tres son unas niñas excelentes —dijo el director acercándose a nosotras—. Hedda ya ha aprendido a leer. A Gudrun le encantan la música y el baile, seguro que será una gran bailarina. Y Katrin es nuestra artista, dibuja y pinta como nunca le he visto hacer a una niña de su edad; tiene un don especial para el arte. Sin ninguna duda, llegará muy lejos.

El director se comportaba como un vendedor ambulante. Yo era demasiado pequeña para ser consciente de la humillación. Demasiado pequeña para saber leer la mirada de afecto con la que me obsequiaba Maria von Brandt y la indiferencia del capitán. Pero tenía la edad suficiente para darme cuenta de que las palabras del director habían dejado en mejor lugar a Gudrun y a Katrin. Deseaba ser la escogida, así que di un paso adelante dispuesta a defenderme.

—Yo también sé bailar y dibujar, y me gustan las mariposas y los pájaros, y conozco los nombres de las flores y de los árboles, y también sé hacer pompas de jabón —dije para intentar ponerme a la altura de mis contrincantes.

—¡Hedda! ¡Las niñas no hablan si no se les pregunta!

—Sí, señor. —Bajé la cabeza y di un paso atrás para volver a mi sitio.

Sin ningún arrepentimiento, me sentía satisfecha de haber dicho lo que quería decir. Yo no era únicamente una niña que leía. Yo sabía hacer muchas otras cosas y los Von Brandt tenían que saberlo.

—Si les apetece preguntar algo a las niñas... —sugirió el director al matrimonio—. Así las conocen un poco.

Maria von Brandt me miraba con una mezcla de admiración y simpatía.

—No será necesario —respondió antes de que el capitán opinara.

Me había escogido a mí, quizá porque le gustaban las niñas decididas, quizá porque le gustaba mi rostro o quizá porque mi nombre era el mismo que el de su hija fallecida.

Me fui del orfanato sin despedirme de Rudolph, pero

encima de su cama dejé una piedra redonda y blanca, la piedra más grande y más bonita de todas las que él y yo habíamos puesto alrededor del tejo. Sobre la superficie lisa y clara escribí a lápiz: «Hedda».

## 30

### Barcelona, mayo de 1947

Habían pasado meses desde la noticia de la muerte de Maria von Brandt. Los días en que la añoranza se convertía en dolor, para conseguir ablandarlo, le escribía cartas en las que le contaba todo lo que se me pasaba por la cabeza, una especie de diario mal redactado en el que vertía todo lo que sentía. Me ahorraba decirle que me agarraba al sueño de volver al lado de mi verdadera familia y evitaba explicarle que me moría por recuperar a unos padres y una vida que ni siquiera recordaba. «*Alle lieben mich hier.*[54] Tengo una amiga muy amiga que se llama Emma. Su abuela es cantante y me encanta escucharla. *Ich vermisse dich, Mutter.*[55]» Mientras esperaba a reencontrarme con mis primeros padres, me concentré en estudiar, en cantar en el coro de la señorita Kowalski, en jugar y charlar con Emma y también en vivir con felicidad el buen trato que nos daban tanto en la residencia de la calle Anglí como en la escuela polaca de la Torre de Vallcarca.

El sábado 17 de mayo de 1947, Franco llegó a Barcelona y el ritmo de la ciudad se invirtió. Florinda compró un ramo de margaritas blancas que dejó en el centro de la mesa de la cocina junto a una fotografía del jefe del Esta-

54. En alemán, «Aquí todo el mundo me quiere».
55. En alemán, «Te echo de menos, mamá».

do; exultante de alegría, no paraba de leer todo lo que decía el periódico. Cuando entré en la cocina a buscar una jarra de agua que me había pedido la señorita, Florinda tenía un ejemplar de *La Vanguardia Española* abierto encima de la mesa.

—¡Mira, mira qué dice el periódico! —La cocinera estaba en éxtasis y leyó a toda prisa, sin puntos ni comas—: «Español, seas de donde seas, pienses como pienses y sientas lo que sientas, si eres español de los que se movilizaron el 18 de julio de 1936 al servicio de la Patria, acude a recibir a Franco y a expresarle tu gratitud... Que Franco —él lo ha dicho muchas veces— no aspira solo a vencer, sino que quiere convencer».

—La señorita Kowalski dice si me puede dar una jarra de agua.

Florinda no me escuchaba. Cogía el periódico con ambas manos y lo sacudía con entusiasmo mientras me explicaba lo que había leído más de diez veces.

—El Caudillo ha zarpado de Mallorca en un crucero que se llama Miguel de Cervantes. Viene escoltado por catorce barcos de la Armada. ¿Te imaginas? Estará aquí, en Barcelona, hasta finales de mes, y después se irá a Lleida. ¡Virgen santa! ¡Qué emoción!

—Sí, señora Florinda... —Me acerqué a la pila—. ¿Puedo llenar una jarra de agua, *proszę*?[56]

—Ahora te la lleno. —Florinda iba a coger una jarra vacía cuando un ensordecedor repiqueteo de campanas la detuvo—. ¡Ya está aquí! ¡Ya ha llegado! ¡Oh, Dios mío! ¡Qué emoción! —La cocinera acompañó su exaltación santiguándose tres veces y se puso la mano en el pecho—. ¡Mira, mira cómo me late el corazón! El periódico decía que en el momento en que el Caudillo pusiera los pies en

56. En polaco, «por favor».

el Portal de la Pau, todas las iglesias de la ciudad harían repicar las campanas. ¿Lo oyes, Ludka? ¿Oyes cómo las campanas dan la bienvenida a nuestro salvador?

Di un par de pasos para coger la jarra yo misma y llenarla, pero la cocinera quería hacer su particular homenaje al dictador y necesitaba mi colaboración. Sacó de su bolso una bandera de España, la desdobló y allí aparecieron el águila de cabeza alta y pico rojo y la banda blanca donde estaba escrito: «Una, grande y libre».

—¡Vamos, Ludka, ayúdame a colgarla en la ventana! ¡Hoy es un día muy importante, un día que recordarás para siempre!

Las calles de la ciudad estaban repletas de gente, se habían adornado los balcones con banderas de España, se obligaba a oficinas y comercios a cerrar desde las diez de la mañana hasta las cuatro de la tarde. Para mostrar el fervor de la ciudadanía, las empresas extranjeras daban fiesta a sus trabajadores. Autobuses llenos de obreros llegaban a la capital para abarrotar calles y plazas. No todos estaban de acuerdo, pero obedecían para evitar problemas mayores; además, se les compensaba con el doble del salario de una semana, lo que ayudaba a paliar la miseria en la que vivían. Una colección de discursos, aplausos y ovaciones dividía la ciudad entre los que adoraban a Franco por haber traído la paz y los que lo odiaban por haberles robado la libertad.

Por la prensa y por la información que nos daba Florinda quisiéramos o no, supimos que Franco, acompañado de su mujer y su hija, se había instalado en el Palacio de Pedralbes. Durante los catorce días de su estancia, celebraría un consejo de ministros, presidiría una marcha militar, visitaría la universidad, se entrevistaría con periodistas y asistiría a un recital del coro de las niñas polacas huérfanas que dirigía la señorita Kowalski.

—¡Qué honor, niñas! ¡Qué honor! —repetía la cocinera, que se moría por acompañarnos.

La idea había surgido de instancias superiores y no era posible negarse. La señorita Kowalski se lo tomó como un reto personal y seleccionó media docena de canciones que ensayábamos tantas horas como podíamos. Yo actuaba como solista del grupo y Emma escuchaba detrás de la puerta de la sala de música y se aprendía las canciones al mismo ritmo que lo hacíamos nosotras.

Todo iba bien hasta que tres semanas antes del día de la actuación, la escarlatina aterrizó en la residencia de la calle Anglí. Tres niñas fueron aisladas para evitar que la enfermedad se extendiera; y otras cinco, aunque no mostraban síntomas, por el simple hecho de haber dormido en la misma habitación que las enfermas, también fueron apartadas por si acaso incubaban el virus. Aquel contratiempo provocó que el coro de la señorita Kowalski quedara excesivamente reducido. Antes de que la desesperación hiciera acto de presencia, sugerí la posibilidad de que Emma cantara con nosotras.

—¡Pero ella no es polaca! —replicó la señorita Kowalski con su voz de pájaro.

—Emma se sabe las canciones tan bien como nosotras. ¡Usted dice que no hay suficientes voces! ¡Emma puede ser una más! *Bardzo Pani enkę proszę!*[57]

La señorita Kowalski terminó por ceder y así fue como, gracias a la escarlatina, Emma tuvo la oportunidad de cantar con nosotras.

—¡Se lo tienes que decir a tu abuela, Emma! ¡Seguro que se pone muy contenta! —Su felicidad era la mía y ambas corrimos hasta el piso de los Andreu para comunicarles la noticia.

57. En polaco, «¡Por favor, señorita!».

—¡Yo no te he enseñado a cantar para que lo hagas delante de ese criminal! —Su abuela nos miró con reproche y la alegría que acabábamos de compartir se evaporó.

Emma no replicó y salió del piso sin decir nada. Bajé la escalera detrás de ella; una vez en la calle, el azar hizo que nos encontráramos a su abuelo. Emma, hecha un mar de lágrimas, fue incapaz de hablar y fui yo quien repitió, palabra por palabra, la frase de la señora Teresa. El abuelo Simó dejó pasar unos cuantos segundos que se hicieron eternos y al final dijo:

—Si el coro tiene pocas voces y te necesitan, no entiendo por qué no puedes actuar. —Hablaba con afecto y nos transmitía una gran dosis de tranquilidad.

—¡Si canto, la abuela se va a enfadar mucho!

—Tu abuelo encontrará el modo de convencerla —repliqué, y miré al señor Andreu—. ¿Verdad que hablará con ella?

El señor Andreu movió la cabeza afirmando.

—De la abuela me encargo yo —dijo, y se dirigió a mí para añadir—: Tenéis que hacerme un favor...

—¿Cuál?

—Cuando cantéis delante de Franco, miradlo fijamente y decidle que un día pagará por todo lo que nos ha hecho.

—Pero, abuelo, ¿cómo quieres que hablemos si estaremos cantando? —Emma ya no lloraba, pero la petición la confundió.

—Basta con que lo hagáis de pensamiento. Una mirada puede ser más potente que un largo discurso. —Nos guiñó el ojo y se puso bien las gafas.

En aquel momento, el tren corría por la calle Aragó soltando una humareda negra que ensuciaba las fachadas. Ni Emma ni yo fuimos conscientes de que el abuelo se esforzaba en disimular la poca fuerza que tenía. Estábamos satisfechas con el apoyo que nos daba y corrimos hacia la Torre de Vallcarca para empezar el ensayo, el primero que Emma haría con nosotras.

De las cinco niñas aisladas, solo dos desarrollaron la escarlatina. Todo parecía volver a la normalidad hasta que, el día antes de visitar el Palacio de Pedralbes, una llamada desbarató la vida de mi amiga y también la mía. El señor Andreu se había caído en plena calle. Aunque la caída no tuvo más consecuencias que un par de huesos rotos, su ingreso en la clínica puso al descubierto un secreto que hacía más de un año que él escondía. Simó Andreu sufría una grave enfermedad en la sangre y le quedaba poco tiempo de vida. El cambio de horario que había pedido en el trabajo con el único argumento de tener las tardes libres ocultaba la certidumbre de que su tiempo se agotaba mucho más deprisa de lo que hubiera deseado, y el poco que le quedaba quería dedicarlo a su pasión. Años después de su muerte, cuando Emma y yo éramos dos jóvenes que nos abríamos paso en el mundo adulto, supimos que durante su último año, el señor Andreu, después del trabajo, iba a un bar que había en la calle Gran de Gràcia; por una puerta lateral, accedía a una escalera sórdida que llevaba a un piso donde se impartían clases clandestinas. Ni su mujer, ni su hija, ni su nieta sabían nada, ni de la enfermedad ni de la actividad del abuelo. No decírselo a nadie le hacía sentirse libre y cada tarde, cuando la lengua que estaba prohibida en la calle volaba entre las paredes de aquella aula improvisada, él tenía la ilusión de que algún día volvería la república.

Acompañé a Emma y a Isabel hasta la Clínica del Pilar. El abuelo tenía una pierna rota y sonreía ante los reproches de su mujer, a quien no le cabía en la cabeza que no hubiera compartido con ella la inquietud de una enfermedad que avanzaba más deprisa de lo previsto.

—¿Qué hubieras sacado con saberlo? Sufrir en vano y estar encima de mí como si fuera un niño pequeño. Eso habrías hecho, ¿verdad? —le espetó el abuelo a su esposa en el momento en que nosotras entrábamos en aquella habitación que olía a medicamento. Al vernos, se calló—. ¡Mirad quién ha venido a verme! Tendré que romperme una pierna más a menudo.

Emma me cogió la mano. Darnos la mano era darnos la fuerza que no encontrábamos en nosotras mismas. Nuestra amistad crecía día a día, y aquella tarde, Emma me necesitaba más que nunca.

Fue una visita breve. De regreso a la Torre de Vallcarca, Emma habló y habló, un monólogo truncado que no esperaba respuesta.

—Mamá dice que el abuelo está muy enfermo. —Las pocas veces que me miraba, me recordaba a un pez que se ahogaba fuera del agua—. El abuelo no morirá. No puede morirse.

Solo teníamos diez años, pero yo hacía tiempo que había aprendido que la muerte formaba parte de la vida, que nada era eterno, que no importaba lo mucho que quisieras a alguien: aunque te negaras a aceptarlo, podía desaparecer de un momento a otro. Llevaba encima el peso de una vida llena de pérdidas. *Das Leben ist nicht einfach!*,[58] me repetía mi segunda madre cuando la voz del capitán nos silenciaba a ambas. Pero los diez años de Emma habían estado llenos de amor y cuando la enfermedad de su abuelo asomó por la esquina, ella le dio la espalda, porque la muerte de un ser querido siempre se lleva una parte de nosotros mismos.

58. En alemán, «¡La vida no es fácil!».

—¡Mi abuelo no morirá! ¡Juro que no morirá! ¿Verdad que no morirá, Ludka?

—No morirá —mentí para no contrariarla.

Al día siguiente, fuimos a cantar al Palacio de Pedralbes. Emma estaba seria y triste como no la había visto jamás. La ilusión de cantar con nosotras se había evaporado después de saber que su abuelo estaba enfermo. Además de la señorita Kowalski, nos acompañó el director del colegio, Anna Maria Klemensiewicz y un par de profesoras. Minutos antes de irnos, Florinda apareció arreglada de pies a cabeza; con su retórica habitual, suplicó al director que le permitiera ir. El deseo de la cocinera por ver al jefe del Estado era tan intenso que una de las profesoras no tuvo ningún problema en cederle su lugar. En el momento en que Florinda supo que por fin podría ver a su Caudillo, se le llenaron los ojos de lágrimas de felicidad.

Desde la avenida del Generalísimo Francisco Franco, para llegar al Palacio de Pedralbes, había que cruzar un espacio lleno de caminos que se perdían en medio de cedros, tilos, cipreses, pinos, laureles, bojes, algunas palmeras y también buganvillas y hiedras que se extendían por todas partes. Un bosque domesticado que se alternaba con zonas de jardín hasta llegar al edificio. Emma y yo caminábamos de la mano y mirábamos a nuestro alrededor para retener las imágenes de una experiencia que no se repetiría. La palabra *palacio* me había llevado a imaginar uno como los que aparecían en los cuentos de hadas, con torres y tejados cónicos, como el que salía en mis sueños y que años después descubriría que era real. Las expectativas eran muy altas, así que cuando estuvimos delante del edificio, una casa inmensa de dos plantas con una zona de soportales con columnas, la decepción fue mayúscula. Delante había un pequeño estanque con surtidor y, a su alrededor, un montón de macetas con geranios rojos.

Las puertas estaban abiertas de par en par y había dos guardias plantados a cada lado. Un señor con traje gris y corbata oscura vino a recibirnos. Saludó al director, a la señora Rodon y a la señorita Kowalski, que estaba tan nerviosa que fue incapaz de pronunciar una sola palabra. Florinda iba un paso atrás, al lado de las niñas; caminaba lentamente, un poco por la emoción y un poco porque la faja le apretaba la barriga y le costaba respirar.

La desilusión que me provocó el exterior del palacio desapareció cuando entramos. Una escalera de grandes dimensiones se bifurcaba en otras dos que llevaban al primer piso. Una lámpara de cristal colgaba del centro de la claraboya, tan grande o más que las mesas que teníamos en la sala de juegos de la Torre de Vallcarca. Las luces simulaban velas dispuestas en dos círculos a diferente altura. Todo lo que veía era tan excesivo que tenía la sensación de que estaba entrando en otro mundo.

Tuvimos que esperar un rato hasta que nos hicieron pasar al salón del trono. Si la lámpara de la entrada me había impresionado, las dos que había en aquella sala de doble altura, con alfombras blandas y el techo pintado, me dejaron sin aliento. Los cristales relucían y se movían como animalillos transparentes. Casi no había muebles, únicamente un par de sillones almohadillados custodiados por dos leones blancos situados a ambos lados de una tarima de madera; detrás, unas cortinas rojas que quedaban delimitadas por dos columnas.

Emma y yo nos soltamos la mano cuando la señorita Kowalski nos colocó en nuestro sitio. Yo, en el centro de la primera fila, y Emma, en la fila de atrás, un par de metros a mi izquierda. Los nervios me corrían bajo la piel y me preguntaba si sería capaz de cumplir la promesa que le había hecho al abuelo de Emma. Detrás de nosotras entraron un grupo de hombres y mujeres que se quedaron a los lados de la tarima, justo enfrente de donde estábamos. Esperábamos. Todos esperábamos. La señorita Kowalski se retorcía las manos, se mordía el labio y miraba hacia la puerta sin disimular su nerviosismo.

Después de diez minutos, entró él, más bajo que alto, bastante calvo y con un barrigón notable. Caminaba con pasos largos, mantenía la mirada fija en un punto indefinido y daba la sensación de que nada de lo que tenía alrededor le interesaba. Un paso detrás de él iba una mujer delgaducha que observaba todo con una sonrisa forzada. La pareja se detuvo delante de la señorita Kowalski. El general Franco, con la voz aflautada, le dijo que era un honor escuchar las voces del coro; su esposa, la señora del cuello largo, inclinó la cabeza, pero no dijo nada.

Florinda cogía su bolso con ambas manos y cuando el general Franco pasó por delante de ella, se santiguó con fervor. Para ella, el Caudillo era una especie de santo, el hombre que había traído el orden al país y salvado la patria. La cocinera suspiró con tanta intensidad que la faja llegó al límite de su resistencia, la costura cedió y el tejido se rasgó. De repente, su estómago se liberó; debajo del vestido de color turquesa se esculpieron las lorzas de grasa que la faja ya no contenía. Florinda estaba tan abstraída contemplando a su ídolo que ni se percató del incidente; pensó que aquella sensación de libertad que sentía era fruto de la emoción.

Delante de nosotras, la señorita Celina Kowalski levantó los brazos y movió la cabeza en un gesto de afirmación. El coro cantó a una sola voz. Emma movía los labios, pero no cantaba; miraba con rabia al hombre que se sentaba en uno de los sillones delante de la cortina roja. Yo, mientras cantaba, observaba las enormes lámparas que brillaban como dos soles e imaginaba que se caían encima de aquel hombre con voz de niña y que quedaba enterrado bajo una montaña de pequeños fragmentos de cristal que se teñían de regueros de sangre.

Cantamos como nunca y en la última canción, en el momento en que me tocaba hacer el último solo, cerré los ojos y me concentré, pero no para cantar de la mejor manera posible, sino para soltar una disonancia que provocó la alteración de la señorita Kowalski y un silencio estanco entre los asistentes.

Orgullosa de mi actuación, miré de reojo a la fila de atrás; los ojos de Emma sonreían y me daban las gracias.

# ISABEL

*París iba a ser mi casa. Mamá, Emma, Daniel y yo recuperaríamos la tranquilidad que dos guerras nos habían robado. Eso era lo que había decidido, eso era lo que quería, pero el destino se obstinaba en mostrarme sus garras.*

# 31

## París, junio de 1947

Nubes grises oscurecían el cielo. Empezaba a llover.

Daniel miró la ciudad que se extendía a sus pies. Los edificios eran tan minúsculos que parecían casitas de juguete, y las personas, puntos negros moviéndose como hormigas desorientadas que no encuentran su guarida. A Daniel no le daban miedo las alturas, al contrario, la escalada había sido su pasión hasta que la política pasó a ocupar sus horas libres. Meses atrás, un compañero le había dicho que buscaban hombres para pintar la parte superior de la Torre Eiffel, hombres que se movieran cómodamente a doscientos metros de altura. Un trabajo perfecto para él. Pagaban bastante bien, se trabajaba al aire libre y además le permitía estar solo y pensar. Aceptó el trabajo como un regalo del destino; trabajaría unos cuantos meses y ahorraría lo suficiente para poder pasar una buena temporada dedicado al partido de forma exclusiva.

Aquella tarde, la lluvia provocó que tuvieran que parar. Tapó el bote de pintura, puso las brochas en el cubo y, antes de bajar, contempló un cielo tan preñado de nubes negras que daba pavor. Un relámpago seguido de un trueno lo empujó a darse prisa. Vigilaba dónde ponía manos y pies, un movimiento equivocado podía invocar a la desgracia. Hasta que no llegó al suelo, no se dio cuenta de que la chica del paraguas rojo que estaba plantada justo en el centro de la base de la torre era yo.

Viajé a París con la determinación de recuperar mi vida. Me había ido de allí con el orgullo de integrarme en la lucha contra la dictadura y con el miedo de no poder ser la persona que Daniel creía que era. Entraba en un universo lleno de contradicciones que terminaría por confundirme.

Habían pasado dos años y aún llovía. Aquel día el cielo también estaba plagado de nubes negras y la lluvia era intensa.

Daniel se acercaba con las manos en los bolsillos y la sonrisa en los ojos. Gritó mi nombre y su grito saltó de un charco a otro, se detuvo sobre las puntas de sus zapatos y se mezcló con la niebla. Cuando lo tuve cerca, se accionó el resorte que contenía el dolor. De repente, vertí todas las lágrimas que había escondido delante de mi madre y de Emma. Lloré para ahuyentar el sufrimiento que no conseguía atenuar. Lloré para librarme de un sentimiento de pérdida que me perseguía desde hacía meses. Lloré y en el centro de mi pecho una mano de hierro apretó fuerte y no me dejaba respirar. Lloré por la vergüenza de mi traición, pero, por encima de todo, lloré por la ausencia de mi padre.

—Mi padre ha muerto. —El llanto se intensificó y los sollozos cortaban mis palabras.

Daniel tenía el gesto contrariado y el rostro pálido, como quien recibe un puñetazo. Cerró los ojos unos instantes y cuando volvió a abrirlos el nombre de Simó Andreu se había añadido a la lista de muertos que llevaba a la espalda desde que había empezado la guerra.

—¡Maldita sea! —exclamó con la mirada de cristal, y escupió en el suelo toda la rabia que le hervía por dentro.

—Ha muerto sin saber que tú estás vivo. —Me sequé los mocos con la palma de la mano, la desesperación afloraba como un río desbocado que arrasaba los márgenes y deshacía el paisaje.

Saber que mi padre tenía los días contados había hecho que el sentimiento que me confundía dejara paso a una intensa tristeza. Mi madre hacía de tripas corazón y disimulaba su dolor tras un ir tirando sereno, pero yo notaba el eco apagado de la pena que la devoraba, el crepitar de un fuego encendido con madera vieja. Su marido se moría y ella no podía hacer nada para evitarlo. Él moría y ella, que era energía en estado puro, tenía que aceptar y esperar. Él moría y ella, cada vez que el llanto le agujereaba las palabras, corría a esconderse. En el hospital nos dijeron que era cuestión de semanas, que la enfermedad estaba muy avanzada.

El día que mi padre volvió a casa, Emma y yo bajamos hasta el piso de la calle Aragó. En todos aquellos meses no había sacado la llave del bolso. La puse en la cerradura y giró con la suavidad de un día cualquiera. En el otro extremo del pasillo, en el umbral de la puerta del comedor, mi madre nos recibió con una sonrisa de papel. Emma corrió como un animalillo sediento y ella la recibió con los brazos abiertos.

—Se nos muere, Isabel. Tu padre se nos muere y no podemos hacer nada. —Y sin añadir nada más se sentó delante de la mesa y fijó su mirada en el sillón cerca del balcón. Minutos después añadió—: Tenemos que limpiar vuestras habitaciones.

Barrimos, fregamos, limpiamos el polvo, pusimos sábanas limpias y cuando todo estuvo listo, fui a verlo. Un ronquido entrecortado, como el grito de un pájaro herido, llenaba la habitación, que olía a naranja amarga. Dormía boca arriba, con los ojos cerrados y la boca entreabierta, descansaba del trasiego del traslado del hospital a casa.

—El abuelo se curará, ¿verdad, mamá? —preguntó Emma sentada en el suelo, arrinconada contra la pared, entre el armario y la mesita, con las piernas encogidas y los brazos alrededor de las rodillas.

Me gustaría haberle dicho que todo iba a ir bien, que no debía preocuparse, que el abuelo volvería a ser el hombre fuerte y valiente de siempre.

—El abuelo está muy enfermo, Emma. Tenemos que intentar que los días que le quedan sean tranquilos y felices.

Será mejor que se lo lleven a casa, aquí ya no podemos hacer nada por él, había dicho el médico. El mundo se derrumbaba, se deshacía como un castillo de arena enterrado por el embate de las olas. Mi padre se moría y nosotras no podíamos hacer nada más que acompañarlo. El mundo había perdido el color y el sol brillante era un insulto a la desgracia que se había instalado en casa.

Mi padre se negó a quedarse en la cama. Ya llegará el día que no tenga ánimo para levantarme, dijo mientras lo ayudaba a vestirse y lo acompañaba hasta su sillón.

Con un libro en una mano y un cigarrillo en la otra, veía pasar trenes y se despedía de la vida sin inmutarse. Por las tardes, una ristra de amigos y alumnos venían a visitarlo. No osábamos decirles que mi padre estaba cansado, que mejor volvieran otro día, porque no había tiempo para demoras.

Hasta que llegó el día en que no tuvo fuerzas para levantarse. La tarde previa a su última noche, mientras mamá le frotaba las manos para ahuyentar el frío de unos dedos largos y delgados, él, con un hilo de voz, le pidió que le cantara la nana que tantas veces había cantado, primero a mí y después a Emma.

La voz de mi madre llenó la habitación, recorrió la

casa y salió al patio de luces. Entonaba *El noi de la mare*[59] con el llanto contenido. Los vecinos abrían las ventanas y oían una voz que esparcía la tristeza y anunciaba el adiós. Mi madre cantaba con el corazón en un puño por la pena, se tragaba las lágrimas y se esforzaba para que su voz se alzara sin romperse. Mi padre la miraba y sonreía; ella había sabido regalarle la alegría de vivir. Su voz era un bálsamo, una mano gigante que lo acariciaba y lo mecía.

—Sentaos aquí en la cama, a mi lado. —Hablaba lentamente, tenía los labios resecos y las palabras se rompían como si fueran de hielo. Alargó la mano y cogió la de mi madre—. Ha llegado la hora de hacer recuento, Teresa, y vaya cómo hemos aprovechado lo poco que nos han dejado esos cabrones. Me toca irme y me queda el pesar de no haber saboreado la libertad. Cuando llegue, que va a llegar, estoy seguro, haz el favor de celebrarlo por los dos.

—¡Claro que lo haré! ¡Puedes contar con ello! —Le acarició el rostro y notó el tacto frío de su piel.

—Y tú, Isabel, hija mía. —Giró la cabeza para mirarme—. Espero que nunca tengas que arrepentirte de las decisiones que tomas. Eres joven y lista y también muy bonita; deberías rehacer tu vida, pero, si lo haces, que sea con alguien a quien quieras y que te quiera a ti, un hombre generoso y buena persona. —Me clavaba los ojos, que se habían hecho inmensos en un rostro que ya no era el suyo. Intuí que había descubierto mi secreto y me tragué las lágrimas por haberlo decepcionado. Entonces se dirigió a Emma, que estaba de pie a mi lado—. Y tú, Emma, tú lo tienes todo por delante. Haz el favor de vivir tan intensamente como puedas. No lo parece, pero la vida pasa en un soplo. Cuida a mamá y a la abuela, ellas necesitarán tu fortaleza. Aunque nos lo han puesto difícil, hemos sido

59. En catalán, *El chico de la madre.*

bastante felices. Cuando yo ya no esté, tenéis que seguir siéndolo. —Su voz era un hilo de seda a punto de romperse—. Me voy tranquilo. Vosotros sois el mejor regalo que me ha dado la vida. Al fin y al cabo, amar y ser amado es lo realmente importante.

Simó Andreu murió con una sonrisa en los labios. Mi madre le cerró los ojos y lo besó con la serenidad de quien ha aceptado el adiós.

Le pusimos el traje de color crudo que había llevado por última vez el día de la verbena de San Juan. Mi madre lo peinó con aquella ternura que le asomaba de vez en cuando. Los hombres de la funeraria pusieron su cuerpo en el ataúd. Vecinos, amigos y conocidos pasaron por casa a darnos el pésame; cuando todos se fueron, Emma, que no había dicho nada en todo el rato, se fue a la habitación donde estaba el cuerpo de mi padre y puso los libros que él le había regalado sobre su pecho.

—¡Para que te hagan compañía, abuelo! —dijo, y después, con la voz entrecortada, nos contó el secreto que compartía con su abuelo; un secreto que, tanto mi madre como yo, sabíamos desde el primer día.

El abuelo deseaba que su única nieta aprendiera a leer en su lengua y pensó que a través del secreto y del juego sería la mejor manera; mi madre y yo habíamos sido cómplices fingiendo no ver. Después, Emma le llenó los bolsillos de la chaqueta con las palabras que él le había enseñado.

—¡Así no estarás nunca solo! —le murmuró al oído, y recitó, una a una, las frases que él había escrito con las palabras que ella le había dado.

La muerte de mi padre precipitó la necesidad de explicar toda la verdad a mi madre, así que una semana después viajé a París a buscar respuestas.

Aquella tarde, París era una ciudad gris. Una fina lluvia ensombrecía el paisaje, y sobre la Torre Eiffel, nubes oscuras bailaban mecidas por el viento.

Tu padre nunca morirá, Isabel, dijo Daniel apretándome el hombro y me abrazó hasta que el llanto se alivió. Me miró a los ojos y nos besamos. Su aliento con aroma a tabaco y menta me trasladó a tiempos felices, pero la inquietud que crecía en mi interior no me permitió saborear el momento. Caminamos, cobijados por un paraguas rojo. Ni él ni yo dijimos nada; tanto él como yo sabíamos que ante la muerte no había más consuelo que dejar pasar el tiempo. La lluvia amainó, los pasos se hicieron más lentos y Daniel propuso que fuéramos a una casa de comidas que había cerca de la plaza de la República. Yo no tenía apetito, pero hacía más de ocho horas que no comía y necesitaba llenar el estómago para no desfallecer.

Llegamos al establecimiento, tenía un portal de madera con celosías pintadas de color verde descolorido a fuerza de días de sol. El cocinero era un chico gerundense que hacía un cocido que me retornaba a casa. Los días en que la añoranza era menos llevadera, el caldo caliente le daba un empujón para seguir adelante. Daniel me explicó que iba de vez en cuando, en momentos en los que necesitaba huir de las discusiones políticas y cuando los ideales que lo mantenían alejado de la familia le llenaban de dudas y se preguntaba si aquello era lo que deseaba. El pequeño restaurante era su refugio. Sentado a una de esas mesas largas en las que desconocidos compartían un rato de charla, bebía, no pensaba, no juzgaba y escuchaba retazos de vida de aquellos hombres solitarios a los cuales la guerra había desgarrado el futuro. Había entablado amistad con media docena de refugiados polacos que se consolaban de su desgracia con las migajas que les ofrecía el destino.

Daniel abrió la puerta y entramos. Hablaba con la locuacidad de siempre y yo me mantenía en un discreto silencio y esperaba el momento oportuno para decirle el motivo de mi visita. Aquel repentino viaje a París era para comunicarle que había dejado de colaborar y que estaba decidida a irme a vivir con él. Dijera lo que dijera, no cambiaría de opinión, lo único que deseaba era irme de Barcelona y alejarme de mí misma.

El restaurante tenía más aspecto de taberna que de casa de comidas. Había una barra que iba de lado a lado a lo ancho del establecimiento y cuatro mesas donde cabían más de diez personas. Nos sentamos en una en la que había seis polacos que me ofrecieron una sincera sonrisa de bienvenida; todos me dijeron algo, todos menos uno, que ni me miró. Después sabría que se llamaba Jan Kumiega. Daniel quiso sentarse con ellos para charlar un rato y yo sospeché que mi marido intuía lo que quería decirle y que hacía todo lo posible por aplazar la conversación. Aquellos hombres vivían un tiempo de espera; trabajaban y vivían en París mientras resolvían cómo encarar su futuro. Un par de ellos querían ir al Reino Unido, donde tenían parientes que les hablaban de un futuro asentamiento para los refugiados polacos; los dos más aventureros trabajaban día y noche para ahorrar dinero para un pasaje que los llevaría a Estados Unidos; el más joven se había enamorado y soñaba con establecerse como mecánico en el pueblo de su novia.

Yo estaba sentada enfrente de Jan Kumiega, un hombre huraño que cogía el vaso de vino con ambas manos y bebía a pequeños tragos. Aunque rondaba los cuarenta, había envejecido antes de tiempo; el pelo, que había sido rubio, era gris, y los ojos, de un color azul oscuro, estaban llenos de tristeza. Bebía lentamente y cuando el vaso se vaciaba, se lo volvía a llenar con la misma parsimonia con la que bebía. Era extremadamente reservado, solo cuando el alcohol hacía su efecto, la lengua se le desataba. Las guerras destrozan vidas, borran el ayer, paralizan el hoy y decapitan el mañana, y la historia de Jan Kumiega era una más. Antes de la guerra, vivía en la granja donde había nacido, con sus padres, su mujer y sus tres hijos, en un pueblecito al suroeste del país. No eran ni pobres ni ricos, ni felices ni infelices, simplemente vivían tranquilos y disfrutaban de las pequeñas cosas que les regalaba una existencia que se paralizó de repente al estallar la guerra. Habían asesinado a sus padres y a sus dos hijos mayores, se habían llevado a su hija pequeña, que aún no tenía cuatro años, y él y su mujer habían acabado en distintos campos de trabajo. Al final de la guerra, cuando por fin fue un hombre libre, supo que su mujer había muerto y buscar a la niña se convirtió en su único objetivo. Encontrarla era el motor que impulsaba todo lo demás. Fue de un lugar a otro mostrando la única fotografía que tenía. No obtuvo ninguna respuesta, ni tan solo un hilo del que tirar. Nada. Al cabo de dos años, la esperanza de encontrarla y empezar de nuevo se había ahogado en el fondo de un vaso de vino. No había rastro de la niña y la Polonia que él echaba de menos ya no existía. Para soportar el dolor de haberlo perdido todo se refugiaba en la bebida. Solo cuando el alcohol le inundaba el cerebro, conseguía recordar un tiempo en el que todo había sido diferente.

Daniel sentía un especial afecto por los derrotados y ser testigo de la desgracia ajena le hacía sentirse acompañado.

—Isabel trabaja con niños huérfanos polacos. Quizá ella pueda ayudarte a encontrar a tu hija. —Daniel traducía lo que yo decía y lo que respondía el polaco. Hablaba de mí con un orgullo que me hizo sonrojar.

—¡Ya te dije que se había terminado! —exclamó Jan Kumiega. Volvió a llenar el vaso de vino y añadió—: No tiene ningún sentido seguir buscándola.

—No puede darse por vencido —respondí después que Daniel me tradujera sus palabras—. Si la busca, tardará más o menos, pero la encontrará.

La conversación iba y venía mientras Daniel hacía de intérprete.

—Soy un perdedor, ¿no me ve? ¿Qué puedo ofrecerle? Mi niña se merece una vida mejor.

Me vinieron a la mente los huérfanos que había conocido y todos ellos, sin excepción, esperaban que algún familiar los reclamara.

—Todos los niños necesitan un padre —le dije mirándolo como si me entendiera; las palabras de Daniel traduciendo las mías resonaban a mi lado.

—Lo más probable es que ella ya tenga un padre. —La voz de Jan Kumiega se rompió. Se tomó el de vino de un solo trago y miró al fondo del vaso, como si allí estuviera la respuesta a su inquietud—. Es preciosa y alegre como un rayo de sol, estoy seguro de que alguna familia la ha adoptado. Y es mejor así, ella no puede estar al lado de un hombre que fue incapaz de defenderla.

El dolor de Jan Kumiega me acercaba a mi propio dolor que, en comparación, se volvía ligero como un pañuelo de seda.

—Tú escucha a Isabel —insistió Daniel.

—Lo primero que tendría que hacer es dirigirse al American Polish War Relief, ellos podrían ayudarle —dije dirigiéndome a Daniel. Jan Kumiega, aunque asentía con gratitud, había dejado de escuchar.

—*Montre la photo à Isabel*[60]—ordenó Daniel, y Jan Kumiega sacó una fotografía del bolsillo interior de la americana.

Era una foto pequeña y arrugada de una familia que ya

60. En francés, «Enseña la foto a Isabel».

no existía. Puso el dedo sobre una niña de largas trenzas rubias; su rostro era tan minúsculo que no se apreciaba su fisonomía.

Lágrimas como garbanzos resbalaban por sus mejillas y su voz se había vuelto balbuceante.

—Dice que su Ewa Maria hará diez años el mes que viene —tradujo Daniel.

—Es muy bonita. —Aquel hombre me inspiraba una lástima profunda y aunque era imposible ver con claridad el rostro de la niña, repetí—: Muy bonita.

—Podrías ir a Barcelona con Isabel. —Daniel era directo y animaba a aquel hombre a salir adelante.

—Para poder reclamar a un niño tienen que utilizarse los canales adecuados —le corté antes de que se ilusionara—, pero estoy segura de que, si viniera a Barcelona, no habría ningún problema. Lo importante es encontrar a su hija.

Jan Kumiega no respondió.

Fue una velada muy distinta a cómo la había imaginado, aquellos hombres me trasladaban a otro país. Ser testigo de cómo Jan Kumiega renunciaba a vivir y se sumergía en un mundo de alcohol era contemplar la imagen de la derrota. Ni una sola vez había pensado en la posibilidad de que hubiera padres que renunciaran voluntariamente a buscar a sus hijos. Me esforcé en comprenderlo, pero su decisión me horrorizó y me vino a la cabeza la expresión de felicidad de los niños cuando recibían la noticia de que habían sido reclamados por un familiar.

Dejamos el restaurante cuando las últimas luces del día se asomaban entre las nubes. En la calle, la gente apresuraba el paso para ir a cobijarse.

—Si encontrara a su hija, podría volver a empezar —le dije a Daniel, que me rodeaba con su brazo.

La lluvia había dejado el aire limpio y la noche invitaba

a pasear. Hacía muchas horas que había llegado a París y debía explicarle el verdadero motivo de mi viaje. La noche era cálida, la humedad subía por las ramas de los árboles y jugaba con las hojas. Los edificios eran gigantes adormecidos y las fachadas exhalaban gotas de agua que dibujaban mapas imposibles de descifrar. Una ligera ventisca corría cerca de los tobillos y nos seguía como un perro fiel.

Llegamos a su casa. Los peldaños de madera soltaron un ligero gañido. Daniel abrió la puerta y encendió la luz. La ventana estaba abierta y entraba una suave fragancia a jazmín, olor a noche de verano.

—Debes de estar cansada —dijo antes de besarme.

El sabor a tabaco y el recuerdo de las granadas maduras me trasladaron a un tiempo de felicidad absoluta, a un lugar donde no existía ni el ayer ni el mañana. Alejé de mi mente otra voz y otros besos. Desear a Daniel era tan sencillo como respirar; acariciar su piel era volver a casa. Sin embargo, entre nosotros se había interpuesto una emoción que me agobiaba y que era incapaz de controlar. Luchaba para alejarme de un sentimiento que no me estaba permitido. Me obstinaba en cortarlo de raíz, pero la atracción volvía a nacer en un recomenzar eterno, como si fuera una mala hierba que había arraigado de tal modo que resultaba imposible deshacerse de ella.

El amor que sentía por mi marido me perturbaba, me preguntaba si era un amor imaginado, construido con retales de los escasos encuentros que habíamos tenido, un amor que se fundamentaba en el sueño de un futuro que nos permitiría estar juntos. Saboreaba sus besos y, al mismo tiempo, aparecía otro beso, volvía a otra piel y otro deseo.

## 32

### PARÍS, JUNIO DE 1947

—Le he contado a mi madre que estás vivo —le dije después de besarlo, y sin hacer ninguna pausa añadí—: Lo he pensado mucho y he decidido que me voy a venir a vivir aquí contigo, con mi madre y con la niña.

La determinación de mis palabras lo desconcertó. No era una pregunta, no era una propuesta, era una afirmación. Una decisión tomada cuando mi padre agonizaba. En un arrebato, para combatir la desesperación por aquella muerte que se acercaba, una muerte cobarde que llegaba antes de tiempo, me sinceré con mi madre. Daniel no está muerto, le dije, de pie, delante de los fogones. Ella me miró asustada, creyó que había perdido el juicio, dio dos pasos para ponerse a mi lado. Pero ¡qué dices, hija! ¡Te has vuelto loca! ¿Cómo va a estar vivo tu Daniel? Y la detuve. Micaela, la prima de Daniel, la que ahora se llama Michèle, a la que yo escribo cada mes, ¿sabe de qué le hablo, madre? Ella me miraba con los ojos asustados y asentía con la cabeza. Pues Micaela es Daniel; por eso le envío tantas cosas de la niña: ahora un dibujo, ahora un texto que ha escrito en el colegio... Daniel vive en París y no puede regresar, pero nosotras sí podemos ir. Iremos las tres. ¿Me entiende, madre? Iremos y usted vendrá con nosotras.

Mi madre entendió que lo que le decía no era ningún

desvarío. ¿Lo dices en serio, hija? Explícamelo, explícamelo todo. Y yo, lentamente, dejé aflorar aquel secreto que llevaba dentro desde hacía demasiado tiempo. Ella me abrazó y lloró por una muerte que se acercaba de puntillas; dejó salir la pena de despedirse de su marido, que aquella mañana ya no se había levantado de la cama y no se había sentado en el sillón desde donde veía pasar los trenes. La revelación hizo el milagro de cambiar un muerto por un vivo, un momento de tregua en la disputa contra la muerte. Pero yo no le había contado mi secreto para ayudarla a seguir adelante, ni siquiera para compartirlo con ella; si me sinceré, si hice volver a Daniel del mundo de los muertos, fue para que mi madre me diera el coraje, el empujón que yo necesitaba para empezar una nueva vida y para alejarme de un sentimiento que me desbarataba por dentro y que yo me negaba a sentir.

Daniel me escuchaba. No dijo nada.

—Emma está creciendo y ahora que ha perdido a su abuelo, que es quien ha hecho de padre, debe conocerte. Hace demasiado que esperamos, Daniel, ya toca estar juntos. Hemos estado tan obsesionados con la lucha contra la dictadura que nos hemos olvidado de vivir nuestra propia vida.

Daniel se pasó el dedo por el cuello de la camisa, me miró directamente a los ojos y me dijo:

—Yo también estoy harto de estar aquí solo y he pensado en regresar a Barcelona —hablaba con calma, como si tuviera la frase estudiada desde hacía mucho tiempo—, pero debemos esperar a encontrar el momento.

—¡No, Daniel, no puedes volver! ¡Es peligroso! —exclamé con la voz potente como el trote de un caballo salvaje.

—No te preocupes. Sé cómo hacerlo. Conseguiré una identidad falsa, muchos lo han hecho.

—Ya lo sé, pero de los que han regresado a Barcelona, los que no han muerto están en la cárcel —le repliqué con seguridad para no dejarme vencer.

—También están los que lo han conseguido. Además, pronto terminará esta pesadilla. —Me cogió el rostro y me estampó un beso con sabor a esperanza.

—Vendremos nosotras, Daniel. —La frase quedó suspendida en el aire, las palabras se dejaron llevar por el viento y cambiaron de orden como si fueran las notas de un piano—. Digas lo que digas, nosotras vendremos. —Mi voz firme no daba opción a réplica.

Él me miró de reojo y el peso de su brazo sobre mis hombros se suavizó durante un instante. Un gesto involuntario que contenía una mezcla de perplejidad y contrariedad, aunque no supe en qué proporción.

—Bueno, tampoco hace falta que hablemos ahora. Ya lo discutiremos con calma —respondió sonriendo.

Su condescendencia me hirió.

—No tenemos que hablar de nada, Daniel. Vendremos.

Me miró con sorpresa y se dio cuenta de que yo me había convertido en otra persona. Había aprendido a rebelarme, a defender mis decisiones. Intuyó que tendría que lidiar una intensa batalla para hacerme cambiar de opinión. En aquel instante, una frase de Honoré de Balzac fue a visitarme: «La resignación es un suicidio cotidiano». Era una frase que me acompañaba desde el día en que Román Quílez la había dejado sobre la mesa; yo la había adoptado y la repetía cada vez que aparecía la tentación de ceder a deseos ajenos. Seis palabras que me daban la fuerza para no dejarme convencer por los argumentos de los demás.

Una fina lluvia repiqueteaba en los cristales de la ventana. Entonces, Daniel, al tiempo que encendía un cigarrillo, me explicó que el dueño de la finca lo había avisado de que tendría que dejar el desván en un par de meses, tres como mucho. El destino nos iba a favor; él dejaría aquel habitáculo minúsculo y juntos buscaríamos un piso más grande en el que vivir los cuatro.

Volvimos a besarnos y me dejé llevar por el embate del anhelo. Saboreé sus caricias y el olor a tabaco y menta alejó la duda. Durante semanas me había repetido que mi vida estaba allí, al lado de Daniel, que la solución era viajar a París y olvidar todo lo que había sentido en los últimos meses; quería creer que la confusión en la que vivía se evaporaría cuando me trasladara de ciudad. Aquella noche, las manos de Daniel hicieron renacer el deseo y gocé de sus besos y de todo el amor que me regalaba. La esperanza de que todo volviera a ser como antes me ayudó a alejar un sentimiento que me asustaba.

El día siguiente amaneció un sábado soleado que borró cualquier rastro de lluvia. Llenamos la cama de recuerdos y durante un rato me sentí la chica de diecinueve años a quien un joven Daniel, decidido y de palabra ágil, había impresionado. Daniel preparó un poco de café que había conseguido de estraperlo y soltó su discurso sobre lo necesaria que era la lucha para hacer caer la dictadura.

—Para conseguirlo —decía con los ojos brillantes y una gesticulación inflamada—, debemos intensificar las huelgas, y que cada fábrica, cada taller y cada empresa, sea grande o pequeña, se convierta en una fuerza de unidad para la lucha antifranquista; solo así podremos llegar a la huelga general. Después, cuando la sensibilización obrera sea un hecho, se logrará la insurrección del país. —Yo le dejaba a su aire mientras me tomaba el café y daba pequeños mordiscos a una tostada; él continuaba, asegurando que la huelga general era imprescindible—. Para derrotar al régimen, Isabel, es necesario que los trabajadores tomen conciencia de esta necesidad. Nuestra misión, la misión de los militantes comunistas, es impulsar a los trabajadores a llevar a cabo acciones reivindicativas que generen conflicto hasta llegar a la huelga general. Pero con la huelga no hay bastante, también se debe crear un movimiento guerrillero de carácter ofensivo, porque lo que está claro es que el franquismo solo puede ser vencido por la fuerza.

Escuché su discurso sin interrumpirle, pero yo ya no era la chiquilla a quien embelesaban sus palabras, yo era una mujer que había sido testigo de cómo encarcelaban a gente y de cómo aquel sueño de victoria se había convertido en una pesadilla. Habían caído más de ochenta militantes, y habría juicio y habría sentencias de muerte. Yo no era ninguna heroína ni tenía vocación de mártir; había ayudado en lo que había podido, había antepuesto el objetivo del partido a mi vida personal porque Daniel me lo había pedido y había dejado de lado mi propia felicidad, la que proporcionaban los pequeños detalles, la tranquilidad cotidiana e imprescindible para seguir adelante.

Aquella mañana de sábado del mes de junio, la ciudad se había llenado de placidez. Una ola de calor inundaba las calles y barría la humedad. Una misma ciudad podía ser varias ciudades al mismo tiempo; así, estaban el París gris y desalentador de aquellos que habían perdido la esperanza, como Jan Kumiega, el París que Daniel llenaba de palabras para convencerse de que los sueños se hacían realidad y el París que abría los brazos a aquellos que estábamos decididos a empezar de nuevo.

Caminábamos de la mano. Nos acercamos a la catedral, Notre-Dame se alzaba imponente acompañada del rumor del río, que se reía. No tenía ninguna duda: París nos acogería y seríamos felices.

—Me han dicho que has hecho un gran trabajo, Isabel

—dijo cuando nos apoyamos en la barandilla del puente para contemplar el agua que corría bajo nuestros pies.

—He hecho lo que tenía que hacer.

Acercarme a Román Quílez había sido un golpe de suerte. Cinco meses atrás, la señora Quílez me había echado de su casa. Ser madre soltera me había convertido en una mujer de mala reputación. ¡No le des más vueltas, Isabel! Esta mujer es una calienta bancos de iglesia. No sufras, pronto encontrarás otra casa. Ahora será mejor que te limpies la cara, que la niña no te vea llorar. Mi madre me dio un pañuelo, me cogió la cara con ambas manos y me besó en la frente. Lleve el apellido que lleve tu hija, tú eres la viuda de Daniel Plensa y tienes que ir con la cabeza bien alta.

Mi madre se equivocaba. Las lágrimas no eran porque la señora Quílez me hubiera despedido, lloraba porque me sentía una inútil incapaz de aportar información valiosa. Mientras trabajé en casa de los Quílez, informaba puntualmente a Frederic de todo lo que veía y oía, todo lo que me parecía importante, pero todos aquellos meses habían servido de poco: un par de nombres cazados al vuelo cuando Román Quílez hablaba por teléfono, la visita de una mujer que, con la excusa de llevarle media docena de huevos, le dio un papel que el policía se apresuró a esconder en el bolsillo, unas cuantas direcciones o encuentros fuera de la comisaría..., nada lo bastante valioso como para sentirme satisfecha.

Soportar a la señora Quílez tenía mucho mérito. Las sirvientas le duraban pocos meses, nunca eran lo bastante limpias, discretas, trabajadoras y educadas. Había despedido a la anterior costurera porque hablaba mucho y era poco pulcra en el trabajo; un acabado imperfecto, un sobrehilado con las puntadas demasiado largas, una costura que no era lo suficientemente recta. La señora Quílez quería la perfección en todo y en todos. Yo era discreta, educada, trabajadora, hacía mis tareas con diligencia y cosía a la perfección. Por primera vez en muchos años, aquella mujer dura y huraña regaló un elogio y me dijo que tenía manos de plata. Ella estaba contenta conmigo y yo lo estaba aún más, pero cuando descubrió que era madre soltera, todo terminó.

Una vez despedida, esperé unos días antes de ir a ver a Frederic y decirle que todo se había ido al traste. Buscaba los argumentos adecuados para enfrentarme a mi fracaso cuando el destino me regaló la visita de Román Quílez.

Me había entretenido más de la cuenta hablando con mi madre y bajé la escalera tan deprisa como pude. Cuando salí a la calle, un rayo de sol me deslumbró y no me di cuenta de que, apoyado en un árbol, con un cigarrillo en la mano, estaba Román Quílez.

—No sabía en qué piso vivías. —Se acercó a mí, tiró el cigarrillo al suelo y se colocó bien las gafas con un gesto que le vería repetir muchas veces—. Disculpa a mi madre, para ella el sacramento del matrimonio es el más sagrado.

—La guerra estalló antes de que tuviera tiempo de casarme y cuando el padre de mi hija se fue, ni tan siquiera yo sabía que estaba embarazada. —El policía no replicó, se puso la mano en el bolsillo, sacó un sobre lleno de dinero y me lo dio.

Aquel fajo de billetes serviría para pasar muchas semanas sin preocupaciones, pero la dignidad me impedía aceptarlo. No quería caridad, así que los rechacé con un movimiento de cabeza.

—Tómatelo como un préstamo hasta que encuentres empleo. Entonces me lo devuelves como y cuando quieras.

—Solo acepto dinero por mi trabajo —repetí escondiendo mi deseo de coger aquel sobre y correr a casa para decirle a mi madre que se fuera a comprar todo lo que quisiera.

Nunca había hablado con Román Quílez; de hecho, nunca habíamos cruzado más de diez palabras seguidas. Era bastante más alto que yo y eso me obligaba a mirarlo levantando la cabeza. Tenía una frente ancha, los labios finos, la nariz prominente; los ojos, pequeños y de color tabaco, idénticos a los de su madre, quedaban escondidos detrás de las gafas. No era un hombre guapo, pero la fuerza de su mirada y aquella voz potente que obligaba a escucharlo, lo hacían atractivo. Aún no había cumplido los treinta años, había tenido una única pareja formal con quien lo había dejado poco antes de casarse; desde entonces, había estado con muchas mujeres, pero sin comprometerse con ninguna.

—Piensa en tu hija —dijo, y me cogió la mano y puso el sobre—. Intento enmendar la injusticia que ha cometido mi madre. Es el pago por tres meses de trabajo, el tiempo que puedes tardar en encontrar otro empleo.

Finalmente, acepté el dinero y lo guardé en el bolso. La incomodidad me congeló la expresión. Aquel hombre era mi tabla de salvación y yo era tan estúpida que no sabía ni cómo iniciar una conversación.

—Le prometo que se lo devolveré tan pronto como pueda.

—Si vas al centro, vamos en la misma dirección —dijo con una voz densa que me confundió.

Y empezamos a andar, el uno al lado del otro, como si fuéramos amigos. Le dije que iba a casa de una amiga, pero la verdad era que iba a contarle a Frederic que había fracasado, que ya no trabajaba en casa de los Quílez, que había tirado por la borda la posibilidad de obtener información. Pero, de repente, mi suerte había cambiado.

—¿Y siempre has trabajado de costurera? —me preguntó el policía.

—Antes de que estallara la guerra trabajaba en una casa de modas, pero con el embarazo tuve que guardar cama. Mis padres querían que estudiase, pero a mí me interesaban más el diseño y la moda.

—Es evidente que te interesa la moda, siempre vas muy elegante —replicó Román Quílez.

—Muy amable —contesté sin mirarlo.

Tenía la boca seca, me sudaban las manos; la incomodidad se trenzaba con la confusión, y el miedo a perder una oportunidad única me estremecía. Caminaba a su lado, quizá hacia la gloria, quizá hacia el abismo, quizá hacia un infinito sin retorno. Caminaba y buscaba las palabras justas para no perderme, pero era él quien dirigía la conversación.

Román Quílez era serio y distante, incluso podía parecer antipático, pero tras aquella expresión fría aparecía un hombre educado y agradable.

El primer día que me invitó a merendar, después de la alegría por tener la oportunidad de aproximarme al objetivo que me habían encargado, surgió el temor de no ser capaz de conseguir nada de lo que se me pedía. Frederic había sido muy claro: Lo que tienes que hacer es ganarte su confianza y sacarle información. Tienes que ir con cuidado; si corres demasiado, existe el peligro de que todo se vaya al traste. La paciencia es una virtud poco reconocida, pero es imprescindible para el trabajo que tienes que hacer. Presta atención a todo lo que él diga, a todas sus llamadas, a la gente que conoce; y que no se te escape ningún detalle, por insignificante que te parezca.

Seguí sus indicaciones al pie de la letra. Íbamos a pasear, a merendar, a exposiciones y, el día de la verbena de San Juan, por primera vez a bailar. De vez en cuando, me hacía pequeños regalos y yo me dejaba cortejar al mismo tiempo que imponía la distancia propia de una viuda modélica.

Poco a poco, la confianza fue creciendo. Yo le hablaba del trabajo que hacíamos en la casa de la calle Anglí primero y en la Torre de Vallcarca después; también le hablaba de mis padres y fingía estar en desacuerdo con ellos, le decía que yo agradecía a Franco que nos hubiera traído la paz, que nos hubiera ofrecido la posibilidad de vivir lejos del desenfreno de la República. A ojos de Román Quílez, yo era una chica seducida por un comunista que me había abandonado, una chica sometida a unos padres que no creían en el régimen. Delante de él, me convertía en una Isabel ingenua que tenía el anhelo de independizarse de sus padres y vivir con su hija. Intuía que él lo sabía todo de mí: quiénes eran mis padres, quién era Daniel Plensa, quién era Wanda Morbitzer Tozer y sus problemas con la justicia.

Una de aquellas tardes de conversación, le confesé que mi sueño era tener mi propio taller de costura, poder ganarme la vida diseñando los vestidos de mis clientas sin tener que depender de nadie. Román Quílez, discreto y reservado, me animó a intentarlo.

Yo le hablaba de la vida y del trabajo con la intención de que él hiciera lo mismo, algo que sucedió en contadas ocasiones; eso dificultaba mi objetivo de obtener los nombres de los infiltrados en el cuerpo y saber a quiénes seguían de cerca. Cualquier cosa que oigas puede ser relevante, había dicho Frederic, pero va a requerir tiempo y paciencia. Tras muchas conversaciones, me di cuenta de que cuando hablaba de libros, su carácter reservado se desvanecía para dar paso a un Román Quílez locuaz que me explicaba argumentos y vidas de autores, que hacía críticas de libros que yo ni siquiera sabía que existían. Hablaba, y sus ojos se llenaban de luz.

Muy lentamente, la confianza creció entre nosotros y cuando nuestra supuesta amistad había abierto el camino de las confidencias, supe que había heredado el piso y la biblioteca de un tío a quien casi no había conocido. El tío Román Nogales era el hermano pequeño de la viuda Quílez, la oveja negra de la familia. Según la madre del policía, había deshonrado el nombre de todos los Nogales al hacerse republicano y de izquierdas, un desalmado que solo les había llevado la desgracia, repetía la viuda. El tío había huido del país recién terminada la guerra y se había instalado en Manchester, donde se ganaba la vida como comercial de una empresa de tejidos. Un hombre soltero, extremadamente culto, un historiador, un intelectual del que las malas lenguas decían que tenía inclinaciones poco recomendables. A pesar de vivir en el Reino Unido, nunca se había desprendido de su piso de la calle Mallorca, pues mantenía viva la esperanza de que llegara el día en que pudiera volver a la ciudad. Un inesperado accidente de tráfico cuando faltaba poco para que terminara la Segunda Guerra Mundial sesgó su vida. Román Quílez heredó su piso, pero su madre fue taxativa: No queremos nada de ese malnacido, había gritado fuera de sí. Ordenó a su hijo que vendiera el piso y se deshiciera de todo lo que contenía. El policía no contradijo a su madre, pero le mintió asegurándole que había vendido el piso y que tenía el dinero en una libreta en el banco para el día en que lo necesitara.

El piso de su tío se convirtió en su refugio, un secreto que no había confesado nunca a nadie hasta que me lo contó a mí. Si había desobedecido a su madre no había sido porque sintiera afecto o curiosidad por un tío al que había visto en contadas ocasiones, ni siquiera por ser propietario de un piso en el que jamás había puesto los pies; lo que le había empujado a no acatar las órdenes de su madre había sido el placer que le proporcionaba llevarle la contraria. El piso y todo lo que contenía le servían para reafirmarse ante la viuda Quílez.

Empezó a pasar tardes enteras en aquella casa llena de libros ordenados por materias y siguiendo un orden alfabético. El lugar se convirtió en un oasis donde descubrió un mundo nuevo. La curiosidad por saber quién era Román Nogales lo llevó a revolver todos los rincones de la casa. En una cómoda llena de carcoma encontró un montón de cartas que su tío le había escrito muchos años atrás. Cartas que habían sido enviadas y devueltas. Román Quílez, el policía de la Brigada Político-Social, se dispuso a leer unos mensajes que tendría que haber recibido cuando era adolescente. Su tío le hablaba de lecturas, de descubrimientos literarios y de opciones políticas en una especie de diario que escribía a un sobrino que, a pesar de no conocer, sentía como al hijo que no había tenido.

El policía se dejó llevar de la mano de su tío difunto y comenzó una doble vida; por un lado, era el hijo modélico que la viuda Quílez quería, un joven policía con una prometedora carrera por delante, a quien la viuda buscaba pareja; por otro, era un adolescente que se escondía en un piso inmenso de la calle Mallorca en compañía de las lecturas que le proporcionaba un tío que regresaba del pasado.

Román Quílez había iniciado el camino de convertirse en otra persona y, cuando yo lo conocí, estaba en pleno proceso de transformación. Se había convertido en policía para no desobedecer a su padre, el coronel Quílez, quien deseaba que su único hijo tuviera un brillante futuro policial; pero él nunca sería como el coronel, contundente, dictatorial, inflexible, con un concepto del honor y del poder inmutables. Román Quílez dudaba, cuestionaba, y, gracias a las lecturas que le habían llegado por herencia, había empezado a preguntarse cuál era la vida que quería.

El piso del tío era un pequeño paraíso que descubrí cuando él y yo ya éramos otras personas, cuando las heridas del pasado se habían borrado y casi todo formaba parte del ayer. No me explicó la importancia que tenía para él aquel piso, pero las citas de sus lecturas entraron a formar parte de nuestras conversaciones. La primera surgió el día que osé criticar a Florinda diciendo que la cocinera juzgaba a todo el mundo con demasiada severidad. Cuanto más se juzga, menos se ama, había dicho Román Quílez con una sonrisa apagada. Aquella cita de su admirado Honoré de Balzac fue la primera que dejó sobre la mesa, pero hubo muchas más. Me presentó a muchos de los autores que había descubierto en la biblioteca de su tío. Mann, Dickens, Victor Hugo, Flaubert, Tolstoi, Gogol, Chéjov... La lectura le había abierto las puertas de un mundo que le habían negado y, lejos de hacerlo sentir libre, lo hizo ser consciente de que vivía en una cárcel de la cual él también era el guardián.

El 9 de agosto de 1946, el mismo día que me fui del piso de mis padres para evitar complicarles la vida, fui a buscar a Román Quílez a la Prefectura de Policía. Frederic me había dicho que, si no lograba obtener ninguna información relevante de Quílez, tendría que acercarme a otros policías. El temor a ser descubierta me torturaba, pero el miedo a defraudar a Daniel era aún más intenso y me empujaba a seguir. Ve con cuidado. Sé prudente. Vigila todos tus pasos, me repetía una y otra vez.

Aquella tarde, al mismo tiempo que pronunciaba el nombre de Román Quílez, me dije que lo intentaría sin exponerme en exceso. Un joven policía me hizo pasar a una sala donde no cesaba de entrar y salir gente. Me senté en una de las sillas que había bajo la ventana y, diez minutos más tarde, con la excusa de buscar el baño, me escabullí a otra sala repleta de máquinas de escribir. El aire apestaba a tabaco. Un par de policías vestidos de paisano aporreaban las teclas y se mostraban indiferentes a los gritos que salían de detrás de una de las puertas. Gritos exaltados, como un río que se desborda, gritos de amenaza acompañados de puñetazos en la mesa. El griterío me asustó y di un paso atrás en el momento en que la puerta del despacho se abría de par en par y un hombre bajito salía preso de un ataque de furia. En un gesto espontáneo, se puso la mano en la solapa, donde llevaba el águila de metal, la insignia de la policía falangista.

Era la primera vez que veía a Pedro Polo, el subdirector de la Policía Político-Social, un hombre que no tenía ningún escrúpulo en torturar a los detenidos para conseguir la información que quería. Con su mirada oscura y su gesto contundente, me observó con una mezcla de arrogancia y superioridad. Pidió tabaco a uno de los policías, volvió a entrar y dio un fuerte portazo que hizo temblar el cristal. Sus gritos quedaron clavados en mi cerebro como cuchillas de afeitar.

Veinte minutos más tarde, harta de esperar, estaba a punto de levantarme e irme cuando vi a Román Quílez acercarse acompañado de un hombre que rondaba los cincuenta años. Era Eduardo Quintela, el jefe de la Brigada Político-Social, un superior a quien Román Quílez conocía desde mucho antes de entrar en el cuerpo, ya que él y su padre, el coronel Quílez, habían sido buenos amigos. Aquel hombre se movía con la agilidad de un atleta, tenía un pelo negro y rizado que empezaba a clarear, los ojos de un marrón vivo, los labios carnosos y las comisuras de la boca acababan en un ángulo pronunciado. En el momento en que Román me vio, tras un gesto de sorpresa, se me acercó. Me apresuré a explicar que lo había estado esperando en la calle, pero que el calor y la curiosidad por saber dónde trabajaba me habían empujado a entrar.

—¿No me presentas a esta chica tan guapa? —preguntó Eduardo Quintela.

Me presentó como una amiga y yo le correspondí con una sonrisa incómoda. En aquel momento, un joven que no tendría más de veinte años, se acercó a Eduardo Quintela con unos papeles en la mano que latían como si tuvieran vida.

—El inspector Polo me ha dicho que el pájaro ha cantado, que el horno está caliente —dijo el chico.

Eduardo Quintela se mostró contrariado. Cogió los papeles bruscamente, con tan mala fortuna que las hojas volaron por los aires. Media docena de folios escritos a máquina cayeron al suelo convertidos en un regalo que me ofrecía el destino. Con un gesto instintivo, me agaché y antes de que tuviera tiempo de coger el primero, un nombre saltó ante de mis ojos: Jacinta Bernardos, viuda de F. Santamaria. Mal disimulé un temblor que me recorrió todo el cuerpo. Sin querer, por puro azar, acababa de saber que alguien había delatado a Jacinta.

—Lamento que Román no pueda acompañarla, señorita, pero ha surgido una urgencia que debemos atender —dijo Eduardo Quintela.

Román Quílez me acompañó hasta la puerta de la calle. Yo ocultaba mi incomodidad agarrando con fuerza el asa del bolso, y una sonrisa de plástico se me quedó incrustada en el rostro como una máscara.

—Cuando termine, paso por tu casa —dijo, y me alejé con paso rápido.

Era urgente avisar a Frederic, así que cuando tuve la seguridad de que nadie me seguía, corrí hasta el restaurante y le conté todo lo que había visto. Le supliqué que avisaran a Jacinta. ¡Cabrones de mierda!, exclamó Frederic rojo de ira. Me ofrecí a hacer lo que fuera necesario, pero él me ordenó que me fuera a mi casa; ni Quílez ni Quintela podían sospechar mi conexión con el partido.

Obedecí. En casa no había nadie y me tendí en la cama para intentar ahuyentar un dolor de cabeza que tenía nombre propio. Hora y media después, Román Quílez llamaba al timbre, se excusaba por el trabajo que le había surgido y me invitaba a salir a merendar. Acepté dispuesta a descubrir si había habido más delaciones. Él esperaba en el comedor mientras yo me arreglaba. Cuando aún no había terminado, llegaron mi madre y Emma.

—¡No permito que ningún policía entre en mi casa! —exclamó mi madre mirándome exaltada.

Yo reprimí las ganas de llorar, de abrazarla, de decirle que nada era lo que parecía, que lo más importante era salvar a Jacinta, pero todo lo que quería decir se me quedó atascado en la boca del estómago. Las palabras subían y bajaban y me quemaban por dentro.

—También es mi casa, madre. Pero no se preocupe, ya nos íbamos —contesté.

Una vez en la calle, me disculpé.

—Mi madre no soporta a los policías y no acepta que seamos amigos, pero cuando te conozca mejor, se le pasará su animadversión.

Estaba impaciente por descubrir si Jacinta estaba a salvo. Mientras bajábamos por el paseo de Gràcia, intenté dar un paso más y evidencié la buena impresión que me había causado Eduardo Quintela.

—Era amigo de mi padre. A veces me trata como a un hijo y eso me incomoda. Lo cierto es que discrepo bastante de los métodos que utiliza.

Las oportunidades deben aprovecharse, me repetía, y tenía una delante de mí, abriéndose como una flor para ofrecerme toda su fragancia y me tiré de cabeza.

—Debe de ser emocionante descubrir quién anda detrás de organizaciones secretas o saber quién controla los hilos de grupos ilegales.

—No creas, la vida de un policía puede ser muy monótona.

No era necesario ser muy listo para darse cuenta de que Román Quílez esquivaba mis preguntas, pero no me detuve.

—Estoy convencida de que no es así. A veces, cuando estás menos hablador, me pregunto si estás detrás de algo o de alguien —dije esforzándome por mostrarme ingenua.

—Empiezas a conocerme bien. Son días complicados, Isabel. Pero mejor hablemos de otra cosa. —Mis posibilidades de ir un poco más allá desaparecieron.

Fuimos a merendar a una de las granjas de la calle Petritxol y la casualidad hizo que apareciera la viuda Quílez acompañada de unas amigas. Aquella bruja que había pasado de elogiarme a odiarme se dirigió a su hijo como si estuviera solo, como si yo, que estaba a su lado, fuera invisible. Con voz meliflua, fingió un intenso mareo y un breve desvanecimiento. Convertida en el centro de atención, obligó a su hijo a hacerse cargo de ella y llevarla a casa. Sin saberlo, me regaló la libertad de correr hasta la panadería Santamaria.

Desobedecía órdenes y me ponía en peligro, pero era

incapaz de quedarme esperando, tenía que saber si Jacinta había podido escapar.

Llegué tarde, todos habíamos llegado tarde. Mientras yo le insistía a Frederic en que teníamos que avisar a Jacinta, la policía registraba la panadería y se la llevaba detenida. El local tenía la persiana echada y los chismosos que se habían asomado para contemplar el momento en que detenían a la panadera ya no estaban. Llamé a la ventana. Una, dos, tres, cuatro, cinco veces, hasta que la dependienta me abrió. La chica intentaba poner un poco de orden. La harina esparcida por el suelo se mezclaba con la ceniza del horno. Habían vaciado las estanterías de la tienda; sobre el mostrador, una docena de panes destrozados mostraban el blanco de la miga como si fueran los intestinos de un animal recién descuartizado.

—¿Y ahora qué va a ocurrir? —preguntó la dependienta con los ojos llenos de lágrimas.

Una ola de culpa me hundió. Si hubiera corrido a avisar a Jacinta en vez de ir a preguntarle a Frederic, si hubiera sido lo bastante decidida como para seguir mi instinto, Jacinta habría tenido tiempo de huir. Aquellos panes moribundos me escrutaban y me reprochaban mi cobardía.

En el camino de regreso a casa, mientras mis lágrimas dibujaban regueros negros sobre el maquillaje, comprendí que estaba jugando con fuego. Hubiera querido explicarles a mis padres lo que ocurría, compartir mi inquietud con ellos, pero debía seguir yo sola. Para evitar ponerlos en peligro tenía que alejarme de ellos.

En el momento en que mi madre, enfurruñada, me reprochó que osara ser amiga de un policía, supe lo que debía hacer.

—¡Es un policía, Isabel! Trabaja en Via Laietana. ¿Sabes qué hacen allí? ¿Lo sabes? —Mi madre se detuvo para señalar la fotografía de mi marido—. ¿Qué diría Daniel si levantara la cabeza? Tienes derecho a rehacer tu vida, claro que sí, ¡pero no con uno de esos! Ellos son quienes vinieron a buscar a Daniel. Ellos lo mataron. ¡No te da vergüenza! Si no lo haces por ti, al menos hazlo por su memoria.

—¡Deje a Daniel tranquilo, madre!

—¡Pues haz lo que tienes que hacer y no lo avergüences! ¡A él y a todos nosotros!

—¡Basta, madre! ¡Ya basta!

# 33

## París, junio de 1947

Sentados a la sombra, cerca del Sena, deseosos de apaciguar el calor de un día del mes de junio que se quedaría conmigo para siempre, yo exponía los hechos con todo tipo de detalles y, paso a paso, explicaba lo que había sucedido. Los miedos y los peligros que había tenido que esquivar, las dudas sobre si abandonar o continuar, las desavenencias con Frederic. Descubrimientos y derrotas quedaban reducidos a un relato que podía haber sido el argumento de una película.

Había viajado hasta París para decirle a Daniel que estaba harta, que estaba cansada, que estaba asustada, que yo no servía para hacer de informadora, de delatora, de espía, de fuera lo que fuera lo que hacía; que ya no podía más, que lo dejaba; que yo, a lo único que aspiraba era a vivir tranquila; que lamentaba que todo hubiera terminado tan mal, que la detención de tanta gente me había trastocado y que me sentía culpable. Daniel me miraba con admiración y yo me negaba lo que sentía por Román Quílez.

—Tu trabajo ha sido fundamental, Isabel, pero las cosas no han salido bien. Espera un poco para dejarlo, quizá aún te necesiten.

—No, Daniel. Se acabó. Ahora lo único que quiero es vivir aquí, en París, los cuatro, como la familia que somos.

La detención de Jacinta fue el inicio de un calvario que terminó de la peor manera posible. La panadera, después de pasar dos días en la Prefectura de Policía, fue trasladada a la cárcel de mujeres de Les Corts. La acusaban de formar parte de banda armada. El 19 de julio de 1946, un explosivo en un lavabo de la Delegación Provincial de Sindicatos había provocado que la policía iniciara una serie de registros. Una delación los llevó a la panadería Santamaria.

Sin decir nada a Frederic, fui a la cárcel. Me hice pasar por una prima que le llevaba algo de comida. Jacinta no pudo reprimir las lágrimas.

—Mataron a nuestros maridos y ahora quieren matarnos a nosotras —musitó mientras observaba de soslayo al guardia que, indiferente a nuestra presencia, se limpiaba las uñas con un palillo—. No tendrías que haber venido, Isabel, pueden relacionarte conmigo y hacerte la vida imposible. Me ha gustado verte, pero no quiero que vuelvas. —Antes de que yo pudiera contestar, ella se levantó y se puso a gritar como una loca. Me acusaba de chismosa y me reprochaba que hubiera esparcido un montón de mentiras—. ¡Que se vaya! ¡Que se vaya! —gritaba como si hubiera perdido la cabeza.

El guardia tiró el palillo al suelo, la agarró del brazo y la obligó a ir hacia la puerta.

—¡Cerda chillona! ¡Cállate ya! ¡Te vas a enterar! —repetía el hombre como un perro rabioso, y, dirigiéndose a mí, añadió—: Y usted ya puede irse. La visita ha terminado.

Jacinta, sin dejar de gritar, me guiñó el ojo mientras soltaba improperios y aquel hombre de uñas sucias intentaba silenciarla tapándole la boca. La magistral actuación de Jacinta me había alejado de ser sospechosa. A ojos de todos, yo era una prima con buen corazón a quien la detenida echaba con malas artes.

Horas más tarde, Frederic me recibió con cara de pocos amigos. Sin dejar que me explicara, me regañó como si yo fuera una chiquilla y me amenazó con prescindir de mí si volvía a actuar por mi cuenta. Él me doblaba la edad y yo siempre había sido respetuosa; ni una sola vez había puesto en duda sus órdenes, ni una sola vez había intentado justificarme cuando me reprochaba la poca información que conseguía, ni una sola vez había dudado de su autoridad, pero aquel día todo cambió.

—Si Jacinta Bernardos está en la cárcel, es porque usted no actuó con la suficiente rapidez. Si quiere prescindir de mí, solo tiene que decírmelo, pero, entonces, toda la información que me proporciona el hecho de ser amiga de Román Quílez se irá al traste.

Frederic se levantó con tanta furia que la silla cayó al suelo y con voz grave me dejó claro que nadie era imprescindible. Su amenaza me dejó indiferente; al fin y al cabo, él me necesitaba mucho más de lo que estaba dispuesto a admitir.

Meses más tarde, cuando supe que un incendio en la panadería Santamaria había herido al hijo de Jacinta, lo visité en el hospital. El chico tenía quemaduras de segundo grado en piernas, brazos y espalda; con la voz apagada, me rogó que fuera a visitar a su madre.

—Dile que no es nada grave, que no sufra por la panadería, que, en un par de semanas, como mucho un mes, volverá a funcionar a pleno rendimiento. No quiero que se preocupe por mí, bastante tiene con estar donde está. Si se lo dices tú, ella te creerá. —El chico hablaba lentamente y de vez en cuando disimulaba una mueca de dolor. Yo fingía no darme cuenta. La compasión ajena es un dardo directo al centro del cerebro y empeora el malestar.

—Una carta con tus palabras la tranquilizaría mucho más de lo que yo pueda decirle —le sugerí.

Durante un buen rato, el chico Santamaria le habló a su madre mientras yo recogía sus palabras en una carta que le llevaría a la cárcel el último día del año 1946. Sabía que era insensato, que me ponía en peligro, que Frederic tendría argumentos para prescindir de mí, pero imaginarme el sufrimiento de aquella mujer me empujaba a visitarla por segunda vez.

Jacinta Bernardos entró en la sala arrastrando los pies. Llevaba el pelo tan corto que se le veía la coronilla. Tenía heridas en la cara y en los brazos y su mirada era tan apagada y triste que inquietaba. Había adelgazado más de veinte kilos y se había convertido en la sombra de lo que había sido. Abrí la carta y se la leí. Lloró, primero suavemente, pero, a medida que yo avanzaba en la lectura, el llanto era cada vez más desconsolado. Con mucho gusto la habría abrazado, pero la mirada inquisitiva del guardia me frenó. Cuando terminé, dejé la carta sobre la mesa; no encontré las palabras adecuadas para tranquilizarla. Sin premeditarlo, de repente, una fuerza interior me llevó a cantar, flojito, muy flojito, como hacía Wanda con los niños para consolarlos, como haría mi madre meses después para aliviar el dolor de mi padre. Le canté la nana que mi madre me cantaba cuando yo era pequeña y que yo había cantado a Emma cuando era un bebé. Jacinta seguía llorando, a mí se me rompió la voz, pero eso no me detuvo. El guardia nos observaba con una mezcla de curiosidad y perplejidad, pero no dijo nada. Cuando la canción terminó, Jacinta sonrió por primera vez y me dio las gracias.

Ver a Jacinta convertida en el espectro de sí misma hizo que el miedo que me acompañaba desde el primer día de mi colaboración adquiriese una nueva dimensión. Cualquier pequeño descuido, por insignificante que fuera, podía delatarme. Si Román Quílez descubría quién era yo realmente, terminaría en la cárcel y nadie podría salvarme. Para combatir el miedo, me repetía que lo hacía por Daniel, por Emma, por todos aquellos a los que amaba. Me repetía que si era cauta en mis movimientos, Román Quílez nunca sospecharía de mí.

A medida que pasaban los meses, a medida que lo conocía, el temor a ser descubierta iba y venía y, sin saber dónde, ni cuándo, ni porqué, un sentimiento nuevo al que me negaba a ponerle nombre empezó a crecer en mí.

La lucha de la Agrupación de Guerrilleros del Partido Comunista se había iniciado con la explosión que había supuesto el encarcelamiento de Jacinta en la cárcel de mujeres de Les Corts. Tres meses más tarde, a finales de octubre, otra tuvo lugar en la Sección de Racionamiento de la Delegación Provincial de Abastecimientos y Transportes. Durante el mes de noviembre, encontraron explosivos sin detonar en el restaurante Parellada y también en la pastelería Mora. A finales de mes, el día 29, una carga explosiva en un transformador eléctrico de la calle Consell de Cent, cerca de la redacción de los periódicos *La Prensa* y *Solidaridad Nacional*, provocó la muerte de tres personas. El mismo día se descubrieron dos cartas bomba en la redacción de *La Vanguardia Española*, una de ellas dirigida al director del periódico, Luis Martínez de Galinsoga, que, por suerte, no explotaron. El 12 de diciembre, hubo una nueva carga en una torre metálica de conducción de energía eléctrica en Pedralbes. La policía estaba obsesionada buscando a los responsables de todas aquellas acciones y yo intentaba descubrir qué era lo que sabía la policía.

Intenté sonsacarle a Román Quílez si seguían a alguien, si tenían alguna pista, pero todo fue en balde. Al llegar el nuevo año, mi suerte cambió. El día que Román me contó que había una fiesta en casa de un importante empresario en la que se reuniría la flor y nata de Barcelona, me puse alerta. La fiesta se celebraría en un palacete de la calle Muntaner, un inmueble que había sido del marqués de Alella y que en ese momento era propiedad de Julio Muñoz Ramonet, un joven empresario dispuesto a comerse el mundo. Con todo el jaleo de las explosiones, la gran mayoría de empresarios estaban nerviosos. Aquella fiesta serviría para tener un encuentro informal con aquellos que mandaban y con los que mantenían el orden. El jefe y el subjefe de la BPS habían sido invitados, pero Pedro Polo había declinado la invitación, así que Quintela se lo había propuesto a su protegido, Román Quílez.

Yo mostré interés por la fiesta y días después de comentarlo, como si nada, Román Quílez me sorprendió anunciándome que podía acompañarlo. Únicamente impuso una condición: que me hiciera pasar por su pareja.

Sin tiempo para hacerme un vestido para la ocasión, la señora Wanda me prestó un traje de chaqueta de lana de color morado que me quedaba como un guante y su abrigo negro, con un cuello de piel de zorro. Para no desentonar, me prestó unos zapatos de charol negro que conjuntaban con un pequeño bolso de mano. En la vida me había sentido tan elegante.

—Vigila, Isabel.

—Voy a una fiesta. No puede pasarme nada malo.

—¡Claro que no! —Me puso bien el collar, que también era suyo, y añadió—: Pero vigila de todos modos.

Wanda se había convertido en mi confidente, era ella quien me daba la fuerza que necesitaba para seguir adelante, y cuando desfallecía, ella estaba a mi lado para evitar que me hundiera.

Aunque lo había intentado en multitud de ocasiones, no había conseguido sacar información alguna a Román Quílez. Desde que había empezado el alboroto de la actividad armada, él estaba más nervioso, más distante y más callado. La intuición me decía que en aquella fiesta podían darse conversaciones que servirían para aclarar en qué punto estaba la investigación. Mi objetivo era acercarme a Eduardo Quintela y, a través de él, descubrir si la policía sabía quién estaba detrás de los ataques o si había infiltrados que aún no hubiéramos descubierto. Frederic había sido contundente: Es de vital importancia que descubras qué saben, Isabel. Me hablaba con suavidad, me repetía que yo era una pieza clave y me rogaba que hiciera todo lo necesario para obtener resultados. Por primera vez, admitía que mi amistad con el policía era especialmente valiosa.

A las seis en punto empezaba a oscurecer. Yo esperaba al lado de la puerta de la Torre de Vallcarca cuando Román Quílez llegó en un taxi.

—¡Estás preciosa, Isabel! —exclamó con una mezcla de sorpresa y admiración.

—Si quieres presentarme como tu novia, debo estar a la altura —contesté con una ironía que pocas veces permitía que aflorara.

—¡En eso llevas razón! —Se apretó el puente de las gafas con el dedo índice y me ofreció su brazo.

El taxi nos dejó delante la puerta de aquel palacete de la calle Muntaner. Entre los múltiples negocios del dueño de la casa estaba el estraperlo, lo que permitía a la familia Muñoz Ramonet vivir con una opulencia que contrastaba con la misérrima vida de la mayoría de los barceloneses. Cruzamos un jardín que parecía un parque y entramos en una casa que invitaba a soñar. Cuadros, alfombras, cortinas, muebles, todo era tan exquisito y lujoso que no podía dejar de mirar a todos lados. Las salas, aunque eran de grandes dimensiones, tenían la temperatura adecuada para poder lucir vestidos sin mangas. Había mesas repletas de comida y bebida, camareros que atendían a los invitados e incluso una pequeña orquesta que ponía banda musical a la velada.

Cuando entramos, Eduardo Quintela se acercó a saludarnos.

—Tu novia está radiante, Román. Vigila que ninguno de estos ricachones se fije demasiado en ella. —Soltó una risotada complaciente a la que yo respondí con una sonrisa estúpida.

Román me apretó fuerte la mano con la que me apoyaba en su brazo.

—Lo tendré en cuenta, señor.

Me esforzaba para no salirme de mi papel; siempre contenida, siempre atenta, siempre en mi sitio. A ojos de todos, yo era una chica bonita e inofensiva.

Román Quílez no conocía a los invitados. Procuraba no separarse de Eduardo Quintela, pero el jefe de la Brigada Político-Social hablaba con unos y otros, de modo que una hora más tarde Román y yo estábamos sentados cerca de la puerta; él, aburrido de perder el tiempo entre desconocidos, y yo, con ansias de tener la oportunidad de acercarme a Quintela para conseguir alguna información. Román Quílez bostezó y se apoyó en el respaldo de la silla.

—Creo que va siendo hora de irnos, Isabel. Si nos damos prisa, aún podemos llegar al cine. —El policía llevaba escrito en el rostro el deseo de huir de una fiesta en la que no encajaba.

Yo fingía escucharlo, pero mi objetivo era Eduardo Quintela, que en aquel momento se separaba del grupo de personas con las que hablaba y se dirigía a la mesa de las bebidas. Era mi oportunidad para abordarlo. Para quitarme de encima a Román, acepté su sugerencia de irnos. Respondí que mientras él iba a buscar los abrigos, yo aprovecharía para ir al tocador; nos encontraríamos en la entrada. Me dirigí entonces hacia Quintela y, cuando casi estaba a su lado, tres señores que rondaban los sesenta, uno alto y calvo, el otro bajito y con una barriga prominente y el tercero, el más joven, con un enorme bigote, lo invitaron a salir al balcón desde donde se podía contemplar el jardín. Fui detrás de ellos y me quedé al lado de las cristaleras aguzando el oído para atender a una conversación a la cual no había sido invitada.

—Muy pronto todo estará bajo control, señores. No tienen por qué preocuparse —respondía el jefe de la Brigada Político-Social a unas preguntas que yo no había podido oír.

—Eso ya nos lo dijo hace algunos meses y ha habido más explosiones —afirmó una voz profunda.

—Lo sé, lo sé, pero les aseguro que hemos progresado notablemente en las investigaciones.

—¿Y puede decirnos de qué manera han progresado? —preguntó otra voz más pastosa y llena de energía.

—Como ustedes comprenderán, la policía no puede compartir sus investigaciones. —Eduardo Quintela se mostraba firme, pero su tono mostraba un atisbo de inquietud.

—Como comprenderá usted, querido amigo, nosotros exigimos saber que la policía está en el buen camino, así que si usted no quiere tranquilizarnos, acudiremos a instancias mayores. Y no estoy muy seguro de que eso le convenga —amenazó una tercera voz más fina y rota.

Se hizo un silencio, yo me impacientaba. En el otro extremo de la sala, apareció Román Quílez; llevaba mi abrigo negro con el cuello de piel de zorro colgado del brazo. Miraba a su alrededor, me buscaba. Yo necesitaba un poco más de tiempo para seguir la conversación, así que, para huir de su mirada, me agaché fingiendo buscar algo.

—Hace un par de días vino a comisaría el propietario de un garaje. Unos hombres habían acudido para pintar un coche de otro color y algo le hizo sospechar que no eran trigo limpio; el coche parecía robado —explicó Quintela con ganas de apaciguar las ansias de aquellos hombres.

—¿Y eso es todo? —replicó el hombre de voz densa, claramente decepcionado.

—Tenemos la descripción de la persona.

—Querido amigo, más vale que se den prisa o van a rodar cabezas —sentenció la voz rota.

En aquel momento, Román Quílez caminaba hacia mí. Cuando llegó a mi lado, justifiqué mi demora diciéndole que había perdido un pendiente, pero que, afortunadamente, acababa de encontrarlo. Fingí ponérmelo. Él me ofreció su brazo y salimos de aquella sala repleta de gente. Aunque las expectativas que había puesto en aquella velada no se habían cumplido y no había obtenido el fruto esperado, tenía un hilo del cual tirar.

Después de salir del palacete de la calle Muntaner, tanto Román Quílez como yo estábamos demasiado cansados para prolongar la noche y me acompañó a casa. En el momento de despedirnos, me cogió las manos y me dijo que le gustaría conocer a Emma. No me negué, al contrario, aceptar el encuentro me permitía continuar con mi trabajo, así que quedamos en vernos al día siguiente en la Granja Viader.

Mi obsesión por acercarme a Quintela no se había visto satisfecha la noche anterior y pensé en sorprender a

Román Quílez yéndolo a buscar a la comisaría. Tenía la esperanza de que un golpe de suerte me llevara a coincidir con el jefe de la BPS. Mientras Emma esperaba fuera de la Prefectura, yo entré en el edificio. Aquella tarde, el policía que estaba en la entrada no me permitió acceder al interior. Insistir no sirvió de nada, así que esperé allí mismo, de pie, hasta que apareció Román.

Avanzaba con paso lento, con el maletín de piel en una mano y el cigarrillo en la otra, preocupado, sin percatarse de que yo lo miraba. Eduardo Quintela apareció también al fondo y en dos zancadas llegó a su lado. Tras una breve conversación, le dio una carpeta de color azul que Román Quílez hojeó primero y guardó en el maletín después. Habría podido esperar, disimular la tensión que me había generado ser testigo de aquel intercambio de documentos, recibir a Román con una sonrisa y caminar con él y con Emma hasta la Granja Viader. Pero aquello me había provocado un nerviosismo que era incapaz de controlar y que podía delatarme. Reculé y salí a la calle. Para domar los nervios, andaba tan deprisa que Emma no podía seguirme el paso y tenía que correr para alcanzarme; no se quejó ni una sola vez, como si de pronto se hubiera hecho mayor e intuyera que algo no iba bien. Mi hija me miraba con la inteligencia de quien sabe que ocurre algo y comprende que lo mejor es callarse.

La curiosidad por saber qué escondía aquella carpeta que le había dado Eduardo Quintela me quemaba las puntas de los dedos. Me pasaba la lengua por los labios, tenía el paladar áspero, y no dejaba de preguntarme si sería capaz de husmear lo que contenía aquella carpeta de color azul.

Daniel me miraba con una mezcla de orgullo y satisfacción. Me besó con una ternura que yo casi había olvidado.

—¿Y en los papeles que descubriste en el maletín del policía estaba el nombre de Àngel Carrero? —adivinó Daniel.

—Sí, y otra vez llegamos tarde. La policía lo detuvo y lo torturó, pero él no habló.

—¡Pero eso no fue culpa tuya, Isabel! —Me retiró un mechón de pelo hacia atrás y me acarició el rostro—. Ni tuya ni de nadie. Pasó y ya está.

—Después detuvieron a los demás: a Joaquim Puig, al Mestre, a Pere Valverde, a las mujeres encargadas de la propaganda y de transportar las armas, a Paquita Coronel, a Flora Martínez, a Dolors Sanz, a Empar Arranz. Cuando llegó el mes de abril, ya habían encarcelado a casi noventa personas.

—Deja de torturarte.

—Piden pena de muerte para ocho de los detenidos. —Con temor, añadí—: Tengo miedo de que me detengan a mí.

—Eso no pasará —contestó, y me miró como si me viera por primera vez, me miró y descubrió que yo era otra Isabel, me miró y supo que estaba decidida a quedarme, que nada de lo que él dijera o hiciera me pararía, me miró y vio todo el miedo que se escondía en el fondo de mis ojos.

Paseábamos en silencio. Las palabras se habían agotado de tanto repetirlas. Yo caminaba deseosa de respirar aire nuevo cuando, de repente, Daniel se detuvo. En un banco, a la sombra de un roble que los protegía del sol de junio, dos de los polacos con quienes habíamos compartido la cena charlaban animadamente. En otro banco, alejado y solo, estaba Jan Kumiega; tenía la mirada apagada y llevaba la tristeza escrita en el rostro.

Daniel intentó empezar una charla, pero el polaco se mostraba huraño. Yo argumenté que debía tener esperanza y seguir buscando a su hija. Él escuchaba con una sonrisa congelada en los labios, indiferente a unas palabras que se obstinaban en devolverle la esperanza a la cual había renunciado.

—He dejado el trabajo. Vuelvo a casa —musitó el polaco. Daniel me tradujo sus palabras.

—¿A Polonia? —preguntó Daniel sin disimular la sorpresa.

Jan Kumiega asintió levemente con la cabeza.

—¿Y la niña? ¡No puede dejar de buscarla! ¡Ella lo necesita! —Me senté a su lado decidida a convencerlo de su error.

Jan Kumiega pronunció una larga frase que Daniel se apresuró a traducirme.

—Dice que ninguna criatura merece tener un padre como él. Que esté donde esté, seguro que va a estar mejor que a su lado.

El polaco se levantó y se alejó con paso vacilante. Era un hombre derrotado por la vida, un hombre que lo había perdido todo.

## 34

## París, junio de 1947 - Barcelona, enero - mayo de 1947

El sol se asomaba entre los tejados y París se llenaba de luz. Era el primer día de mi nueva vida y lo saboreaba con la ilusión de dejar atrás un tormento que no paraba de repetirme aquel «No puede ser» que me ahogaba. A mi lado, Daniel dormía soltando un ronquido suave y tranquilo. Habíamos pasado la noche hablando de cómo organizaríamos nuestra vida en París. Él intentaba poner orden a todo lo que se le venía encima.

—Lo primero es buscar un piso donde quepamos los cuatro, con una habitación para nosotros y otra para Emma y tu madre; cuando todo vaya mejor, podremos alquilar otro más grande con tres habitaciones. No será difícil encontrar trabajo para ti, quizá no de costurera, pero seguro que puedes servir en alguna casa o ayudar en la cocina de un restaurante. Conozco a un chico que nos puede echar una mano, por eso no tienes que preocuparte. Por el idioma tampoco, eres lista y saber catalán y castellano te facilitará el aprender francés. Tu madre, si quiere, también puede trabajar, le iría bien para no pensar más de la cuenta. Y para Emma, ya pensaremos qué colegio es el mejor.

Daniel hablaba apresurado, con energía, con la seguridad de que todo sería tal y como él quería. Pero cuando lo daba ya todo por hecho, cuando creía que lo que él proponía era el único modo de hacer las cosas, yo contesté que me parecía bien buscar un piso para todos, un trabajo para mí y un colegio para la niña, pero que no lo haría él, que lo haríamos los dos, porque yo me quedaría en París, no pensaba regresar a Barcelona hasta que no llegara el momento de cerrar el piso de Aragó. La discusión se alargó más de dos horas. Él se obstinaba en hacer las cosas a su manera y yo le rebatía todos los argumentos hasta que comprendió que, dijera lo que dijera, yo no cambiaría de opinión.

Confesar mi secreto, quizá a mi madre, quizá a Wanda, quizá a un cura, me habría liberado de la carga de guardarlo solo para mí, pero hice todo lo contrario, lo enterré debajo de un montón de frases que se resumían en una sola: «No puede ser. No puede ser», me decía una y otra vez, como si los sentimientos pudieran ser o dejar de ser, como si sentir fuera una cuestión de voluntad, como si se pudiera dominar la atracción por alguien, como si la gratitud y la bondad hicieran balanza con el hecho de interrogar y maltratar. Aquel «No puede ser» se convirtió en un mantra que mantenía bajo llave unos sentimientos que yo negaba. Me repetía que Román Quílez era el enemigo, que me había acercado a él para sacarle información, pero la mala suerte hizo que descubriera a un hombre atento, generoso e inteligente, un hombre que desbordaba gratitud, un hombre que se debatía entre lo que era y lo que querían que fuera. Mi atracción hacia él se había cocido a fuego lento, casi sin que me diera cuenta, y yo la ahuyentaba insistiendo con aquel «No puede ser» que resultó inútil. La tortura de sentir lo prohibido me hacía sentir culpable. Echaba a Román Quílez a patadas y lo enterraba debajo de una montaña de «No puede ser» para decapitar una emoción que negaba.

Un rayo de sol atravesó la ventana y dividió la cama en dos partes idénticas; en una, Daniel dormía tranquilo, indiferente a mi mirada; en la otra, estaba la huella de mi cuerpo que me devolvía a otra cama, a una casa repleta de libros en la que caminaba descalza y sentía que había traspasado el espejo y me había convertido en otra mujer.

—«El porvenir era un pasillo completamente negro, con una puerta cerrada al fondo» —dijo Román Quílez en el momento de abrir la puerta y antes de encender la luz de aquel piso en el que no había permitido entrar a nadie—. ¿Recuerdas la frase, Isabel? —preguntó al mismo tiempo que apretaba el puente de sus gafas y esbozaba una sonrisa silenciosa llena de palabras. Yo afirmé con un ligero movimiento de cabeza. La frase pertenecía a un fragmento de *Madame Bovary*—. Hay personas que no soportan escribir en los libros y yo no puedo evitar subrayar las frases que me llaman la atención. Pero, si te molestan, si te entorpecen la lectura, puedo borrarlas.

No me molestaban, al contrario, saber qué era lo que le interesaba de una lectura era conocerlo un poco más.

Aquella novela formaba parte de la Colección Diana de la imprenta Barcelonesa Sabaté; no aparecía el nombre del traductor ni tampoco había ninguna nota introductoria. Entre los diez volúmenes de la colección había obras de Dickens, Poe, Dumas, Daudet, Balzac y Tolstoi.

—Flaubert se mete en la piel de sus personajes y profundiza hasta llegar al hueso, los hace crecer sin que te des cuenta y, cuando menos te lo esperas, vives con ellos como si fueras su amigo. Estoy seguro de que te va a gustar.

Era la primera novela que me regalaba. La sostenía en la mano como si fuera una joya y me la obsequiaba con la satisfacción de ofrecerme un valioso tesoro. Le siguieron más novelas y muchas otras frases subrayadas que yo repasaba con la punta del dedo creyendo apreciar el sonido de su voz. A medida que iba leyendo, me acercaba más y más a aquel hombre al que tenía que espiar. Leí *Madame Bovary* en un par de tardes, una lectura absorbente, casi hipnótica. Un libro censurado por inmoral. Un libro indecente, habría dicho la viuda Quílez a sus amigas; un libro guarro y asqueroso, habría gritado a su hijo. Un libro prohibido para todo el mundo, pero sobre todo para las mujeres destinadas a ser obedientes, fieles, rectas y religiosas.

Gracias a la lectura, Román Quílez había vislumbrado un mundo nuevo. Los libros le permitieron darse cuenta del abismo que existía entre la vida que tenía y la que quería. Leer lo hizo consciente de que estaba atrapado, pero era incapaz de sublevarse contra un padre que había decidido por él y contra una madre sometida a una religiosidad que le impedía pensar por sí misma. Román Quílez era un hombre perdido que había encontrado la libertad en las lecturas que le ofrecía su tío muerto admirador de Balzac, de Flaubert, de Dickens, de Tolstoi, de Valle-Inclán, de García Lorca, de Pérez Galdós y también de Joan Maragall, de Àngel Guimerà, de Prudenci Bertrana, de Jacint Verdaguer y de tantos otros. El policía, a escondidas de todos, vivía una doble vida, y aquella tarde de principios de mayo, me invitó a entrar en su universo privado.

Había empezado el año 1947 dedicada en cuerpo y alma a coser abrigos y chaquetas. Los dedos me dolían de tanto coger la aguja, pero estaba satisfecha. Cuando terminé la ropa de abrigo de los niños, pasaba todo el tiempo que podía con Román Quílez. Había intentado todas las estrategias que tenía a mi alcance para lograr que hablara, pero él se mostraba hermético respecto a su trabajo. Había fingido una inocente curiosidad, había hecho preguntas indirectas a partir de noticias que salían en el periódico, había utilizado los argumentos de las novelas para aterrizar en el mundo del policía, pero él solo hablaba de ello en contadas ocasiones y siempre con distancia, como si todo lo que pasaba en comisaría no tuviera nada que ver con él.

La tarde que fuimos a la Granja Viader con Emma, fisgué en aquella carpeta azul y descubrí el nombre de Àngel Carrero. Hablé de ello con Frederic y, a continuación, describí con pelos y señales a la mujer a la que había visto a través del cristal del escaparate hablando con Román Quílez. Frederic me escuchaba atentamente, abriendo las fosas nasales como si se hubiera quedado sin aire. Cuando terminé, después de un breve silencio, se levantó y fue a buscar una caja llena de fotografías que dejó encima de la mesa. Míralas con calma y dime si ves a la mujer que ha hablado con Quílez, ordenó. Tardé un buen rato, pero di con ella. Aunque en la foto era diez años más joven y estaba bastante más delgada, era ella. Apoyada en el marco de una puerta, tenía la mano en la espalda de una chica rubia de pelo corto y miraba a la cámara con una sonrisa esbozada. Descubrir que Manuela Gomis hacía el doble juego pasando información a la policía permitió neutralizarla; pero el partido ya estaba herido de muerte y las detenciones fueron numerosas. Aquel pequeño triunfo se desvaneció enterrado bajo un intenso sentimiento de fracaso.

Encarcelaron a casi noventa miembros del partido. Lo denominaron «la caída de los ochenta» y fue un golpe mortal.

Entonces, mientras yo me repetía que mi trabajo había servido de bien poco, llegó la noticia de la enfermedad de mi padre y mi vida dio un vuelco. Wanda estuvo a mi lado, me escuchaba, me entendía y solo cuando yo se lo pedía, me daba consejo. Se había convertido en mucho más que una amiga; pero en ningún momento le confesé aquel sentimiento que crecía en mi interior. Román Quílez era policía, sí, pero también era un hombre que me había descubierto un mundo en el que mi padre había intentado introducirme cuando era adolescente y al que yo había dado la espalda. Por aquel entonces, no me interesaban los libros; me lancé a la vida, me enamoré de Daniel y tuve una hija en medio de una guerra, recién cumplidos los veinte años; no tenía tiempo para lecturas. Román Quílez me mostró un mundo nuevo, y aquella tarde del mes de mayo me invitó a visitar su piso y me hizo partícipe de un secreto que no había compartido con nadie.

Una semana antes de que supiéramos que mi padre tenía los días contados, en la comisaría de Via Laietana, Pedro Polo torturaba a los detenidos. Román Quílez, que hasta ese momento había aguantado con resignación las prácticas del subdirector de la BPS, comprendió que no podía soportar por más tiempo una situación que había hecho aflorar una voz interna que le repetía que aquel no era su lugar. Ser testigo de las torturas no solo le revolvía el estómago, sino que le provocaba episodios de migraña que lo obligaban a suspender toda actividad.

—Me gustaría que me acompañaras —me dijo aquella tarde de mayo. El taxi se paró delante del piso de la calle Mallorca, pagó al taxista y salimos del vehículo—. Quiero que veas el piso de mi tío.

Y sin añadir nada más, sacó las llaves del bolsillo y abrió. El ascensor estaba ocupado, así que subimos por la escalera hasta el primer piso. El suelo de mármol me advertía que estaba a punto de meterme en la boca del lobo, que quedaría atrapada como un ratón que se deja envenenar por el aroma del queso, que tenía que frenar; sin embargo, la curiosidad por conocer su refugio, el deseo de saber quién era en realidad aquel hombre que me atraía mucho más de lo que estaba dispuesta a reconocer, me empujaba a seguirlo.

Al abrir la puerta del piso, un aroma intenso a libros leídos nos dio la bienvenida. El suelo era de madera y a cada paso que dábamos soltaba un ligero gemido, como si se lamentara de la presencia de unas visitas que no eran bien recibidas. En uno de los extremos del largo pasillo que recorría el piso de lado a lado, había una gran sala con dos ventanas y un balcón que se abrían a la calle. Los muebles tenían una gruesa capa de polvo. Había una mesa con ocho sillas, tres sillones alrededor de una mesita de centro, una vitrina con espejo, un reloj de péndulo que se había detenido cinco años atrás y un piano arrinconado contra la pared. Las dos paredes laterales estaban cubiertas por estanterías repletas de libros.

—Algún día, este piso será mi casa —afirmó con un deje de nostalgia por un futuro que había imaginado infinitas veces.

Abrió las ventanas de par en par y la primavera entró apresurada.

El largo pasillo también estaba tapizado de libros y conducía a un despacho que daba a un patio interior con tres cipreses, un tilo, una acacia, un ciruelo y un palosanto que en otoño regalaba un festival de colores.

La tarde invitaba al paseo, una brisa de terciopelo empujaba a ser feliz y yo entraba en un mundo íntimo, oscuro y húmedo como el claustro materno.

—¿Y tu madre no sabe nada? —pregunté después de que me contara la historia de Román Nogales.

—Mi madre cree que lo he vendido. Si sospechara que le he mentido, no tendría ningún interés por conocer los motivos de mi decisión. Para ella, la vida solo tiene un color. No dudo de que mis padres querían lo mejor para mí, el coronel decidió cómo debía ser mi vida sin tener en cuenta aquello que yo deseaba. Y cuando él murió, su memoria tuvo más peso que su presencia.

—¿Y cómo deseabas que fuera tu vida?

—No lo sé, pero, desde luego, la policía no es mi lugar. Cuando reúna las fuerzas necesarias para enfrentarme a mi madre y también a mí mismo, decidiré qué hacer con mi vida. De momento, aguanto, subsisto y llevo una doble vida; aquella que ven todos y la otra, la que realmente deseo, vivir tranquilo rodeado de mis libros. —Me miró como si me viera por primera vez, como si me descubriera entre miles de personas y viniera a buscarme. Me cogió la mano, que me temblaba como una hoja, se la acercó al pecho y añadió—: Y también me gustaría que tú estuvieras a mi lado, Isabel.

El corazón me latía tan deprisa que me daba la sensación de que estaba a punto de salírseme del pecho para caer al suelo y rebotar como una pelota. Me faltaba el aire y tenía la boca seca y áspera como un estropajo. Para protegerme de su mirada, contemplé los miles de libros que llenaban las estanterías. Para tranquilizarme, imaginé que todos salían, a la vez, de sus estantes y emprendían el vuelo, como si fueran una bandada de pájaros viajando hacia tierras más cálidas. Un frío helado me hizo estremecer y, a continuación, una ola de calor me llenó la frente de gotitas de sudor. Asustada por una declaración que me dejaba sin palabras, me repetí aquel «No puede ser» que me protegía de mí misma. Delante de mí, Román Quílez me miraba con ojos de poeta y yo rehuía su mirada y me maldecía por haber propiciado una declaración que se gestaba desde hacía semanas. Esquivaba aquel sentimiento que me acercaba a él y recordaba la voz de mi madre: todos los policías están cortados por el mismo patrón, Isabel. Por muy amables que sean, por muy buenas personas que parezcan, todos son iguales. ¿No te acuerdas de que uno de ellos mató a tu marido? ¡Son ellos quienes hacen posible que el régimen de Franco se mantenga! Son ellos quienes prohibieron a tu padre continuar trabajando en la pasión de su vida. ¡Son ellos quienes le han negado la lengua y la cultura a tu hija! Las palabras de mi madre eran proyectiles lanzados a discreción que rebotaban en las paredes y el techo. Pero los ojos de poeta de Román Quílez esperaban una respuesta. Estaba aterrorizada, no por el miedo a que me descubriera, no por no saber qué decir, sino por aquel intenso deseo de besarlo. «¡No puede ser! Es un policía. ¡No puede ser! Es el enemigo. ¡No puede ser! Entregarme a él es traicionar a Daniel.» Y mientras aquel montón de «No puede ser» me caía encima, Román Quílez me levantó la barbilla, me miró con sus ojos de miel, acercó sus labios a los míos y me besó con una dulzura nueva. Me quedé impasible, retorciéndome las manos para no ceder. Cuando conseguí articular las primeras palabras, salió aquella frase que tantas veces me había repetido a mí misma:

—Lo siento, Román. No puedo. No puede ser. —Y sin añadir nada más, corrí hacia la puerta y bajé la escalera a toda prisa dejando tras de mí un rastro de culpa que me persiguió hasta que el anuncio de la muerte de mi padre me trastocó la vida.

Un beso con sabor a tabaco y poesía. Un beso que había esquivado para evitar enfrentarme a la verdad. Un beso que habría querido borrar, pero que volvía una y otra vez. Si hubiera sido valiente, si hubiera sido capaz de ser sincera conmigo misma, habría saboreado el beso entero.

Me obstinaba en negarlo, pero Román Quílez había hecho nacer un deseo que hasta ese momento solo había sentido por Daniel. Me esforzaba en cortar de raíz un sentimiento que me confundía; lo cortaba, pero volvía a crecer, como si fuera una mala hierba. Luchaba por alejarme de lo que sentía. «¡Nunca más! ¡Jamás volveré a verlo!», me repetía mientras corría por la calle como si alguien me persiguiera para matarme.

Aquel «jamás» se desvaneció cuando los médicos nos dijeron que la enfermedad de mi padre avanzaba más deprisa de lo que pensaban, cuando comprendimos que la muerte estaba a la vuelta de la esquina y que nada se podía hacer para detenerla. Una semana después de aquel beso, salí del hospital donde estaba ingresado mi padre y volví al piso de la calle Mallorca. Los postigos de las ventanas estaban abiertos de par en par y la puerta del balcón, entreabierta; sin pensarlo, subí a su casa. Él me abrió. Iba en mangas de camisa, llevaba un libro en una mano y un cigarrillo en la otra.

—Mi padre se está muriendo —dije con los ojos ahogados en lágrimas.

Él me abrazó y nos besamos. Y aquel «No puede ser» que tantas veces había repetido se hizo añicos como una bola de cristal lanzada contra el suelo.

El miedo a ser descubierta e ir a la cárcel había dado paso a un miedo nuevo, el miedo a que él descubriera que se había enamorado de una mujer que no existía. El olor a traición se esparcía por el aire, pero el temor por la proximidad de la muerte de mi padre hizo que todos los demás se desvanecieran. Solo existía el presente. Solo éramos un hombre y una mujer.

## 35

### BARCELONA, PRIMAVERA DE 1947 - PARÍS, JUNIO DE 1947

Tres veces fui al piso de la calle Mallorca. La primera vez había huido asustada por un beso que había hecho aflorar lo que me empeñaba en negar; la segunda me había entregado a un amor prohibido que había nacido herido de muerte; y la última había ido para decirle a Román Quílez que me marchaba de la ciudad y que no volveríamos a vernos.

El dolor de saber que mi padre se moría había hecho que todo lo demás dejara de ser importante. Aquel «No puede ser» que me había acompañado para negar lo que sentía también sirvió para negar la muerte de mi padre. «No puede ser. No puede ser. No puede ser», repetía en el momento de salir de la Clínica del Pilar, y, como un alma en pena, con los ojos llenos de lágrimas, caminé sin rumbo hasta estar delante de aquel piso del que había huido.

El piso de la calle Mallorca me trasladó a un mundo en el que no era necesario pensar, ni hablar, ni esperar y, menos aún, recordar. Aquel espacio repleto de historias era un territorio irreal donde lo que sucedía en el exterior se borraba. Combatí la desolación de oler la muerte lanzándome a un placer prohibido. La calidez de las caricias de Román me permitía soportar la idea de que mi padre nos dejaba. El mundo se había vuelto loco y yo me entregaba a unos besos con sabor a miel y libros, a un placer que se mezclaba con el dolor del adiós. No importaba que Román fuera policía ni que yo me hubiera acercado a él para sacarle información; en aquel piso, no había espacio para la culpa, ni para el reproche, ni para el miedo a ser descubierta. Lloré acurrucada entre sus brazos. A menudo, el amor y la muerte se dan la mano, y la enfermedad de mi padre me había empujado a dejar fluir aquel sentimiento que había permanecido prisionero durante semanas.

Cuando me fui, él dormía y ver la huella de mi cuerpo sobre la cama me hizo estremecer. Caminé de puntillas, descalza, con los zapatos en la mano, la calidez de la madera me despedía. Pero cuando estuve en la calle, la realidad me cayó encima como un jarro de agua fría y un escalofrío me devolvió al mundo real.

Las semanas que siguieron estuve al lado de mi padre y acompañando a mi madre. Aproveché ese tiempo para decidir qué hacer con mi vida. Román Quílez vino a buscarme media docena de veces, pero yo me negué a hablar de un nosotros que él se obstinaba en añadir a cada frase.

Después de la muerte de mi padre, supe que debía empezar una nueva vida en París, al lado de Daniel. El día antes de coger el tren, volví al piso de la calle Mallorca y repetí una vez más aquel «No puede ser» que tantas veces me había dicho a mí misma. El sabor agrio del adiós escondió aquello que hubiera querido confesar. Pero no podía decirle quién era ni qué escondía, no podía decirle que amarlo había sido un accidente, que si él supiera mi verdadera identidad, todo lo que sentía por mí se desvanecería tan deprisa como el humo de su cigarrillo. Yo era una impostora, una traidora que lo había utilizado para robarle información. Me limité a decir aquel «No puede ser» y me alejé con la promesa de no verlo nunca más y con el deseo de borrar unos besos con sabor a tabaco, miel y poesía.

La piel de Daniel olía a pintura y a un mañana que estaba a punto de ser descabezado. Contemplarlo mientras dormía me alejaba de las emociones que había hecho nacer en mí Román Quílez. Olvidar, pasar página y empezar una vida donde todo sería tal y como yo quería que fuese, ese era el mañana que se abría delante de mí. Pero el mañana es tramposo y se puede torcer en un instante. La desgracia se acercaba sigilosa, como un gato que espera el momento oportuno para lanzarse sobre su presa; yo no lo sabía y gozaba de la felicidad de un día luminoso del mes de junio que quedaría grabado en mi memoria como un tatuaje imposible de borrar.

Daniel se desperezó, alargó el brazo y palpó el gurruño de sábanas que yo había dejado a su lado. Abrió los ojos, levantó la mirada para buscarme y me encontró sentada en la butaca que había a los pies de la cama. Un «¡Buenos días!» suave como el terciopelo se paseó por las paredes y el techo. A continuación, me regaló un beso que quedaría colgado en la comisura de mis labios durante décadas.

—Aún piensas en cómo hacer cambiar de parecer a Jan Kumiega, ¿verdad? —adivinó mientras se ponía la camisa.

—No sé cómo, pero tiene que haber algún modo de evitar que se rinda. Tardará más o menos, pero si la busca, acabará encontrando a su hija.

—He conocido a unos cuantos como él. —Apoyó las manos sobre mis hombros y me habló mirándome directamente a los ojos—. Jan Kumiega es un hombre vencido incapaz de cuidar de sí mismo.

—Quizá si le explicara cómo son los niños de Barcelona y cómo algunos de ellos han encontrado a sus familias, aceptaría que hay esperanza.

Tuve que insistir para que Daniel accediera a acompañarme hasta donde vivía Jan Kumiega. Fuimos al piso que el polaco compartía con tres compatriotas, pero él ya no estaba. Había metido lo poco que tenía en una pequeña maleta y se había ido a primera hora de la mañana. Me maldije por no haber intentado convencerlo cuando aún había tiempo. Lo único que nos dijeron sus amigos era que había regresado a casa. No sabían nada más. Jan Kumiega había desaparecido sin dejar rastro.

La huida del polaco me puso de mal humor. Aunque disimulaba delante de Daniel, mis gestos eran más bruscos y mi mirada mostraba el reproche hacia mí misma. Comimos en casa y, antes de que él se fuera, insistí en empezar a buscar trabajo. Él decía que no había prisa, que teníamos tiempo, que ya lo haríamos juntos, pero no me dejé convencer, necesitaba dejar de pensar en Jan Kumiega y en una hija que nunca encontraría a su padre. Daniel me dio un plano de la ciudad en el que marcó unas cuantas direcciones de amigos cuyas mujeres trabajaban en el servicio doméstico; quizá, solo quizá, pudieran ayudarme. También me dio un pequeño diccionario francés-español por si necesitaba preguntar algo. Dentro, había un par de hojas con una lista de preguntas y respuestas en francés y traducidas al catalán que él mismo había escrito cuando aprendía el idioma.

Fue una tarde larga y extraña. Caminé de una dirección a otra; en algunas no encontré a nadie, pero en la última que visité, una mujer de mediana edad me habló de la posibilidad de entrar a trabajar como mujer de la limpieza sustituyendo a una malagueña que estaba embarazada de ocho meses. Sería necesario hacer una entrevista con la señora, pero si todo iba como estaba previsto, podría empezar en un par de semanas. Feliz de haber iniciado mi vida parisina, convencida de que todo iría tal y como deseábamos, compré una botella de vino para celebrar la buena noticia y me puse a hacer la cena con la ilusión de celebrar que muy pronto tendría trabajo.

Esperaba que Daniel llegara a las nueve de la noche, pero a las diez aún no había dado señales de vida. No le di importancia; antes de irse, me había dicho que hablaría con algunos de sus compañeros por si sabían de algún trabajo.

Puse la mesa mientras sus palabras iban y venían. «Todo irá bien, Isabel», me había asegurado mientras me acariciaba el rostro como si fuera una niña. «Todo irá bien», había dicho mientras me daba un beso de despedida que saboreé ignorando que sería el último. «Todo irá bien», repetía como si por el simple hecho de decirlo, tuviera que cumplirse. Bajó los ochenta y siete peldaños que separaban el piso de la portería y desapareció al final de la calle. «Todo irá bien, Isabel», insistía su voz, como si fuera una oración, como si fuera el conjuro de un maleficio.

Pero nada fue bien. El destino nos dio la espalda y nos robó el pequeño espacio de felicidad que habíamos conquistado. Nos conformábamos con migajas de esperanza para sobrevivir, pero el destino decidió por nosotros y un maldito accidente me rompió el alma una vez más.

La noticia de la desgracia llegó en el momento en que acababa de quitarme los zapatos y me daba un masaje en los pies. La cena hecha, la botella de vino tinto sobre el mantel blanco, la mesa puesta y el olor de las patatas con cebolla volando por la mansarda. En la calle, la noche era dueña de la ciudad. Alguien llamó a la puerta y de inmediato se aligeró mi angustia. Corrí a abrir sin calzarme, con la esperanza de que fuera Daniel que se hubiera olvidado la llave. En el umbral había dos hombres vestidos de negro, hablaban francés y yo no los entendía. Repetían el nombre de Daniel Plensa y yo decía que sí, que aquella era la casa de Daniel, pero que él no estaba, que no había vuelto de trabajar, pero que debía de estar al caer. Ellos tampoco me entendían y seguían hablando, pero yo seguía sin comprender.

—*Accompagnez-nous*[61] —dijo el más alto cogiéndome del codo.

—Pero ¿qué quieren?

De nuevo empezaron a hablar y el nombre de Daniel salió unas cuantas veces. Ellos se miraron y uno me mostró un carné de policía mientras el otro repetía aquel *«Accompagnez-nous, si'l vous plait»*.[62] Y obedecí. Me puse los zapatos y bajé la escalera en silencio, con la inquietud de no saber qué ocurría. Salimos del portal y cuando estaban abriendo la puerta del coche, vi que Mathilde, la chica que había conocido dos años atrás, corría hacia mí hecha un mar de lágrimas. La chica con la cara llena de pecas me abrazó con tanta fuerza que me impedía respirar.

Aquella tarde, Daniel miraba la ciudad y se decía que París era su casa. Contento porque pronto podría vivir con su mujer y su hija, se prometía que cuando echaran al dictador, regresarían a Barcelona. Era la tarde del lunes 30 de junio de 1947 y un descuido, un absurdo movimiento inapropiado, hizo que sus ilusiones y proyectos se truncaran. Daniel no había cerrado bien el bote de pintura. Cuando se dio cuenta, alargó el brazo más de la cuenta

61. En francés, «Acompáñenos».
62. En francés, «Acompáñenos, por favor».

para sujetarlo. Su cuerpo se desestabilizó, perdió el equilibrio y se precipitó al vacío. Daniel voló sobre la ciudad durante unos instantes hasta que su cuerpo dio un golpe seco y potente contra el suelo. Murió en el acto.

El destino no me daba tregua. La segunda muerte de Daniel fue tan devastadora como la primera. El mañana se difuminaba y aparecía la oscuridad más absoluta. Había ido a París a buscar a mi amor y la ciudad me había obsequiado con su muerte. Después del funeral de Daniel —que Mathilde se encargó de organizar—, volví a casa. Mi madre me vino a recibir a la Estació de França. Sin decir palabra, me estrechó entre sus brazos y el calor de su amor se congeló antes de tocarme la piel porque yo era incapaz de sentir. Mi madre cogió mi maleta y salimos a la calle.

—¡La vida puede ser muy cruel, Isabel! —dijo en el momento en que abríamos la puerta del taxi.

—¿Y qué vamos a hacer ahora?

—Seguir adelante, hija. Sea como sea, pero lo conseguiremos. Emma nos necesita.

—Tengo que decirle que su padre ha muerto.

—Emma ha crecido sin padre. ¿De qué le valdría saber que tenía uno al que no ha visto nunca?

No tuve ánimo para contradecirla. Cuando llegamos al piso, me metí en la cama y no salí en dos meses. El mundo entero se me había caído encima. Estaba tan hundida que no conseguía pensar, lo único que quería era cerrar los ojos y desaparecer. Son los nervios, dijo el médico, incapaz de comprender que el dolor del alma puede ser tan devastador como la peor de las enfermedades. Mi madre me cuidó como cuando era una niña; me alimentaba con infinita paciencia, me peinaba cada mañana, me cantaba y estaba conmigo a todas horas, pero yo notaba su miedo, el miedo a que aquella Isabel que había ido a buscar a su marido ya no existiera. Delante de mí, fingía normalidad, pero yo intuía que a ella también la devoraba la tristeza y cuando por las noches la oía llorar, la culpa de ser responsable de aquel dolor se hacía aún más profunda.

Muchos días, Emma se sentaba en la cabecera de mi cama y se pasaba un buen rato leyendo en voz alta. Yo era incapaz de seguir el argumento de la lectura, pero oír su voz me ayudaba a no desaparecer. Wanda venía a visitarme y antes de irse, ella y mi madre hablaban un rato, pero yo estaba lejos, muy lejos. Vivía en otro mundo, sumergida en un extraño letargo, y tenía la sensación de que me fundía cada día un poco más y de que llegaría el momento en el que desaparecía por completo.

Después de dos meses sin tener ánimo para salir de la cama, mi madre me obligó a levantarme un rato cada día, a salir al balcón, a regar las plantas, a mirar las nubes y a dar pequeños paseos. La recuperación fue lenta. Cuando empecé a hacer vida normal, la primera vez que salí sola, volví al piso de la calle Mallorca. En el balcón del piso de Román Quílez, un hombre quitaba un cartel de «En venta». La portera, con ganas de hablar, dijo que el propietario lo había vendido porque se había trasladado a vivir a Madrid. Días más tarde, Wanda me confesó que supo que Frederic había sido arrestado dos días después de irme yo. Era probable que Frederic no hubiera dicho mi nombre, porque, en tres meses, nadie había venido a buscarme.

El luto fue cediendo y, después de un montón de meses, volví a disfrutar de los días de sol y de los abrazos de Emma. La vida no me lo había puesto nada fácil, pero tenía a mi hija, a mi madre, la amistad de Wanda, a los niños de la Residencia de Vallcarca y ganas de continuar viva.

# LUDKA

1956

*Soy polaca, pero solo he visitado mi país dos veces. La primera, en el verano de 1956, cuando el ansia por volver a mis orígenes me llevó a emprender el viaje para descubrir si aquel hombre que no quería saber nada de su hija era mi padre. Un viaje que me permitió saber quién era yo y qué sentía. Volví a Varsovia en el otoño de 1990, cuando el régimen comunista ya era historia.*

*Puede que Polonia fuera mi país, pero yo me sentía extranjera.*

## 36

## Barcelona, junio de 1956

Aquellas cuarenta niñas vestidas con uniforme escolar, con lazos blancos en las trenzas, solo tenían ojos para mí. Yo levantaba los brazos, y sus voces, como pájaros que emprendían el vuelo, se escapaban a través de la ventana y viajaban por la ciudad hasta perderse entre las ramas de los árboles.

Tienen voz de ángel, había comentado la monja a quien tenía que sustituir para dar las clases de música y dirigir el coro del colegio, y después de anunciarme que el trabajo era mío, añadió: a las niñas les gustará tener una maestra tan joven.

Cantar en el coro de la señorita Kowalski me había despertado el placer por el canto. Y el entusiasmo de la señora Teresa al explicarme qué sentía cuando ella cantaba hizo que quisiera dedicarme a la música. Aunque tenía cabeza para las matemáticas, aunque los profesores insistían para que estudiara contabilidad, aunque me prometían que si lo hacía, iba a encontrar un buen trabajo, escogí la música. Estudiaba piano y canto en el Conservatorio del Liceu y desde hacía un curso, trabajaba a media jornada en la escuela del Sagrado Corazón. Dar clases me gustaba y dirigir el coro, más que un trabajo, era un goce. Me llevaba bien con las niñas, y acompañarlas en el descubrimiento de todos los matices que escondía la voz me hacía feliz. La monja tenía razón, las niñas tenían voz celestial y, cuando cantaban, yo entraba en el paraíso, donde no existían ni el ayer ni el mañana. Cantaban y yo lo hacía con ellas. El canto era el centro de mi vida.

Había llegado a Barcelona con una maleta repleta de dolor. Diez años más tarde, de los más de cien huérfanos que habían vivido en la residencia de la calle Anglí y la Torre de Vallcarca, solo quedábamos dieciocho. Miraba al pasado y volvía a ser la niña que había sido, la niña que había apaciguado la pérdida de su madre adoptiva con el ansia de recuperar a su familia biológica, una familia que se inventaba para soportar un ayer del cual no sabía nada. Mientras era testigo de cómo algunos de mis compañeros se reencontraban con sus familiares, la esperanza de tener su misma suerte se fue debilitando y dentro de mí creció la semilla del desarraigo. No sabía quiénes eran mis padres, no sabía si alguien de mi familia estaba vivo, no sabía si tenía hermanos, no sabía dónde había nacido. Sin encontrar respuestas, llenaba el vacío que eso me provocaba con nuevas preguntas. En Barcelona me habían educado como ciudadana de una Polonia que ya no existía; amaba su lengua, que sentía como propia, estudiaba su historia, sus tradiciones, su cultura y, sin embargo, lo ignoraba todo de mí misma.

Frente a mí, las niñas cantaban a pleno pulmón; sus voces tejían un capullo de seda que me rodeaba y, por unos instantes, volvía a ser la niña de nueve años que había llegado a Barcelona con una maleta llena de sufrimiento.

Diez años de amistad con Emma me habían convertido en su mejor amiga. Entre nosotras no había secretos, las confidencias fluían como el agua de un río. Al inicio de la primavera de 1955, Emma, emocionadísima, me explicó que Augusto Giralt, un chico que hacía tiempo que la rondaba, la había besado. Era el primer beso que recibía, el primero que daba, el beso que abría la puerta a la edad adulta.

Augusto se convirtió en una especie de guardaespaldas que cada tarde la esperaba a la salida de la escuela de magisterio donde Emma estudiaba para convertirse en maestra. Aquel chico de hombros anchos y manos grandes, con ojos de fuego y un bigote pulcramente recortado, trabajaba en una imprenta, pero vestía tan elegante como un directivo de banco. Cuatro años mayor que mi amiga, hablaba con una elocuencia repleta de palabras que Emma no había oído jamás. Después de tres meses de noviazgo que yo viví como un castigo, la pareja nos invitó a Enrique Rivera, un buen amigo de Augusto, y a mí a acompañarlos en sus salidas.

Era verano, íbamos a bailar, al cine, a merendar, de excursión. Entre risas y diversión, aprendíamos a hacernos mayores. Enrique Rivera disimulaba su extrema timidez tras una fina ironía y yo no me di cuenta de que le gustaba hasta que una tarde, después de salir del cine, después de dejar a Augusto y a Emma en la puerta de la casa de mi amiga, se me declaró. Me tragué la sorpresa con una sonrisa de muñeca y acepté el noviazgo solo por el deseo de seguir al lado de Emma. Ambas parejas nos convertimos en inseparables hasta el día en que Emma comprendió que había confundido el anhelo de amar a alguien con amar a Augusto Giralt y se apresuró a romper la relación.

—¿Sabes qué me gustaría, Ludka? ¡Encontrar a un chico con quien me entendiera tan bien como me entiendo contigo! —dijo hecha un mar de lágrimas la tarde que vino a buscarme a la salida de las clases de canto.

Le acaricié el pelo como si fuera una niña y la besé en la frente como lo haría una madre.

Dos semanas después, rechacé la propuesta de boda que me hacía Enrique Rivera y corté de raíz una relación que no iba a ninguna parte. La excusa fue que estaba sopesando la idea de irme a vivir a la comunidad polaca de Estados Unidos. Para atenuar la dureza de mis palabras, añadí que él iba a encontrar una buena chica con quien ser muy feliz. Enrique lo aceptó sin montar ningún drama y me deseó toda la suerte del mundo.

Era difícil cuestionarme el mañana cuando aún tenía pendiente resolver el pasado. Me costaba saber adónde iba porque no tenía ni idea de dónde venía. Irme o quedarme, empezar de nuevo o seguir en Barcelona. No obstante, tomara la decisión que tomara, no resolvería las preguntas que me perseguían desde que era una niña: ¿Quién era yo realmente? ¿Qué había pasado con mi familia biológica? Había leído, no recordaba dónde, que no sabemos quiénes somos hasta que no sabemos dónde tenemos enterrados a nuestros muertos; y yo ni siquiera conocía quiénes eran mis muertos.

Terminada la guerra, la diáspora polaca se había repartido en diferentes comunidades de todo el mundo, e ir a Estados Unidos había sido una de las opciones. En 1950, desde Barcelona, se valoró la posibilidad de enviar a los chicos y a las chicas mayores que no habían sido reclamados a alguna de las colonias de la comunidad polaca que vivía en el exilio en Estados Unidos, donde podrían empezar una nueva vida. Para poder realizar los trámites del traslado, los huérfanos tenían que estar bajo la tutela de la IRO, Organización Internacional de Refugiados, que proporcionaba ayuda a los refugiados; además, era necesario que la comunidad polaca americana encontrara empresarios dispuestos a darles trabajo y, para ello, había que tramitar los visados y gestionar el viaje. El delegado del Consejo de los Polacos Americanos, Florian Piskorski, hizo lo imposible por cumplir los requisitos que se pedían. El primer grupo se marchó en 1950 y un año después lo hizo un segundo grupo de veintidós chicos y chicas.

En 1956, cuando solo quedábamos ocho chicos y diez chicas, se decidió que era el momento de cerrar el centro de acogida de Barcelona y se nos propuso ir a la ciudad de Búfalo, en el noroeste del estado de Nueva York, donde había una numerosa comunidad polaca. Desde hacía tres años, el viaje al otro lado del Atlántico se había complicado. Los americanos solo concedían visados de entrada a inmigrantes cuando había la garantía de que, en caso de necesidad, podrían ser readmitidos por el país del que procedían. La España franquista no estaba dentro de la OTAN, por tanto, no era un país que pudiera garantizar ningún tipo de readmisión. Para solucionar ese tropiezo, se pidió ayuda a Portugal, que sí era miembro, y en abril de 1956 las autoridades de Lisboa consiguieron los visados para todos nosotros.

Yo estaba indecisa sobre si quedarme o irme y la insistencia de Emma no me ayudaba.

—Mi madre y mi abuela también te quieren. Puedes quedarte y vivir con nosotras —fue la respuesta de Emma cuando me interesé por el viaje.

—Tengo que pensármelo. —Los ojos de Emma se me clavaron como dos espadas de fuego.

Resultaba difícil decidirse. Lo único que tenía claro era que quería ir a Polonia y visitar a Jan Kumiega.

En el otoño de 1947, Isabel, una vez recuperada de la enfermedad que la mantuvo en cama durante meses, le contó a *pani* Wanda la historia del polaco al que había conocido en París. El hombre tenía una hija llamada Ewa Maria y yo creía recordar que ese era mi nombre. No obstante, la posibilidad de que aquel hombre, que se negaba a buscar a su hija, fuera mi padre era remota. Isabel y *pani* Wanda hicieron lo imposible por localizarlo y, cuando lo consiguieron, le enviaron una carta en la que le decían que en Barcelona había una niña que tenía el nombre de su hija. Era una carta llena de afecto acompañada de una fotografía en la que yo, que seguía fiel al nombre de Ludka Nowak, sonreía mirando a cámara. Semanas después, Jan Kumiega respondió; afirmaba que la niña de la fotografía no era su hija y que, aunque lo fuera, tampoco querría saber nada de ella. Eso ocurrió cuando yo acababa de cumplir los once años y creyeron que lo mejor era archivar el caso.

En abril de 1956, cuando las autoridades portuguesas aceptaron expedir el certificado de readmisión que exigían los americanos para darnos los visados, supimos que la partida tendría lugar la primera semana de julio. Fue entonces, mientras decidía qué hacer, después de cortar la relación con Enrique Rivera, cuando me surgió la necesidad de ir a Polonia. Cuando hablé de ello con *pani* Wanda, ella me contó la historia de Jan Kumiega y me dio la carta que él había escrito. Isabel lo definió como un hombre vencido, perdido en un mar de alcohol. El deseo de saber si aquel hombre era mi padre biológico me llevó definitivamente hasta Polonia. El fanatismo estalinista se había apaciguado después de la muerte de Stalin, pero Polonia seguía siendo una dictadura. La España de Franco tenía buenas relaciones con el Gobierno polaco en el exilio, pero la Polonia comunista y la España franquista se daban la espalda mutuamente. Entrar en Polonia tenía su complicación, pero Isabel consiguió encontrar los canales adecuados para que hiciera el viaje.

Emma estaba entusiasmada con la idea y daba por hecho que vendría conmigo. No aceptó un no por respuesta, ni mío ni de su madre, la cual se opuso desde el momento en que lo supo. Mi amiga había terminado los estudios de magisterio y deseaba aire nuevo y una dosis de aventura. Yo, para ella, era su hermana; ella, para mí, era la vida.

Isabel se negó a que Emma me acompañara.

—Ir a Polonia es una insensatez, Emma. Entiendo que Ludka necesite hacer este viaje, pero no tiene ni pies ni cabeza que tú vayas —zanjó Isabel.

Emma la obsequió con una mirada de odio y le vertió encima el resentimiento de una niña de nueve años a quien habían arrancado de su casa.

—¡Me obligaste a seguirte cuando yo quería quedarme con los abuelos! Esta vez soy yo quien decide, mamá. Te guste o no, lo quieras o no, acompañaré a Ludka.

Isabel se defendió con lo único que tenía.

—Soy tu madre, y para obtener el pasaporte, necesitas mi permiso —repitió un par de veces.

Emma se encendió y la rabia le soltó la lengua.

—¡Eres una mala persona! —gritó.

Isabel le respondió con un bofetón que le dejó marcados los cinco dedos en la mejilla. Era el segundo que le daba y un sabor a hierro le llenó la boca.

—¡Te guste o no, lo quieras o no, voy a ir a Polonia con Ludka! ¡No sé cómo, pero juro que voy a ir! —exclamó Emma con la voz rota.

## 37

### Polonia, junio de 1956

Isabel cedió y gracias a su amistad con Mathilde Boursin, una parisina que pertenecía al partido comunista francés, fue posible que Emma y yo pudiéramos acompañar a una delegación del partido que viajaba a Polonia. El grupo formaba parte de un coro que actuaría en varias ciudades en un *tour* que duraría una semana. Fuimos hasta París y Mathilde, una mujer amable y afectuosa que observaba a Emma con más emoción que curiosidad, nos recibió como si fuésemos de su familia.

—Te pareces a tu madre, pero tienes los ojos de tu padre —dijo aquella mujer con el rostro estampado de pecas y una sonrisa contagiosa.

Emma se preguntó por qué Mathilde sabía cómo eran los ojos de un padre al que ella no había conocido. Todavía tendrían que pasar muchos años hasta que Emma descubriera la verdad del pasado de su familia.

Mathilde nos proporcionó unos pasaportes que pertenecían a dos chicas francesas con quienes teníamos bastante parecido y que, por una considerable cantidad de dinero, nos los prestaban. Solo fueron necesarios un cambio de peinado y unas gafas. A Emma le cortaron el pelo a lo *garçon* y le dieron unas gafas de pasta negra sin graduar; yo tenía que recogerme el pelo en un moño y afinarme las cejas. Emma pasó a llamarse Véronique, y yo, Aubine. Las dos éramos de París y teníamos, de pronto, un par de años más. Pertenecíamos al partido y cantábamos en el coro. Afortunadamente, ambas habíamos estudiado francés y nos defendíamos bastante bien.

Fuimos desde París hasta Dresden, al otro lado del telón de acero, y cruzamos la frontera entre la República Democrática Alemana y la República Popular de Polonia. El viaje fue mucho más largo y cansado de lo que había imaginado, pero la ilusión de reencontrarme con mis raíces me mantenía con una energía que no flaqueó. El recorrido estaba programado hasta el más pequeño detalle. La primera noche la pasaríamos en Breslavia, donde el grupo cantaría acompañando al coro de la ciudad. La idea era que nosotras dos aprovechásemos el día para ir hasta Gliwice, donde encontraríamos a Jan Kumiega; después, volveríamos a reunirnos con la delegación, que tenía previsto ir a las ciudades de Poznan, Varsovia y Cracovia, desde donde se iniciaría el camino de regreso. Emma y yo, con el permiso de Mathilde, que era la jefa de la delegación, bajamos del autobús antes de entrar en Breslavia. Allí nos esperaba un chico que conducía un pequeño camión cargado de verduras que nos llevaría hasta Gliwice. El chico se llamaba Florian y sería nuestro ángel de la guarda. Rondaba los veinticinco años y hablaba por los codos, un chorro de palabras, un torrente desbordado de información que no me permitía ahondar ni en mis pensamientos ni en la contemplación del paisaje.

—Hoy tengo un día de mucho trabajo. Después de dejaros, debo continuar hacia Cracovia. Por suerte, los días de sol tengo tanta energía que podría conducir hasta el fin del mundo. El sol da vida, decía mi abuela, en gloria esté, y tenía toda la razón, porque el sol nos regala felicidad. —El chico cogía el volante con una sola mano y con la otra gesticulaba para acompañar un discurso imparable.

El pequeño camión, que algún día había sido de un azul intenso, se había deslucido con el paso de los años y la chapa mostraba el cansancio de miles de kilómetros en la carretera. Resoplaba como un animal fatigado y el motor emitía un ruido extraño que auguraba problemas. Cuando estábamos a pocos kilómetros de Gliwice, el ruido se convirtió en un pataleo contundente y en una humareda oscura que nos impedía ver el camino. Florian, que hasta ese momento parecía indiferente al ronquido del vehículo, soltó unos cuantos tacos y frenó en seco.

—¡Me cago en todo lo que se menea! —musitó.

Salió del camión. Abrió el capó, y durante un buen rato intentó arreglar la avería mientras un rosario de palabrotas lo ayudaba a relajarse.

—¡Empezar con mal pie es un buen augurio! —exclamó Emma convencida de que todo lo que tenía un mal inicio debía tener un buen final.

Pero la vida no es el argumento de una novela y a menudo lo que empieza mal puede terminar aún peor. No era momento para mostrar mi desánimo, de modo que contesté asintiendo con la cabeza. Emma me cogió la mano, la puso entre las suyas y la acarició con afecto.

—Ya estamos en Polonia y eso es lo único que importa —dijo con una ingenuidad que me desconcertó.

El tacto de su piel me reconfortaba y el hecho de tenerla a mi lado me sosegaba el ansia de descubrir mis orígenes. Me preguntaba si era sensato irme al otro lado del mundo para ser fiel a unas raíces que ni siquiera recordaba. Me preguntaba si mi destino era quedarme en Barcelona, al lado de mi amiga, y arraigarme en la ciudad. Tenía la esperanza de que aquel viaje a Polonia me diera las respuestas que buscaba, pero el viaje solo sirvió para que surgieran más preguntas.

Florian levantó la cabeza; desolado, dijo que se había

estropeado la bomba del agua y que era necesario encontrar la pieza de recambio. Nos propuso que esperáramos allí mientras él iba al taller mecánico de Gliwice, pero preferimos acompañarlo. La ciudad no estaba lejos. Caminábamos unos al lado de los otros y después de un par de kilómetros, a Florian ya le había desaparecido la mala leche y hablaba por los codos.

—¡Debe ser cosa del nombre, lo de ser tan parlanchín! —soltó Emma que no dejaba de pelearse con las gafas que le resbalaban por la nariz—. Florinda no se calla ni debajo del agua y este hace exactamente lo mismo.

Reímos divertidas y Florian se rio con nosotras sin saber que el motivo de la diversión era él.

La idea era llegar a Gliwice, hablar con Jan Kumiega y volver a reunirnos con los franceses. Pero lo planeado era una cosa y lo que sucedería otra muy diferente. El taller mecánico estaba al lado de la carretera y, mientras esperábamos, pasó una chica en bicicleta. Kalina era amiga de Florian. Tenía los ojos azules como el mar y llevaba trenzas rubias peinadas de un lado al otro de la cabeza como si de una diadema se tratara. Florian pidió a Kalina que nos acompañara hasta la dirección a la que queríamos ir.

Durante los años de comunismo, se había llevado a cabo un intenso adoctrinamiento entre los más jóvenes, Kalina, sin embargo, se mantenía fiel a lo que defendían sus padres de puertas adentro. A pesar del apoyo de la Unión Soviética, los gobernantes polacos eran conscientes de que la religión, la cultura y las tradiciones estaban fuertemente arraigadas en la población, que no veía con buenos ojos la imposición del comunismo. El terror sembrado por el régimen durante más de diez años no había sido suficiente para conseguir que la población más adulta aceptara la nueva política. Los comunistas luchaban contra la Iglesia y contra los intelectuales al mismo tiempo que intentaban ganarse la confianza de obreros y campesinos. El Gobierno polaco consiguió nacionalizar solo una parte de la tierra agrícola, otra parte la repartió entre aquellos que no la poseían. Se intentó industrializar el país, pero con resultados positivos muy limitados. Así, la nación polaca siempre vio al régimen comunista como a un ocupante contra el cual tenía que luchar. Emma y yo seríamos testigos de una revolución que resquebrajaría los fundamentos de una política que el pueblo rechazaba.

Kalina nos llevó hasta la dirección donde vivía Jan Kumiega. Antes de llegar, pasamos al lado de una torre enorme que se parecía a la Torre Eiffel, pero bastante más pequeña y de madera.

—Es la torre de la estación de radio de la ciudad, el lugar donde se produjo *el incidente* que originó que Alemania atacase Polonia. —Kalina contemplaba la torre y se explicaba como quien recita una lección de memoria—. En 1939, Gliwice era una ciudad perteneciente a Alemania y hacía frontera con Polonia. Hitler se moría por conquistar el país vecino y se inventó un conflicto. Soldados alemanes disfrazados de soldados polacos atacaron diferentes puntos de la frontera; uno de esos puntos fue este, la estación de radio de Gliwice. El 31 de agosto de 1939, un pequeño grupo de soldados alemanes vestidos como soldados polacos tomó la radio. Para darle más realismo, llenaron el lugar de cadáveres que vestían el uniforme alemán; supuestamente habían sido atacados por los soldados polacos, pero la verdad era que los cuerpos pertenecían a prisioneros ejecutados en el campo de Dachau. A través de la radio, se emitió un comunicado anunciando el ataque de los polacos.

No pude evitar aprovechar la pausa que hizo Kalina para terminar el relato. Mi profesor de historia había puesto un énfasis especial en explicarnos el inicio de la guerra.

—Y entonces Hitler declaró la guerra a Polonia con el argumento de que Alemania se estaba defendiendo de los múltiples ataques fronterizos que habían perpetrado los polacos.

—Es aquí, el número 27 —dijo Kalina señalando la puerta.

Emma me cogió la mano para intentar contener la inquietud que nos atenazaba. La esperanza de que Jan Kumiega diera respuesta a mis preguntas se mezclaba con la desesperanza de que aquel hombre no tuviera nada que ver conmigo. Los nervios corrían bajo la piel y el temblor de la duda aceleraba el mundo. Volvimos a llamar, pero nadie dio señales de vida.

Después de diez minutos, la puerta de la casa de Jan Kumiega se abrió y una mujer que llevaba un par de criaturas en los brazos nos contempló como si estuviera viendo una aparición. Tenía los ojos llenos de sueño y estaba de mal humor. Ella y sus cuatro hijos vivían en aquella casa desde hacía más de cinco años y afirmó no conocer a ningún Jan Kumiega. El mundo se nos cayó encima. Habíamos hecho un largo viaje lleno de complicaciones en balde. Yo me negaba a volver a Barcelona con las manos vacías, pero las posibilidades de encontrar a Jan Kumiega parecían remotas.

—Tiene que haber alguna manera de saber dónde está. ¡Si ese hombre ha vivido aquí, alguien tiene que conocerlo! —exclamó Emma para ahuyentar el desánimo.

Mi amiga empezó a llamar a todos los vecinos para descubrir si alguien lo conocía. La respuesta fue siempre la misma: un encogimiento de hombros y una negación.

Durante más de dos horas preguntamos por todas partes, pero nadie nos supo dar información sobre Jan Kumiega. Emma se negaba a darse por vencida y yo cada vez tenía más claro que habíamos hecho el viaje para nada.

Detrás de nosotras, Kalina nos seguía como una sombra y, aunque compartimos con ella nuestra desesperación, no movía ni una ceja. Se limitaba a encogerse de hombros y a decirnos que era hora de volver con Florian. Cinco minutos después, el camión pasó por nuestro lado con su peculiar ronquido intermitente.

—Quizá haya una manera —respondió Florian después de que lo pusiéramos al día de la imposibilidad de encontrar a Jan Kumiega.

Aparcó el camión a un lado de la calle, nos despedimos de Kalina, y Florian nos ordenó que lo siguiéramos. El chico llamó a casa de una de las vecinas que había negado conocerlo y nuestro acompañante le explicó, con pelos y señales, que era un hombre que había estado en París después de la guerra y que había vuelto a Polonia a mediados de 1947. La mujer se rascó la cabeza, soltó un eructo potente y exclamó:

—¡Entonces estáis hablando del Parisiense! El hombre vivió unos años en la casa donde ahora vive la viuda con los niños, pero tampoco sé su nombre; todos la llaman la Viuda. El Parisiense era un poco raro, no era amigo de nadie, y un buen día desapareció.

La ilusión de haber encontrado a alguien que sabía algo de Jan Kumiega se había borrado después de saber que lo ignoraba todo sobre él.

—¿Y nadie sabe dónde podemos encontrarlo? —La mujer se encogió de hombros y cuando aún no habíamos llegado al coche, gritó que había un vecino con quien el Parisiense hablaba de vez en cuando.

Resultó que ese vecino había recibido una tarjeta suya. En el remitente, había una dirección de la ciudad de Łódź.

Me habría puesto a llorar allí mismo, pero contuve mi decepción mordiéndome el labio hasta hacerme sangre.

—¡Vamos a Łódź! —exclamó Emma sin dudar.

El pacto que habíamos hecho con Mathilde era que volveríamos antes de que oscureciera. El cometido de Florian era entregarnos a otro enlace que nos devolvería a Breslavia para continuar el viaje con la delegación francesa.

—Encontrar a Jan Kumiega no será tan fácil como habíamos esperado, pero tenemos una dirección.

—¡No podemos, Emma!

—Y entonces, ¿para qué hemos venido hasta aquí?

## 38

### ŁÓDŹ, JUNIO DE 1956

La osadía de Emma me dio fuerzas para no dejarme vencer.

—¡No podemos escoger, Ludka! —Se quitó las gafas que la convertían en la chica del pasaporte que llevaba en el fondo del bolso y se frotó los ojos—. No pasa nada si rompemos la promesa que le hemos hecho a Mathilde. Tenemos que ir a Łódź y encontrar a Jan Kumiega. —Hablaba lentamente, sus palabras saltaban inquietas. Emma, la niña de ojos negros, mi compañera de juegos de infancia, la niña con quien me peleaba a vida o muerte por una carretilla de madera, la niña a quien habría estrangulado cuando me dijo que mi madre había muerto, la niña que me dio la mano cuando el pasado se obstinaba en robarme la infancia, esperaba una respuesta. Éramos más que amigas, más que cómplices, más que hermanas; éramos las dos caras de una misma moneda—. ¡Venga, Ludka, dime que sí!

La insistencia de Emma hizo renacer a la pequeña Ludka que había escapado de la casa de la calle Anglí para ir a buscar a su madre. Retornó el olor a alquitrán de la bodega del barco donde me había escondido, el tacto áspero de las ruedas de camión que me mantenían a salvo y el parloteo de los marineros que se esparcía como una tormenta de verano. «¡Venga, dime que sí!», la voz de Emma había actuado como un conjuro y yo volvía a ser la niña dispuesta a hacer lo que fuera para conseguir lo que quería. Cansada de esperar, cansada de tener miedo a no ser lo que los demás esperaban de mí, cansada de vivir en la impostura para evitar mostrar lo que sentía. «¡Venga, dime que sí!» Emma me miraba con sus ojos negros, imploraba una respuesta y yo cedí.

—Le diremos a Mathilde que nos hemos perdido. Tenemos tiempo de sobra para pensar una excusa creíble —añadió Emma.

La Ludka responsable, la Ludka atenta, la Ludka que no dejaba nada a medias, la Ludka amiga de sus amigos, la Ludka que se presentaba al mundo como los demás querían que fuera, aquella Ludka que no era yo, aceptó romper su palabra. Sí, iríamos a Łódź a buscar a un hombre que quizá fuera mi padre. Si recuperaba mis orígenes, sabría quién era. Si sabía de dónde venía, descubriría hacia dónde ir.

Para ir a Łódź teníamos que escaparnos de Florian. Aprovechamos un momento en que el chico estaba distraído revisando las ruedas del camión para correr hasta el final de la calle y desaparecer de su vista. Esperamos escondidas detrás de un montón de leña que hacía de pared entre dos patios. El olor a madera se mezclaba con el aroma de Emma, una tenue mezcla de limón y jazmín. «¡Véronique! ¡Aubine!», la voz de Florian se acercaba. Nos cogimos de las manos y apretamos las uñas de la una en la palma de la otra hasta hacernos daño. La voz se aproximaba como el aliento caliente del dragón del cuento, se filtraba entre la leña y nos ahogaba: «¡Véronique! ¡Aubine!» El miedo a ser descubiertas nos convirtió en estatuas. Florian estaba justo al otro lado del muro de leña, y nosotras, pegadas la una contra la otra, avanzamos; cuatro piernas, cuatro brazos, dos cabezas. Dimos la vuelta entera a la pared de leña y él se quedó quieto mirando a ambos lados para después ir en dirección contraria. «¡Aubine! ¡Véronique!» Esperamos hasta que la voz de Florian se fundió. Solo el canto apasionado de un pájaro rompía el silencio. Media hora después, el ronquido pesado del camión se alejó.

La ciudad de Łódź estaba a más de doscientos kilómetros de distancia. No teníamos dinero, ni vehículo para llegar, ni nadie que pudiera acompañarnos, pero la decisión de Emma me hacía sentir segura. Avanzábamos por un camino que corría paralelo a la carretera, lo bastante alejado para que Florian no nos descubriera. Después de cuatro horas caminando, a un par de kilómetros de Tarnowskie Góry, agotadas y hambrientas, nos detuvimos. El hambre desbarataba el pensamiento y se tragaba la paciencia; el cansancio abría la puerta a la duda. Volvía el sabor a tierra de las raíces del bosque de Białowieża e intuía que solo un milagro podría ayudarnos. Hacía rato que tanto Emma como yo estábamos inmersas en un silencio que disimulaba la desesperación.

—Tendríamos que ir hasta la carretera. —Era consciente de que cabía la posibilidad de que Florian apareciera y nuestro plan se fuera al traste.

Emma se paró de golpe, miró un instante a lo lejos y empezó a correr campo a través. Habían cortado la hierba, un montón de ramas y hojas se amontonaban en el suelo y resultaba difícil avanzar, pero ella corría y corría en dirección a una casa que se perfilaba delante de un pequeño bosque. Emma había descubierto un inmenso manzano y sacudía sus ramas para hacer caer los frutos de aquel árbol que crecía salvaje. Mordimos las manzanas verdes con el ansia de los que pasan hambre, el zumo del fruto goteaba por nuestros dedos y nos embadurnaba las palmas de las manos. Masticamos con la prisa de los famélicos. Después, nos llenamos los bolsillos de manzanas por si acaso. Con el estómago lleno, regresamos a la carretera.

Empezaba a oscurecer, en un par de horas anochecería. El aire olía a manzanas verdes. De vez en cuando, pasaba una bicicleta, de vez en cuando un carro. El desánimo dibujaba una mueca de pérdida, el sabor áspero de la fruta arañaba el paladar y, de nuevo, regresaba a los meses en que había vivido en un bosque que había sido mi casa. La noche se acercaba como un animal que espera el momento para atacar. El pánico era una mano que me apretaba la garganta. La osadía que nos había empujado a ir a buscar a Jan Kumiega estaba a punto de precipitarse hacia la nada y las preguntas bailaban en la punta de la lengua: ¿Y si todo aquel lío no servía de nada? ¿Y si después de tanto esfuerzo resultaba que Jan Kumiega no era mi padre? Ni Emma ni yo estábamos dispuestas a admitir que la decisión de ir a Łódź había sido un error, pero el día terminaba y la carretera estaba desierta.

Media hora después, el retumbo de los pasos de un caballo acompañados por el gemido de las ruedas de un carro nos llenó de esperanza. Nos colocamos en medio de la carretera, dispuestas a detenerlo. Emma caminaba renqueando para fingir cojera. Ahora un paso, ahora el siguiente. Cuando el carro estaba lo suficientemente cerca levanté los brazos. El carro iba de vacío, el hombre que lo manejaba tenía el rostro surcado de arrugas, un bigote gris tan espeso como el pelaje de un animal y llevaba una gorra oscura calada hasta las orejas. Accedió a llevarnos hasta la ciudad, pero no abrió la boca en todo el viaje. Ni siquiera se interesó por saber cómo nos llamábamos. Llegamos a Łódź casi a medianoche. Nos dejó en el cruce de las calles Zgierska con Julianowska y caminamos sin dirección mientras esperábamos encontrar a alguien que nos indicara dónde se escondía la calle Wodna.

A Łódź le habían robado el nombre durante la Segunda Guerra Mundial. Los alemanes la habían bautizado como Litzmannstadt para honrar al general alemán Karl Litzmann, que había conquistado la ciudad durante la Gran Guerra. Yo había estado allí dos veces. La primera, en el campo de Kinder-KZ Litzmannstadt, donde la muerte de Daria me había revelado que los niños también morían. Aquella pequeña era el espejo que me mostraba quién era yo y recordarla se me hacía insoportable. La segunda vez había ido a Łódź a celebrar el cumpleaños del capitán y había terminado en un camión lleno de prisioneros despidiéndome de Maria von Brandt, la única madre que era capaz de recordar, la madre que me había dado el nombre de Ludka Nowak, la madre que me había enseñado a disfrutar de los pequeños momentos. Los años habían borrado el aroma del perfume de su abrigo, pero su abrazo sincero me había acompañado durante toda mi infancia; el calor de sus labios antes de escaparme por el agujero del camión me devolvía algo de la felicidad que ella me había regalado.

Caminábamos por las calles de una ciudad en la que habían nacido algunos de los terrores de mi infancia antes de que fuera capaz de ponerles nombre. Caminábamos cogidas de la mano. La oscuridad desdibujaba una ciudad que había albergado el mayor gueto de Polonia después del de Varsovia. Los alemanes lo habían aislado con vallas de alambre de espinas. Algunas líneas de tranvías lo atravesaban, pero tenían prohibido detenerse. La policía alemana vigilaba que nadie se escapara, pero la policía judía era la encargada de mantener el orden en el interior. Antes de la guerra, Łódź era uno de los más importantes núcleos industriales de Polonia y el gueto se convirtió en un centro de producción de mano de obra gratuita. Había casi cien fábricas, principalmente textiles, que confeccionaban los uniformes para el ejército alemán. El consejo judío del gueto quiso que la producción fuera lo más eficaz posible para evitar la deportación de los suyos. Vivir amontonados, pasar hambre y trabajar de sol a sol a cambio de un poco de comida hizo que el veinte por ciento de la población no sobreviviera. Una vez terminada la guerra, ya bajo el régimen comunista, las fábricas fueron nacionalizadas y la ciudad siguió siendo un importante centro industrial.

Edificios de ladrillo rojo nos daban la bienvenida. Habíamos caminado un buen rato sin saber adónde íbamos cuando, por fin, nos cruzamos con un hombre que andaba deprisa. Huraño y esquivo, nos indicó dónde estaba la calle Wodna. Anduvimos por la calle Nawrot hasta desembocar en la calle donde vivía Jan Kumiega.

—Es aquí —dijo Emma deteniéndose ante la puerta de un bloque de pisos con una fachada de color gris en la que los regueros del agua de las tuberías dibujaban un rastro de tristeza.

—No sé si es un buen momento para ir de visita. —Era medianoche y el miedo de enfrentarme a otra decepción me paralizaba—. Será mejor que volvamos mañana.

—Tienes razón, no es hora para visitas, pero pasar la noche al aire libre, sin saber si Jan Kumiega vive aquí, no es muy tentador.

Emma miró el papel, después miró el número y sin esperar mi respuesta, llamó al timbre. Mientras aguardábamos, me acarició el pelo con el cariño de una madre, puso el dedo meñique en el hoyuelo de mi barbilla y me murmuró al oído que había llegado el momento de comprobar si Jan Kumiega vivía en aquella casa.

Nos abrió una chica joven, tenía veintipocos años y vestía como una mujer mayor; el vestido le llegaba por los tobillos y, para disimular que le quedaba demasiado grande, se lo ceñía a la cintura con un cinturón de ganchillo. Tenía el pelo rubio peinado en una larga trenza que le llegaba a la cintura.

—¿Qué queréis? —Hablaba con una mezcla de reproche y curiosidad.

—Nos gustaría hablar con Jan Kumiega —dije titubeando.

—Está en la cama. Volved mañana. —La chica iba a cerrarnos la puerta en las narices, pero saber que Jan Kumiega dormía a pocos metros de mí me dio el empuje necesario para insistir.

—Debo hablar con él. Es mi padre.

El largo y accidentado viaje hasta encontrar a Jan Kumiega me había hecho creer que todo aquel esfuerzo no podía ser en balde, que Jan Kumiega era mi padre, que yo era Ewa Kumiega, que el vacío de mi pasado estaba a un paso de ser descifrado. La emoción se trenzaba con el miedo. No podía moverme, no podía hablar y un temblor incapaz de controlar se apoderó de mí. Aquella chica me miraba con los ojos abiertos de par en par, respiraba con dificultad, me escrutaba como si buscara algo escondido en mi rostro. Ella también estaba paralizada por aquella frase que yo había lanzado en medio de la noche.

—¿Quién es? —Una voz ronca rompió el silencio.

Unos pies se arrastraron a lo largo del pasillo y apareció un hombre en pijama. Tenía la expresión cansada, los ojos de un azul líquido rodeados de arrugas, en el fondo de su mirada se adivinaba una vida llena de tormento. Un hombre roto y perdido. Un hombre, Jan Kumiega.

## 39

### ŁÓDŹ - VARSOVIA, JUNIO DE 1956

Jan Kumiega se acercó con pasos pequeños.

—¿Quién es? —repetía con la cantinela empalagosa de quienes han perdido la cabeza.

El deseo de descubrir mi identidad me hizo desear que aquel hombre fuera mi padre. Pero Ewa Maria Kumiega no era yo; Ewa Maria era ella, la chica que hablaba con la suavidad de quienes han aceptado lo que la vida les ofrece. La esperanza de encontrar a mi padre se hizo añicos después de tres segundos y nueve palabras. «Jan Kumiega solo tiene una hija y soy yo», contestó la chica. Nueve palabras que actuaron como un puñetazo directo al estómago. Me mordí las mejillas para hacer de tripas corazón.

—¿Quién es? —preguntó él una vez más.

—Nadie, padre. Son unas chicas que se han equivocado de casa. Vuelva a la cama y descanse.

En el momento en el que Jan Kumiega llegó a la puerta, el parecido entre padre e hija se hizo evidente. Un rostro idéntico con treinta años de diferencia. Los mismos ojos, la misma barbilla pronunciada, la misma expresión seria, el mismo gesto nervioso de las manos, moviendo los dedos como si tocasen el piano. La decepción me invadió y no fui capaz de contener las lágrimas. Habíamos hecho un largo viaje para nada, volveríamos a casa con las manos vacías y con un capazo lleno de preguntas. Una mezcla de agotamiento y desesperanza me empujó al llanto.

—Esté donde esté, encontraremos a tu padre. —Emma intentaba mitigar mi decepción, pero yo sabía que todo había terminado.

—¿Cómo? ¿Puedes decirme cómo? —Lloraba de impotencia, lloraba porque, aunque sabía que la posibilidad era remota, aunque Jan Kumiega afirmaba que la niña de la foto no era su hija, yo necesitaba encontrar a mi padre y el nombre de Jan Kumiega era la única puerta a la que llamar.

—¡No podemos desanimarnos! Debemos seguir... —dijo Emma y me pasó la mano por la espalda con ternura.

Le expliqué a Ewa Maria Kumiega la razón de nuestra visita y la joven fue sensible a un sufrimiento que también había sido el suyo.

—Si queréis entrar, puedo ofreceros un poco de sopa de acedera. —Dio un paso atrás para dejarnos pasar.

Jan Kumiega estaba a su lado, nos miraba sin interés y repetía la misma pregunta sin esperar la respuesta. Había vuelto a Polonia en 1947, pero había sido incapaz de rehacer una vida que la guerra había destruido. Las personas no son edificios derribados que pueden reconstruirse y él era un hombre en ruinas que había sobrevivido gracias a la caridad de los demás hasta que Ewa Maria, la hija a la que él se había negado a buscar, hizo lo imposible para encontrarlo. La compañía de su hija lo ayudó a dejar la bebida, pero no fue capaz de recuperar ni una chispa de las ganas de vivir que tenía antes de que la guerra le arrebatara familia y amigos. Jan Kumiega era un hombre muerto que respiraba, un hombre muerto que dormía, un hombre muerto que comía y se movía. Un hombre muerto que se pasaba el día mirando por la ventana y acariciando el lomo de un gato blanco, gordo y viejo.

Escuchamos el relato de Ewa Maria mientras comíamos la sopa en una mesa diminuta de una cocina llena de trastos amontonados. Jan Kumiega estaba sentado cerca de la pared, con el gato en su regazo; debajo del pijama se adivinaba un cuerpo que era piel y hueso. Aunque rondaba los cincuenta, tenía la espalda curvada de los viejos y la mirada perdida de quienes ya no esperan nada; con ambas manos sostenía una taza de hierbas y miraba el líquido con la misma concentración que si intentara descifrar un jeroglífico. Su hija lo trataba con el cariño dulce que se dedica a los niños pequeños.

Después de la decepción inicial, después de aceptar que todo el esfuerzo había sido en vano, me alegré de no ser la hija de un hombre trastornado por el dolor, un hombre destrozado que, sin decir nada, se levantó y volvió a su habitación seguido de un gato con la cola tiesa y un ronroneo de felicidad.

—No es el padre que yo buscaba. —Ewa Maria Kumiega adivinó mis pensamientos—. Pero estoy contenta de poder cuidarlo. Cuando lo buscaba, soñaba que seríamos capaces de reconstruir nuestra familia, pero ya lo veis, parece que esté más en el otro mundo que en este.

La resignación de Ewa Maria Kumiega me enterneció. La valentía de aquella chica que aceptaba la vida tal y como le venía me hizo sentir una cobarde. Una hora más tarde, cuando le confesamos que no teníamos donde dormir, nos ofreció su casa.

El piso tenía una sola habitación que ocupaba su padre. Ella dormía en la sala, en un pequeño sofá que durante la noche se convertía en cama. Sacó un montón de mantas que puso en el suelo para hacer de colchón y las más finas nos las pusimos encima para abrigarnos; aunque estuviéramos a finales de junio, durante la noche refrescaba.

Al día siguiente, nos despertó el maullido del gato que, sentado en el alféizar de la ventana, demandaba salir.

—¡Venga, Burek, vete a dar una vuelta! —Ewa Maria abrió la ventana y el gato saltó y desapareció—. El desayuno está en la mesa. Dentro de media hora tengo que estar en la fábrica.

En la cocina, la mesa estaba puesta. Ewa Maria se fue unos minutos y volvió con una carpeta en las manos. La abrió, sacó un par de hojas y me las ofreció.

—Ayer por la noche no te dije nada porque no estaba segura de si aún las guardaba. —Puso la mano sobre la mesa y se sentó con nosotros—. Mientras buscaba a mi padre, encontré a otras personas que también buscaban a niñas con el nombre de Ewa. Aquí están sus nombres y números de teléfono. Quizá alguien pueda ayudarte a encontrar a tu familia. —Acariciaba aquellos papeles que podían ser la hoja de ruta que me condujera hasta mi destino—. Si quieres, puedes venir conmigo a la fábrica donde trabajo. Soy hiladora, pero tengo un muy buen amigo en las oficinas y te dejará llamar.

Llegamos a la fábrica cuando sonaba la sirena del cambio de turno. Una ristra de mujeres salía de los telares y otra entraba. Ewa Maria me llevó hasta las oficinas y habló un rato con su amigo, quien, de vez en cuando, me miraba de reojo y movía la cabeza negando. La conversación se alargó hasta que el chico aceptó dejarme hablar por teléfono. Durante más de dos horas, llamé a todas las personas del listado; algunos no contestaron, otros ya habían encontrado a su Ewa y otros habían averiguado que la niña no había sobrevivido a la guerra. Cuando estaba a punto de tirar la toalla, hablé con Marysia Jedynak y se abrió una rendija de optimismo. Aunque estaba preparada para un nuevo fracaso, la posibilidad de que yo fuera la sobrina a quien había estado buscando desde el final de la guerra era un hilo del que tirar. La voz amable de Marysia me devolvió la esperanza.

Nos despedimos de Ewa Maria con la promesa de que le escribiríamos. Nos cambió francos franceses por *zlotys* y compramos billetes de tren para Varsovia.

—¡Que tengas mucha suerte! —me deseó Ewa Maria y nos despedimos con un abrazo.

El tren engullía el paisaje y tanto Emma como yo nos entreteníamos mirando por la ventana y evitábamos hablar para no llamar la atención. Fuera, los campos se extendían como una alfombra verde que se perdía en la lejanía. Era mi tierra, era mi gente, eran mis orígenes enterrados bajo un montón de recuerdos olvidados. Pertenecer a un lugar significaba tener vínculos, memoria, recuerdos, pero yo lo único que tenía era desarraigo y pérdida; era mi país y me sentía extranjera en él.

El tren se detuvo y subió un hombre alto, muy alto, que llevaba gorra y gafas; tenía la mandíbula prominente, el rostro cuadrado, la nariz recta, las cejas pobladas. La persona a quien más había temido en la vida me miraba con sus ojos pequeños. A medida que el miedo me aceleraba el pulso y el latido de mi corazón se confundía con el temblor del tren, me repetía que el capitán estaba muerto, que se había suicidado en su celda poco después de que lo detuvieran y que, si el cielo era justo, Klaus von Brandt hacía más de diez años que habitaba en el infierno.

El hombre se sentó un par de asientos por delante de donde nos sentábamos nosotras. Se parecía al capitán, pero no tenía sus manos, ni la anchura de su cuello, ni su mirada. El capitán llevaba años muerto, pero yo lo estaba viendo. Desde su metro noventa, me miraba con los ojos cargados de ira. Tenía mirada de asesino, manos de asesino y palabras de asesino. Una punzada de horror me recorrió el cuerpo, parándose en cada víscera para agujerearla. Luchaba por desenterrar un pasado que no conseguía recordar y, sin embargo, todo lo que quería olvidar me perseguía y llenaba mis noches de pesadillas. El vaivén del tren me mecía, pero el miedo era una tenaza que me pellizcaba la piel hasta dejarme herida. Klaus von Brandt estaba delante de mí y yo volvía a ser la niña pequeña que apretaba las manos con fuerza y se mordía los labios para no gritar. El odio contra el capitán había permanecido prisionero dentro de mí durante años, pero el hombre del tren había hecho revivir el episodio de Sobibór. Una explosión de emociones me llevó al día en que el terror fue a visitarme. El olor metálico de la sangre se mezclaba con el de los uniformes recién hechos, el subteniente Johann Nienmann, con la cabeza abierta por un hacha, yacía en el suelo y me miraba con los ojos abiertos. Atrapada en el centro del horror, me repetía que aquello no podía ser real, que todo era una pesadilla, y esperaba ansiosa el momento de despertarme. No sabía que aquel primer muerto solo era el preámbulo de un terror mucho mayor.

Cuando llegamos a Varsovia, la voz del capitán retumbaba en mi interior. Emma me repetía que tenía que estar tranquila, que pronto conoceríamos a Marysia y todo saldría bien. Yo, lejos de calmarme, me estremecía aún más, temblaba como una hoja, lo único que deseaba era no recordar. La gente andaba deprisa, sin fijarse en lo que había a su alrededor, y el hombre que me había hecho revivir mi pasado desapareció entre la multitud.

—He visto al capitán. ¡No era él, pero lo he visto! —exclamé cuando aún no habíamos salido de la estación. Nos sentamos en uno de los bancos que había al aire libre y Emma me abrazó. Mi amiga era un flotador en medio del mar en plena tormenta. La calidez de sus brazos hizo fluir todo lo que llevaba dentro—. Juré al capitán que jamás le diría a nadie lo que había pasado en Sobibór.

—Me lo contaste a mí, Ludka. Viste a un hombre con un hacha en la cabeza y tu padre adoptivo te obligó a ser testigo de la ejecución de algunos prisioneros. —Hablaba lentamente para recordarme que la había hecho partícipe de mi secreto.

—No te lo conté todo. Yo fui cómplice de un crimen. —La voz quebrada delató mi angustia. El dolor se había convertido en un montón de espinas que agujereaban mis venas y la sangre se vertía hasta ahogarme—. Cuando salí del pabellón de sastrería, me quedé quieta cerca de la puerta hasta que un joven soldado me descubrió. «Soy Hedda von Brandt», dije, y él cerró la puerta con llave. No me moví de donde estaba y mantuve los ojos cerrados para esquivar la imagen de la cabeza destrozada del oficial. El hedor de la sangre me asfixiaba y me tapé la nariz y la boca para alejarlo. Cuando el capitán abrió la puerta, sus gritos me abrumaron; con sus manos de gigante, me agarró del brazo y me obligó a salir fuera. Esperaba más gritos, esperaba una paliza, esperaba que me dijera que era la niña más mala del mundo, pero todo lo que sucedió a continuación superó con creces lo que yo había imaginado.

Me dispuse a revivir el momento en que visité el infierno.

El capitán me arrastró con tanta fuerza que creí que me arrancaría el brazo. Me llevó hasta donde tenían a los prisioneros. Algunos estaban sentados en el suelo con las manos en la cabeza; los que habían participado en el intento de fuga permanecían arrodillados con los brazos en alto y los guardias les apuntaban, esperando la orden para ejecutarlos. Los prisioneros miraban cara a cara a sus verdugos con el orgullo de haber conseguido huir; sus rostros volverían a visitarme noche tras noche para recordarme que la línea entre la vida y la muerte es una ligera inclinación de cabeza.

—¿Quieres ver lo que ocurre cuando se desobedece? —me gritó el capitán.

Levantó la cabeza y una ráfaga de tiros hizo caer a siete hombres al suelo. No me soltó; al contrario, su mano cada vez me apretaba más fuerte. Me obligó a caminar entre los muertos hasta llegar a la altura de un par de chicos que no tenían más de trece o catorce años. El capitán no me miraba, ni una sola vez me había llamado por mi nombre, porque el nombre de Hedda pertenecía a la hija de verdad, a la que él amaba, la hija que no podía volver; yo solo era un sucedáneo, una impostora. El capitán me lanzó una mirada llena de ira y preguntó contundente:

—¿Cuál de los dos quieres que siga vivo?

Primero no lo entendí, pero cuando me puso una pistola en la mano y me invitó a apretar el gatillo, supe que se había vuelto loco. Quería despertarme de aquella pesadilla. Pero aquello no era un sueño.

—Escoge al que quieras. —Una sonrisa mostraba el placer que le producía torturarme—. ¡Vamos, dispara!

Yo sujetaba la pistola con las puntas de los dedos, temblando como si debajo de mis pies un terremoto sacudiera la tierra. Aún puedo ver el rostro de los dos niños, los ojos abiertos como platos, asustados ante la muerte, me suplicaban. Notaba el tacto frío del metal que se extendía por todo mi cuerpo. Un escalofrío de terror me hizo abrir la mano y la pistola cayó al suelo. El capitán, contrariado, me apartó de un manotazo, recogió la pistola y les apuntó.

Primero a uno, después al otro, luego otra vez al primero. La mano se movía con impaciencia.

—Vamos, dime, ¿a cuál de los dos quieres que dispare? —Klaus von Brandt repetía la misma pregunta una y otra vez. Tenía la mandíbula inferior ligeramente adelantada, las venas del cuello hinchadas a punto de explotar, los ojos abiertos, sin parpadear, ojos de loco que me acompañarían durante mucho tiempo—. Vamos, decídete; si no escoges a uno, tendremos que matarlos a ambos.

Un reguero de orina se deslizó por mis piernas, mis manos eran puños de hierro que se hundían en los bolsillos hasta agujerearlos. Él insistía:

—¿A cuál quieres que dispare? —repitió la voz del capitán. Pero yo no lo oía, estaba rígida como una barra de acero y lo único que deseaba era desaparecer—. ¡Si no escoges a uno tendremos que matarlos a los dos!

Unos segundos de silencio precedieron el estallido de dos tiros. Los niños cayeron al suelo con un agujero en la frente. Ellos estaban muertos y yo era una niña vencida por la desesperación que corrió a refugiarse en el coche. Convencida de que aquellos niños habían muerto por mi desobediencia, me sabía cómplice de un crimen.

Cuando me dijeron que el capitán había muerto, me alegré. No creo que jamás pueda odiar a alguien con tanta fuerza como lo odio a él.

## 40

## Varsovia - Poznan,
## junio de 1956 - Barcelona, primavera de 1956

El aire olía a verano. Un par de nubes blancas se habían detenido sobre la aguja del Palacio de Cultura y Ciencia formando una corona blanca que aumentaba la magnificencia de aquel gigante que se erigía en medio de una ciudad en ruinas. Aunque el Gobierno comunista se apresuró a reconstruir el centro de la capital, la normalidad era un espejismo, un decorado que escondía la desolación. Las heridas de la guerra latían bajo el asfalto, los habitantes sufrían el luto de una vida que les había sido robada; los barrios estaban llenos de edificios destruidos donde se vivía en condiciones deplorables. La guerra había robado el alma a Varsovia, que tardaría años en recuperarse. Como el ave fénix que resurge de las cenizas, volvería a alzarse orgullosa y fuerte. La ciudad me hizo de espejo; yo también luchaba por reconstruir mi pasado, por descubrir quién era antes de ser Hedda von Brandt. La posibilidad de que Marysia no tuviera nada que ver conmigo me inquietaba.

—Nada es en vano —me decía Emma—. Si resulta que es la tía de otra Ewa, es probable que nos sepa decir por dónde podemos seguir buscando.

El optimismo de Emma me reconfortaba. Cada vez que el desánimo me sobrepasaba, ella repetía que, pasara lo que pasara, debía recordar que su familia también era la mía. Las palabras de Emma eran lágrimas dentro de una botella de cristal que yo sacudía hasta que se convertían en espuma y salían a chorro.

—Somos más que amigas, Ludka, somos hermanas, y las hermanas se quieren y no tienen secretos.

Antes de decirle a Augusto que su relación había terminado, Emma fue a buscarme al Conservatorio del Liceu. No era la primera vez que venía a esperarme a la salida de mis clases de canto, pero aquel día, cuando la vi, supe que pasaba algo. Estaba al otro lado de la calle, llevaba el vestido que Isabel nos había hecho a las dos con el mismo diseño, el suyo de color granate y el mío verde manzana, el bolso colgado en bandolera y retorcía un pañuelo con puntilla entre sus manos.

—¡Qué sorpresa! —dije contenta de verla, y disimulé que me había percatado de sus ojos cargados de decepción.

—¿Cómo sabes si estás enamorada, Ludka? —Tenía los ojos brillantes y la frente perlada con gotas de sudor.

—¿Qué ha pasado?

—Augusto me ha dicho que, ahora que termino mis estudios, es hora de poner fecha para la boda. —Estrujaba el pañuelo con tanta fuerza que hizo un pequeño rasgón en una de las puntas—. ¡No quiero casarme! ¡Augusto no es la persona con quien quiero pasar el resto de mi vida!

—Será mejor que te tranquilices.

Me gustaría haberla ayudado, decirle que enviara a la mierda al chulo de Augusto Giralt, un pobre muchacho que se llenaba la boca de grandezas. No somos lo que decimos, no somos lo que querríamos ser, somos lo que hacemos y Augusto era el ejemplo del soñador incapaz de separar quién era de quién quería ser. Por fin, a Emma se le había caído la venda de los ojos y veía a aquel charlatán tal como era.

—¿Cómo sabes si estás enamorada, Ludka? —repitió la pregunta con los ojos llenos de lágrimas. El rasgón de la punta del pañuelo se hizo más grande, un ruido suave acompañó el momento en que la tela de algodón se separaba de la puntilla—. Dime, ¿cómo se sabe?

—Cuando estás enamorado de alguien, quieres estar a su lado a todas horas. A tu alrededor, el mundo se ilumina. Todo adquiere colores más intensos y te sientes plenamente tranquila y feliz.

—¿Eso es lo que te pasa cuando estás con Enrique?

—El día que estés enamorada, lo sabrás, Emma. No lo dudes. —Esquivé la respuesta y la abracé con fuerza.

Ella lloraba desconsolada, acababa de descubrir que lo que sentía por Augusto no tenía nada que ver con el amor, y yo cerraba los ojos, apretaba las manos contra su espalda y me dejaba llevar por un latido que se había convertido en el mío.

—Vayamos a ver el mar —dijo mientras se secaba las lágrimas.

Guardó el pañuelo roto en el bolsillo, me cogió del brazo y caminamos con paso tranquilo Rambla abajo.

En el muelle, las olas chocaban con fuerza contra las rocas en una lucha incansable. Cerca del agua, un grupo de gaviotas gritaba y el aire húmedo iba cargado de sal. Yo me repetía que Emma era una amiga, solo una amiga. El horizonte se perfilaba como una línea sin principio ni final. El mar era un desierto de desolación. Emma había descubierto que no estaba enamorada y yo me negaba a nombrar lo que sentía.

Dos horas después, Emma estaba más calmada y dos días más tarde, después de dejar reposar su decisión y de asegurarse de que no se equivocaba, le dijo a Augusto que ni quería casarse con él ni quería continuar con una relación que no los llevaba a ninguna parte. El chico disimuló la humillación detrás de una risotada de menosprecio; altivo y orgulloso, le dijo que se arrepentiría.

Enrique lamentó la ruptura de la pareja, y unas semanas más tarde, cuando era él quien hacía planes de futuro, cuando la propuesta de matrimonio se acercaba a pasos pequeños, me apresuré a comunicarle que me estaba planteando irme a Estados Unidos. Mentí para no hacerle daño, para no decirle que cada vez que me cogía la mano, no sentía nada, que sus besos eran besos vacíos. Enrique habría hecho lo imposible para hacerme feliz, pero la felicidad no depende de los demás, sino de uno mismo.

—¿Qué ha pasado con Enrique? —Emma exigía una respuesta.

—Enrique se merece a una chica que lo ame de verdad.

—¡Esto del amor es bastante más complicado de lo que nos han hecho creer! ¡Si tú fueras un chico, estoy segura de que me enamoraría de ti, Ludka!

Emma hablaba con naturalidad. Ella me quería como a alguien a quien puedes confiarle tu vida y yo descubrí que lo que yo sentía por ella era un sentimiento prohibido, una atracción inconfesable, un anhelo que me esforzaba por negar y reprimir hasta que se me adhirió a la piel y por más que lo negara no podía quitármelo de encima.

Marysia nos había citado delante del PKiN, el Palacio de Cultura y Ciencia, también llamado Palacio de Stalin. El PKiN era el regalo que la Unión Soviética había hecho al pueblo polaco, un rascacielos a imagen y semejanza de los siete que había en Moscú, el símbolo de la Varsovia comunista. La población lo veía como el monstruo que les dominaba, una montaña de hormigón que recordaba al pueblo que vivía sometido al régimen dictatorial. Durante tres años, habían trabajado para levantar un edificio de 237 metros de altura que dominaba la ciudad. Albergaba auditorios, teatros, salas de exposiciones y en él se organizaban ferias y exhibiciones. Marysia trabajaba en las oficinas que gestionaban los teatros; gracias a sus conocimientos de mecanografía e idiomas, a su aguda inteligencia y, sobre todo, a una innegable capacidad de adaptación, vivía bajo el régimen con más conformidad que resignación. Hacía años que había dejado de buscar a su sobrina, no sabía si estaba muerta o si la había adoptado alguna familia y crecía feliz y tranquila ignorando quién era. A las cinco salgo del trabajo, había dicho con voz emocionada.

Llegamos al Palacio de Cultura cuando faltaban veinte minutos para las cinco. La plaza estaba desierta. Mientras esperábamos, la duda y el miedo volvieron a visitarme, me cogieron del cuello y me repitieron que tenía que ser valiente, que, pasara lo que pasara, habría valido la pena.

A las cinco en punto, una mujer delgada y menuda se acercó con paso ligero. Tenía poco más de cuarenta años, el pelo negro, los labios finos, los pómulos marcados, unas cejas escasas y unos ojos oscuros en los que se adivinaba el cansancio de una vida llena de dolor. Se detuvo delante de mí y me contempló sin decir nada. Quieta, como si se hubiese convertido en piedra, se mordía los labios. Los segundos se detuvieron hasta hacerse eternos y un silencio tozudo amenazó con engullir las palabras. Un estremecimiento me recorrió todo el cuerpo, desde la raíz del pelo hasta las uñas de los pies, y me ericé entera, como la cola del gato de Ewa Maria Kumiega.

—Marysia Jedynak, supongo. —Ella contestó con una inclinación de cabeza. Más que mirarme, me observaba, y la inquietud que acompañaba la duda esquivó el miedo—. Ella es Emma. —Puse la mano en el hombro de mi amiga; me esforzaba por mostrar normalidad, pero la voz me temblaba y tuve que tragar saliva antes de continuar—. A mí me llaman Ludka, pero creo que mi nombre es Ewa.

Ewa era el nombre que me venía a la cabeza cuando intentaba revivir un pasado que se había borrado, un recuerdo tan lejano que a menudo me preguntaba si había ocurrido de verdad. «Ewa», repetía una voz cálida, y aparecía el rostro de una mujer joven que me daba las buenas noches y un beso antes de taparme. Rizos rubios le estampaban la frente, una mirada de agua que se difuminó cuando Maria von Brandt se convirtió en mi madre.

Marysia me acarició el rostro con ambas manos, le brillaban los ojos. Separó los labios lentamente y habló con un hilo de voz.

—Ewa... —Se detuvo un segundo y esbozó una ligera sonrisa—. Ewa... —repitió mientras hundía la mano en el bolso de piel gastada para sacar una cartera que se apresuró a abrir con la impaciencia con la que se desenvuelve un regalo.

Me mostró una fotografía. Dos chicas en primer plano sonreían a cámara; detrás de ellas, se erigía un castillo, el castillo de Kliczków, el pueblo donde habían nacido. La chica morena lucía una corta melena y tenía los ojos oscuros, los pómulos marcados y la nariz respingona; no había duda, era Marysia. La otra chica tenía el pelo rubio y ensortijado, los ojos claros, las cejas pobladas, el rostro alargado, las mejillas pronunciadas y un hoyuelo en la barbilla. Si no hubiese sido porque era imposible, habría dicho que era yo.

—¡Es idéntica a ti, Ludka! —Emma no dejaba de mirar la fotografía.

—Es Kamila, tu madre. Éramos amigas desde pequeñas. Cuando nos hicimos mayores, ella se casó con mi hermano y, entonces, además de amigas, nos convertimos en cuñadas.

Las veces que había imaginado el momento en que recuperaba mis orígenes, había pensado que sentiría una felicidad extrema, una emoción desbordante, la exaltación de un segundo nacimiento que quedaría sellado en un instante único e irrepetible; sin embargo, ver un rostro idéntico al mío hizo que se me encogiera el estómago y me provocó un intenso mareo que disimulé apoyándome en la pared. De repente, todo mi cuerpo se incendió, la piel me quemaba y me costaba respirar, el mundo giraba más deprisa. Todo tomaba forma, el castillo que aparecía en mis sueños, los tejados a cuatro vientos con agujas apuntando al cielo no eran fruto de mi imaginación, sino que el castillo existía de verdad Yo había nacido en Kliczków, el pueblo que compartía nombre con el castillo. Mi pasado se concentraba en una fotografía que Marysia guardaba como si fuera un tesoro.

—No tengo ninguna duda, eres la hija de Kamila y de Stefan Jedynak, mi hermano. —Me abrazó con tanta fuerza que el ahogo aumentó y durante unos instantes me quedé sin aliento.

En otoño de 1945, miembros de la Cruz Roja Internacional vinieron a buscarme a la granja de los Kaczor y me cosieron a preguntas. ¿Cómo te llamas, bonita? ¿Recuerdas el nombre de tu madre? ¿Y de tu padre? Yo estaba asustada y me limitaba a repetir lo que Maria von Brandt me había dicho, que mi nombre era Ludka Nowak. Ludwika era el nombre que yo gritaba en medio de la noche cuando tenía pesadillas, un nombre sin rostro, el nombre de una mujer que me protegía. Los recuerdos de mi primera vida habían quedado recluidos en el mundo de los sueños, pero, a medida que crecía y me sentía más segura, afloraban pequeños fragmentos.

—Ludwika era mi madre, tu abuela, tu *babcia*.[63] Tú siempre ibas detrás de ella y le llamabas baba, a veces baba Ludwika. —Marysia me cogía las manos y las apretaba para comprobar que yo no era un espejismo, que no estaba muerta, que yo era la hija pequeña de Kamila y Stefan—. Vivíamos todos en casa de tus abuelos, de mis padres. Nos manteníamos con lo que sacábamos de la tierra y los animales. Trabajábamos de sol a sol, pero éramos felices. Durante un tiempo me obsesioné con estudiar, pero en casa faltaban manos y ni siquiera me lo planteé; cuando terminó la guerra y os había perdido a todos, vine a la capital. Trabajé unos años en un comedor comunitario y estudiaba mecanografía y ruso. Durante la ocupación alemana había aprendido alemán, y saber idiomas me facilitó conseguir trabajo en la oficina donde se gestionaba la programación de los teatros. Necesitaban a alguien que pudiera hablar con las compañías que venían de la Unión Soviética y de la República Democrática Alemana. —Hizo una pausa, se mordió el labio un segundo y continuó—. Durante años te busqué, Ewa, pero nadie sabía darme información de la pequeña Ewa Jedynak y acabé pensando que tú también habías muerto.

—Recuerdo que hui y que los soldados me persiguieron.

—Los soldados buscaban a niños rubios de ojos claros, lo revolvían todo, mataban a quienes les plantaban cara y se llevaban a la gente a campos de concentración. Tú eras pequeña, muy pequeña, y tu padre te escondió dentro del baúl que había en la caseta del patio, donde guardábamos

63. En polaco, «abuelita».

las herramientas. Stefan tenía la sangre caliente y no pudo aguantar que uno de aquellos hombres le magreara el pecho a tu madre y le dijera que, si quería, podía ser uno de los suyos. Tu padre se enfrentó al oficial y este respondió disparándole un tiro en el pecho.

No recordaba nada de mi padre, pero el sonido de aquel tiro y los gritos que yo pensaba que eran de mi madre, gritos que me ordenaban correr, habían estado presentes en muchas de mis pesadillas. *Uciekaj, Ewa! Uciekaj!*,[64] repetía la voz, y yo corría y corría abrazada a la muñeca, la bailarina que me había acompañado desde la cuna, la bailarina que horas después se caería del árbol y me delataría.

Marysia se puso un mechón de pelo detrás de la oreja, hizo una breve pausa y siguió hablando.

—*Babcia* Ludwika te vio en el umbral de la puerta de la caseta del patio y empezó a gritar como una loca... Tú corriste y corriste hasta que desapareciste en el bosque. Dos de los guardias que acompañaban al oficial salieron a buscarte. Es la última imagen que tengo de ti. Después, a tus abuelos, a mí y a tu hermano mayor, Tomasz, nos llevaron a un campo de prisioneros; a Kamila se la llevaron a otro. Tu madre era muy guapa, tan alta y fuerte como tú, y eso fue en su contra. El campo era el infierno, pero aprendimos a sobrevivir hasta que una ola de tifus se llevó a tu hermano y a mis padres.

—¿Y Kamila? —pregunté con la voz entrecortada.

—Ella estaba en el campo de Gross-Rosen y tuvo que soportar todo tipo de vejaciones. —Marysia se paró un instante y su silencio me hizo comprender que las vejaciones de las que hablaba incluían todo lo imaginable—. Si aguantó tanto sufrimiento durante tanto tiempo, fue porque tenía la esperanza de que algún día recuperaría a su

64. En polaco, «¡Escapa, Ewa! ¡Escapa!».

familia. Una semana antes de que se liberara el campo, uno de los oficiales le pegó y, débil como estaba, cayó al suelo, con tan mala fortuna que se dio un golpe fatal en la cabeza.

La guerra se había llevado a mi familia. Solo me quedaban una tía y una fotografía. Marysia me confesó que si hubiera conseguido encontrarme, habríamos empezado una nueva vida, juntas. Sus ojos se habían llenado de luz. Cuando aquel festival de emociones se relajó, le conté todo lo que había sido mi vida.

—Cuánto tiempo perdido, Ewa. —Me cogió las manos como hacía *pani* Wanda cuando quería tranquilizarme—. Cada día rezo por todos los que no están y también lo hacía por ti, para que estuvieras viva y algún día nos encontráramos. Y ahora que por fin ha llegado el momento, no me gustaría volver a perderte. —Se arregló el pelo, se humedeció los labios, me miró a los ojos y prosiguió—: Aquí tienes tus orígenes, pero aquí no hay libertad, Ewa, y tú eres joven y tienes la oportunidad de tener una vida plena. Si quieres mi consejo, vete a Estados Unidos.

Marysia nos ofreció ir a su casa, pero el buen juicio de Emma me recordó que debíamos regresar con la delegación francesa que pasaba la noche en Poznan. Mathilde había arriesgado mucho por nosotras y seguro que estaba sufriendo. Además, en un par de días, la delegación llegaría a Varsovia y entonces podríamos hablar tanto como quisiéramos. Antes de despedirnos, Marysia me dio la fotografía.

—Yo la he tenido todos estos años, ahora puedes guardarla tú. —Hablaba con una generosidad llena de ternura.

—Ya me la darás cuando volvamos a vernos.

Marysia, como si intuyera que el plan podía no cumplirse, insistió para que me la quedara. Pasé el dedo por encima del rostro de aquella chica idéntica a mí y una emoción que nacía de muy dentro me hizo estremecer. Ludwika era mi abuela, Tomasz, mi abuelo y también mi hermano, Stefan era mi padre, y Kamila, mi madre. Mi familia eran un montón de nombres y el rostro de una chica en una fotografía antigua. Kamila, la madre que la guerra me había robado, era una mujer que había soportado el martirio para recuperar a una familia que ya no existía.

Marysia era el eslabón que me unía a mis raíces, por fin sabía mi verdadero nombre, por fin mi vida tenía un origen y por fin podía mirar al futuro. El dolor por la desaparición de toda mi familia se mezcló con el sosiego de descubrir quienes eran. Mi madre siempre había sido una ausencia, un vacío que a lo largo de los años se había llenado con otros afectos. La correspondencia que durante décadas mantendría con mi tía me permitió conocer a una madre que se perfilaba a través de sus recuerdos. Aquella tarde de verano, en el centro de Varsovia, de la mano de Emma, me visitó la añoranza por una vida que la guerra me había arrebatado.

Llegamos a Poznan la noche del 27 de junio. Faltaban pocas horas para que fuéramos testigos de la revolución que abriría la rendija del inicio del cambio. El día 28 de junio de 1956 quedaría escrito en los libros de historia.

Entramos en el hotel donde se hospedaba la delegación francesa. Cuando Mathilde nos vio, una mezcla de alivio y reproche le encendió el ánimo. La expresión tensa de su mandíbula mostraba los nervios acumulados durante nuestra ausencia. Mathilde nos interpeló sin hacer ninguna pregunta y Emma le contó el cómo y el porqué de nuestra desaparición.

—El camión del chico que nos acompañaba tuvo una avería y tuvimos que seguir a pie lo que quedaba de camino. Mientras reparaban el vehículo, fuimos a la dirección que teníamos de Jan Kumiega, pero él ya no vivía allí. Intentamos saber adónde había ido, pero nadie nos supo decir nada. —Mathilde nos miraba en silencio, sin parpadear, y Emma proseguía con una explicación medio cierta medio inventada—. Ludka y yo esperamos al chico del camión durante horas, pero nadie acudió a buscarnos para llevarnos a Breslavia, así que decidimos reanudar el camino por nuestra cuenta, pero nos perdimos y todo se complicó. Pasamos la noche al aire libre, muy cerca de un campo de manzanos. Esta mañana hemos cogido un tren para venir a Poznan, pero cuando nos hemos dado cuenta estábamos en Łódź. —Emma evitó decir que también habíamos ido a Varsovia, tantas vueltas habrían resultado demasiado sospechosas. Hablaba con la seguridad de los que se creen sus propias mentiras—. Ha sido una suerte que nadie nos haya parado. Ahora, por fin, ya estamos aquí, sanas y salvas.

Emma se explicaba con la suavidad de quienes esconden más de lo que dicen. De vez en cuando, mi amiga se dirigía hacia mí y repetía aquel «¿Verdad, Ludka?» que me hacía partícipe de la mentira. Mathilde no cuestionó el relato; aliviada de tenernos bajo control, nos mandó a dormir. La francesa no se fiaba de nosotras y nos ató en corto, por si nos volvíamos a escapar. Fue una noche llena de complicidades. Yo por fin tenía una familia, y la proximidad de Emma, en vez de sosegarme, me asustaba.

En el momento más inesperado, un pequeño gesto puede convertirse en una revelación. Podía negar aquella emoción que me alteraba, podía darle la espalda, podía repetirme que surgía de la amistad, o podía ser sincera conmigo misma y dejar de engañarme. La revelación apareció una tarde de primavera. La madre de Enrique era de Sant Cebrià de Vallalta, en el Maresme, y de una de sus visitas al pueblo, volvió con un cesto lleno de fresas que Enrique nos invitó a probar. Aquellas fresas crecían entre los viñedos, fresas pequeñas, dulces y sabrosas. El olor se esparcía por el comedor y lo impregnaba todo de un aroma de color púrpura, un perfume de primavera que anunciaba los días largos y el bochorno del verano. Un aroma que para siempre me haría regresar a Emma.

Enrique estaba sentado al lado de mi amiga y Augusto y yo estábamos frente a ellos. Solo faltaban dos días para que la pareja se separara, la distancia y el desamor se incubaban en el rostro de mi amiga, pero nadie se dio cuenta. Emma cogía las fresas una a una y las sostenía con las puntas de los dedos, las observaba un segundo para admirar la perfección de aquella fruta minúscula y, a continuación, abría lentamente la boca; durante un instante, la fresa se quedaba sobre su labio y ella aplastaba suavemente para que soltara todo su jugo. Una gota le resbaló por la barbilla y bajó por su cuello. Yo no podía dejar de mirarla, pero me negué a interpretar el motivo del desasosiego que me producía aquella escena. Una chica comía con deleite unas fresas recién recogidas, pequeñas, jugosas, con el punto justo de madurez. Un mechón de pelo negro bailaba cerca de la comisura de su labio y una sonrisa mostró unos dientes ensangrentados. Una ternura dulce y exultante me empujaba a observarla. Una conmoción íntima me removía las entrañas y no podía dejar de contemplarla.

Como cuando admiras un cuadro que has visto infinidad de veces y, no obstante, descubres detalles que te han pasado inadvertidos.

Emma era mi amiga, mi mejor amiga, mi confidente, mi hermana, ella lo sabía todo de mí y yo lo sabía todo de ella. Aquella tarde de mayo, fluyó un sentimiento que me había obstinado en mantener bajo llave. Una atracción prohibida, un anhelo tan intenso que me costaba disimular, una excitación que se escondía tras el amor de la amistad y que aquella tarde surgió con la fuerza de un descubrimiento.

Horas después, cuando Emma y Augusto ya se habían ido, yo dije que era hora de volver a casa. Enrique me cogió por la cintura y sus labios quedaron muy cerca de los míos. Su aliento olía a fresa y se acercaba como una ola que lo envolvía todo. Cerré los ojos y su beso dulce, amable y sincero me transportó a otros labios. Una descarga eléctrica me recorrió el cuerpo entero y un escalofrío de miedo hizo añicos la intensidad de aquel momento. Frené aquel beso que me ofrecía un chico lleno de bondad y ahuyenté un deseo que era pecado.

Cuando llegué a la residencia, canté durante dos horas seguidas, no para ejercitar la voz ni para repasar las lecciones de canto, sino para ahuyentar el miedo que me agobiaba. Cantaba para evitar sentir lo que sentía. Cantaba, pero unos labios y una fresa roja ocupaban mis pensamientos.

Aquellos días se celebraba la Feria Internacional de Poznan y la ciudad estaba llena de visitantes extranjeros. A las doce del mediodía del 28 de junio estaba programada una recepción con los coros; después habría una comida de despedida y a las cuatro de la tarde, viajaríamos hacia la capital. La revolución de Poznan hizo que nuestros planes se fueran al traste y fuera imposible cumplir nada de lo previsto.

Mathilde caminaba de un lado al otro de la recepción del hotel; tenía los nervios a flor de piel, las mejillas encendidas y los ojos llenos de temor. Esperábamos un autobús que no llegaría y seríamos testigos de una insurrección. La tensión había hecho nacer un silencio sólido que nos robaba el aire. Fuera se oían gritos y las calles habían quedado invadidas de manifestantes.

La ciudad de Poznan había estallado y dentro de mí también se había desatado un combate que era incapaz de detener. El sabor de las fresas volvía con la fuerza de un ciclón, la carnosidad de la fruta se abría lentamente. Emma se había convertido en el centro de mi existencia y pasar juntas aquellos días solo había reforzado un deseo que habría querido borrar.

Por las calles, turbas de hombres y mujeres se sumaban a la manifestación que habían iniciado los obreros de la fábrica metalúrgica de J. Stalin, nombre con el que el régimen había bautizado la fábrica de Hipolit Cegielski. Hacía un año que los trabajadores se quejaban de la mala organización del trabajo y de las irregularidades en los pagos. Con la entrada del régimen comunista, la excesiva burocracia y la inhabilitación de los sindicatos habían dejado a los obreros sin canales para comunicar sus demandas a las autoridades. El Gobierno pretendía sanear la economía reduciendo el sueldo de los obreros y fijaba cuotas de producción cada vez más elevadas. Además, Poznan era una ciudad en plena reconstrucción, por lo que había graves problemas de vivienda, en las tiendas faltaba de todo y los sueldos eran mucho peores que antes de la guerra. Los obreros se habían organizado y habían enviado peticiones, cartas y también delegaciones para negociar con las autoridades del partido. El ambiente era cada vez más tenso.

La noche del 26 al 27 de junio, una delegación de obreros regresó de Varsovia convencida de haber resuelto gran parte de las demandas, pero al día siguiente, el ministro de Industria visitó la fábrica Cegielski y se echó atrás en muchos de los acuerdos. Eso encendió la chispa de la revolución. La mañana del 28 de junio, los obreros de la fábrica, en lugar de ir al trabajo, se declararon en huelga. Retiraron el cartel con el nombre de Stalin que había a la entrada de la empresa y salieron a la calle. Recorrieron el centro de la ciudad y a la manifestación se sumaron trabajadores de otras fábricas y gente de todo tipo, y todos juntos llegaron hasta el ayuntamiento. Aquella movilización pacífica entonaba el himno nacional y también canciones religiosas y patrióticas, una insurrección popular que se extendió como una mancha de aceite y se convirtió en un clamor.

Nuestro hotel quedó rodeado por los manifestantes. Emma y yo mirábamos por la ventana. Habría querido abrazarla, decirle que no pasaba nada, que estábamos juntas, pero me tragaba las palabras, que se desplomaban en el agujero oscuro y profundo de lo que no está permitido. Sabía que sincerarme provocaría el rechazo. Para ella, éramos amigas, solo amigas.

Vimos pasar una riada imparable de trabajadores con pancartas: «¡Queremos libertad!», «¡Queremos a Dios!», «¡Exigimos una Polonia libre!». Unos jóvenes inmovilizaron un tranvía en el que habían pintado «¡Fuera la dictadura!». Gritaban con el deseo de hacer realidad lo que anhelaban. «¡Pan y libertad!», «¡Fuera los bolcheviques!», «¡Fuera la burguesía roja!», «¡Fuera los rusos!», clamaban. Repetían en voz alta lo que tantas veces habían murmurado sometidos por el miedo a que alguien descubriera la deslealtad a un régimen impuesto por la fuerza. «¡Queremos que se enseñe religión en las escuelas!», «¡Queremos elecciones libres bajo supervisión de la ONU!».

—Nosotras también queremos libertad, ¿verdad Ludka? —me dijo al oído. Un escalofrío me recorrió el cuerpo y tuve que contener el deseo de besarla.

La revolución de Poznan iba contra el estado totalitario. Los manifestantes entraron en edificios públicos, destruyeron los símbolos de la dictadura comunista y en su lugar pusieron banderas nacionales polacas. Todo era un grito de libertad que se contagiaba.

Mathilde, que habría dado la vida por su ideal comunista, se llevaba las manos a la cabeza sin comprender qué ocurría. ¿Qué sentido tenía sublevarse contra un Gobierno protector que le daba al pueblo lo que necesitaba? Tardó tiempo en comprender que lo que quería el pueblo era la libertad. «No podemos tener lo que queremos, porque lo que queremos no solo depende de nosotros», me dijo aquella mujer que había amado a un hombre que jamás sería suyo. Tendrían que pasar muchos años hasta que Isabel le explicara a Emma de dónde nacía la amistad que había entre ella y Mathilde, dos mujeres que habían amado al mismo hombre. Mathilde había compartido con él lucha y amistad primero y cama y amor después; estaba enamorada de él, sí, pero sabía que Daniel, tarde o temprano, volvería con Isabel. El destino había hecho que un maldito accidente las dejara viudas a las dos y eso las había unido.

Aquella mañana, yo también habría salido a la calle para gritar, para aliviar el miedo de un sentimiento que me avergonzaba. La confusión y la pérdida se habían convertido en mis compañeras. Tenía que esconder lo que sentía, tenía que fingir, tenía que seguir adelante a toda costa.

Los diez mil manifestantes iniciales se habían convertido en cien mil cuando llegaron al ayuntamiento. Un grupo ocupó el edificio en el que se encontraba la Administración regional y sacó las banderas rojas. Otro grupo entró en el edificio de la Milicia Civil y los convencieron para que se unieran a ellos. Corrió el rumor de que la delegación obrera había sido arrestada y la manifestación se dirigió entonces a la cárcel. Saltaron el muro y, una vez dentro, abrieron las puertas. Soldados con tanques y transportes blindados se apresuraron a proteger los edificios oficiales, pero la mayoría fueron tomados por los manifestantes. Hubo intercambio de tiros alrededor del edificio de la Dirección de Seguridad. La revolución era imparable.

A las dos del mediodía, el general Stanisław Popławski, viceministro de Defensa Nacional, llegó al aeropuerto de Ławica. Los manifestantes consiguieron armas de diferentes instituciones y, a media tarde, en la ciudad de Czempiń, se produjo un tiroteo en un intento de desarmar a la Milicia Civil. En Poznan siguió la lucha contra las fuerzas de seguridad. Las autoridades ordenaron el toque de queda desde las nueve de la noche hasta las cuatro de la madrugada, pero durante estas horas hubo más intercambios de tiros. A los manifestantes arrestados les pegaron, los maltrataron y los torturaron.

A través de las ventanas del hotel, nosotras éramos espectadoras de la revolución. «La libertad es lo que nos permite ser quienes somos y aquí no hay libertad, Ewa», me había dicho Marysia pocas horas atrás, pero yo no entendí sus palabras hasta que los gritos de la gente en las calles de Poznan me hicieron partícipe de lo que significaba no tener libertad. Ni la tenían ellos bajo el régimen comunista, ni la teníamos nosotros bajo la dictadura franquista; tampoco yo, amordazada por una atracción que no me estaba permitida.

El pueblo sometido no tenía voz, pero la gente de Poznan había empezado a gritar para defender lo que quería. El viernes 29 de junio, la ciudad fue ocupada por el ejército. La mayoría de las fábricas no trabajaron; aquella noche, el primer ministro Józef Cyrankiewicz dio un discurso que mostraba la dureza del Gobierno: «A los provocadores que se atrevan a levantar la mano contra la autoridad popular, no les quepa duda de que la autoridad popular les va a cortar la mano».

Durante la revolución hubo casi unos sesenta muertos, incluso un niño, el pequeño Romek Strzałkowski, de trece años, que murió de un tiro en el pecho. Nunca se supo dónde y de qué modo había recibido el disparo y su historia se convirtió en leyenda.

Aquel junio de 1956 marcaría un punto de inflexión en la política del país y también en mi vida, porque fue en aquel preciso momento cuando comprendí que no tenía otra salida que irme; debía alejarme de Emma y cortar de raíz un amor que no era posible.

No pudimos dejar Poznan hasta el sábado. Aún se oían disparos en algunas zonas de la ciudad y en otras se enterraba a los muertos que había provocado la insurrección. Las tropas empezaban a retirarse y nosotras regresábamos a París, pues las actuaciones del coro en Varsovia y en Cracovia habían sido canceladas.

Una vez en París, dejamos de ser Aubine y Véronique. Nos despedimos de Mathilde y del resto del grupo y cogimos un tren para volver a casa. Mi pasado se concentraba en un montón de nombres, una fotografía y una tía que me empujaba a irme. «Solo podrás ser tú misma donde haya libertad. Si te quedas, tendrás que someterte a todo lo que ellos quieran», había dicho Marysia, y la revolución de Poznan me había convencido de que mi destino era irme.

# 41

## Barcelona, julio de 1956

Una maleta grande de color rojo, con refuerzos laterales de piel y cierre con llave y hebilla. El interior, forrado con una tela de cuadros verdes y azules. La vi en el escaparate de una tienda que había en la plaza Bonsuccés y al momento se tejieron los hilos que me conectaban a mi pasado. El aroma de la nostalgia me visitó y me transportó a mi infancia. En el centro de los recuerdos, apareció Rudolph, el niño de pelo de fuego que hablaba por los codos y soñaba que un día tendría padres, el niño que coleccionaba piedras como si fueran tesoros, el niño que repetía que éramos demasiado mayores para encontrar una familia, pero que siempre nos tendríamos el uno al otro.

Rudolph tenía una maleta roja bajo la cama, pequeña y ajada, y dentro guardaba tantas piedras como niños había en el orfanato. Cuando la maleta esté vacía, si aún no nos han venido a buscar, nos escaparemos, me dijo con una seguridad que no permitía ninguna duda. El día que los Von Brandt me llevaron con ellos, busqué a mi amigo por toda la casa, pero no lo encontré. No quería irme sin despedirme, así que para decirle adiós dejé la piedra blanca sobre su almohada. La habíamos encontrado meses atrás bajo unos helechos, cerca de los sauces que crecían alrededor de aquel estanque que se obstinaban en secar, pero en el que el agua volvía a surgir. Era la piedra más bonita que había visto jamás, blanca, lisa, plana y redonda como si la hubieran dibujado con compás. Guárdala tú; el día que te vayas me la das y yo la pondré en el árbol de los adioses, había dicho mi amigo. Escribí mi nombre a lápiz sobre la piedra y la dejé en su cama. La primera noche que dormí en casa de los Von Brandt, soñé que Rudolph, en lugar de llevar la piedra a los pies del árbol, junto con las demás, la lanzaba al pequeño estanque lleno de agua verde que conjuntaba con sus ojos; antes de tocar la superficie, en el medio del estanque, se dibujaban infinidad de círculos, pero la piedra esquivaba el agua y huía volando hasta perderse de vista.

Aquella maleta roja expuesta en el escaparate se convirtió en un imán que me gritaba para devolverme al pasado. Muchos días, después de salir de las clases de canto, pasaba por la plaza Bonsuccés solo para verla. Tengo que comprarla, me repetía, no era una obsesión, ni siquiera un deseo, era una necesidad. Ahorré un poco de dinero cada semana hasta poder reunir las doscientas treinta y siete pesetas que valía, pero cuando fui a la tienda con la ilusión de comprarla, la maleta había desaparecido del escaparate. En su lugar, había un par de maletines de piel oscura de esos que llevaban los hombres importantes que tenían trabajos importantes, médicos, abogados, arquitectos, ingenieros, banqueros, políticos...; maletines que una vez envejecían y se ajaban, pasaban a manos de obreros que guardaban allí el bocadillo del desayuno envuelto en papel de periódico y la fiambrera con el almuerzo.

—La maleta que pide la vendimos hace un par de semanas, pero tenemos otras que también son muy bonitas —dijo el dependiente de la tienda con aquella cadencia afable y empalagosa de los buenos vendedores.

Llevaba el pelo engominado y ponía el dedo en el nudo de la corbata que lo ahogaba. Yo no quería otra maleta, quería la maleta roja con refuerzos de piel. Plantada delante de aquel chico, como si hubiera recibido la noticia de una desgracia, no reaccioné. Con las puntas de los dedos, palpé el sobre con el dinero que llevaba en el bolsillo, hasta que las palabras vinieron a buscarme.

—Quería la maleta roja del escaparate... —repetí mientras negaba con un vigoroso movimiento de cabeza.

—Me sabe mal no poder servirla, señorita. —La voz se había hecho más grave. Mientras me acompañaba hasta la puerta, añadió en voz baja—: Puede probar en Deportes Quintana, en la calle Baix de Sant Pere; ellos compran a los mismos mayoristas que nosotros, quizá ellos la tengan.

En Deportes Quintana sí la tenían. Mientras me dirigía a casa con la maleta vacía, mi amigo Rudolph vino a visitarme. ¡Un año más, solo un año, y si no aparecen unos padres para nosotros, entonces nos escaparemos del orfanato y haremos nuestra vida!, repetía Rudolph cada vez que uno de los huérfanos era adoptado. Lo tengo todo pensado, Hedda. Pondremos lo indispensable en la maleta y nos escaparemos. Yo soy lo bastante mayor para cuidar de ti y seguro que todo sale bien, repetía. Sus ojos verdes me miraban llenos de ilusión mientras me contaba que cogeríamos un tren primero y un barco después para llegar a un lugar donde los niños tenían familias y eran felices.

El 4 de julio de 1956, la maleta roja estaba abierta sobre mi cama. Poco a poco, iba metiendo las cosas que quería llevarme: alguna ropa de invierno, alguna de verano, las partituras, algunos de los libros que había compartido con Emma, unas cuantas fotografías que resumían diez años de vida en Barcelona...

—¡Por favor, Ludka, no te vayas! —gritó Emma cuando le comuniqué que estaba decidida a irme—. ¡No tiene ni pies ni cabeza que te vayas a América! Tu casa está aquí, en Barcelona.

Ella repetía los mismos argumentos una y otra vez. Suplicaba para retenerme. Y yo, con el corazón roto y una seguridad fingida, me decía que no había marcha atrás.

El día 23 de julio de 1956, un barco me llevaría a otro continente para comenzar una nueva vida. Una vez más, volvería a empezar. Tenía diecinueve años y mi vida era una huida constante. La primera vez había huido de los hombres de botas altas que me perseguían; después, en el campo de Kinder-KZ Litzmannstadt, la muerte de Daria había hecho que el deseo de escapar fuera cada día más intenso; también huía del capitán Von Brandt y del recuerdo de dos chicos con un tiro en la frente. Había huido cuando Maria von Brandt me hizo saltar del camión y me convertí en Ludka Nowak, una identidad inventada, el nombre que yo repetía cuando tenía pesadillas y el apellido más común en Polonia. Y volví a huir cuando, recién llegada a Barcelona, empezó mi obsesión por buscar a mi madre adoptiva. Con diecinueve años, me iba a Estados Unidos porque era la única manera de huir de mí misma. Sería un adiós doloroso, un adiós que Emma se había obstinado en llenar de súplica.

—No te vayas, Ludka —repetía incansable—. Lo he hablado con mi madre y mi abuela y ellas estarían encantadas de que te quedaras en casa. Podrías continuar con tus clases en el Liceu y las que das en la escuela. Seguro que el año que viene las monjas del Sagrado Corazón te ofrecen más clases.

—Tengo que irme. —Esquivé su mirada repleta de desesperación.

—Te vas por lo que te dijo Marysia, ¿verdad? Ella no te conoce como te conozco yo. Ella no sabe que, por mucho dictador que haya, por poca libertad que nos permita el régimen, tú tienes tu vida aquí.

—No es eso.

—¿Entonces qué es? ¿Es por Enrique? Es un buen chico, tú misma lo dijiste, pero no te llega a la suela del zapato. Encontrarás a otro y volverás a enamorarte. ¡Ya lo verás!

—Por favor, Emma. No me lo pongas más difícil.

—No quiero que te vayas —dijo una vez más y me repetía que éramos hermanas y que las hermanas no podían separarse.

—Nos escribiremos y será como si estuviéramos juntas —respondí con el corazón acelerado.

Ella, con los ojos llenos de lágrimas, me abrazó.

—Pero ¿qué vas a hacer tú en el otro lado del mundo?

Esbocé una sonrisa serena. Me tendría que enfrentar a nueva gente, a un nuevo idioma, una nueva cultura, nuevas costumbres, todo sería nuevo. Una vez más, volvería a empezar.

Cuando terminé de preparar la maleta, encima de todo puse la fotografía que *pani* Wanda nos había dado a Emma y a mí cuando cumplimos quince años; la fotografía de una pelea que había sellado el inicio de una amistad.

Wanda Morbitzer Tozer, en representación de las autoridades polacas, había ido a Madrid y a Lisboa para reunirse con Florian Piskorski, el delegado del American Polish War Relief que se ocupaba de las gestiones para la emigración de las ocho chicas y diez chicos que aún vivíamos en Barcelona. Debía organizar la recepción y el alojamiento del grupo en las dos ciudades antes de embarcarnos hacia Norteamérica.

Emma no se daba por vencida, ella nunca lo hacía, y no dejaba de insistir para que me quedara en Barcelona. Por la mañana, todos los chicos y chicas que emprendíamos el viaje hacia Madrid aquella tarde fuimos a la misa que celebraban en la iglesia de San Jorge, en Vallcarca.

Después, nos reuniríamos con los profesores y con las autoridades consulares polacas con quienes compartiríamos el almuerzo en la Residencia de Vallcarca. Emma apareció cuando entrábamos en la iglesia, se sentó a mi lado, me cogió la mano y la apretó con fuerza para repetirme sin palabras lo que me había dicho infinidad de veces.

—¡No te vayas, Ludka! —me susurraba al oído mientras yo fingía escuchar la voz del cura, que hablaba de un Dios que nos acompañaría toda la vida.

Me esforzaba en disimular un temblor que se me había instalado cerca del labio y que amenazaba con extenderse por todo mi cuerpo. La suave caricia de mi amiga me había acelerado el corazón. Un escalofrío reforzó la confusión. Ella metió su mano en el bolsillo de mi vestido y cuando salimos de misa, me apresuré a mirar qué decía aquella hoja de libreta doblada cuidadosamente. Emma había escrito, con letra clara, aquella frase que no dejaba de repetir. Más de treinta «No te vayas» ocupaban la página. Más que una demanda, era un ruego. Alisé el papel con ambas manos y lo metí en la carpeta en la que guardaba las fotografías que resumían diez años de vida.

La Estació de França estaba llena hasta los topes y una neblina espesa acrecentaba la nostalgia. La luz de la tarde se filtraba miedosa, como un pájaro atrapado en las manos de un chiquillo, como el primer día de escuela de una niña que nunca se ha separado de su madre, como la voz de un abuelo que sabe que tiene los días contados. El andén estaba repleto de gente, algunos periodistas hacían preguntas para captar el adiós de aquellos jóvenes que habían llegado a Barcelona hacía una década.

El viaje sería largo, íbamos a Lackawanna y a Búfalo, donde vivían algunos de los jóvenes que se habían ido años antes. Habían venido a despedirnos el cónsul Eduardo Rodon y su esposa, el delegado provincial y otras personalidades de Auxilio Social, la presidenta del Club Americano Femenino, la directora de la Escuela Profesional de la Diputación, donde habían estudiado algunos de los chicos y chicas, y también miembros de las colonias polaca y norteamericana, así como amistades de los jóvenes que se iban. Las directoras de las dos residencias nos acompañarían hasta Lisboa. Nos marchábamos y nos despedíamos de una vida que pasaría a formar parte del recuerdo.

El reloj colgaba en medio del andén, había empezado la cuenta atrás. Faltaban tres minutos para partir. El tren resoplaba para anunciar que pronto se pondría en marcha. Las despedidas eran emocionantes. La mayoría de las chicas que se iban lloraban; los chicos tenían los ojos enrojecidos, pero no permitían que aflorara lo que sentían. La pequeña Hanka se despedía del chico al que amaba con un llanto desconsolado. De nada servía que él le repitiera que se escribirían y que, cuando terminara sus estudios, ella regresaría y se casarían. Teresa e Isabel me abrazaban mientras me decían lo mucho que me echarían de menos, que su casa era mi casa, que si alguna vez quería volver, siempre tendría la puerta abierta. Emma ponía cara de pocos amigos y me miraba con los ojos llenos de rabia.

—Te escribiré cuando llegue —le dije, y la abracé tan fuerte como fui capaz—. Será como si estuviéramos juntas.

—Si quisieras estar conmigo, no te irías. —Estaba enfadada y me regaló una mirada de reproche.

Un silbido anunció que no quedaba más tiempo.

Me fui con el gusto a hielo de sus palabras.

El tren se alejaba y Emma, quieta en el centro del andén, fue empequeñeciendo hasta convertirse en un punto negro; se fundió con la bruma y desapareció. Cuando dejé de verla, explotó en mi interior una tormenta de lágrimas. «Emma», dije poniendo la mano en el cristal. Su nombre quedó grabado en el centro del cielo y cada vez que levantaba la mirada, entre las nubes, aparecía su rostro.

# LUDKA Y EMMA

*El paso de los años conlleva que la mayoría de los recuerdos se borren, pero hay algunos que se conservan tan vivos como el primer día. Puedo revivir el momento en que llegué a Barcelona como si fuera ahora; la sirena del barco me ensordece, el olor a mar es tan intenso que me marea, agarro el asa de la maleta con tanta fuerza que me duelen los dedos, el repiqueteo de cada paso me asusta. Otra ciudad, otra lengua y multitud de desconocidos sonriendo; y yo lo único que deseo es estar al lado de mi madre. Como una vieja de nueve años que se lamenta, grito sin voz:* Verdammtes Leben![65]

*Ahora, sesenta y dos años después, hago la maleta para volver a la ciudad que fue mi casa. Una pequeña inquietud se encarama a mis piernas y me pregunta si será posible ver a Emma.*

65. En alemán. «¡Maldita vida!».

## 42

—

BARCELONA, NOVIEMBRE DE 2008

## Emma

Cincuenta y dos años de silencio.

Cincuenta y dos años sin saber nada de Ludka.

Ni una carta, ni una postal, ni una felicitación por mi cumpleaños, ni una tarjeta para desearme felices fiestas. Nada de nada. Cincuenta y dos años convertidos en un desierto, en un tiempo inmutable como la vida de una roca. Ludka forma parte de un ayer lleno de música y confidencias; cuando pienso en ella, vuelven sus ojos líquidos, inmensos, y sus rizos rubios que juegan con el viento, y sus mejillas pronunciadas, y su hoyuelo en la barbilla.

Una tarde de finales de octubre, leía en la terraza de mi casa; de vez en cuando, levantaba la cabeza y contemplaba el espectáculo de la puesta de sol entre los tejados. Las nubes se hinchaban como gigantes de algodón y a lo lejos se adivinaba una fina línea azul. Vivía en aquel ático desde que la primera semana del nuevo milenio había puesto el punto final a treinta y cinco años de matrimonio. Mis hijos hacían su vida, el mayor en Alemania, el pequeño en Canadá, yo estaba recién jubilada, tenía un montón de amigos y de actividades que me mantenían ocupada, y aprendí a vivir sola. En la terraza, mi lugar preferido de la casa, había una jardinera inmensa donde crecía una glicinia. Sus ramas se enroscaban en una estructura de hierro y formaban un techo vegetal que cambiaba a lo largo del año. Durante el invierno, los troncos desnudos dejaban pasar el sol; a mediados de abril, antes de que salieran las hojas, centenares de racimos de flores lilas anunciaban la primavera y el zumbido de los abejorros componía la sinfonía del buen tiempo. En verano, las hojas construían una pérgola vegetal que combatía el sol con una sombra cálida; al atardecer, las sombras de las hojas dibujaban una filigrana que se hacía y se deshacía según el brío del viento. En ese momento, a la glicinia le habían caído las últimas hojas y yo disfrutaba del atardecer saboreando un té caliente abrigada con el jersey de lana de color ceniza que me había hecho mi abuela el último invierno que había estado entre nosotros.

Me esforzaba en terminar el libro que comentaríamos en el club de lectura en un par de días. Era una novela que la crítica había puesto por las nubes, pero que a mí me parecía un relato construido a base de situaciones poco atractivas, sin tensión ni dirección, con un vocabulario repleto de palabras rebuscadas para el lucimiento del autor y con personajes que no respiraban ni una brizna de verdad. Leer aquella novela, o lo que fuera, me parecía una pérdida de tiempo y con mucho gusto la habría abandonado sin terminarla, pero no podía criticarla sin haber llegado hasta el final. Intentaba concentrarme, pero cada dos páginas, levantaba la cabeza y admiraba el caer de la tarde que languidecía lentamente.

En una de aquellas pausas que me permitían seguir con la lectura, llamaron al timbre. Dos timbrazos largos y dos breves que llevaban la firma de la impaciencia de la portera, una mujer que se alimentaba de las vidas de los demás y para la que cotillear era su deporte favorito.

—Una chica ha traído esta carta para usted, señora Emma. Me ha dicho que vive en el piso donde vivía su santa madre. La carta lleva la dirección de la calle Aragó.

Mire, ¿lo ve? —Y señaló el sobre para mostrar que no se equivocaba.

—No tendría que haberse molestado, Pepita, podía haber dejado la carta en el buzón. —Tiré del sobre que ella sostenía entre los dedos y me apresuré a cerrar la puerta.

No reconocí la letra. En el remitente había una dirección de Nueva York. El sobre latía como un pájaro encarcelado entre mis manos, me quemaba los dedos y me incendiaba por dentro.

Ella no estaba, pero yo hablaba con ella. No estaba, pero me imaginaba qué consejos me daría. No estaba, pero nunca se había ido. El beso que le había negado aquella tarde de julio de 1956, en la Estació de França, se había quedado en mis labios y mientras el tren se alejaba me lo tragué con un sorbo de desesperación. El beso se convirtió en una bola de hierro candente que cayó en el centro de mi estómago e hizo que me retorciera de dolor. No soportaba perder a mi mejor amiga y no podía despedirme de ella. A mi lado, mi madre y mi abuela hablaban de un futuro lleno de oportunidades y yo, en medio del andén, con las manos hundidas en los bolsillos, con los dientes apretados por la rabia, con la mirada fija en un tren que se llevaba a mi amiga, empecé a llorar. Me había comportado como una criatura estúpida y consentida a quien el orgullo había impedido despedirse. Mi abuela me ofreció su pañuelo, mi madre me abrazó y el llanto se intensificó. Lloraba con lágrimas de vergüenza y los mocos me ensuciaban el rostro. Lágrimas con sabor a adiós resbalaban por la mejilla. Esto pasará, Emma. Por suerte, el tiempo lo cura todo, me decía mi madre que sabía de lo que hablaba. A ella se le había muerto el marido dos veces y había renunciado al amor de otro hombre que lo habría dado todo por ella. Intentaba consolarme, pero el dolor me quemaba las entrañas y el llanto no cesaba.

La culpa por haberme negado a despedirme no me dejaba vivir. Le escribí una carta en la que le decía que me arrepentía de haber sido tan seca, tan distante y tan injusta; añadía que la echaba de menos y que había empezado a ahorrar para ir a visitarla. No hubo respuesta. Al mes siguiente, envié una segunda carta y luego una tercera y una cuarta, hasta un total de doce, una por cada mes del año. Aquel silencio tozudo me llevó a pensar que no las enviaba a la dirección correcta.

Muchos de los chicos y de las chicas enviaban postales a *pani* Wanda, pero ninguna era de Ludka. Fue la propia Wanda quien me sugirió que me pusiera en contacto con el prometido de Hanka; quizá a través de ella podría saber algo de Ludka.

Hanka había abandonado Barcelona con el pesar de separarse del chico al que amaba y con la esperanza de que, cuando él terminase la carrera de Ingeniería, ella volvería a Barcelona y se casarían. Al día siguiente de su partida, en el artículo que apareció en *La Vanguardia Española*, el periodista, con frases de un romanticismo ridículo, ponía en relieve la emotiva despedida que había protagonizado la pareja. Hanka y su prometido mantenían una regular correspondencia. A través de ella supe que Ludka se había trasladado a Nueva York ocho meses después de llegar a Búfalo, y me facilitó su dirección. Envié más cartas, pero tampoco hubo respuesta.

—Si Ludka no quiere tener contacto con Barcelona, tenemos que respetarla —dijo mi abuela sin venir a cuento.

Ella hacía ganchillo sentada en el sillón del abuelo y yo corregía un montón de libretas de mis alumnos en la mesa del comedor. Levanté la cabeza y mordisqueé el lápiz rojo; el sabor de la madera me provocó arcadas.

—¿Y por qué iba a querer algo así?

—Quizá porque ha empezado una nueva vida y no quiere ataduras con el pasado. —El tren pasó bajo el balcón dejando un rastro de humo. Mi abuela se levantó y se sentó a la mesa, enfrente de mí—. A lo largo de la vida, las amistades van y vienen, nada dura para siempre.

—A veces pienso que le ha pasado algo malo y que por eso no contesta a mis cartas. —Apreté el lápiz rojo con tanta fuerza que agujereé la página.

—Si le hubiese pasado algo, lo sabríamos, puedes estar tranquila. —Mi abuela hizo repiquetear los dedos sobre la mesa, primero los de una mano, después los de la otra, y paró—. Lo mejor que puedes hacer es dejar de pensar en ella.

—Ya lo hago.

—Ojalá fuera verdad.

Mi abuela siempre había sabido interpretar mis silencios y aquella tarde había sido testigo de cómo yo, al ver al cartero en el portal de casa, había ido corriendo a comprobar si había carta de Ludka. Después de año y medio, todavía no había perdido la esperanza de que ella diera señales de vida.

—Éramos muy amigas. No puede ser que no quiera saber nada de mí.

—A veces, las personas tienen sentimientos que los demás somos incapaces de comprender.

—Conozco muy bien a Ludka.

—Nunca conocemos del todo a los demás.

Mi abuela avanzaba con pies de plomo. Durante año y medio fue testigo de mi sufrimiento y tenía la esperanza de que el tiempo hiciera su efecto. El paso de los meses había apaciguado la impaciencia, pero yo no había dejado de preguntarme el motivo de su silencio.

—¿Y si está enferma? ¿Y si ha perdido la memoria?

—Ludka tenía motivos para irse. —Se pasó las puntas de los dedos por la frente y con la cadencia suave de una confesión añadió—: Decidió irse porque estaba enamorada de ti.

Las palabras saltaron delante de mí como golondrinas asustadas por un disparo de escopeta.

—Pero ¿qué dices? —Solté una risotada para esquivar la sorpresa mientras me preguntaba si mi abuela había perdido el juicio—. ¡No digas esas cosas, te pareces a Delfina!

Mi abuela me descubrió un mundo que yo, a mis veinte años, ni tan siquiera podía imaginar. En los años cincuenta, en la España franquista, el amor entre mujeres era tan imposible como que las piedras hablasen.

—A los hombres que les gustan los hombres los acusan de enfermos o de criminales. A las mujeres que se enamoran de mujeres, las condenan a ser invisibles. —La voz de mi abuela era más densa.

—¡No es verdad! ¡Ludka me quería porque era mi amiga! —Me negué a continuar aquella conversación y me fui a mi habitación.

Dos días después, mi abuela dejó encima de mi mesita de noche uno de aquellos libros que no se podían tener. *Le puits de solitude*,[66] de Radclyffe Hall, una traducción francesa de la editorial Gallimard. El libro narraba la relación entre dos mujeres. Leerlo me sacudió de arriba abajo y me abrió los ojos ante un amor que siquiera sabía que era posible. Acepté que Ludka se había ido para huir de lo que sentía y aquel amor del cual hablaba mi abuela me asustó.

—Vuestra amistad es un tesoro que siempre quedará, pero ella ha escogido poner distancia y no tienes más remedio que respetarla —afirmó mi abuela.

66. En español, traducido como *El pozo de la soledad.*

Acepté que Ludka pertenecía al pasado y me acordaba de ella igual que recordaba a mi abuelo. Pero ella no estaba muerta, ella vivía al otro lado del Atlántico. En momentos de nostalgia, aparecía la tentación de intentar ponerme en contacto con ella, pero entonces el temor a encontrarme con una Ludka desconocida me detenía. Para reencontrarme con la Ludka a la que había conocido, para sentirla a mi lado, para evitar que desapareciera del todo, le escribía largas cartas.

La carta que me había dado la portera con la dirección del piso de la calle Aragó me estremeció. Sostenía el sobre entre las manos sin atreverme a abrirlo. En la estantería de mi estudio había una fotografía de mis hijos, Simó y Daniel, y justo al lado estaba la fotografía que nos había hecho la señora Wanda a Ludka y a mí el día que nos habíamos peleado por la carretilla de madera.

El miedo a recibir una mala noticia frenaba mis movimientos. Mis dedos se volvieron de corcho y desplegar la hoja doblada tres veces para conseguir las dimensiones exactas del sobre me supuso un esfuerzo exagerado. El sonido del papel desdoblándose me hacía temer lo peor. La intuición me repetía que contenía noticias de Ludka. Una vocecita interna auguraba que alguien me notificaba que mi amiga ya no estaba en el mundo. A partir de una edad, despedirse de los amigos, aceptar que no los verás más, se convierte en un hecho cotidiano. Poco a poco, el mundo que conoces se va borrando y aprendes a convivir con la pérdida. Abrí el último pliegue y el nombre de Ludka me saltó encima como un corzo travieso con ganas de jugar. El temor a descubrir que ella había muerto se transformó en alegría.

Era ella quien me escribía. Veinte líneas para decirme que venía a Barcelona a primeros de diciembre. Me contaba que al llegar a Estados Unidos, había pasado un tiempo en Búfalo mientras intentaba poner un poco de orden a su vida y que cuando estuvo segura de que lo que quería era cantar, se había ido a vivir a Nueva York, donde trabajaba dando clases de canto y música y dirigía una coral. La carta estaba escrita en un tono formal y poco emotivo. Me informaba también de que el consulado polaco en Barcelona y el Ayuntamiento de la ciudad organizaban un encuentro de los niños huérfanos polacos. Al final de la carta, como si lo hubiera añadido en el último momento, decía que le gustaría verme. La alegría de tener noticias de Ludka quedó teñida por la brevedad de una carta que había llegado cincuenta y dos años tarde.

# 43

## Diciembre de 2008

## Ludka

El rumor de los motores del avión me acompaña.

Las nubes viajan al lado de la ventana y me retornan a un mundo que permanece dentro de un bloque de ámbar, en el que están guardados un montón de recuerdos.

Ewa Jedynak, Hedda von Brandt, Ludka Nowak y otra vez Ewa Jedynak; tres nombres y una sola persona, tres nombres y una sola vida. Vuelvo a Barcelona para reconciliarme con Ludka Nowak, la chica que huyó para alejarse de un sentimiento que la avergonzaba. No lo entiendo, Ludka. ¿Por qué te vas?, me preguntabas. Yo no respondía y el pecado se asomaba para decirme que amar de aquel modo era algo sucio y menospreciable. ¿Por qué te vas?, repetías y me abrazabas para convencerme de que me quedara, y cuanto más insistías, más convencida estaba de irme. Irme y olvidarte. No contesté a tus cartas con la esperanza de que te fueras diluyendo como un terrón de azúcar dentro de un vaso de leche caliente.

Llegar a Estados Unidos fue abrir la puerta a la vida adulta y la turbación de un deseo que no quería sentir se fue encogiendo. Entonces era joven y bonita, los chicos me perseguían y yo me dejaba cortejar; iba a bailar con uno, al cine con otro, pasaba tardes de meriendas y conversación con un tercero, y así habría continuado, siendo amiga de todos, pero huyendo de cualquier compromiso, si no hubiese aparecido Mathew Hoffman. Con él compartía la pasión por el canto y a su lado me sentía como en casa; podíamos charlar durante horas, enlazando un tema con el siguiente. Lentamente se gestó una sincera amistad, hasta el día en que él, con una solemnidad poco propia de su carácter, me dijo que le gustaría que conociera a sus padres. Me besó con un amor dulce y tranquilo y yo quise creer que a su lado sería feliz. Sus padres me acogieron con afecto y entré a formar parte de la familia. Mathew solo tenía ojos para mí y yo me dejé llevar por la infinita felicidad que él me regalaba. No estaba enamorada de él, pero me repetía que, si me esforzaba, lo conseguiría.

Me conformé con lo que la vida me ofrecía. A mi manera, era feliz al lado de un marido que era todo corazón. Me bastaba la delicadeza con la que me trataba, la suavidad de sus caricias y la calidez de sus besos. Acepté tener una relación serena, como la de una pareja que hace mucho tiempo que comparte la vida.

Nos casamos en una ceremonia íntima y nos fuimos a vivir al minúsculo apartamento que Mathew tenía en Brooklyn. Al lado de un marido que me adoraba, me adapté a aquello que la sociedad dictaba. En los momentos en los que me visitaba la nostalgia, pensaba en escribirte disculpándome por tanto tiempo de silencio y explicándote que era feliz, que me había casado con un hombre extraordinario y que América me había dado la libertad para vivir la vida que quería. Te describía la vida que imaginaba, la que veían los demás, la que había construido y me esforzaba en mantener. Pero intuía que si empezaba una correspondencia contigo, pondría en peligro el frágil equilibrio en el que se sostenía mi existencia.

Durante cinco años fui más o menos feliz en un matrimonio que nunca sería completo. Mathew era mi amigo, mi confidente, y yo fingía un anhelo que no sentía. Pero entonces apareció Karen y el mundo que había construido a base de esfuerzo y voluntad saltó por los aires. Una amiga le había hablado del coro que yo dirigía y ella deseaba cantar. Tenía los ojos risueños, la boca grande, la piel blanca y el pelo castaño y liso. Karen White sostenía un ramito de tulipanes amarillos que contrastaba con su abrigo negro. En el momento en que le di la mano, algo se movió en mi interior y cuando al cabo de unas semanas nuestra amistad empezó a arraigar, comprendí que Karen ocuparía el lugar que tú habías dejado huérfano.

Karen White estaba casada y tenía dos hijas, pero eso no impidió que empezásemos una relación que mantuvimos en secreto. Me separé de Mathew y meses después ella lo hizo de su marido. Seguimos juntas sin que nadie sospechara que lo nuestro era algo distinto a una amistad. Cuando sus hijas fueron mayores y se marcharon de casa, nos fuimos a vivir juntas, pero a ojos de todo el mundo solo éramos dos buenas amigas.

Con la enfermedad de Karen nos decidimos a dejar de fingir y cuando el maldito cáncer se la llevó, aprendí a vivir sin ella. Las rutinas me ayudaron a seguir adelante, cada sábado iba a comprar el ramo de flores de temporada que ella había convertido en necesidad. Tulipanes, rosas, lirios, gladiolos, flores de muguete, margaritas, peonías, narcisos; la fragancia de aquellos ramos me devolvía algo de Karen. Una vez al mes, iba de concierto, tal y como hacíamos desde que nos conocimos, y cada miércoles, dirigía el coro. Aprendí a vivir sin ella del mismo modo que cincuenta y dos años atrás aprendí a vivir lejos de ti.

A nuestra edad, querida, la vida coge un ritmo tranquilo. A pesar de todo lo que pasé en mi infancia, puedo decir que la vida ha sido generosa conmigo y he aprendido que la felicidad no es con lo que el destino nos obsequia, la felicidad se construye a partir de lo que nos toca vivir.

Pese al dolor vivido, pese a querer de un modo diferente, he conseguido sentirme una mujer afortunada. Las dos hijas de Karen, de alguna manera, también son mis hijas. Para sus hijos, yo soy su abuela Ewa. La nieta mayor tiene los mismos años que tenía yo cuando llegué a Barcelona y aunque es una niña muy inteligente, la veo tan pequeña, tan ingenua, tan indefensa y tan vulnerable que me estremece recordar lo que yo pasé a su edad. Cuando pienso en ello, una punzada de dolor me hace regresar a aquel tiempo en el que iba de una ciudad a otra, de un país a otro, sin saber quién era ni adónde pertenecía, como un pequeño árbol con las raíces al aire, sin conseguir arraigar en ninguna parte.

El avión vuela entre las nubes y cruza el Atlántico para llevarme al hogar de mi infancia. Las nubes se cargan de lluvia y una tormenta de truenos y relámpagos sacude el avión como si fuera de juguete. El miedo se extiende entre los pasajeros como una mano gigante que nos obliga a contener la respiración. Los rostros empalidecen y la voz de la azafata ordena que nos abrochemos los cinturones. El silencio es absoluto, el temor a que el avión se convierta en un ataúd inmenso que se precipite en medio del océano planea sobre nosotros como una danza macabra. El olor de la muerte se impone, regresa ese miedo que me acompañó durante los primeros años de vida, un miedo que renació con el anuncio de la muerte de Karen, y también el miedo a no volver a verte. Los viajeros cierran los ojos para alejar los malos augurios y yo, en medio de este silencio estadizo empiezo a cantar. Cantar demora la respiración y relaja. Cantar me aleja de las sacudidas del avión. Canto y la voz vuela. Sentado a mi lado, un chico que podría ser mi hijo me coge de la mano y tararea la tonadilla. Lentamente, como un hilo invisible que nos une a todos, se suman otras voces. Los pasajeros cantan para combatir el miedo. Cantamos para sentirnos acompañados. Cantamos para sentirnos vivos. Cantamos, pero las nubes son negras y los relámpagos nos persiguen.

El avión baila como un barco de papel en medio del océano.

Durante más de media hora cantamos todos juntos hasta que, poco a poco, la tormenta cede. La voz del comandante nos comunica que podemos desabrocharnos los cinturones. Aplausos y lágrimas contenidas son el preámbulo de la tranquilidad. El chico sentado a mi lado me susurra un gracias al oído. Las horas que quedan de viaje me sumerjo en un estado de sueño y vigilia que me permite descansar y pensar al mismo tiempo. Cuando amanece, contemplo el océano, una interminable alfombra azul manchada de pequeñas nubes blancas.

Regreso a Barcelona y recuerdo a los niños con los que compartí años de mi vida y vuelvo a verte a ti, Emma.

Durante años sentí que no tenía pasado, que no pertenecía a ningún lugar y cuando conseguí mitigar el sentimiento de desarraigo que siempre me había perseguido, me dije que mi patria era la música y que cantar me había salvado.

## 44

—

### BARCELONA, DICIEMBRE DE 2008

### Emma

A las tres de la madrugada, harta de dar vueltas en la cama sin poder conciliar el sueño, salgo a la terraza. Los troncos de la glicinia, un esqueleto sin hojas sumergido en el letargo del invierno, esperan la llegada del buen tiempo para hacer estallar racimos de flores lilas. En el cielo, la luna ilumina la noche como un farolillo encendido y yo, indiferente al viento y al frío, agobiada por la inquietud de saber que Ludka está en la ciudad, me preparo para dejar pasar unas horas que adivino interminables. «Llegaré a Barcelona a primera hora de la mañana. Podemos vernos al mediodía. Te esperaré en el hotel», decía la carta. Barajé la posibilidad de ir a recibirla al aeropuerto, pero logré frenar la impaciencia.

Incapaz de concentrarme en nada que me distraiga, dejo pasar los segundos y los minutos y los cuartos y las horas. Mientras tanto, vuelven fragmentos de pasado y, de entre todos, me detengo en uno de un mediodía de sábado, el día en qué mi madre se sinceró conmigo.

Dos semanas después del entierro de la abuela Teresa, mi madre y yo fuimos a almorzar al restaurante donde la abuela había previsto celebrar la muerte del dictador. Iremos tú y yo solas, dijo mi madre. Ya lo celebraremos otro día con tu marido y los niños, añadió con la contundencia de una orden.

La madrugada del 21 de noviembre de 1975, el corazón de mi abuela se aceleró y un mareo precedió a un desmayo. Una ambulancia la trasladó al hospital de Sant Pau, pero ya no se pudo hacer nada, el corazón le había estallado, un corazón inmenso que se había ido encogiendo desde que mi abuelo no estaba, un corazón que vertía amor sin esperar nada a cambio, un corazón que se había hinchado de alegría al enterarse de que el hombre que les había robado la vida ya no estaba en el mundo.

Mi abuela y el país entero seguían los informes médicos del estado de salud del dictador, no porque les importara saber cómo evolucionaba, sino porque esperaban el anuncio de la muerte del *excelentísimo jefe del Estado*. El 20 de noviembre, el presidente del Gobierno, Carlos Arias Navarro, abatido y con aire de tragedia, enmarcado en la pantalla del televisor, los ojos tristes, la mirada baja y la voz a punto de rompérsele, anunció: «Españoles, Franco ha muerto...».

Mi abuela se levantó de la silla de un salto y miró la fotografía de mi abuelo que había en la vitrina, al lado de la de mi padre. ¡Por fin el malnacido está en el hoyo, Simó!

El presidente seguía hablando: «El hombre de excepción que ante Dios y ante la historia asumió la inmensa responsabilidad del más exigente y sacrificado servicio a España ha entregado su vida, quemada día a día, hora a hora, en el cumplimiento de una misión transcendental...».

El discurso le provocaba arcadas y decidió apagar el televisor. El tiempo que tardó en recorrer los cinco pasos que había desde la silla al aparato, el presidente prosiguió: «El llanto de España que siente como nunca la angustia infinita de su orfandad».

¡A la mierda Franco y a la mierda tú!, gritó mi abuela antes de apretar el botón.

Abrió una botella de cava que hacía días que tenía en la nevera y se la bebió a la memoria de mi abuelo y de todos los que ya no estaban.

Aunque era noviembre, mi abuela abrió el balcón que daba al patio de luces. Presa del entusiasmo, sin miedo a represalias, entonó, con su voz de *mezzosoprano,* el *Himno a la alegría* que el Orfeó Gracienc había cantado, acompañada de ríos de lágrimas, el 18 de julio de 1936 en el Palau de la Música. Mi abuela cantaba por su marido, por su yerno, por Delfina y por todos aquellos a quienes se les había arrebatado la libertad durante décadas.

—Iremos a comer a Can Culleretes —afirmó con euforia—. Celebraremos que empieza una nueva etapa para todos nosotros.

Tenía los ojos llenos de luz y su expresión contenía la imagen de la felicidad. Creyó que el pinchazo que había notado en el pecho cuando se anunciaba la muerte del dictador había sido producto de la emoción. La muerte la rondaba y ella ni se había dado cuenta. Dos días después, mientras retransmitían el multitudinario entierro de Franco, mi familia se despedía de mi abuela y nos preparábamos para vivir su ausencia.

La solemnidad con la que mi madre me propuso comer juntas me hizo suponer que quería hablar de mi abuela. El segundo sábado de diciembre de 1975, mi marido, Mario Clemente, y mis dos hijos, Daniel y Simó, se fueron de excursión fuera de Barcelona y yo me quedé en la ciudad para un almuerzo que recordaría siempre.

Era la primera vez que mi madre y yo íbamos a comer

solas a un restaurante. Cuando llegué, ella ya estaba allí. A pesar de sus sesenta años, conservaba la elegancia de la juventud. Llevaba un vestido de lana de color morado con cuello y puños blancos de punto, el collar de perlas que había sido de mi abuela y el pelo, tan negro como lo había tenido siempre, peinado en un recogido que la favorecía. Desde hacía dos décadas, trabajaba como encargada en una casa de modas y tenía como clientas a mujeres de la burguesía de la ciudad que la apreciaban por su profesionalidad, buen gusto y discreción. Ni ella ni yo mencionamos que ya habíamos estado en aquel restaurante cuando yo era una niña y la seguí por las calles de Barcelona. Sentadas una enfrente de la otra, mientras esperábamos a que el camarero nos trajera la carta, insistí, una vez más, si quería que la ayudara con la ropa de la abuela, y ella, una vez más, me contestó que no era necesario, que ella se ocuparía de todo, que yo ya estaba demasiado atareada con mi trabajo en el colegio y con los niños. Después de la muerte de mi abuela, mi madre se había negado a venir unos días a mi casa y tampoco había querido que yo me instalara con ella para hacerle compañía. Me dijo que, a cierta edad, la muerte forma parte de la vida y que estaba tranquila porque mi abuela se había ido sin sufrir y feliz de haber visto la muerte del dictador.

Después de decirle al camarero qué platos habíamos escogido, mi madre acarició las perlas del collar con las puntas de los dedos, me miró fijamente y empezó a hablar.

—Tu abuela y yo decidimos que era mejor que no lo supieras. Primero, porque eras demasiado pequeña y después, el tiempo fue pasando y no surgió el momento adecuado para contártelo. —Hablaba con la cadencia sosegada de quienes se disponen a explicar una larga historia. Tenía las manos sobre el borde de la mesa y las movía de un lado a otro como si quisiera alisar una arruga que no existía—. Tu padre no murió en 1939 como todos pensábamos.

Descubrí que mi padre había vivido hasta junio de 1947, que mi madre había espiado a un policía, y que si no hubiese sido por un desgraciado accidente, mi abuela, mi madre y yo nos habríamos ido a vivir a París y mi vida habría sido muy distinta.

—Ahora que tu abuela ya no está, es mejor que sepas la verdad. —El camarero nos trajo el primer plato, que, media hora después, retiraría intacto. Mi madre esperó a que aquel chico de dientes inmensos y sonrisa de caballo se hubiera ido para añadir—: Prefiero explicártelo yo antes de que lo descubras cuando yo ya no esté. —Tomó un trago de vino y se secó los labios con la punta de la servilleta con aquella delicadeza que había aprendido de las señoras a las que vestía—. ¿Recuerdas a Román Quílez?

—Sí, claro que lo recuerdo.

—En 1947, cuando volví de París, cuando todos los proyectos se habían roto, supe que él había dejado la Policía y se había instalado en Madrid. Era el dueño de una librería de libros de segunda mano cerca del parque del Retiro. Librería Nogales, se llama. A él le debo mi tardía afición a la lectura. Hace cosa de ocho años, cuando abrimos la *boutique* en Madrid, fui allí para ayudar a ponerla en marcha. —Jugaba con el tenedor y separaba las patatas dejándolas bien situadas alrededor del plato—. No sé si fue el azar o el destino, pero el caso es que una tarde pasé por delante de la librería. Una primera edición de *Madame Bovary* encuadernada en piel ocupaba el centro del escaparate. La primera vez que leí esa novela lloré como una imbécil. Desde el escaparate, se podía ver el interior de la tienda. Lo reconocí al momento; Román Quílez estaba detrás del mostrador hablando con un cliente. El pelo se le había teñido de gris y lo llevaba más largo, sus gafas seguían siendo de pasta negra y vestía un jersey azul marino y una camisa blanca.

—¿Y entraste? —Tenía prisa por acelerar su relato y la empujaba a llegar al final.

—Estaba tan sorprendida que no reaccioné. Tenía una reunión con la encargada de la *boutique* para ponerla al día de lo que se esperaba de ella. —Con el tenedor pinchó un minúsculo trozo de ternera, se lo metió en la boca y se lo tragó sin masticar—. Durante todo el día no dejé de pensar en Román Quílez. Por la noche, de regreso al hotel, pasé por la librería. Eran las ocho en punto y la persiana de la puerta estaba echada. La novela había desaparecido del centro del escaparate y Román Quílez estaba al otro lado de la calle, sostenía un cigarrillo entre los dedos y me miraba.

Mamá, Isabel Andreu Mora, había viajado hasta el Madrid del año 1967, estaba delante del escaparate de la librería y revivía el momento en que Román Quílez se acercaba a ella.

Aquella tarde, cuando Román Quílez atravesó la calle, sentí que el pasado volvía.

—Isabel. —Aquella voz profunda que no había olvidado se alzaba ante mí. Román Quílez dio una calada al cigarrillo, lo tiró al suelo y lo aplastó con la punta del zapato antes de añadir—: ¿Te interesa algún libro?

—Me interesaba la primera edición de *Madame Bovary* que esta mañana tenías en el escaparate. —A pesar de la alegría de haberlo encontrado, sabía que él tenía motivos para odiarme.

—Lo lamento, pero lo he vendido esta tarde. —Me observaba con una mezcla de perplejidad y reproche. Tenerlo tan cerca me inquietaba—. Si te interesa cualquier otro libro, puedes llamarme. —Sacó una tarjeta de la cartera y me la dio.

—Estoy en Madrid por trabajo. Me marcho mañana a primera hora —contesté mientras me guardaba la tarjeta en el bolsillo disimulando el nerviosismo que amenazaba con dejarme sin palabras—. Tu deseo de vivir entre libros se ha hecho realidad.

—La librería me devolvió la vida. —Consultó la hora y añadió—. Y ahora, si me disculpas, debo irme, me están esperando.

Román Quílez se alejó a paso ligero. Ni siquiera nos dimos la mano, ni el más mínimo gesto de afecto. Durante más de cinco minutos permanecí plantada en el mismo sitio. Intuía que él había descubierto mi traición y me repetía que si había callado mi nombre ante sus superiores, no había sido para protegerme a mí, sino para evitarse represalias. Lo que podía haber sido una reconciliación, un volver a empezar, había sido una decepción y un adiós definitivo.

Regresé a Barcelona y al cabo de unos meses le escribí para pedirle uno de los títulos que hacía veinte años él me había recomendado, *Carta a una desconocida*, de Stefan Zweig. La novela llegó antes de una semana acompañada de una breve nota en la que explicaba que no había borrado los fragmentos subrayados a lápiz porque quizá me interesaran. No se equivocaba. A través de la correspondencia que mantuvimos durante más de dos años, entre libros y cartas, volví a la época en la que él se había erigido como mi consejero literario. Regresé a Madrid varias veces, pero no me acerqué a su librería, por miedo, por prudencia, para no estropear lo poco que teníamos; preservaba nuestra relación en una correspondencia epistolar llena de referentes. Cuando habían pasado dos años y tres meses de nuestro último encuentro, fue él quien vino a Barcelona para despedirse de su madre.

La señora Quílez amaba a un hijo que había modelado a imagen y semejanza de un marido a quien adoraba, hasta que Román Quílez, un policía de veintinueve años, un hombre sometido a los deseos maternos, decidió que había llegado el momento de ser quien quería ser. La señora Quílez luchó por persuadirlo de que estaba equivocado, de que bajo ningún concepto podía dejar una carrera que estaba predestinada al éxito, de que podía leer tanto como quisiera, pero que no tenía que dejar su profesión. Román Quílez cortó el discurso maternal anunciando que ya se había despedido del trabajo y que se iba a Madrid, donde trabajaría en una librería. El rostro de la señora Quílez se tiñó de un rojo intenso y, presa de un ataque de nervios, agarró el jarrón que había encima de la mesa y lo lanzó contra su hijo mientras gritaba que no quería verlo nunca más. ¡Muerto! ¡Para mí has muerto!, escupió prisionera de la histeria. Él fue lo bastante ágil como para esquivar el jarrón, que se hizo añicos contra el espejo de la vitrina. Cerámica y cristales tapizaron el suelo de la sala y la señora Quílez se dejó caer en el sillón. Madre e hijo no volvieron a verse durante dos décadas, hasta que un pariente común avisó a Román de la gravedad del estado de salud de su progenitora.

La necrológica de la señora Quílez se publicó en *La Vanguardia Española.* Sin dudarlo, al día siguiente del entierro, fui hasta el piso de donde me había echado la difunta. Román Quílez no se sorprendió al verme y antes de que yo tuviera tiempo de decir nada, me invitó a pasar. Atravesé el pasillo entero, pasé de largo el cuarto donde cosía y me quedé quieta en la entrada del comedor hasta que él me indicó que me sentara en uno de los sillones que había en la galería que daba a un patio interior.

—¿Te apetece un café? Acabo de prepararlo.

Dos minutos después, el aroma del café inundaba la sala. Román Quílez y yo estábamos sentados en los sillones tapizados de terciopelo verde, cada uno a un lado de una mesita de cristal en la que dejó la bandeja con las tazas y la cafetera.

—Mi madre murió sin perdonarme. Se negó a aceptar que yo decidiera cómo tenía que ser mi vida. —Dio un sorbo de café y me ofreció una sonrisa, la primera que me regalaba—. Y, en cierto modo, eso te lo debo a ti.

Él no había pronunciado la palabra *traición*, pero la palabra viajaba del uno al otro como una pelota de plástico lanzada al aire en un día de viento en la playa. Yo esperaba a que aparecieran los reproches por mi deslealtad, el odio por haber camuflado mis intereses bajo una supuesta amistad.

—No creo que eso sea posible —contesté para evitar que el silencio se impusiera.

—Mi madre no dejaba de presentarme a chicas de buenas familias, todas atractivas, todas agradables y todas, siempre bajo el criterio de mi madre, me convenían, pero en mi cabeza solo había un nombre y en mi corazón solo había lugar para una mujer. —Moduló la voz y me clavó la mirada como si de una espada se tratase—. Supongo que te preguntarás si descubrí qué escondía la joven de quién me enamoré. La respuesta es que sí, Isabel, supe la razón por la que te acercaste a mí y me hiciste creer que éramos amigos, más que amigos. Como bien sabrás, tu enlace, Gaspar Medina, Frederic para ti, según creo recordar, también cayó. Pedro Polo era implacable, un carnicero sin compasión, y tu amigo no aguantó sus métodos. Delató a muchos, a ti entre ellos. —Hizo una pausa para tomar café y me miró con una sonrisa tranquila—. Un cambio de papeles en el momento adecuado fue suficiente para borrar tu nombre. Imaginar lo que te habría ocurrido de caer en las garras de Pedro Polo me horrorizaba y supe que había llegado el momento de alejarme de aquel malnacido. Tu deslealtad me dio la fuerza que necesitaba y me largué a Madrid, para olvidarme de quién era yo y para olvidarte a ti, aunque pronto comprendí que eso era imposible.

Sostenía la taza entre las manos, el calor del café se extendió por todo mi cuerpo. No sabía si abrazarlo o abofetearlo. No sabía si darle las gracias o reprocharle que me hubiera dado un trato de favor. Estaba tan confundida que no sabía qué sentía.

—Quizá debería decir que lo siento. —Dejé la taza sobre la mesa. El sabor a café se mezcló con el sabor a tabaco y poesía—. Pero no me arrepiento de nada de lo que hice.

—Si no hubiera sido por lo que consideré la peor de las traiciones, tal vez nunca habría dejado de ser la persona que mi madre quería que fuese. Nunca volví a querer a nadie como te quise a ti, Isabel. Me casé con Paloma, una buena chica que me adoraba, y aprendí a quererla al mismo tiempo que intentaba olvidarte. No tuvimos hijos, pero compartimos esa felicidad que se teje alrededor de las pequeñas cosas. Hará cosa de cinco años, a media tarde, Paloma se desplomó mientras atendía a un cliente en nuestra librería. Una embolia. —Se detuvo para aplastar la punta del cigarrillo en el cenicero de cristal, levantó la cabeza, me miró con sus ojos llenos de vida y añadió—: Nunca creí que tus besos fueran fingidos, Isabel.

Habían pasado casi veinte años y yo había dejado atrás a aquella Isabel joven e inexperta, aquella chica a quien un golpe de orgullo había obligado a aceptar una tarea para la que no estaba preparada. En ese momento era otra Isabel, una mujer hecha y derecha; pero una descarga eléctrica me hizo volver a sentir un deseo que formaba parte del pasado.

—Cometí el error de enamorarme de ti —contesté retándolo con la mirada.

—La vida está llena de errores, Isabel. —Por fin tenía la respuesta que había estado esperando durante décadas.

Román dio un giro a la conversación y me preguntó si mi sueño de tener un taller propio se había cumplido.

—Soy la encargada de la *boutique* más importante de Barcelona y pronto también lo va a ser de Madrid. He logrado convertir mi pasión en una profesión, no puedo quejarme. Mi hija ya es una mujer, se casó y tiene un hijo pequeño, se llama Daniel. He tenido un par de relaciones serias, pero no cuajaron. Casarme era perder mi libertad y eso era dejar de ser yo misma. Sigo viviendo con mi madre y lo cierto es que me gusta la vida que tengo.

Román Quílez dejó la taza de café en la mesita.

—Te agradezco que hayas venido. —Sacó otro cigarrillo del paquete y lo encendió—. Fue duro descubrir quién eras, pero el desgarro me dio el empujón que necesitaba para convertirme en librero. Iba a Madrid varias veces al año y siempre pasaba por aquella librería. El deseo de huir de Barcelona coincidió con la oferta de traspaso del negocio. Le cambié el nombre, le puse Nogales, en honor de mi tío, y aquí sigo.

—Nunca podrás perdonarme.

—Necesité algunos años, pero al final conseguí entenderte.

Era Isabel Andreu, mi madre, la tenía delante, tenía su rostro, su voz, su manera de hablar y, sin embargo, su confesión conllevó que descubriera a una mujer diferente.

—O sea, que los viernes no vas a Madrid para trabajar en la *boutique*. —El camarero de la sonrisa de caballo dejó los postres sobre la mesa; un flan con nata para ella y un plato de trufas para mí.

—El viernes voy a la tienda —bajó la cabeza como si le diera vergüenza admitir que Román Quílez y ella eran amantes— y el fin de semana estoy con él.

—¿Lo sabía la abuela? —La curiosidad me obligaba a preguntar, pero adentrarme en una intimidad que no me pertenecía me llevaba a ser cauta.

Cogí una trufa, me la puse entera en la boca y el sabor fuerte y áspero del chocolate viajó por mi paladar y me embadurnó lengua, dientes y encías. A partir de aquel día, el sabor de las trufas me recordaría al momento en que fui cómplice de los secretos de mi madre.

—Nunca hablamos de ello, pero ella sabía que yo iba a la librería y que él era el propietario. A tu abuela le gustaba que yo leyera y estoy segura de que agradecía a Román Quílez haber conseguido que me aficionara a la lectura.

—Y hoy me has invitado a comer y me has explicado todo esto porque estás pensando en irte a vivir a Madrid. ¿Verdad, mamá?

—La encargada de la *boutique* no acaba de encajar y debo echar una mano para encontrar a la persona adecuada.

—¿Cuándo te vas? —Mis dedos cogieron otra trufa que se quedó suspendida en el aire mientras esperaba su respuesta.

—Me lo he pensado mucho, no creas, y al final he decidido dejar las cosas como están. Vivir en Madrid significaría separarme de vosotros, de ti, de los niños, de mis amigos, de las clientas...

—Y quedarte es separarte del librero. —Dejé el dulce en mi plato y me limpié los dedos sucios de chocolate con la servilleta.

—En la vida hay que hacer renuncias. Además, seguiremos viéndonos como hasta ahora. —Dobló la servilleta y me sonrió—. Un día u otro tenías que saber quién es tu madre.

El frío de la noche se me mete en los huesos y me hace temblar.

Aquel día de diciembre de 1975, en que mi madre se abrió en canal delante de mí, permanece inalterado. Una mujer, una pasión, dos amantes. Una vida. Descubrí quién era Isabel Andreu, comprendí que la vida es mucho más breve de lo que me imaginaba. Años después, cuando mi madre ya había dejado de trabajar en la *boutique*, mis hijos ya eran mayores y mi matrimonio empezaba a tambalearse, cuando ella seguía negándose a presentarme a Román Quílez, la curiosidad hizo que en un viaje a Madrid pasara por la librería Nogales.

Ese día supe la razón por la cual mi madre se negaba a hacer pública la relación con Román Quílez y fue el propio librero quien me lo explicó. Paloma, la mujer que mi madre había dicho que había muerto, seguía viva. Viva sin poder vivir. Viva sin poder hablar, ni pensar, ni moverse. Estaba viva, sometida a la agonía de vivir sin vida. Viva porque el corazón le latía, y los riñones, y los pulmones, y el hígado, y los intestinos le funcionaban con normalidad. Estaba viva sin ser consciente de que lo estaba. Estaba instalada en una residencia donde Román Quílez la visitaba cada día, menos el fin de semana que pasaba con Isabel. Mi madre era la amante de un hombre casado con una mujer que no estaba viva, pero que vivía. A pesar de no poder legalizar su relación, ambos eran felices con lo que tenían.

Con las primeras luces del nuevo día, el cansancio de

una noche en vela me obliga a entrar en casa. El calor me recibe como el abrazo de un amante, me tumbo en la cama para dormir algo antes de darme una ducha. El cansancio hace que no me despierte hasta pasadas las once. Me visto apresurada y salgo de casa. Un taxi me llevará al hotel Alimara donde se hospeda Ludka.

En la recepción, un grupo de jóvenes extranjeros charlan animadamente. Voy al mostrador y pregunto por ella. El chico teclea un buen rato y levanta la cabeza. Con una sonrisa de circunstancias, me comunica que en el hotel no hay ningún huésped con el nombre de Ludka Nowak. Yo estoy tan nerviosa que no se me pasa por la cabeza que Ludka tenga otro nombre.

## 45

### BARCELONA, DICIEMBRE DE 2008

## Ludka

Barcelona se ha vestido de luz y sus calles se llenan de canciones.

La Navidad se acerca, abre las alas e inunda la vida de una felicidad obligada.

Antes de ir al hotel, el taxi me pasea por la ciudad. El paso de los años ha borrado paisajes que yo creía eternos. Barcelona se ha abierto al mar y en ella se respira un aire nuevo. Los coches llenan las calles y la gente camina más deprisa. El tren que recorría la calle Aragó corre sepultado por una vía de seis carriles. Pasamos por delante del edificio donde vivías con tu familia y la ilusión de volver a verte me estremece.

El taxi baja por La Rambla y a la altura del Liceu ordeno al taxista que aminore la velocidad. Las luces están apagadas, las puertas cerradas y no hay espectadores satisfechos por una velada llena de música. Por muchos años que pasen, nunca olvidaré la primera vez que fui al Gran Teatre del Liceu. Era noviembre de 1950 y la señora Teresa había conseguido tres entradas para asistir a la representación de la ópera *Nabucco*. Tú, Emma, la señora Teresa y yo nos sentamos en la última fila del gallinero, el escenario estaba tan lejos que los cantantes parecían diminutas figuras de pesebre, pero sus voces se alzaban con tanta potencia que llegaban a nosotras contenidas en una nube de emoción. Sobrepasada por un sentimiento desconocido; las voces bailaban cerca de mí, podía tocarlas, olerlas, saborearlas y palparlas mientras contenía el aliento. En el momento en que el coro entonó el *Va pensiero*, la música entró dentro de mí como un río desbocado. Todas las voces del coro cantaban la misma melodía, cuatro frases musicales, un único discurso para, a continuación, desdoblarse como si fueran un abanico de varios colores. Un reguero de lágrimas se deslizó por mi mejilla. Aquella noche, por primera vez, fui consciente de que cantar sería mi vida.

La música es un virus que se lleva en la sangre y contra el cual no se puede luchar, dijo la señora Teresa en el camino de regreso a casa. Un virus que se instala dentro de cada célula y forma parte de ella, ¿me entiendes, Ludka? Respondí un sí débil para no defraudarla. Aún tenían que pasar años hasta que entendiera el sentido de sus palabras, pero cuando la música y el canto se convirtieron en mi vida, supe que el virus había anidado en mí.

Antes de entrar a estudiar en el Conservatorio del Liceu, la señora Teresa me había dado clases de canto. Cantar nos hace libres, Ludka, decía con los ojos iluminados. Cuando cantas, te trasladas a lugares desconocidos, puedes llegar hasta el fin del mundo, y te llenas de una felicidad que no encuentras en ninguna otra parte. Si por algún motivo no hubiera podido cantar, te juro que me habría muerto.

Dos días después de nuestro viaje a Polonia, fui a ver a tu abuela para devolverle el montón de libros y partituras que me había dejado durante los años de estudio. Nuestras conversaciones siempre habían girado alrededor de la música; ella y la señorita Kowalski me habían abierto la puerta al mundo del canto. Sin ellas yo habría sido otra persona. La señora Teresa me recibió con la cordialidad y la simpatía que siempre me había mostrado. Dejé los libros, los discos y las partituras encima de la mesa. El piano de Delfina ocupaba el lugar que había ocupado el de tu abuela. La señora Teresa tocaba un rato cada día y después de la muerte de tu abuelo, cuando estaba sola en casa, a menudo cantaba para sentir la calidez del hombre con quien había compartido la vida.

—Por mí te los puedes quedar, acéptalo como un regalo de despedida —me dijo con voz triste—. Ya sé que Emma te lo ha dicho un montón de veces, pero quiero que sepas que Isabel y yo estaríamos encantadas de que te quedaras a vivir aquí, en casa.

—Estados Unidos es un país lleno de oportunidades. Usted siempre dice que la libertad es el bien más preciado y allí tienen la libertad que nosotros no tenemos.

La señora Teresa me observaba con una mezcla de afecto y curiosidad. A menudo, cuando me miraba, me daba la sensación de que ella podía saber lo yo que pensaba.

—¿Te vas por las oportunidades que puede ofrecerte el país o hay otro motivo? —Me acarició la mejilla y me miró con firmeza y dulzura—. ¿Te vas por Emma, verdad Ludka?

Yo me había esforzado en negar un sentimiento que se agitaba dentro de mí, pero este resurgía con fuerza y resultaba inútil obviarlo, inútil esquivarlo, inútil esconderlo. Lo que sentía por ti, Emma, no era un amor de amiga ni de hermana, era un amor que no estaba permitido, una desviación, un delito. Rechazaba un sentimiento que las leyes de aquel tiempo prohibían y huía como los cobardes. Huía para volver a empezar una vez más, pero la señora Teresa me había descubierto. Quería negarlo, pero la voz se fundió.

—Necesito irme —conseguí responder con una voz que no era la mía.

El taxi se detiene en Palau de Mar.

Saboreo el aroma del mar y contemplo una ciudad desconocida. El edificio que se construyó a finales del siglo XIX para almacenar las mercancías del puerto, un edificio de arquitectura industrial que guarda una gran similitud con los *docks* de Londres o Liverpool, ahora acoge el Museo de Historia de Catalunya, el Centro de Historia Contemporánea, el departamento de Bienestar Social de la Generalitat y un montón de oficinas, cafeterías y restaurantes. Contemplo la escalera de Correos y me veo a mí misma con nueve años dispuesta a hacer lo que haga falta por encontrar a Maria von Brandt. Entonces, en 1946, el mar tan solo se podía oler; ahora está delante de mí, una lámina de agua plateada, con veleros, yates y barcos. Retrocedo sesenta y dos años y puedo sentir el sufrimiento de la niña que fui.

Vuelvo al vehículo, el taxista fuma apoyado en la parte delantera del coche.

—Ya podemos ir al hotel —le digo mientras abro la puerta.

El taxi entra en la ronda que circunda la ciudad y veinticinco minutos más tarde llegamos. Dejo mi pasaporte sobre el mostrador.

—Bienvenida al hotel, señora Jedynak.

Gracias a la tía Marysia, pude demostrar que era la hija de Kamila y Stefan Jedynak y recuperar el nombre que me habían robado. Ahora, de vuelta en Barcelona, soy Ludka Nowak, la niña que siempre ha estado a mi lado.

La idea de viajar a Barcelona surgió en multitud de ocasiones, pero siempre me inventaba alguna excusa y me echaba para atrás. Las excusas escondían la vergüenza de no haber contestado a ninguna de aquellas cartas llenas de afecto que suplicaban una respuesta. El miedo a que no hubieras perdonado mi silencio me atenazaba. El tiempo corría a la contra y esperar ya no era una opción.

Meses atrás, una voz desconocida hizo que el pasado llamara a la puerta.

—¿Es usted Ewa Jedynak? —preguntó un hombre que hablaba un inglés con acento extranjero. Hanka, la pequeña Hanka, le había dado mi nombre—. Soy José Luis Barbería y estoy haciendo un reportaje sobre los niños polacos acogidos en Barcelona en los años cuarenta.

El pasado volvía tozudo y los recuerdos se amontonaban como las conchas que el mar vierte en la playa después del temporal. Yo había conseguido rehacerme de la pérdida de Karen y seguía mi vida sin demasiadas expectativas. Tenía amigos, la familia de Karen era la mía y la música y el canto hacían que la soledad fuera más llevadera. Aquella llamada hizo que mi tranquilidad saltara por los aires. La pequeña Ludka me miraba desde el otro lado del espejo y me invitaba a rehacer el camino. Narrar tu historia puede ser una gran manera de poner orden a todo lo que ha sido tu vida, dijo Mathew cuando le expliqué que el periodista se interesaba por saber cómo había llegado a Barcelona y de qué modo había descubierto quién era. Después de que nuestro matrimonio se fuera al traste, Mathew y yo no tuvimos ningún contacto hasta que, muchos años más tarde, coincidimos en casa de un amigo común. Él hacía poco que se había quedado viudo y yo había aprendido a vivir sin Karen. Nos pusimos al día, intercambiamos teléfonos y al cabo de un par de semanas me invitó a ir a un concierto; sin proponérnoslo, poco a poco, recuperamos el afecto y la amistad. Hubo más conciertos, más cenas y muchas charlas; como una planta que vive escondida bajo tierra durante décadas y de pronto florece, entre nosotros reapareció la complicidad que habíamos compartido y Mathew me dio el coraje para explicar mi historia.

Hablar del pasado con el periodista despertó el ansia de regreso y me dio la fuerza para vencer la cobardía. Cuando meses después, desde el Consulado Polaco y el Ayuntamiento de Barcelona se nos propuso el reencuentro de los niños que habíamos sido acogidos, no me lo pensé. Volvería a Barcelona, me reencontraría con algunos de mis antiguos compañeros y también contigo. De pronto, me visitó un miedo nuevo: ¿Y si tú me habías olvidado? ¿Y si tú no habías perdonado mi silencio?

Sentada en el vestíbulo del hotel, espero. Alguien del consulado vendrá a buscarme para llevarme al hotel Sansi Pedralbes donde se hospedan unos veinte ancianos con quienes compartí mi infancia. Mañana llegarán los que volvieron a Polonia reclamados por algún familiar. Después de que nos invitasen, yo hice la reserva en el hotel Alimara. La posibilidad de que tú hubieras recibido la carta era remota, pero preferí no cambiar de hotel.

Dejo pasar el rato sin hacer nada. Un grupo de unos quince jóvenes turistas se acercan. Charlan y se ríen, el jaleo es exagerado, una chica de pelo largo me mira para decirme que le ceda el sitio, que me vaya a otra parte. No le hago caso, no contesto y la desafío con la mirada. Mientras me enfrento a ella, una mujer de pelo gris recogido en un moño alto, vestida con un elegante abrigo beis y una bufanda de tonos ocres, entra en el hotel y se acerca a recepción. Quince minutos después, soy yo quien va al mostrador para saber si alguien ha preguntado por mí. Ante la negativa del chico de recepción, vuelvo sobre mis pasos, pero, de golpe, un arrebato de intuición me detiene. De nuevo, me acerco al mostrador.

—Perdone, pero ¿alguien ha preguntado por Ludka Nowak?

—¿Ludka Nowak? —repite sin disimular la curiosidad.

—Era mi nombre durante los años que viví en Barcelona.

—Hace un rato ha venido una señora. —Busca entre los papeles que tiene delante y deja una tarjeta de color mantequilla sobre el mostrador—. Ha dejado esto.

El aire se congela, el mundo se detiene. Lentamente, estiro el brazo para coger la tarjeta. Para intentar recuperar la calma, salgo a la calle. Pasa un rato antes de que sea capaz de marcar el número de tu móvil.

—¿Emma? —pregunto con un hilo de voz.

—Sí, soy yo.

—Soy Ludka.

Se hace un silencio que se rompe con una nueva pregunta llena de alegría.

—¿Dónde estás?

—En el hotel.

—No te muevas. Ahora voy.

Delante de mí, el cielo se tiñe de un azul transparente.

La puerta se abre y los jóvenes salen en tromba, ansiosos por visitar la ciudad; pasan por mi lado sin verme. Son jóvenes, tienen toda la vida por delante y no saben que la vida pasa en un soplo; un buen día se despertarán, tendrán setenta años y recordarán un viaje que hicieron a Barcelona cuando estaban convencidos de que siempre serían jóvenes y podían cambiar el mundo. El aire es helado, así que vuelvo al vestíbulo del hotel. Estoy nerviosa, me siento en el sofá. Las piernas cruzadas, las manos en el regazo. Espero.

Espero y respiro pausadamente para intentar contener una emoción que está a punto de desbordarse.

Veinte minutos que se hacen eternos.

Veinte minutos de nervios y tensión.

Veinte minutos que sirven para pensar qué tengo que decirte cuando te tenga delante.

Veinte minutos que se añaden a cincuenta y dos años de silencio.

Entras. Avanzas un par de pasos y te detienes, miras a un lado y al otro. Me buscas. Me levanto, quiero ir hacia ti, pero las piernas no me responden y soy incapaz de dar un paso. Quieta como una estatua, con los nervios a flor de piel, abro la boca para llamarte, pero la voz no aparece. Tú me descubres, tienes la mirada profunda y la sonrisa picarona de la niña que fuiste. Te acercas con paso decidido y me abrazas. ¡Ludka! ¡Ludka! ¡Ludka!, repites. El miedo a tu rechazo se convierte en felicidad. Me regalas el abrazo que me negaste cuando teníamos diecinueve años. ¡Ludka! ¡Estás aquí!, exclamas con los ojos llenos de lágrimas y la voz vacilante. Nos abrazamos con tanta fuerza y durante tanto rato que el chico de detrás del mostrador contiene la respiración y se seca una lágrima. Nos separamos, me acaricias el rostro con las puntas de los dedos y te detienes en el pequeño hoyuelo de la barbilla que el paso del tiempo ha hecho más profundo.

—¡Ni te imaginas las veces que he soñado con este momento! —exclamo y volvemos a abrazarnos.

Una hora más tarde, el chico del consulado pregunta por mí, pero nadie sabe decirle dónde está Ewa Jedynak.

Tú y yo estamos cerca del mar, el mar que tantas veces nos acogió. El mar tranquilo que tanto he echado de menos me da la bienvenida. Nos sentamos en la arena. Tú hablas de tu trabajo, de tu exmarido, de tus hijos, de la separación, de la noticia de la muerte de mi querida *pani* Wanda y también, cómo no, de los secretos de Isabel.

—Mi madre murió hace nueve años. Ya pasaba de los ochenta, pero estaba llena de energía y con ganas de comerse el mundo. Una vez al mes iba a Madrid y se quedaba unos cuantos días allí, a veces una semana. Una mañana de otoño, estaba en la acera esperando el taxi que tenía que llevarla a la estación para coger el AVE. Un coche perdió el control, subió a la acera y se le echó encima. Mientras hacíamos los preparativos de la ceremonia, llamé a la librería Nogales para informar a Román Quílez de que mi madre había muerto. El librero ya no era el encargado de la tienda, pero acudía a diario y se dedicaba a ella con la misma devoción que cuando era joven. No dijo nada. Lloraba. Una semana después, llegó una caja llena de libros de mi madre. Desde entonces, cada año nos felicitamos la Navidad y me envía un libro el día de mi cumpleaños y otro el del cumpleaños de mi madre. —Haces una pausa y me acaricias las manos—. Aún tengo el vestido que ella nos hizo a las dos. ¿Te acuerdas?

—El tuyo era de color granate y el mío verde manzana, el mismo color del vestido que llevaba el día que llegué a Barcelona. —Una larga pausa precede el momento de aflorar la verdad—. Imagino que te preguntaste por qué me fui y por qué no contesté a tus cartas. —He ensayado muchas veces cómo te explicaría lo que sentía. Sin preámbulos, empiezo por el final—. Durante treinta años he compartido mi vida con Karen White.

—Siempre has sido una mujer muy valiente.

—La vida me ha enseñado que es bueno ser sinceros con nosotros mismos. —Hundo las manos en la arena y el tacto áspero me da la fuerza que necesito para mirarte a los ojos.

—Cuando no contestaste a mis cartas, me desesperé y mi abuela me explicó la razón por la que te marchaste.

—Intenté contarte lo que sentía, pero en aquellos años incluso amar era pecado.

—Tienes razón, no lo entendí. —Abres el bolso y aparece la fotografía del día de la pelea en el patio de la Torre de Vallcarca—. Todos estos años ha estado en la estantería de mi estudio. He tenido buenos amigos, Ludka, pero con ninguno he compartido la amistad que tenía contigo.

Emma me cuenta que para intentar retenerme me escribía cartas y cada 5 de julio, con la obstinación de un ritual que le permitía seguir a mi lado, iba al muelle y las dejaba caer. Las gaviotas revoloteaban, las olas recitaban poemas repletos de nostalgia que chocaban contra las rocas y desmenuzaban las palabras. Las letras bailaban sobre la espuma y formaban nuevas palabras y nuevos poemas.

—¡No puedes imaginar cuánto te he echado de menos! —exclama Emma.

Te abrazo y tus lágrimas se mezclan con las mías. A lo lejos, un barco dibuja un camino de espuma que las olas se encargan de borrar. Los cincuenta y dos años que han pasado desaparecen en un instante.

## 46

### BARCELONA, DICIEMBRE DE 2008

# Ludka

Jordi Hereu, alcalde de Barcelona, y Marek Pernal, cónsul general de la República de Polonia en Barcelona se complacen en invitarles al acto «Polacos en Barcelona, un montón de historias. La acogida de la ciudad a los niños robados por los nazis (1946-1956)», que constituirá un homenaje póstumo a la que fue cancillera del Consulado Honorario de la República de Polonia en Barcelona (1932-1969), la señora Wanda Morbitzer Tozer.

El acto tendrá lugar el próximo jueves 4 de diciembre a las siete de la tarde, en el Saló de Cent del Ayuntamiento de Barcelona.

La portada del libro *Polacos en Barcelona, un montón de historias* está ilustrada con una fotografía de los años cuarenta en la que un niño y cuatro niñas de poco más de diez años suben por la pasarela del barco. Al fondo, una multitud los observa. La mitad superior de la fotografía es en blanco y negro, la parte inferior está teñida de rojo. El libro inmortaliza el periplo de nuestra infancia. Historias que remueven conciencias. Los niños que fuimos sobrevivieron al dolor y se hicieron mayores; las heridas han cicatrizado, pero siempre nos recuerdan quiénes somos.

Reencontrarme con mis antiguos compañeros es un

viaje al pasado. La alegría de volver a vernos se mezcla con la nostalgia de los años vividos en Barcelona. Nos miramos y no nos reconocemos, conseguimos identificarnos cuando pronunciamos nuestros nombres; en algunos casos nos ayudamos de una fotografía que abre la puerta del ayer.

El Saló de Cent nos acoge, una joya gótica del siglo XIV; el techo, un envigado de madera que se apoya sobre arcos de medio punto, invita al sueño. La luz del atardecer se filtra a través de los rosetones mientras las palabras del alcalde rememoran unos años que nunca olvidaremos. El salón está lleno a rebosar; el público está sentado en bancos, y nosotros, los niños huérfanos, en las dos hileras de sillas de madera con altos respaldos que hay a los lados.

Detrás de mí está Zyta, la niña que cantaba como los ángeles y subía a los árboles con los bolsillos llenos de piedras; la niña menuda, ágil y llena de vida se ha convertido en una mujer corpulenta que camina con una muleta y se mueve con dificultad. A su lado, la pequeña Hanka conserva la misma sonrisa, pero sus ojos verdes se han quedado sin brillo bajo el pliegue de los párpados caídos; cuando me coge la mano, el tacto de un botón me deja sin aliento. Abre la palma y me muestra el botón del abrigo de su madre que siempre lleva en el bolsillo, como si fuera un amuleto. Este botón es lo único que me une a un pasado que nunca he conseguido descubrir, afirma con voz tranquila. Hanka no se casó con su novio, aquel amor que había creído eterno no sobrevivió a la distancia, pero formó una familia y aprendió a vivir con lo que la vida le ofreció. Mientras me abraza, me recuerda aquello que yo le dije en una ocasión: que las grandes historias están hechas de pequeños momentos.

Tadek, el mayor de los Pawlak, no ha venido, está enfermo y demasiado débil para un viaje tan largo. Sus hermanas gemelas hablan y lloran con la misma energía y Marek, el pequeño, lo graba todo para que Tadek pueda participar del encuentro. Recordamos el día en que Tadek subió al tejado de la Torre de Vallcarca para soltar una arenga nazi alemana. Los hermanos explican que pocos años después de regresar a Polonia, Tadek se convirtió en un comunista convencido. Reímos, lloramos, nos abrazamos y revivimos anécdotas que, a pesar del paso del tiempo, se mantienen intactas.

—Usted hablará en recuerdo del señor Tozer y en memoria de la señora Wanda Morbitzer Tozer después del espectáculo de marionetas —me dice la chica encargada del protocolo—. Cuando llegue el momento, le darán paso; se lo digo para que esté preparada.

La chica se aleja, pasa cerca de la pequeña tarima forrada de moqueta de color gris que se alza apenas un par de palmos del suelo. Tras el discurso del alcalde, el señor Zafra, un discípulo de Harry Tozer, da vida a una marioneta que es la réplica exacta de su maestro: pelo blanco, bigote blanco, barbilla pronunciada, gafas y pajarita. El espectáculo me obliga a regresar a aquel día de mayo en el que la bailarina del señor Tozer resucitó el grito feroz de *babcia* Ludwika, un grito que me dio el coraje necesario para huir de los hombres de botas altas. El ayer se hace presente y revive la furia del dolor. Un grito, un disparo, una noche de horror con sabor a tierra, la bailarina que se cae del árbol y me delata. El pasado vuelve a bocanadas y un intenso mareo me obliga a cerrar los ojos. Pocos minutos más tarde, un aplauso llena el Saló de Cent y alguien pronuncia mi nombre. Voy hacia el micrófono. Me resulta difícil poner palabras a las emociones y he necesitado semanas para redactar un breve discurso.

Delante de mí, más de doscientas personas me observan; el mareo va remitiendo, pero aparece el nerviosismo que siempre me visita antes de cantar. Un ejército de hormigas nace en el centro del pecho, suben hasta la garganta y amenazan con ahogarme; para echarlas, respiro profundamente, una, dos, tres veces. Me repito que no pasa nada y el hormigueo se disipa cuando levanto la mirada y me enfrento al público. Emma está sentada en la primera fila e inclina levemente la cabeza. Las palabras sinceras, las que salen directamente del alma, impactan igual que la música. Me humedezco los labios con la punta de la lengua, me coloco bien las gafas. Leo.

Nos llamaban los niños polacos, niños huérfanos que sobrevivimos a una guerra. Íbamos de un lado para otro como maletas sin origen ni destino. Cuando llegamos a Barcelona, saboreamos la calma. Durante la noche, nos visitaban los fantasmas de los horrores vividos y durante el día, aunque éramos víctimas de una guerra que nos lo había arrebatado todo, volvíamos a ser niños. Niños que convertíamos una carretilla de madera en una carroza llena de tesoros, niños que nos adentrábamos en el jardín de la Residencia de Vallcarca como si fuera una selva inmensa, niños que imaginábamos que la pared que daba a la calle era el muro del castillo que íbamos a conquistar. Éramos niños y todo era posible.

Aprendíamos a sobrevivir sin hacernos preguntas y años más tarde, desde la perspectiva de la edad adulta, nos enfrentamos a la tragedia que había marcado el inicio de nuestra vida y pusimos nombre al dolor. Muchos de nosotros ni tan siquiera recordábamos el rostro de nuestras madres. El destino nos llevó a ser nómadas sin pasado, como pequeños árboles con las raíces al aire que el viento empujaba a su antojo. Primero, nos quitaron la lengua y nos obligaron a renegar de nuestra identidad, y más tarde, nos hicieron amar una lengua y una cultura que nos habían obligado a odiar. Éramos niños y no hacíamos preguntas. Teníamos pesadillas y soñábamos que nuestra verdadera familia vendría a rescatarnos. No sé qué era peor: si no saber de dónde veníamos o no saber hacia dónde íbamos.

Barcelona nos proporcionó un cierto arraigo, los más afortunados encontraron a algún familiar, pero otros tuvimos que vivir sin saber quiénes éramos. Nuestra querida *pani* Wanda era lo más parecido a una madre; las nanas que nos cantaba abrieron rendijas que se adentraban en el fondo de la memoria y fuimos capaces de rescatar detalles de un ayer que creíamos completamente olvidado. Ella nos dio el amor que tanto necesitábamos, su voz cálida ha permanecido para siempre al compás del latido de nuestro corazón. *Pani* Wanda tenía una especial capacidad para hacer sencillas las cosas complejas; su energía, su elegancia, la ilusión que contagiaba a quienes tenía a su lado hicieron que Barcelona se convirtiera en un pequeño paraíso después de tanta desolación. Nosotros, los niños huérfanos, aprendimos a vivir, aprendimos a amar y *pani* Wanda fue el faro que nos guio para alejarnos del dolor de no saber quiénes éramos. Ahora, después de tantos años, solo nos queda decir: ¡Muchas gracias, *pani* Wanda, por cuidar de nosotros!

Levanto la cabeza, miro al público e improviso aquello que no tengo escrito.

La primera palabra con sentido que pronuncié después de semanas de mi llegada fue *amiga*. Lo recuerdo como si fuera ahora. Delante de mí, una niña de ojos negros me regalaba palabras como si fueran pequeñas piedras preciosas.

Emma me mira con los ojos llenos de lágrimas.

*Amiga, freundin, przyjaciółka,* tres palabras con el mismo significado que hicieron que Barcelona fuera mi hogar.

Un nudo en la garganta me obliga a detenerme. Un tenso silencio viaja por la sala hasta que un estallido de aplausos responde a mis palabras. Emma se levanta para aplaudir con todas sus fuerzas.

Hoy, 6 de diciembre, vamos a la Torre de Vallcarca, que se ha convertido en un albergue juvenil y se conoce como Torre Marsans. Entrar en nuestro colegio es hacerlo en el túnel del tiempo. Camino al lado de Emma. Vuelven los días en que nosotras aún éramos la semilla de lo que habíamos de ser. La palmera que fue testigo de nuestra pelea sigue en el mismo sitio, más vieja y más alta, resiste los embates del tiempo, sus hojas bailan con el viento y se inclina entera para darnos la bienvenida.

Una vez dentro, nos dirigimos hacia la que era la sala de música. Han puesto mesas largas y un par de camareros ultiman los detalles. Todos hablamos, todos recordamos, todos menos Zyta, que se ha quedado atrapada en las redes de la nostalgia. Los diálogos van y vienen hasta que la voz de Zyta, suave y firme, nos retorna al pasado. El mundo se detiene, los pájaros quedan suspendidos a medio vuelo, las nubes permanecen inmóviles y nosotros flotamos invadidos por una sensación de plenitud que estalla por dentro hasta hacernos llorar. Zyta canta con los ojos cerrados, y nosotros, poco a poco, nos reunimos a su alrededor y cantamos con ella. El canto es mi patria, el lugar al que pertenezco. El sabor de las fresas llena el aire de una fragancia dulce. Una sola voz entona *Rozproszone polskie dzieci*[67]y, por un instante, somos los niños huérfanos acogidos en la ciudad.

Emma y yo nos miramos, volvemos a ser dos niñas de nueve años con la vida por delante.

67. En polaco, *Los niños polacos desperdigados.*

# NOTA DE LA AUTORA

Ludka Nowak es un personaje de ficción creado a partir de algunas vivencias de los niños polacos acogidos en Barcelona.

En mayo de 2008, el periodista José Luis Barbería publicó un reportaje en el diario *El País* donde se daba luz a unos hechos que habían quedado olvidados: en la ciudad de Barcelona, en la primavera de 1946, fue acogido un grupo de niños y niñas de origen polaco que habían sido robados por los nazis y de los que se desconocía su identidad. El propósito era que estuvieran en Barcelona durante unos meses mientras se esperaba que algún familiar los reclamara, unos pocos se quedaron hasta el año 1956. A raíz del artículo, el Ayuntamiento de Barcelona editó el libro: *Polacos en Barcelona, un montón de historias. La acogida de la ciudad a los niños robados por los nazis (1946-1956).* El acto de presentación, en diciembre del 2008, organizado conjuntamente por el ayuntamiento y el consulado polaco, sirvió para hacer un homenaje a Wanda Morbitzer Tozer. El libro es una recopilación de artículos de diferentes autores entre los que destaca el escrito por la propia Wanda Morbitzer Tozer, donde explica su trabajo en el consulado polaco de Barcelona y su colaboración en la creación de una red de evacuación de refugiados polacos durante la Segunda Guerra Mundial.

Justyna Rzewuska, agente literaria, estaba convencida de que este episodio se merecía una novela; y Lola Gulias, editora de Planeta, me hizo la propuesta de escribirla. Antes de aceptar, me sumergí en la lectura de lo que se había publicado sobre el tema. Descubrir la vida de Wanda Morbitzer, y leer los testimonios de unos niños que habían sufrido el horror de la guerra y la posguerra, me conmovieron. Acepté, consciente de que la propuesta, además de ser un reto, era un regalo del que siempre estaré profundamente agradecida.

Siempre he tenido una gran prevención a la hora de escribir ficción con personajes reales, y es por eso que, aunque Wanda Morbitzer Tozer forma parte de la novela —no podía ser de otra manera—, aunque se han inventado conversaciones que nunca existieron, he intentado ser fiel a lo que ella fue. Wanda Morbitzer, después de casada pasó a llamarse Wanda Tozer, sin embargo, todos los referentes bibliográficos hablan de ella como Wanda Morbitzer y es por ello que decidí dejarle su nombre de soltera añadiendo el apellido de su esposo al final. Quiero manifestar mi más sincero agradecimiento a su hija, Cristina M. Tozer, quien leyó el manuscrito antes de ser publicado y me dio la confianza de que lo que se explicaba de su madre y de su padre, el titiritero Harry Tozer, se ajustaba a la realidad.

Mientras me documentaba, con las ansias de saber más de Wanda, leí la biografía de Mavis Bacca Dowden, que algunos artículos relacionaban con Wanda Morbitzer. Mavis Bacca era un violinista de origen inglés que en los años noventa escribió parte de su biografía, con el título: *Acusada de espía (en la Barcelona Franquista 1939/1943)* en editorial Pòrtic. Si bien las memorias de Bacca me sirvieron para acercarme, de primera mano, a la cárcel de mujeres de Les Corts, y a personajes como Pedro Polo y Eduardo

Quintela, la única referencia que hacía de Wanda era una breve frase en la que decía que sustituyó a una polaca en la tarea de hacer de enlace de los refugiados. La lectura no me sirvió para conocer mejor a Wanda, pero me fue muy útil para construir el personaje de Isabel y su relación con la policía de la época.

Los niños polacos que aparecen en la novela son personajes de ficción creados a partir de un caleidoscopio de situaciones descritas por personas de carne y hueso. La protagonista, Ewa Jedynak, Hedda von Brandt o Ludka Nowak, tres nombres, pero una única niña, es el símbolo del desarraigo que sufrieron estas criaturas. *Iba de una ciudad a otra, de un país a otro, sin saber quién era, ni dónde pertenecía, como un pequeño árbol con las raíces al aire, sin conseguir arraigar en ninguna parte,* nos describe la misma Ludka.

*Los tres nombres de Ludka* pone en primer plano el dolor de la pérdida causada por la devastación de la guerra y la capacidad de renacer en medio de la desolación. La familia Andreu vive el día a día de la posguerra con la esperanza de que un día volverá la libertad, y Ludka, la protagonista, gracias a la amistad, al canto y al amor, encuentra la oportunidad de ser feliz.

Ni que decir tiene que, necesariamente, el trabajo de investigación ha sido exhaustivo; la lectura de libros de historia, de entrevistas a testigos secuestrados por los nazis, de diversas tesis doctorales, visionados de documentales y la inestimable ayuda de la hemeroteca del diario *La Vanguardia Española,* que ha sido especialmente valiosa para poder ser fiel a las llegadas y partidas de los niños huérfanos, en las celebraciones que se hacían en la Residencia de Vallcarca, y también en la visita del general Franco a Barcelona en mayo de 1947; si bien es cierto que el Jefe del Estado realizó todas las visitas que se citan, no hubo ningún recital del Coro infantil polaco en su honor.

Quiero agradecer a Justyna Rzewusca, por apoyarme y ayudarme con los temas relacionados con Polonia. A Lola Gulias, por confiar en mí, y trabajar en la edición del libro de una manera tan rigurosa. A Raquel Gisbert por su atenta lectura y sugerirme algunos matices. A Marta Selvas y Glòria Gasch por ocuparse de la edición en catalán. A Anna Carreres, por traducir la obra al castellano, y a Cristina Tozer por permitirme que sus padres formen parte de esta novela y por obsequiarme con unos cuantos detalles vivenciales que yo desconocía. A José Luis Barbería por haber dado luz a la historia y permitirme poner su nombre. A Glòria Ramon, que nació el mismo año que Emma Andreu y Ludka Nowak, y me ha mostrado, de primera mano, cómo se vivía en aquella Barcelona franquista de la posguerra. A Lídia Caballé, que me enseñó los secretos del canto coral y me dio una clase para poder reproducirla en la ficción. A Anna Fité, que me invitó a pasear por Latour-de-Carol y a la que he robado la casa que en la novela vuelve a ser la Poste del pueblo. A Enric Cama, historiador, que me regaló su saber y me explicó las dificultades de viajar a Polonia en 1956, y también a Jordi Serrano, que nos puso en contacto. A Mireia Belil, que movió los hilos para llegar hasta Marta Puchal, directora del Programa Europeo del Ayuntamiento de Barcelona, que estuvo presente en el acto homenaje a Wanda Morbitzer y me relató la emoción del reencuentro de los niños polacos; a través de ella, pude consultar los documentos y fotografías del acto en el archivo del ayuntamiento.

También quiero dar las gracias a los amigos que han leído el manuscrito y me han ayudado a pulir la escritura. A Rosa Grané, que hace más de treinta años que lee todo lo que escribo antes de publicar, a Lleonart Barrios y Montse Boqueres, por animarme a seguir, A Montse Gatell por sus sinceros comentarios, a Abdó y Berta, mis primeros lectores y un apoyo imprescindible para seguir adelante. De una manera muy especial, quiero recordar a mi madre, Montserrat Valls Jardí (1922-1984), que a finales de los años cuarenta hacía de costurera por casas particulares de Barcelona, las anécdotas que ella me contaba cuando yo era una niña me han ayudado a describir el trabajo de Isabel.

Por último, quiero agradecer a todos los lectores que hacen posible que la escritura se convierta en lectura y *Los tres nombres de Ludka* sea una realidad.

booket